Confidências de uma Ex-POPULAR

RAY TAVARES

Confidências de uma Ex-POPULAR

1ª edição

— **Galera** —

RIO DE JANEIRO
2019

CIP-BRASIL. CATALOGAÇÃO NA PUBLICAÇÃO
SINDICATO NACIONAL DOS EDITORES DE LIVROS, RJ

T233c

Tavares, Ray, 1993-
 Confidências de uma ex-popular / Ray Tavares. - 1. ed. - Rio de Janeiro : Galera, 2019.
 434 p.

 ISBN 978-85-01-11775-5

 1. Romance. 2. Literatura juvenil brasileira. I. Título.

19-58108
CDD: 808.899283
CDU: 82-93(81)

Meri Gleice Rodrigues de Souza - Bibliotecária CRB-7/6439
03/07/2019 08/07/2019

Copyright © 2019 por Ray Tavares

Todos os direitos reservados.
Proibida a reprodução, no todo ou em parte, através de quaisquer meios.
Os direitos morais do autor foram assegurados.

Design de capa: Renan Araujo
Ilustração de capa: Rafaella Machado
Projeto gráfico e composição de miolo: Renata Vidal

Texto revisado segundo o novo Acordo Ortográfico da Língua Portuguesa.

Direitos exclusivos de publicação desta edição reservados pela
EDITORA RECORD LTDA.
Rua Argentina, 171 - Rio de Janeiro, RJ - 20921-380 - Tel.: (21) 2585-2000,

Impresso no Brasil

ISBN 978-85-01-11775-5

Seja um leitor preferencial Record
Cadastre-se e receba informações sobre nossos lançamentos e nossas promoções.

Atendimento e venda direta ao leitor
sac@record.com.br ou (21) 2585-2002

EDITORA AFILIADA

Dedico este livro à minha avó Zilda,
aquela que me ensinou a amar histórias.

1

—*Atende,* atende, atende, atende, atende, ate... Vivian! Oi, oi, sou eu, a Rê, sua amiga, lembra? Eu... Não, pera aí, eu preciso... Vivian, eu preciso da sua ajuda! Os meus pais enlouqueceram, eu preciso que vo... *O quê?* Isso é mentira! Eu nunca... Você vai acreditar na sua melhor amiga ou nele? *Nele?* Eu não acredito ni... Não! É mentira! Ele que me meteu nisso e agora está envenenando vocês contra mim! Vivian, me escuta, eu preci... Alô? Alô? Você tá me ouvindo? Alô...? *Filha da puta!*

Renata Vincenzo, filha única e herdeira de um império, jogou o celular na cama de maneira infantil e displicente no exato momento em que dona Ivone irrompeu no quarto sem bater na porta, num ato de confiança compartilhada apenas por pessoas muito íntimas. O rosto da garota estava tomado por uma vermelhidão que a babá/empregada doméstica só tinha visto em algumas ocasiões, mas conhecia muito bem: Renata estava prestes a ter um ataque.

— Renata! Isso é jeito de uma mocinha falar?! — exclamou dona Ivone, como se ainda se espantasse com a boca suja da garota.

— É, sim. Jeito de uma mocinha muito puta da vida, Vone! — rebateu Renata, andando de um lado para o outro no imenso quarto planejado até os últimos detalhes pelos arquitetos mais renomados do país. — Eu não acredito que isso está acontecendo! Eu não acredito que eles estão fazendo isso comigo! Eu não acredito que...

7

— Amorzinho, é só um colégio novo! E um dos bons! — dona Ivone tentou consolar a adolescente inconsolável ao mesmo tempo em que colocava uma pilha de roupas passadas na cadeira da escrivaninha. Se Renata soubesse o que muitos jovens fariam pela oportunidade de estudar em uma boa escola... — Lavei suas blusas preferidas para você levar!

— Eu vou usar uniforme... — murmurou Renata, como se esse fosse o último prego no caixão em que sua vida tinha se transformado quando os pais decidiram avisar, na noite anterior, que iriam jogá-la em um internato católico no interior de São Paulo.

No começo, ela não tinha acreditado. Respondeu com um "Uhum, tá bom, tem muitos internatos no Brasil, sim" de seu lugar à mesa de jantar, que, havia meses, servia apenas deliciosas tortas de climão — desde meados de novembro, mais especificamente, quando Renata foi convidada a se retirar do colégio em que estudava na época.

Mas, terminada a refeição, Renata entrou no quarto e encontrou na cama uma horrorosa combinação de saia plissada vinho, que ia na altura das canelas, camisa social branca e gravata-borboleta da mesma cor da saia. O seu grito preencheu todos os sete quartos da mansão.

— Tenho certeza de que você vai ficar linda nesse uniforme! — exclamou dona Ivone, tentando animar Renata de alguma maneira.

A garota abriu a boca para responder que não, não ficaria, e que inclusive já havia experimentado o uniforme, escondida no banheiro, e odiado cada centímetro do seu corpo naquela coisa horrorosa, mas foi interrompida por dona Neide, que entrou carregando outro cesto de roupas limpas.

— Renata! Você ainda não está pronta? — repreendeu, depositando o cesto com todas as peças íntimas caríssimas da garota ao lado da primeira pilha. — Os seus pais estão esperando na cozinha. É uma viagem longa!

Renata olhou para baixo, analisando a situação, como se só tivesse se dado conta de que ainda estava de pijama e bastante descabelada ao ouvir a voz da babá.

— Vamos fazer assim: enquanto você toma um banho bem gostoso, nós terminamos a mala. — Dona Ivone suavizou o tom de voz e olhou de soslaio para dona Neide, pedindo por ajuda telepaticamente.

— Isso, a gente termina de arrumar tudo. — A outra babá tinha entendido o recado, mesmo que "terminar" fosse um baita eufemismo, já que a garota não havia arrumado absolutamente nada até o momento.

Dona Neide não tinha muita paciência para os dramas de Renata, afinal, tinha (muito) mais o que fazer além de lidar com os ataques de alguém que nunca havia enfrentado um problema de verdade na vida. Era dona Ivone a encarregada de apagar os incêndios da herdeira, não ela. Mas até dona Neide reconhecia que aquela era uma verdadeira crise, e resolveu dar o braço a torcer.

— Eu não quero ir — miou Renata, sentando-se, cabisbaixa, na cama. — Eu não quero ir, eu não quero ir, eu não quero ir...

Ninguém no mundo conhecia aquela versão frágil e insegura de Renata, sempre tão independente, desbocada e até arrogante. Exceto as babás. Conscientes daquele papel, elas sentaram-se cada uma de um lado da garota.

— Vai ser legal, amor — dona Ivone tentou animá-la, acariciando os dedos dela.

— Você vai fazer novos amigos! — acrescentou dona Neide, sem muito jeito para contato físico, mas muito talentosa com as palavras. — Amigos que não vão te fazer mal.

— Vai poder finalmente esquecer toda essa dor de cabeça... — A menina sorriu ao ouvir dona Ivone resumir o caos dos últimos meses como uma simples "dor de cabeça". Renata sabia que as babás eram boazinhas demais com ela, muitas vezes até condescendentes, e não se sentia merecedora daquele carinho todo, principalmente porque nenhuma delas recebia o suficiente para isso.

— E respirar o ar puro do interior! Sair um pouco de São Paulo, sair um pouco dessa cidade com más influências, estudar para o vestibular, passar para uma boa faculdade... — completou dona Neide.

— Vai ser ótimo!

— Ótimo!

Renata suspirou, não acreditando em uma só palavra daquele discurso. Ela sabia que não seria ótimo, mas não conseguia contrariar as babás que a conheciam desde bebê e que só estavam tentando animá-la. Além disso, o que havia sobrado para ela em São Paulo, além de uma péssima reputação e nenhum amigo?

Até alguns meses antes, Renata estava no topo do mundo. Tinha um namorado lindo, amigas que a admiravam, influência, dinheiro e liberdade. Mas bastou apenas um deslize...

Talvez mais do que um deslize. E, no fundo, ela sabia disso — só era difícil demais admitir que pisou com tanta força na bola que chegou a estourá-la.

— Vamos, antes que o seu pai se irrite — disse dona Neide, levantando-se da cama e estendendo a mão para Renata.

Ambas sabiam que ninguém naquela casa queria ver o sr. Vincenzo irritado.

Renata ainda titubeou, mas acabou aceitando a ajuda, marchando rumo ao banheiro sem ter certeza se guiada pelo cérebro ou no modo automático.

Assim que ela se trancou e ligou o chuveiro, as babás se puseram a arrumar as malas da garota de maneira precisa e profissional, cochichando de tempos em tempos sobre toda a situação. Empacotaram aquilo que sabiam ser imprescindível para a sobrevivência de Renata, como os livros favoritos (que ela teimava em esconder do mundo) e as meias de dormir.

Elas não concordavam com a decisão dos patrões, mesmo depois da última que Renata havia aprontado. Sentiam como se a própria filha estivesse sendo arrancada delas à força. Mas o que podiam fazer? Não possuíam voz naquela situação, apenas certo poder de persuasão sobre a garota, diferentemente dos pais.

Era triste que Renata tivesse chegado àquele ponto, principalmente porque ela sempre recebeu tudo do bom e do melhor e, por isso, deveria ter mais noção das consequências dos seus atos. As senhoras sabiam que ela precisava de um corretivo, ou sairia cada vez mais de controle, até se transformar na pior versão de si mesma. Mas também sabiam que muito daquele comportamento era culpa dos pais ausentes e frios, que não souberam impor limites, que não a ensinaram que nem tudo na vida girava ao redor de dinheiro e poder.

Quando Renata saiu do banheiro e encheu o cômodo de vapor, as malas já estavam prontas, as roupas limpas, guardadas nas gavetas, e o quarto, arrumado.

A garota foi até a cama e encontrou a blusa e a saia que deveria vestir. O uniforme não era obrigatório no primeiro dia, ela bem sabia, já que havia passado a noite inteira pesquisando obsessivamente tudo sobre o novo colégio — sem encontrar sequer uma coisa que a agradasse.

Ao lado da roupa, o celular indicava uma mensagem não lida. Esperançosa de que fosse algum de seus amigos desistindo de ignorá-la para sempre por medo de represálias, Renata agarrou o aparelho, o coração palpitando nos ouvidos.

Mas encontrou apenas uma mensagem fria e distante do pai:

> Estamos te esperando na cozinha. Saímos em quinze minutos. Venha logo.

Renata se sentou na cama e olhou para os pés.

Estava, mais uma vez, sozinha.

2

— *Isso* é ridículo! — Renata cruzou os braços e negou veemente com a cabeça, uma última tentativa desesperada de se livrar daquela situação. — Eu já disse que não vou sair desse carro!

— Vamos, querida, saia antes que fique conhecida pelos novos colegas como a menina que apanhou na porta da escola no primeiro dia de aula. — A sra. Vincenzo estendeu a mão para ajudar a filha a sair do carro, mas, como resposta, só teve a expressão impassível da garota.

— Como se você fosse correr o risco de quebrar as unhas. — Ela revirou os olhos.

Renata se transformava em outra pessoa longe das babás. Uma pessoa intragável.

— Ela não vai bater em você, Renata, mas *eu vou*. — O sr. Vincenzo engrossou a voz e puxou a esposa do caminho.

A cabeça do seu pai tapava o sol, o que deixava os fios grisalhos do cabelo mais brancos do que o normal; as rugas, que se multiplicavam desde que Renata entrara na puberdade, pareciam afluentes do rio que se tornara seu rosto.

— Você teve todas as chances do mundo. Agora vai ter que aguentar as consequências da sua imaturidade. Desça desse carro. *Já!*

Algumas das pessoas que estavam perto da suntuosa BMW branca de Giuseppe Vincenzo começaram a cochichar, e foi o medo da vergonha que estava prestes a passar que finalmente tirou Renata do carro, não as ameaças dos pais.

O sol da cidade queimava como o fogo do inferno, e nem os imensos óculos de sol Gucci eram capazes de proteger Renata da luz. Dentro do carro, as últimas notas de seja lá qual fosse a música clássica que os pais ouviram a caminho do internato pareciam fazer questão de lembrá-la de que a vida como ela conhecia estava prestes a terminar. Por mais que Renata tivesse tomado café da manhã ao lado dos pais, se despedido das babás que a criaram, entrado no carro com suas imensas malas de viagem e passado as últimas horas em completo silêncio, observando a paisagem urbana transformar-se em rural, foram as últimas notas de piano que finalmente a despertaram para a nova realidade.

Dessa vez, ela sabia que seria o modo automático a guiá-la por aquela segunda-feira quente de verão, não o cérebro. Que, aliás, parecia ter finalmente despertado.

Os pais já tinham feito tantas ameaças vazias que Renata apenas continuava fazendo o que lhe dava na telha, pois sabia que nunca seria punida. Nos casos mais graves, só precisava chorar e se dizer arrependida, e logo sua rotina de irresponsabilidades voltava ao normal, o sermão desmanchando-se junto com a fraqueza dos pais em disciplinar a única filha. Além disso, era difícil manter qualquer castigo quando eles nunca estavam em casa.

Mas não daquela vez... Ela reconhecia que tinha passado dos limites, e os pais estavam levando muito a sério a ameaça. Afinal, lá estavam eles, estacionados na frente de um internato católico no meio do nada, todos os pertences caríssimos de Renata no porta-malas, depois de o pai tirar um dia de folga para levá-la até lá. *Um dia inteiro!* Quando foi a última vez em que Renata vira o pai fora do trabalho? Nem quando o próprio pai morreu o sr. Vincenzo se deu uma folga.

Renata suspeitava de que ele tinha voltado a trabalhar logo depois do casamento, passando a lua de mel sentado entre pilhas de livros de contabilidade.

— Isso aqui é o fim do mundo — murmurou para o pai, e agarrou a manga do terno caríssimo e impecável, levando lágrimas aos olhos com tanta facilidade que não saberia dizer por que perdia tempo na escola desperdiçando todo o seu talento como atriz. — Por favor, papai, por favor, não me deixe aqui! Eu prometo que nunca mais faço nada de errado, eu prometo! Você não pode me deixar aqui, eu vou morrer nesse lugar!

— Chega, Renata! — repreendeu o sr. Vincenzo entre dentes, soltando-se das garras da filha e sorrindo para todos os que o cumprimentavam ao passar.

Não que ele conhecesse aquelas pessoas, eram elas que o conheciam da TV.

Se tinha algo pior para Giuseppe Vincenzo do que a rebeldia de Renata, era que os outros soubessem que o presidente e acionista majoritário da EPPE, maior conglomerado tecnológico do país, não sabia lidar com a própria filha adolescente.

O que eram as pressões do mercado perto do furacão Renata?

— Eu já pedi desculpas! O que mais vocês querem de mim?

— Desculpas não vão trazer de volta o dinheiro que eu gastei com advogados. — O distinto empresário caminhou até o porta-malas do carro com a filha em seu encalço. Algumas famílias sussurravam ao observar a cena. — Desculpas não vão limpar a nossa reputação. Que *você* manchou com a sua irresponsabilidade.

— Você precisa aprender a ter limites, Renata. Entender o que é certo e o que é errado. Meu Deus, ainda tenho que ouvir você dizer essas coisas, achando que o que fez foi só mais uma brincadeira de adolescente... Eu não sei onde foi que erramos na sua criação! — Laura Vincenzo abanou as mãos recém-feitas, balançando a cabeça.

— Qual criação? Da Babá Ivone ou da Babá Neide? — retrucou Renata.

— Não seja ingrata, Renata — murmurou a mãe, perguntando-se onde a filha havia aprendido a arte de magoar apenas com palavras.

Renata observou atônita enquanto o pai colocava as duas malas Louis Vuitton imensas no chão. Aquilo não estava acontecendo. Aquilo não podia estar acontecendo com ela!

Atrás do carro deles, uma Mercedes Classe A antiga buzinou, e uma senhora de meia idade irritada fez gestos para que a BMW continuasse andando.

— Esperem aqui. — Giuseppe fechou a porta com um estrondo. — Vou estacionar o carro e já volto.

Renata subiu na calçada com seus chinelos personalizados e segurou as alças das malas até prender a circulação dos dedos enquanto a mãe respondia a um e-mail qualquer pelo celular. A BMW branca desapareceu no bolsão de terra, dando lugar à barulhenta Mercedes prateada. Uma senhora irritada saiu do carro e caminhou rapidamente até o porta-malas ao mesmo tempo em que uma garota baixinha, negra e com tranças coloridas saía do carona em câmera lenta, balançando a cabeça no ritmo de qualquer que fosse a música que tocava em seus fones de ouvido.

Ela usava uma saia jeans muito curta, revelando suas pernas também curtas e uma tatuagem de dragão que envolvia a panturrilha direita. Ao subir os olhos pela garota, Renata viu uma camiseta larga com estampa do Star Wars e um *piercing* prateado no septo, até ser surpreendida pelos olhos castanhos da garota a encarando de volta.

— O que foi, Barbie? Não ficou sabendo que a princesa Isabel fingiu que aboliu a escravidão? Nós estamos livres!

— Lívia, por favor. — A mulher foi até a garota com uma pequena mala de rodinhas preta e a entregou sem qualquer cerimônia, voltando-se para a mãe de Renata. — Me desculpe por isso. Ela não tem filtro.

— Então acho que as duas vão se dar muito bem — respondeu Laura, dando um de seus sorrisos de fechar negócio e voltando a responder e-mails no celular

Renata revirou os olhos, desviando-os da garota, que já voltava a balançar a cabeça e a se concentrar na música.

— Lívia. — A senhora se virou para a garota. — Lívia. *Lívia!*
A tal Lívia retirou os fones com uma expressão magoada.

— Como ousa atrapalhar um solo do Brian May, mãe?

— Por favor, Lívia, chega de gracinhas e me dê um abraço, eu preciso ir.

Sorrindo, a baixinha agarrou a mãe pelos ombros com carinho e disse algo em seu ouvido que a fez rir. Aquilo deixou Renata com a boca seca e o estômago embrulhado, como se qualquer tipo de carinho entre mãe e filha fosse uma cena anormal e difícil de observar.

Depois, as duas se separaram e a senhora de meia-idade voltou para o carro, mas não sem antes acenar para a mãe de Renata, que também a cumprimentou.

— Vejo você daqui a seis meses, mãe! Por favor, mantenha o Oswaldo vivo! — berrou a garota tatuada, chamando a atenção de todos a sua volta e fazendo com que a mãe acelerasse o carro e desaparecesse pelo corredor, visivelmente constrangida.

Outro automóvel de luxo ocupou o lugar, e Lívia se voltou para a metade da família Vincenzo parada em frente ao arco de boas-vindas que dizia QUE A GRAÇA DE DEUS CRESÇA EM NÓS. Olhando para Renata, ela disse:

— Oswaldo é meu hamster, não meu pai. Eu não te conheço. É o seu primeiro dia, Barbie?

Renata assentiu, sem jeito pela primeira vez na vida. Não que tivesse ficado intimidada pelo excesso de personalidade da menina, mas não estava esperando fazer contato com alguém tão cedo naquele internato.

— Primeiros dias são sempre assim. Os pais entram no colégio, conhecem as instalações, te acompanham até o quarto, beijam a sua testa e dizem que vão ligar todos os dias — continuou ela, um sorrisinho maldoso tomando seus lábios cheios. — Mas, depois de algum tempo, eles percebem que você é só mais um caso perdido, deixam o resto da sua criação nas mãos da Igreja Católica e mandam o motorista vir te buscar de seis em seis meses. Como se *isso* pudesse dar certo... Aproveite a estadia! *Diego, não se esconda, você ainda me deve 200 reais!*

A garota deixou mãe e filha para trás e foi em direção a um garoto qualquer que acabava de chegar. Renata poderia ter ficado horas analisando aquela incrível criatura se o pai não tivesse retornado naquele exato momento com um sorriso meio sádico nos lábios.

— Vamos conhecer o seu novo lar, querida? — Ele a cutucou, puxando para si uma das malas que a filha segurava com tanta devoção, enquanto a mãe pegava a outra.

Renata olhou de um para outro e depois para a entrada brega e antiga do colégio. Sentiu uma vontade imensa de chorar.

3

— *Ah!* Bem-vindos, bem-vindos! — Um senhor de careca lustrosa, tufos de cabelos brancos perto das orelhas e um nariz proeminente abriu os braços à visão da família Vincenzo. — Estávamos esperando por vocês! Podem deixar as malas aqui no hall!

Depois que os Vincenzo atravessaram o pórtico, avistaram uma antiga construção de tijolos vermelhos e seguiram por uma trilha ladeada por arbustos até a entrada. O interior do antigo prédio era gelado e cheirava a mofo e lustra-móveis. A luz solar não era tão forte ali, nem as risadas de reencontro dos amigos do lado de fora. Renata foi obrigada a retirar os óculos escuros, pendurando-os no decote de sua regata branca e transparente. Com os olhos mais acostumados, pôde reparar na quantidade de freiras que circulavam, conversando baixinho, recepcionando algumas famílias e sorrindo para os jovens que entravam no colégio; uma delas olhou com bastante reprovação para o generoso decote de Renata, que sorriu para a freira e abaixou mais ainda o tecido.

— Você vai conhecer todas as nossas irmãs pelo nome em breve, tenho certeza — o careca falou com a voz agradável de um tio brincalhão, percebendo que Renata analisava as noivas de Deus —, mas hoje serei eu quem vai mostrar o campus para vocês. É um prazer incomensurável conhecê-los. Principalmente você, Renata!

— Não posso dizer o mesmo.

— Sr. Gonçalves — interveio Giuseppe, antes que a filha pudesse falar mais, e ergueu a mão para cumprimentá-lo. — Conversamos ao telefone. Agradeço mais uma vez por ter conseguido essa vaga de última hora.

— Foi uma honra, sr. Vincenzo, uma honra. — Os dois trocaram um caloroso aperto de mãos, e Renata suspirou; estava acostumada àquela bajulação perto do pai, mas nunca deixava de ser desconfortável. O homem estranho se voltou para ela, sorrindo como se tivesse ganhado na loteria; cifras brilhavam em seus olhos. — Sou o diretor do Colégio Interno Nossa Senhora da Misericórdia, Renata, e você pode sempre recorrer a mim se tiver algum problema.

— Posso começar agora? — Renata ergueu uma das sobrancelhas, em claro sinal de desafio. Se os pais não iriam cair em suas graças, talvez fosse hora de apelar para o constrangimento na frente dos outros para resolver aquela situação. — Os meus pais estão querendo me enfiar em um maldito colégio de freiras que cheira a mofo e gente velha e com um potencial gigantesco de estragar o meu futuro. O que você pode fazer quanto a isso?

O diretor olhou de Renata para os pais sem perder o sorriso profissional.

— Então temos uma espirituosa entre nós!

— Eu diria possuída por um espírito maligno, mas espirituosa é um bom meio-termo — respondeu o pai, sem graça.

— Bom, se estivermos todos prontos, podemos começar a visita! Vamos por...

Antes que o sr. Gonçalves pudesse terminar a frase, porém, uma mulher elegante, na casa dos cinquenta, apareceu no hall, usando saltos finos vermelhos que combinavam com os seus óculos estilo gatinho. Ela não parecia nada feliz.

— Gonçalves — sibilou, sem formalidades —, você recebeu o meu e-mail?

— Agora não, professora Trenetim. Vou apresentar o colégio à família Vincenzo. — O diretor frisou a palavra "Vincenzo" como se estivesse se referindo à realeza, estreitando os olhos rígidos para a mulher.

— Boa tarde e sejam muito bem-vindos. — A professora inclinou a cabeça na direção da família, analisando Renata por alguns segundos antes de voltar-se ao diretor. — Gonçalves, eu preciso que você...

— Agora não, professora — repetiu ele, dando as costas à mulher, que permaneceu no hall, transtornada.

Renata a observou por cima dos ombros, curiosa com aquela figura tão... imponente. Antes de ir embora, a professora percebeu que estava sendo observada e, quebrando as expectativas da garota, deu uma piscada jovial e se afastou.

— Vamos, então? — O sr. Gonçalves bateu duas palminhas e conduziu a família pelo corredor que dava na outra saída. — Este aqui é o prédio principal, onde a sua filha vai estudar das oito ao meio-dia e, depois do almoço, das duas e meia às seis e meia.

Oito horas de aula por dia! Era o que faltava para Renata ter um ataque de pânico.

— Acreditamos que um ensino integral e de boa qualidade seja a chave para a aprovação dos nossos alunos nos melhores vestibulares, e é por isso que a nossa taxa de ingressantes em universidades públicas e particulares de ponta é a mais alta do país. Aqui no térreo temos a administração, a papelaria, a xerox e esse tipo de coisa... as salas de aula ficam nos outros seis andares.

O prédio revestido de tijolos tinha escadas de pedra estreitas que levavam aos andares superiores e murais abarrotados de recados da direção, convites para missas, feiras de estudantes e lembretes sobre os vestibulares. As janelas, cujos batentes eram pintados de branco, iam do teto ao chão, mas nem assim conseguiam iluminar de forma decente o lugar, que, de tão gelado, arrepiava os pelos claros nos braços de Renata: era o típico cenário de filme de terror. Além do mais, ela percebeu que não havia elevadores.

O colégio era um claro contraste a todos os outros em que ela havia estudado, tecnológicos, iluminados e modernos. Ali, os costumes antigos e a moral cristã tomavam o lugar do progressismo e da modernidade, e Renata começava a entender por que seus pais o tinham escolhido: o internato gritava "corretivo".

O grupo seguiu pelo corredor enquanto o diretor tagarelava sobre os programas de esportes e artes do colégio, mas Renata estava mais interessada em procurar defeitos. No meio da inspeção daquele caso sério de arquitetura barata e cafona, ela bateu os olhos em uma porta entreaberta, um contraste gritante com todas as outras perfeitamente fechadas. Em um primeiro momento, achou que a sala estava vazia, mas, ao ouvir vozes, desvencilhou-se do grupo, colocou a cabeça lá dentro e deu de cara com um casal praticando atos libidinosos contra uma escrivaninha.

Renata pôde ver o contorno do corpo de um garoto com as costas arqueadas para trás, segurando a cabeça de uma menina morena contra a sua virilha e fazendo movimentos para a frente e para trás. Renata percebeu que as veias dos antebraços do menino estavam saltadas, como se ele estivesse fazendo força.

Ela segurou a respiração.

Aquele ato não parecia nada cristão.

— Renata! Venha! — a voz autoritária do pai ecoou pelo corredor. A garota retirou a cabeça da sala no exato momento em que o rapaz loiro abriu os olhos e relaxou o braço com o qual segurava a nuca da menina, procurando de onde tinha vindo aquela voz.

Renata correu de volta até o grupo, sentindo as bochechas coradas.

— ... e é por isso que não permitimos que os garotos e as garotas se relacionem aqui dentro do colégio — o sr. Gonçalves ia terminando o discurso de moral e bons costumes quando Renata voltou a prestar atenção, deixando a libertinagem adolescente para trás. — Os dormitórios são bem separados, e nós temos olhos por todos os cantos. Incentivamos a amizade, claro, mas qualquer relacionamento além disso é proibido.

— Que bom. — O sr. Vincenzo assentiu. — Agora você está livre das más influências dos garotos, Renata.

Ela foi obrigada a segurar o riso, ainda com a imagem da pegação que acabara de presenciar na cabeça. Porém, quando viraram o corredor, a risada se desmanchou em uma careta. O grupo parou em frente a uma capela com bancos de madeira polidos e alinhados um atrás do outro, ornamentada por velas brancas e imagens de diversos santos por todos os lados. No fim do corredor, havia um grande altar forrado de branco, com um candelabro em cima do tampo e um imenso e assustador Jesus pregado na cruz logo atrás.

— Essa é a capela principal do colégio, onde nos encontramos todos os domingos para a missa. A missa de domingo é obrigatória, e a capela comporta todos os alunos de ensino fundamental e médio que abrigamos aqui.

— É linda! — exclamou a mãe, segurando Renata pelos ombros.

— A capela *principal*? Existem *outras*? — quis saber a herdeira, um pouco enjoada com a ideia.

— Sim! Temos pequenas capelas em cada dormitório, além da capela interna, a qual somente o padre Josias e as freiras têm acesso. Aqui nós levamos a nossa fé muito a sério, Renata — explicou o diretor, não parecendo tão comprometido assim. — Agora, se me permitem, vou mostrar o refeitório, as instalações recreativas e os dormitórios!

4

O grupo saiu da capela e, pelo mesmo corredor, chegou à ampla porta dos fundos que dava acesso aos outros prédios. Assim que colocaram o nariz para fora, Renata enfiou novamente os óculos escuros no rosto e sentiu o choque térmico.

A área total do Colégio Interno Nossa Senhora da Misericórdia, cravada no coração do estado de São Paulo, era impressionante, até mesmo para Renata Vincenzo, que já havia conhecido o mundo inteiro. O verde era muito verde, o azul era muito azul, e o clima era intenso. Os outros prédios ficavam a uma distância de cerca de duzentos metros uns dos outros, e a extensa área livre entre eles estava ocupada por jovens de todos os jeitos, cores e estilos, agrupados em diferentes tribos. Aquilo era uma novidade para Renata, acostumada a adolescentes muito parecidos com ela: garotas brancas com luzes loiras e cabelos alisados, garotos brancos com franjas lisas caindo no rosto e atitude de quem merece o mundo sem sequer sair da cadeira. Mas ali todos pareciam muito diferentes, como se aquela fosse uma zona segura para mostrarem seu verdadeiro estilo e quem realmente eram.

Alguns tocavam violão sob a sombra de uma grande árvore, enquanto outros tomavam sol com a cabeça apoiada nas próprias malas enormes. E, no meio de tudo aquilo, cerca de dez garotos jogavam futebol em um campo improvisado.

— Os meninos chamam esse lugar de "campão", mas o nome oficial é "acesso aos dormitórios" — explicou o diretor, indicando o grupo que jogava bola. — Nós temos duas quadras de futsal e um campo de futebol, mas eles sempre acabam dando um jeito de jogar por aqui mesmo. Vai entender!

Com o disfarce dos óculos, Renata foi ficando cada vez mais distante da conversa morna dos pais com o diretor, que pareciam não calar a boca. Ela não sabia se era o calor do mormaço ou o cansaço da viagem, mas as suas pernas estavam fracas e ela só queria deitar e dormir pelo resto da vida.

Enquanto inspecionava os alunos, um grito raivoso chamou a sua atenção, e ela se voltou para o jogo de futebol. Tinha sido o goleiro, que jazia patético no chão, esmurrando a grama, enquanto o autor do gol comemorava com os colegas de time, de costas para ela.

— Caralho, Guilherme! — O goleiro se levantou, limpando a grama da bermuda com raiva. — Você andou treinando na favela?

O garoto chamado Guilherme se voltou para o goleiro, só então revelando o rosto para Renata. Com um dos olhos escuros fechados por causa do sol e, apesar da ofensa, um sorriso debochado nos lábios, ele abrandou a repulsa de Renata por aquele lugar. Alto e com o cabelo cacheado na altura do pescoço todo grudado de suor, ele destoava do resto do colégio por não parecer pertencer àquele mundo de dinheiro.

Ele não podia ser real. Renata estava delirando e desmaiaria a qualquer momento. Ela tinha certeza.

Meu Deus! Como ele era lindo.

— Treinei lá na quadra do seu condomínio, sua mãe que liberou — respondeu ele, não se deixando abalar pelo comentário do goleiro.

— Garotos, linguajar — interveio o sr. Gonçalves, olhando, ansioso, para os pais de Renata, que, de tão fascinados pelo lugar, nem ouviram a comoção na partida de futebol improvisada. — Querem pegar quarenta horas?

Os meninos resmungaram e voltaram ao jogo.

— Nós temos um programa de bolsas — explicou o diretor. — O garoto que acabou de fazer aquele gol, por exemplo, é o melhor aluno do terceiro ano, com a maior média do colégio e primeiro lugar nos simulados. Temos outros alunos campeões de Olimpíadas de física, matemática e química, além de atletas de ponta e verdadeiros artistas. Somos um colégio de mentes e corpos brilhantes!

— Incrível! — exclamou o sr. Vincenzo, realmente maravilhado com a perspectiva de ver Renata se encontrar em alguma atividade que não fosse "destruir tudo por onde passa". — É uma pena que a minha filha nunca tenha se esforçado por nada nessa vida...

— Claro, porque herdar a empresa que o pai herdou do pai, que também herdou do pai, é a *definição* de se esforçar por alguma coisa. — Renata se irritou, desviando o olhar dos garotos no campo. — Será que esses garotos brilhantes também foram criados pelas babás, pai?

— Vamos seguir para os dormitórios, então! — O diretor, já acostumado com famílias em pé de guerra, bateu palmas novamente, antes que os pais de Renata tivessem tempo para responder à provocação.

O sr. Gonçalves sabia que o internato era a última opção de muitos pais desesperados, aquela lavagem de roupa suja não era novidade nenhuma para ele. Por mais que o Colégio Interno Nossa Senhora da Misericórdia fosse um dos melhores do Brasil, os pais só pareciam lembrar de sua existência quando queriam se livrar da presença dos filhos.

Quando eles voltaram a caminhar, Renata se viu muito próxima ao campo de futebol improvisado, onde o bolsista já driblava novamente os oponentes com muita facilidade, fazendo algumas gracinhas pelo caminho e irritando o time rival. Quando a família Vincenzo e o diretor estavam perto o suficiente para receberem uma bolada, Guilherme deu um chute certeiro para o gol delimitado por chinelos, sem dar tempo para que o goleiro pudesse pegá-la.

Mais uma vez.

Ele saiu correndo para abraçar o seu time, e Renata foi obrigada a rir da comemoração imbecil deles, uma Macarena desengonçada. Ao fundo, os berros do goleiro eram mais irados e preconceituosos do que os primeiros, e a gritaria da torcida devia estar muito alta, mas Renata Vincenzo de repente não conseguia prestar atenção em mais nada à sua volta.

Porque, naquele exato momento, Guilherme olhou para ela.

Não durou mais do que cinco segundos. Em um instante, os olhos escuros e lindos do garoto estavam voltados para Renata, violando a sua alma, passeando pelo seu corpo, e, no outro, ele voltava para o meio de campo com a bola embaixo do braço, conversando com um colega de time e rindo, como se aquele momento nunca tivesse acontecido.

Ela ficou zonza.

— Vamos, Renata, eu não tenho o dia inteiro. — O sr. Vincenzo puxou a filha pelo braço, e ela o seguiu como uma ovelha, olhando descaradamente para Guilherme.

O corpo da herdeira ainda parecia uma tocha humana, mas ela não sabia se era por causa do calor ou do contato visual. Ela nunca havia sentido algo parecido, e ainda tentou chamar atenção do garoto de novo, mas ele seguiu jogando bola como se ela nem existisse.

Ainda um pouco impactada, mas com medo de ficar com fama de *stalker* louca logo no primeiro dia, ela se forçou a seguir os pais até outro prédio de tijolos, que parecia muito um galpão.

— Esse é o nosso refeitório. — O diretor abriu uma das portas para que a família pudesse olhar lá dentro.

O local era agradável, melhor que o prédio das salas, com diversas janelas que também iam do teto ao chão, mesas redondas de dez lugares cada e um balcão ao fundo, onde Renata supôs que eles servissem a comida. Atrás do balcão, uma porta vaivém oferecia vislumbres da cozinha.

— O café da manhã vai das seis às sete e meia, o almoço, do meio-dia à uma e meia, e o jantar, das seis às nove. Nossa cozinha é própria, e temos uma ótima equipe de merendeiras, guiadas por nutricionistas especializadas em alimentação para adolescentes.

— E se eu tiver fome entre as refeições? — Renata tirou a cabeça de dentro do refeitório, voltando a observar o jogo de futebol e fazendo qualquer tipo de pergunta inútil para mantê-los ali por mais tempo.

Outra gritaria envolveu o campão, mas, daquela vez, o time rival havia feito gol.

Guilherme não se deixou abalar, ainda sorrindo e conversando com os colegas de time. Renata não estava acostumada a ser ignorada, principalmente enquanto mirava descaradamente um garoto.

— Nós temos máquinas com todos os tipos de lanches nos dormitórios, além de micro-ondas e geladeiras, caso seus pais queiram te mandar comida de casa. — O sr. Gonçalves sorriu. — Por falar nisso, vamos conhecer os dormitórios?

5

O grupo atravessou o "campão". Renata tinha noção de que devia estar ridícula, analisando por debaixo dos óculos escuros, sem qualquer pudor, o garoto chamado Guilherme, mas não podia evitar; alguma coisa naquele cara fazia com que ela não conseguisse pensar em mais nada.

De repente, a garota trombou com as costas da sua mãe, que tinha parado de andar do nada na sua frente. Os óculos da menina quase afundaram em seu rosto, e um grupo de garotas ali perto soltou risadinhas baixas, ao que Renata respondeu com um majestoso dedo do meio.

— Por favor, Renata, nós não permitimos esse tipo de comportamento no colégio. — O diretor abaixou o braço da garota lentamente, indicando com a cabeça o motivo para a parada brusca da mãe. — Além disso, você está perdendo a vista!

Renata revirou os olhos e ajeitou os óculos no rosto, enfim olhando para o alvo de toda aquela comoção e ficando de queixo caído.

Eles estavam no topo de uma escada de concreto comprida e larga, que dava em um vale rodeado por pinheiros. No centro, três prédios também de tijolos se erguiam imponentes, um de frente para o outro, além de um menor, com uma cruz vermelha na fachada. Ao redor, a mata fechava-se aos poucos, até que não se podia ver mais nada entre as árvores.

Entre os prédios, uma grande fonte adornada por anjos e querubins era contornada por bancos de concreto posicionados em um semicírculo, cravados em um pátio também de concreto, pintado de vermelho e branco.

— Vermelho e branco, as cores do nosso colégio! — O diretor parecia muito animado. Aquela provavelmente era a parte mais empolgante da visita, era ali que ele ganhava os pais que ainda estavam indecisos e as cifras investidas se tornavam realidade diante dos seus olhos. Para os pais de Renata, que já estavam decididos havia semanas, foi como voar de primeira classe e receber champanhe de cortesia. — Vamos?

Eles começaram a lenta descida pela escadaria, e, por mais que a visão fosse muito privilegiada, Renata se pegou imaginando como seria subir aquela quantidade de degraus todos os dias pela manhã, com fome e sono.

Quando chegaram lá embaixo, o diretor apontou para o primeiro prédio, com a cruz vermelha.

— Esse é o nosso ambulatório, com médicos de confiança e o melhor tratamento que a sua filha poderá receber em casos de pouca gravidade, como cólicas menstruais ou uma gripe. Em casos mais graves, nós temos uma ambulância disponível 24 horas por dia para levá-la ao hospital.

Eles passaram pelo ambulatório e pararam na praça da fonte. Renata observou que a base dos anjos e querubins havia sido pichada com nomes e anos, como "Hugo 2006" ou "Gisele esteve aqui, 04/08/2011".

— Nós temos dois prédios de dormitórios. Um para os garotos e outro para as garotas. O padre e as freiras moram do outro lado da propriedade, e têm capela e refeitório próprios. Todo o corpo docente mora nos arredores, na cidade. O prédio um é o dos meninos — disse, apontando para o prédio da direita —, e o dois é o das meninas. No térreo fica a sala de TV, a capela e uma pequena copa com as máquinas de lanches e doces que eu mencionei mais cedo. Os outros oito andares estão divididos em dez dormitórios cada, com um banheiro por andar. Os alunos são separados por idade; nos primeiros ficam os mais velhos, e assim por diante, até os calouros nos últimos. Como você é ingressante do terceiro ano do ensino médio, Renata, provavelmente vai ficar entre o primeiro e o segundo andar, o que é ótimo, já que não temos elevadores.

— Uau. Realmente... agora a minha vida melhorou muito! — resmungou Renata, recebendo um olhar severo do pai.

— Bom, Renata — o sr. Gonçalves cruzou as mãos, apoiando-as na barriga, ainda sorrindo, ainda fazendo com que a garota quisesse socar a sua cara —, agora eu e os seus pais temos alguns assuntos particulares para discutir, então vamos voltar ao prédio administrativo para deixá-la se instalar em seu dormitório e conhecer a sua nova colega de quarto.

— *Colega de quarto?* — Renata olhou desesperada para a mãe. — Eu vou dividir quarto com uma desconhecida?

— E o banheiro do andar com outras dezenove — respondeu Laura, sem remorso algum. — Talvez isso te ensine a ser menos egoísta.

— A inspetora Silva vai te passar o número do quarto e as primeiras informações sobre o dormitório. — Ele entregou um pedaço de papel para Renata, que o agarrou com as mãos trêmulas. — Aqui estão os seus horários durante a semana de recepção. Pode se instalar com tranquilidade e, quando estiver pronta, nos encontre na sala 22 do prédio administrativo para se despedir dos seus pais.

— Boa sorte, querida — desejou o sr. Vincenzo, feliz por se livrar da garota, mas triste pelo mesmo motivo, um sentimento agridoce de paz e ansiedade.

Era difícil demais para um pai admitir que não gostava da pessoa em que a filha havia se transformado, e era mais difícil ainda tomar as medidas necessárias antes que fosse tarde demais. Ele tinha que fazer algo para que a filha não se tornasse uma delinquente juvenil. As primeiras desobediências foram até engraçadas e engenhosas, mas sua última peripécia havia sido ilegal e perigosa. Se ela continuasse sem limites e sem disciplina, Giuseppe não se surpreenderia se tivesse que visitá-la no presídio, em vez do internato.

Ele só não entendia que muito daquele comportamento era culpa da sua ausência.

— Até daqui a pouco, filha. — Laura sorriu com certo pesar.

Por mais que a mãe soubesse que aquilo era o certo a se fazer, ainda não tinha certeza de que concordava com a decisão do marido. Sabia que a filha precisava de um corretivo, mas acreditava que algo poderia ser feito em casa, perto da família.

Mas Laura nunca fora capaz de discordar do marido. Apesar de sua carreira sólida, inteligência e muita ambição, no fim, Giuseppe mandava e ela obedecia.

Os olhos de Renata se encheram de lágrimas verdadeiras quando a família lhe deu as costas e se afastou, conversando com o diretor como se aquilo não fosse nada, como se a separação não significasse nada. Mas ela era Renata Vincenzo, não uma garotinha chorona. Com os óculos escuros camuflando a expressão de tristeza, marchou em direção ao prédio dois, abrindo a porta e sendo recebida por uma lufada de ar-condicionado muito bem-vinda.

A sala comum estava vazia, com exceção de uma mulher beirando os trinta atrás de um balcão, mascando chiclete e digitando algo no computador. Os sofás de veludo vermelho queimado rodeavam um tapete branco e felpudo. A TV LCD grande e curva estava desligada, para combinar com o silêncio daquele lugar — era a primeira vez que Renata vislumbrava resquícios de civilização moderna, e nenhum dos alunos parecia interessado naquilo.

— Hm, oi. — Renata foi até a mulher, um pouco incerta do que fazer. — Meu nome é Renata. Eu sou nova aqui.

— Sobrenome? — perguntou a mulher, sem levantar os olhos. Renata pôde reparar na plaqueta no balcão que dizia "Inspetora Silva".

— Vincenzo.

Silva tinha tom de pele amarelado e cabelo tingido de loiro platinado, com três dedos de raiz preta aparecendo, e uma expressão de poucos amigos no rosto oleoso. Renata queria dizer a ela que, se não fosse cuidar do cabelo direito, era melhor nem pintar, mas achou melhor ficar calada.

— Primeiro andar, quarto sete. — A mulher ergueu os olhos escuros pela primeira vez, entregando uma chave magnética para a garota. Ela parecia extremamente entediada. — Não use a segunda cabine do banheiro, está em manutenção. E nem pense em fumar dentro do quarto, ou todas as suas coisas vão ficar alagadas. As escadas ficam no fim do corredor, à direita. A copa fica aberta das oito às dezoito. Silêncio total depois das dez. Temos inspeções toda terça e quinta.

Renata pegou o cartão e assentiu, tentando assimilar todas aquelas informações. Então passou pela mulher, pela pequena capela, que tinha o mesmo cheiro da capela principal, e pela cozinha bem equipada antes de encontrar as escadas. Os degraus eram íngremes e de pedra, e ela subiu de dois em dois. Quando chegou ao primeiro andar, parecia que os seus pulmões iam explodir, e ela de fato agradeceu por não ser caloura.

O quarto sete ficava no fim do corredor à esquerda, e a janela do andar tinha vista para o prédio dos garotos e a praça da fonte. Não era uma vista boa, mas dos males, o menor.

O cartão magnético era rosa e florido, e Renata o enfiou com força na trava eletrônica, ouvindo o clique da porta. Irritada, ela a abriu e encontrou as malas em cima de uma cama de solteiro simples. E, em pé na outra cama, perto da janela, a garota das tranças que ela conhecera mais cedo pendurava um pôster do AC/DC na parede.

Ela se virou ainda com os fones de ouvido, balançando a cabeça com um sorriso divertido nos lábios.

— E aí, Barbie! — berrou, mesmo que o quarto estivesse completamente silencioso. — Acho que vamos dividir o quarto esse ano!

6

— Vocês não podem fazer isso comigo! — Renata estava agarrada à saia da mãe enquanto olhava bem fundo nos olhos claros do pai, iguaizinhos aos seus; o desespero finalmente batia na porta e, pela primeira vez desde que tinham saído da mansão nos Jardins, ela teve certeza de que os pais não estavam brincando. — Eu vou ter que dividir o quarto com aquela maluca que fica me chamando de Barbie. E esse lugar cheira a mofo!

— Engraçado, eu só consigo sentir o maravilhoso cheiro do interior. — Giuseppe fez que não. — Para de drama, Renata, esse é um dos melhores colégios do Brasil, você vai me agradecer por isso no futuro. Vai poder focar nos estudos, ficar longe das más influências de São Paulo, passar numa boa universidade, quem sabe encontrar Deus?

— Se me deixarem aqui, eu juro pelo Deus que você quer que eu encontre que *nunca* vou perdoar vocês por isso. — Renata olhou de relance para o diretor Gonçalves, que a esperava no pórtico do colégio enquanto a família Vincenzo se "despedia". — *Nunca!*

Laura ainda lançou um olhar apreensivo para o marido, com medo de que as ameaças da filha fossem verdadeiras — Renata sabia ser bastante rancorosa —, mas ele continuou impassível, apegado a sua decisão.

Depois que Renata teve o prazer de conhecer a sua nova colega de quarto, deu uma desculpa qualquer e voltou correndo para o prédio administrativo, chegando na sala 22 com os pulmões em chamas. Ainda teve a presença de espírito de esperar os pais assinarem a sua matrícula, apesar de, naquele momento, as suas últimas esperanças estarem indo pelo ralo.

— Acho que vamos ter que viver com essa culpa, então — o sr. Vincenzo deu o veredicto final, retirando as mãos da filha do vestido da mulher. — Renata, você só tem 17 anos e já fez mais coisas erradas do que eu e a sua mãe na vida! Aproveite essa segunda e *última* chance que estou te dando para tomar juízo e aprender com os seus erros. Em julho vamos voltar para buscá-la para as férias de inverno, e então você pode nos dizer se nos perdoou ou não.

— Tchau, querida, tenha um bom semestre letivo. — Laura forçou um sorriso e beijou o topo da cabeça da filha, que tinha os olhos marejados. — Faça alguns amigos!

— Nos vemos em alguns meses. — O sr. Vincenzo também beijou a cabeça da filha, dando dois tapinhas em seu ombro. — Não se esqueça de que nós te amamos.

— Eu odeio vocês — foi tudo o que Renata conseguiu rosnar, dando as costas para os pais e correndo para dentro do colégio. Ela passou pelo diretor como um furacão, sem responder ao seu convite para a "palestra obrigatória de abertura".

Renata só parou de correr quando sentiu que as pernas não iam mais aguentar o tranco. Sem ter para onde ir, resolveu voltar aos dormitórios, rezando para que a nova colega de quarto não estivesse por lá, pendurando pôsteres horríveis na parede e cantarolando músicas imbecis.

No meio do caminho, porém, um grupo de quatro garotos caminhava na direção oposta, conversando e rindo. Renata colocou os óculos escuros para não ter que falar com eles e apertou o passo, mas não foi o suficiente; estava quase passando pelos garotos quando o mais alto perguntou:

— Ei, novata, não ficou sabendo que a palestra é obrigatória?

Renata se voltou para o grupo, encarando o garoto que havia chamado a sua atenção. Ele devia ter mais de 1,80 metro, com cabelo cor de areia e algumas sardinhas espalhadas pelo nariz. Ele era bonito, tinha aquele tipo de beleza que o dinheiro pode comprar, mas a herdeira não estava interessada em garotos, nem em nada que envolvesse aquele colégio nojento.

Mas, quando olhou melhor, percebeu que ele não lhe era estranho...

— Foda-se a reunião obrigatória — respondeu ela, enfim, antes de seguir o seu rumo.

O grupo inteiro soltou um "uuuuuuuuuu" debochado, e o cara comprido começou a rir.

— Beleza, Loira, só não diga que eu não avisei! Dê oi para a Fatinha por mim!

Renata quis perguntar quem diabos era Fatinha, mas optou por continuar caminhando. Desceu as escadas de concreto correndo e atravessou a praça da fonte, entrando no dormitório das garotas e passando pela inspetora Silva, que pareceu nem notar a sua presença, mais interessada em digitar no celular.

A herdeira posicionou a chave magnética na fechadura e encontrou o quarto vazio. Sendo inundada pelo alívio, colocou o ar-condicionado no mínimo, foi até a própria cama, enfiou-se embaixo do edredom vermelho que cheirava a amaciante barato e pegou o celular.

Quando percebeu que nenhum dos amigos de São Paulo havia respondido as mensagens desesperadas que enviara durante o trajeto até o internato, Renata enfiou a cara no travesseiro branco e abafou um grito de frustração. Ela ainda pretendia continuar com o drama quando ouviu batidas rápidas e precisas na porta. Bufando, abandonou as cobertas e abriu a porta com cara de poucos amigos.

Do outro lado, uma senhora na casa dos 60 anos, magricela e baixinha, estendeu a mão.

— Muito prazer, srta. Vincenzo, meu nome é Fátima e eu sou a chefe das inspetoras. Você terá muito tempo para me conhecer durante o ano letivo, porém, de acordo com as instruções gerais, a senhorita deveria estar na palestra de abertura, não no dormitório. — Quando Fátima percebeu que Renata não a cumprimentaria, abaixou a mão de maneira robótica. — Como você é nova por aqui, não vou reportar isso ao diretor, mas você terá que cumprir dez horas limpando as piscinas essa semana e ler o regulamento do colégio para aprender os seus direitos e deveres aqui nessa instituição. Agora, se me der o prazer da sua companhia, vou escoltá-la até a palestra.

— *Limpar as piscinas?* — Renata soltou uma risada incrédula. — Me poupe, velhota, meus pais não estão pagando para que eu limpe as malditas piscinas.

— Não só estão pagando, como assinaram um termo de responsabilidade. — Fátima continuava séria. — Pelas regras do internato, se você não cumprir as suas horas de punição por qualquer que seja o motivo, terá que refazer o ano acadêmico. Creio que não é isso o que quer, não é mesmo, srta. Vincenzo?

— Isso é ridículo! — exclamou Renata, agarrada ao celular. — Eu não vou limpar porra de piscina nenhuma! Você sabe com quem está falando?

— Sei, srta. Vincenzo. Há trinta anos eu decoro nome e sobrenome de todos os alunos que passam por esse colégio, *especialmente* os insolentes — respondeu a chefe das inspetoras, sem perder a compostura. — E você acabou de ganhar mais dez horas de serviço pelo palavrão. Gostaria de encerrar esse diálogo ou vai se encher de horas até o fim do ano? Eu sou paga para isso, srta. Vincenzo, posso ficar aqui o dia todo.

Renata pensou em responder, mas já havia acumulado vinte malditas horas de serviço braçal e não queria nem pensar na possibilidade de passar dois anos naquele lugar. Bufando com força, ela enfiou o celular no bolso dos shorts e saiu do quarto batendo a porta.

— Ótimo — Fátima comemorou a vitória sem mudar a expressão do rosto. — Agora, se puder me acompanhar...

O trajeto até o prédio administrativo foi longo, quente e quieto. A pior parte foi subir mais uma vez as intermináveis escadas de concreto sob aquele sol imoral, e Renata quase não conseguiu segurar as lágrimas.

Mas ela não daria esse gostinho àquela velha caquética!

Quando elas enfim entraram no prédio administrativo e das salas de aula, a inspetora a guiou até a capela, que estava de portas fechadas e de onde se podia ouvir vozes abafadas.

— Entre e sente-se no primeiro lugar que encontrar — instruiu Fátima, abrindo as portas sem dar tempo para que Renata se preparasse para virar o assunto mais comentado entre os alunos pelos próximos minutos.

Lá dentro, o diretor Gonçalves estava em cima do palco que ela vira mais cedo, com um padre e diversas freiras ao redor. Ele estava no meio de uma fala quando as portas se abriram, e ficou empacado enquanto o salão inteiro se virava para encarar Renata.

Sentindo o rosto esquentar, ela caminhou envergonhada até o último banco, sentando-se ao lado do garoto que havia tirado sarro dela mais cedo. Os alunos cochichavam sobre a gafe da aluna nova, e ela sentiu vontade de morrer pela décima vez só naquele dia.

Tinha o pressentimento de que não conseguiria aguentar até o fim daquela semana.

— Bom, agora que estamos todos aqui — o diretor pigarreou no microfone, o que fez alguns garotos e garotas soltarem risadinhas afetadas —, eu posso continuar com as boas-vindas desse ano.

A herdeira revirou os olhos e encostou no banco desconfortável e gelado de madeira, sentindo os pelos dos braços se arrepiarem.

— Vejo que você já conheceu a Fatinha — sussurrou o garoto comprido, se curvando até chegar perto de seu ouvido. Foi tão baixo que Renata achou que estivesse imaginando. — Mandou o meu oi para ela?

— Vai para o inferno, seu babaca — respondeu ela, reparando que os olhos do loiro estavam presos em seu decote.

— Não diga isso, Loira! — murmurou ele, fingindo estar ofendido. — Estamos na casa do Senhor! Você não quer irritar Deus, não é mesmo? Não com todo o histórico dele de inundações e assassinatos e essas merdas.

Renata não respondeu, olhando para a frente e fingindo prestar atenção nas palavras do diretor.

Pelo visto eu já o irritei o suficiente, pensou. *Ou não estaria trancafiada nesse hospício.*

7

A palestra ministrada pelo diretor foi um papo furado sobre comunhão, fé, religião, respeito e comunidade que durou uma hora. Depois, uma missa começou a ser celebrada pelo padre Josias, que seguia um roteiro que a herdeira apertava entre as mãos suadas e que parecia não avançar nunca — o padre era mais jovem do que Renata imaginara, mas aquilo não diminuía em nada o tédio da situação. Os alunos tinham técnicas para se distrair aos sussurros, mas ela não conhecia ninguém, tendo como companhia apenas seus pensamentos irritadiços.

Depois de quase duas horas daquela tortura, a herdeira começou a sentir as pálpebras pesadas e a bunda formigando na cadeira dura. Ela ouvia o discurso morno e sem empolgação do padre e as risadinhas dos garotos ao seu lado, que cochichavam sem parar, apesar dos "shhh" constantes das freiras presentes. Quando a garota pensou que não conseguiria continuar acordada, o padre Josias disse o último "amém" e uma comoção generalizada tomou conta dos alunos, que se levantaram todos ao mesmo tempo.

— Lembrando que hoje à noite, no refeitório, faremos a nossa tradicional festa de boas-vindas, às oito — o diretor Gonçalves tentava gritar por cima de todo aquele barulho. — Todos os alunos estão convidados, principalmente os calouros!

Na palavra "calouros", algumas garotas perto de Renata riram, e o garoto insolente ao lado dela sorriu de maneira debochada, como se soubesse um segredo.

— Vocês estão liberados pelo resto do dia. Amanhã todos receberão o cronograma das aulas. Tenham um bom resto de tarde e uma boa festa hoje à noite!

Renata foi uma das primeiras a sair daquela capela; correu antes que fosse obrigada a socializar com o maluco ao seu lado. Mas seus esforços foram em vão, porque ele a alcançou ainda do lado de fora. Por trás dos óculos escuros que havia acabado de colocar, Renata reparou que a manga da camisa vermelha do garoto escondia uma tatuagem preta.

— Eu não costumo ser legal com os novatos, mas vou abrir uma exceção porque gostei dos seus peitos — disse ele, como se não tivesse sido extremamente ofensivo e babaca. — Acho melhor você não ir a essa festa hoje à noite.

— Posso saber por quê? — perguntou Renata, mais por curiosidade do que por levar o garoto a sério.

— Não. — Ele abriu um sorriso misterioso, já se afastando, mas não sem antes berrar: — Meu nome é Gabriel, *by the way*. Não se esqueça, você ainda vai precisar de mim, Loira!

Com a sua melhor atitude blasé, Renata voltou a andar por entre os alunos já espalhados pelo campão, conversando e matando o tempo. Perdida e sem amigos, ela se viu caminhando de volta aos dormitórios. Fatinha, a chefe das inspetoras, estava na porta do prédio, recepcionando as alunas que entravam. Todas pareciam muito à vontade com a mulher, fazendo piadas, rindo e recebendo abraços calorosos da rabugenta, e Renata não conseguia acreditar que aquele monstro de ser humano pudesse ser tão querido. Tentando engolir a raiva, ela apenas passou direto pela mulher, sem lhe dignar um mísero olhar. Fatinha, que fingiu não perceber, deu um sorrisinho; casos como o de Renata eram os seus favoritos.

Quando abriu o quarto, encontrou Lívia. Ela teria que se acostumar com aquilo, já que as duas dividiriam o quarto. Dessa vez, a garota estava fuçando a própria mochila. Olhou para Renata por um momento e logo voltou sua atenção para a mochila, concentrada.

Renata não fazia ideia de como ela havia chegado ali tão rápido.

— Estão todos comentando sobre você, Barbie — disse Lívia, num tom amigável. — "Vocês viram que imbecil, a aluna nova achou que poderia escapar da Fatinha. No primeiro dia!"

— Como se eu soubesse quem diabos era Fatinha, para começo de conversa — respondeu Renata, antipática, e se jogou na cama. — Quando vi, aquele maracujá murcho estava me dando horas de serviço sem eu ter feito nada.

— Não fala assim dela. — Lívia lançou um olhar de advertência em sua direção, segurando um *nécessaire*, uma toalha e um maço de cigarros.

— Eu falo como bem entender.

Lívia deu uma risada seca, levantou-se e foi até a porta. Porém, antes de sair, olhou de um jeito quase piedoso para Renata.

— Quer um conselho de amiga, Barbie? Ninguém gosta dessa atitude de superioridade por aqui. — Colocou o cartão na fechadura magnética. — Podia funcionar em São Paulo, mas agora você está trancafiada em um convento. E aqui você não é melhor do que ninguém porque tem dinheiro. *Todos nós temos dinheiro.*

Sem se despedir, Lívia saiu do quarto e fechou a porta, deixando Renata sozinha e atônita.

A herdeira ainda tentou contato com os antigos amigos mais uma vez, e de novo foi solenemente ignorada — alguns chegaram até a bloquear o seu número. Depois, trocou meia dúzia de palavras com as babás, e a saudade de casa, daquela ilusão de casa amorosa que as funcionárias tentavam construir para a garota, bateu muito forte. Chateada e entediada, ela jogou o iPhone na cama e foi até a janela.

Na praça da fonte, um grande grupo de alunos estava reunido perto dos bancos, jogando conversa fora e rindo, e Renata sentiu uma pontada no peito. Eles pareciam tão felizes... Ela nem se lembrava da última vez em que se sentira feliz. Claro que tinha os seus picos de histeria, principalmente quando estava fazendo algo errado, mas quando a adrenalina baixava, Renata se sentia vazia e triste. Sem amigos de verdade, sem uma família amorosa, sem nada.

No fim do dia, ela sempre estava sozinha.

Claro que nunca admitira aquilo para ninguém, nem mesmo para a terapeuta, que chegou, em determinado momento, a perguntar se ela realmente amava os pais. Renata não entendeu a pergunta — eles haviam pedido para a mulher perguntar aquilo? Claro que ela amava os pais, mas convivia tão pouco com eles que, às vezes, sentia que a recíproca talvez não fosse verdadeira. Tinha a teoria de que a única coisa que os pais amavam de verdade era o trabalho e o dinheiro. Nem mesmo o "amor" que sentiam um pelo outro parecia verdadeiro.

Renata perdeu a noção do tempo, parada com uma das mãos no batente da janela. Aos poucos, o entardecer alaranjado foi dando lugar a um anoitecer azul-escuro. Os seus olhos se encheram de lágrimas, e ela nunca se sentiu tão desamparada em toda a sua vida.

Só se mexeu quando Lívia voltou, enrolada na toalha, cheirando a sabonete e creme de avelã, e as tranças coloridas pingando no carpete. Rapidamente, Renata fungou e enxugou as lágrimas, voltando-se para a colega de quarto.

— Como eu faço para tomar banho?

— Você entra no boxe e liga o chuveiro — respondeu Lívia, tirando a toalha e revelando o corpo compacto e bonito.

Pelada, Lívia caminhou até a mala para pegar roupas limpas.

— Era melhor ter perguntado para a parede. — Renata desviou os olhos do corpo da garota. — Tem fila? Eu tenho um chuveiro só para mim? Como funciona?

— Não é ciência, Barbie. Cada boxe tem o número de um quarto, ou seja, o nosso é o boxe sete. — Lívia se levantou e colocou uma calcinha branca, combinando com o sutiã que segurava; ela não parecia nem um pouco envergonhada do próprio corpo. — Depois de quinze minutos a água vai esfriando gradativamente.

Agora não incomoda tanto porque está um calor dos infernos lá fora, mas no inverno eu te aconselho a tomar banhos rápidos.

Renata foi até uma das malas e procurou por suas peças íntimas. Lívia, que continuava se vestindo aos poucos, também se lembrava do primeiro dia no internato, e de como estava com raiva de tudo e de todos por ter sido colocada lá. Ela entendia a revolta de Renata — apesar de provavelmente estarem ali por motivos distintos —, mas era difícil sentir qualquer tipo de empatia quando a garota agia como se fosse a rainha da Inglaterra.

— A maioria das meninas já se troca no banheiro, mas não se assuste se encontrar algumas desfilando de toalha pelo corredor, como eu acabei de fazer. Tenho medo de escorregar e morrer da forma mais ridícula possível, então sempre me troco no quarto.

Renata permaneceu séria, sem rir da piada, e Lívia revirou os olhos, deslizando um vestido azul-claro pelo corpo. A herdeira então colocou o seu conjunto de calcinha, sutiã e pijama na cama.

Lívia a observou, desconfiada.

— Não vai à festa? — perguntou, calçando rasteiras.

— Não estou no clima — respondeu Renata, colocando as toalhas ao lado do pijama.

Era parcialmente verdade. Ainda estava com o que Gabriel tinha dito na cabeça, sobre algo interessante que aconteceria de madrugada. Se era verdade ou não, só saberia mais tarde.

Lívia soltou uma risada irônica, estalando o pescoço.

— Então quer dizer que alguém do Conselho foi com a sua cara?

— Não sei do que você está falando — respondeu Renata, e não sabia mesmo.

— Sei...

Com toda a sua roupa enrolada entre as toalhas e o *nécessaire* pendurado no ombro, Renata atravessou o corredor até os banheiros. O lugar era amplo e bem iluminado, com cerca de dez divisórias de privadas e dez boxes de mármore protegendo os chuveiros, os números indicados na porta.

Meia dúzia de garotas estava por lá, perto das pias, sentadas nos bancos impermeáveis vermelhos e brancos. Algumas escovavam os dentes, outras passavam creme nas pernas e, aparentemente, conversavam sobre alguma festa, mas pararam assim que Renata abriu as portas.

Lembrando-se do conselho de Lívia e odiando fervorosamente água gelada, Renata tratou de ser rápida, esfregando do corpo todos os resquícios de sujeira e poluição de São Paulo.

Ao sair do boxe, sentia-se uma nova mulher.

Já no quarto, ajeitou alguns pertences no armário de duas portas e guardou outros na escrivaninha. O seu lado do cômodo estava sem personalidade, enquanto o de Lívia era coberto por pôsteres e livros, com uma colcha de retalhos por cima do edredom branco e vermelho e um tapete colorido no chão. Renata decidiu que não faria decoração alguma, delirando que assim teria mais chances de ir embora. Mas, enquanto divagava sobre a possível fuga do internato, acabou adormecendo, vencida pelo cansaço da viagem e de todas as emoções daquele único dia.

Ela provavelmente teria dormido a noite inteira e acordado pronta para o segundo dia da semana de recepção. Talvez até se sentisse melhor, com boas perspectivas para a nova casa. Fazer amigos, quem sabe?

Mas ela nunca saberia. Porque, no meio da madrugada, alguém entrou no quarto, amordaçou a garota, amarrou suas mãos e seus pés, colocou um saco na sua cabeça e a carregou para fora enquanto Renata tentava, em vão, berrar por socorro.

8

Renata achou que era o seu fim.

Poderia ser algum sequestrador em busca do dinheiro dos pais, já que ali ela estava exposta, sem motorista nem segurança para protegê-la, ou um dos amigos do ex-namorado, seguindo ordens de matá-la depois que a garota colocou em risco os esquemas deles. Mas de uma coisa ela tinha certeza: algo muito ruim aconteceria naquela noite.

No começo, a herdeira ainda teve forças para berrar contra a mordaça e chutar e socar quem estivesse em volta, mas, aos poucos, o maxilar começou a doer, e a garganta a pegar fogo, enquanto as cordas nos punhos e tornozelos machucavam a sua pele. Ela finalmente resolveu ficar em silêncio e imóvel depois que mordeu a língua e sentiu o gosto enferrujado do próprio sangue. Renata ainda aguentava em silêncio a pressão que sentia na barriga, provavelmente por estar sendo carregada no ombro de alguém.

O percurso demorou cerca de vinte minutos, nos quais a garota tentou manter a calma, lembrando das lições que aprendera vendo filmes de ação com as babás: se focar em pontos fracos como nariz, virilha, olhos... Teria que ser rápida e letal se quisesse se livrar de seus sequestradores.

A quem ela estava tentando enganar? Não tinha força nem para mudar um móvel do quarto de lugar. Renata estava perdida...

Tudo estava muito silencioso, e ela só conseguia ouvir diversos passos ecoando pela noite, como se fosse escoltada por um grupo. Os passos passaram do concreto para a grama, destruindo algumas folhas secas e, vez ou outra, afundando na lama.

O seu cativeiro seria no meio do mato?

De repente, ela foi colocada no chão sem nenhuma delicadeza e o saco com cheiro de laranja foi retirado da sua cabeça. Renata chutou, tentando acertar a virilha de alguém, mas só conseguiu golpear o ar, ouvindo risadas divertidas ao redor. Quando percebeu que não conseguiria fazer nada com as mãos e os pés amarrados, parou de se debater e olhou em volta, os olhos esverdeados bem arregalados: estava cercada por uns dez jovens.

O local era iluminado por diversos archotes enfiados na terra, já que os densos pinheiros bloqueavam o luar. Renata percebeu que estava no meio do mato, e aquilo fez o seu coração disparar. Se ela fosse assassinada, o seu corpo ficaria perdido entre a vegetação pelo resto da eternidade. Nem um enterro decente ela teria. Justo ela!, que sempre se imaginou assistindo ao próprio velório como uma versão fantasma de si mesma.

Depois que a herdeira terminou de observar seu cativeiro, tentou descobrir quem eram os captores e, para a sua surpresa, eram todos alunos do internato, meninos e meninas, que em comum só tinham uma braçadeira com um "C" bordado em vermelho no braço direito. E, dentre os garotos, parado no centro como se fosse o líder daquilo tudo, Gabriel mantinha um sorriso sacana nos lábios.

— Boa noite, Renata Vincenzo.

A mordaça foi retirada por uma garota negra, e Renata cuspiu nas folhas secas com raiva o sangue da língua mordida. Bem de longe, sentia o chão tremer ao som de algum tipo de música eletrônica.

— Eu posso saber que porra é essa? — sibilou, olhando com ódio para todos, mas em especial para Gabriel.

Ela não podia acreditar que sentira tanto medo de um bando de adolescentes entediados que só queriam pregar uma peça na aluna nova!

— Eu te disse para não ir à festa — respondeu o jovem, agachando-se de frente para ela e passando o dedo pelas lágrimas que Renata nem sentira caindo. — Me desculpe, Loira, nós não queríamos te assustar.

— Vai à merda — murmurou ela, trêmula.

— Ei, tenha bons modos, mocinha! Não foi isso que as suas babás te ensinaram, mesmo seus pais tendo levado todo o crédito! — debochou ele, fazendo os outros jovens rirem. — Se não fosse por mim, você estaria na cama nesse exato momento, perdendo a melhor festa do ano! Você deveria me agradecer.

— Você bateu a cabeça? — retrucou ela, indignada; aos poucos, o medo ia embora e a sua atitude voltava ao normal. — Vocês invadiram o meu quarto no meio da madrugada, me tiraram da cama enquanto eu dormia, me amarraram e me amordaçaram, me machucaram e me arrastaram para o meio do mato, e ainda quer que eu agradeça? Qual é o seu problema?

— Prevejo que o meu problema vai ser você, agora que estou como seu responsável. Espero, pelo seu próprio bem, que você não tente fazer nada estúpido. — Gabriel se agachou mais uma vez e se debruçou sobre ela, soltando as mãos e os pés de Renata. — Nem tente sair correndo, ou só vão achar os seus ossos aqui daqui alguns meses. Só a gente sabe o caminho de volta.

Renata se levantou com a ajuda de Gabriel. Só então ela se deu conta de que usava apenas uma camisola de seda vermelha e estava cercada por muitos garotos com sorrisinhos presunçosos.

Abraçando-se, ela encarou um por um, inclusive as meninas, tentando parecer forte, quando, na verdade, sentia-se um gatinho enjaulado.

— Será que alguém pode me explicar o que está acontecendo aqui ou vou ter que começar a berrar?

— Sem perguntas, caloura, você ainda é uma iniciada. — Gabriel cutucou as costas de Renata, empurrando-a para a frente, para uma trilha forrada por folhas secas. — Agora, fique quietinha e nos acompanhe.

Era apenas o primeiro dia, e Renata já estava cansada de receber ordens naquele lugar, fosse dos funcionários, do diretor, dos alunos... Mas, mesmo assim, acabou cedendo, sentindo a grama úmida sob os pés. Bem no fundo, passado o susto e a raiva, estava curiosa para saber o que ia acontecer.

Eles caminharam por algum tempo em direção à música eletrônica, seguindo a trilha de archotes bruxuleantes. Aos poucos, a densa vegetação foi se abrindo em uma clareira rodeada pelos mesmos archotes da trilha. Uma estrutura engenhosa de som estava montada no fundo da área e um aluno branquelo e baixinho remixava "Indecente" e "Vai Malandra" na mesa de som. O local estava lotado de alunos, que dançavam com copos nas mãos, rindo e se divertindo e, dentre um mar de roupas normais, alguns estavam de pijama, com os cabelos bagunçados e cara de assustados, idênticos a Renata.

Aproveitando a deixa, Gabriel a empurrou para o grupo de calouros e fez sinal para o DJ, que parou a música sem questionar. Ele também usava uma braçadeira com o "C" bordado em vermelho. Renata abraçou o próprio corpo com mais força, sentindo frio e vergonha, e observou Gabriel passar pelos alunos e subir na estrutura, reaparecendo com um microfone dourado superbrega nas mãos. Ficou parecendo o Raul Gil, e Renata teve que segurar a risada.

— Boa noite, pessoal! — ele cumprimentou, recebido por gritos entusiasmados. — Mais um ano que começa, mais uma festa de iniciação que ficará para a história!

Uma veterana segurando vários copos empilhados gritou com animação ao lado de Renata. Atrás delas, Lívia estava de mãos dadas com uma garota oriental. Quando viu Renata, a colega de quarto exibiu a mesma carranca de sempre.

Para qualquer lugar que Renata olhasse, os outros alunos a encaravam da mesma forma, como se ela não devesse estar ali.

— Estou recebendo esses olhares amedrontadores há meia hora — uma garota de lindos cachos escuros e um roupão de seda preto quase transparente confidenciou para Renata, quando viu que ela olhava em volta assustada.

— O grupo desse ano... — As palavras de Gabriel chamaram a atenção de Renata, que apenas sorriu para a outra caloura que tentou ser simpática. — Foi escolhido a dedo. Alguns já aprovados por todos, outros em estado de provação.

Ele olhou de relance para Renata, que revirou os olhos; ela não havia pedido por aquilo, por que ele queria intimidá-la?

Qual seria o problema de não fazer parte daquele grupo?

— Começa logo a festa! — O grito veio do garoto de quem Renata se lembrava como o goleiro frustrado do jogo de futebol do campão.

Perto dele, alguns garotos riram, mas o pedido foi solenemente ignorado por Gabriel.

— Como pede a tradição, vamos apresentar os calouros e calouras escolhidos pelo Conselho, começando pelos mais novos. — Ele estendeu a mão e recebeu um pedaço de papel de outro cara com a braçadeira bordada com "C". — Calouros, quando eu chamar os seus nomes, por favor, fiquem na frente da caixa de som. Aline Medeiros, primeiro ano!

Sob uma forte salva de palmas, uma garota baixinha e com cara de fuinha arrastou o seu pijama de flanela até a estrutura improvisada, parando na frente da caixa de som em que Gabriel estava apoiado: ela parecia assustada e animada ao mesmo tempo.

— André Garcia, primeiro ano!

E Gabriel continuou anunciando um por um, até que só Renata e a garota com o roupão de seda ficaram no grupo dos renegados.

— Paula Kresler, terceiro ano — anunciou ele, e a garota lançou um olhar de piedade para a herdeira antes de completar a fila dos calouros, ao lado de um garoto japonês do terceiro ano chamado

Caio Kimura. — E, finalmente, a primeira vítima da Fatinha desse ano, Renata Vincenzo, terceiro ano!

Renata caminhou sob aplausos e risadas, controlando-se para não mandar todos para o inferno. Quando parou ao lado de Paula, cruzou os braços e olhou para os próprios pés descalços e imundos.

— Isso não é um trote de faculdade, então não vamos pintar ou raspar o cabelo de vocês. — Gabriel desceu da estrutura, fazendo sinal para que o restante dos garotos e garotas com o "C" nos braços se aproximassem. — Mas também não somos bonzinhos. Esse é um grupo seleto do Colégio Interno Nossa Senhora da Misericórdia, e vocês vão conhecer mais da nossa tradição ao longo dessa semana de iniciação. Se você for um de nós, passará um ano maravilhoso e terá amigos valiosos para sempre! Caso contrário, o seu ano poderá ser... *infernal.*

Gabriel percorreu a fila, estendendo uma folha de papel para cada calouro. Quando chegou na frente de Renata, entregou o papel com um sorriso charmoso de brinde.

— Para ser um de nós, vocês vão precisar provar que merecem — disse ele para toda a fila, mas sem tirar os olhos de Renata. Ficou alguns segundos ali, sorrindo, antes de se voltar para o restante da festa e berrar no microfone: — Eu declaro iniciada a caça ao tesouro dos calouros! E, antes que eu me esqueça... *que empiece la fiesta!*

9

Renata olhou para baixo, tomada pela música alta que voltou a tocar e pelos berros dos alunos já embriagados. Apesar do escuro, as luzes da estrutura do DJ e os archotes em volta da clareira iluminavam a folha de papel, e ela começou a ler com indignação os itens absurdos da "caça ao tesouro".

Eram cinco itens a serem cumpridos, e ela não sabia se ria ou se chorava.

Gabriel, já sem o microfone e no chão, abraçou Renata, que, de tão atordoada, não o impediu.

— Parece difícil — comentou ele, numa distância inconveniente de seu ouvido —, mas, se você se dedicar bastante, vai ver que é tudo questão de lógica e um pouco de sorte. Além do mais, deve ser fichinha para você, acostumada a se meter em coisas piores.

Renata encarou Gabriel, sentindo o hálito de cerveja dele.

— De onde você tirou isso? O que sabe da minha vida?

— Muito mais do que você imagina, Loira. — Ele sorriu mostrando todos os dentes.

A herdeira fez que não diversas vezes, sem acreditar que havia sido tirada da sua cama no meio da noite para aquilo.

— Roubar uma cueca do diretor Gonçalves? — Ela se virou para Gabriel, olhando bem no fundo dos olhos de gatuno dele.

Perguntar sobre o evolucionismo na missa de domingo? Vocês querem me expulsar do colégio?

— Ah, você pegou a lista fácil! — Gabriel balançou a cabeça, olhando para a folha de papel nas mãos de Renata. — Dessa lista, nós ficamos muito animados com o item cinco!

Que consistia em "roubar a Bíblia da capela". Renata revirou os olhos.

— E se eu me recusar a fazer essas coisas?

— Eu poderia contar — Gabriel ficou sério repentinamente —, mas aí teria que te matar. E não estou interessado em terminar os meus estudos na Fundação CASA.

— Não estou mais brincando, Gabriel. — Renata ficou de frente para ele; estava no limite, com frio, fome, sono e raiva.

Mais uma brincadeirinha e ele se arrependeria de ter nascido.

Talvez ela tenha transparecido isso na expressão de ódio, pois Gabriel resolveu ser sincero pela primeira vez.

— Bom, se quer mesmo saber agora e não esperar pelas reuniões ao longo da semana, eu faço um resumo do que vai acontecer: adeus vida social, adeus festas, adeus pegação, adeus qualquer tipo de amizade útil, adeus bons relacionamentos e adeus paz. — Ele se curvou, ficando a poucos centímetros de Renata. — E, o principal: adeus diversão.

O garoto bagunçou o cabelo já bagunçado de Renata e, antes que ela pudesse responder qualquer coisa, deu uma piscadela e se afastou, deixando-a sozinha no meio do mato, apenas de camisola e com uma lista de coisas absurdas que teria que cumprir até o fim de fevereiro se quisesse entrar para um clubinho que não havia oferecido nada de interessante além de ameaças.

Mais cedo, Renata pensara que nunca havia se sentido tão desamparada na vida, mas ali, com certeza, o desamparo era três vezes maior.

Andou a esmo pelo lugar, já sabendo que teria que esperar a festa acabar se quisesse voltar para o dormitório. Os veteranos a olhavam com risadinhas nos lábios, e os outros calouros já pareciam bastante enturmados; ela poderia tentar conversar com algum deles, mas estava tão cansada que apenas se afastou da multidão, sentou-se no chão úmido e revestido de folhas podres e recostou contra um grande pinheiro.

Ela apoiou a cabeça nos joelhos e os abraçou, tentando ignorar a vibração do chão, mas era difícil quando a batida acompanhava ritmo do seu coração. Renata não conseguia entender como o padre e as freiras não estavam ouvindo toda aquela barulheira; quão longe eles estavam da propriedade? Evitando se concentrar naquilo, ela tentava processar direito o que estava acontecendo na sua vida. Em um dia, era uma jovem privilegiada da Zona Sul de São Paulo, no outro, estava metida no meio do mato só de camisola e sem nenhum amigo.

A herdeira acabou adormecendo sem nem se dar conta. Mais uma vez, teria facilmente despertado apenas de manhã, desorientada, se não tivesse sido acordada horas depois de uma maneira nada delicada por mãos firmes que a chacoalhavam de um lado para outro.

Primeiro, ela se recusou a levantar a cabeça, resmungando coisas desconexas, mas então uma voz mais ou menos conhecida atravessou a barreira do sono.

— Ei, novata, acorda aí — o bolsista chamado Guilherme sussurrava próximo ao seu ouvido, e ela arregalou os olhos, observando o par de tênis do garoto ainda com a cabeça abaixada. Lentamente, Renata levantou a cabeça e encontrou o menino agachado à sua frente, parecendo meio irritado. — Você é maluca ou o quê? A festa inteira está te procurando. Temos que dar o fora daqui.

Ainda muito confusa, Renata apenas estreitou os olhos para ele. Ela estava sonhando?

— O quê?

— Levanta, Bela Adormecida, nós precisamos sair daqui! — exclamou ele, e ela piscou várias vezes, lembrando-se repentinamente de onde estava, o motivo de ter adormecido no meio do mato e quem era aquela visão do paraíso.

— Me desculpe se acabei adormecendo depois de ter sido sequestrada no meio da madrugada por um bando de lunáticos — resmungou ela, hipnotizada pelas íris escuras do bolsista.

— Vamos lá, princesa, menos reclamação e mais obediência, antes que você estrague a diversão do colégio inteiro. — Ele se levantou e cruzou os braços.

Com certa dificuldade, Renata se levantou sem a ajuda de Guilherme. Já de pé, abraçou o próprio corpo, tremendo de frio. Ele revirou os olhos, tirou o próprio casaco e o jogou nos ombros da garota.

— Pronto, realeza, será que podemos sair daqui agora?

Renata fez que sim, sem energia para bater boca — sem energia nem para se dar conta de que estava sozinha no meio do mato com aquele cara misteriosamente maravilhoso.

Os dois voltaram juntos e em silêncio para a clareira, encontrando Gabriel e todos os outros garotos e garotas com as braçadeiras. O loiro, que estava com uma expressão de preocupação no rosto enquanto conversava com alguém por um rádio, ergueu os braços e foi a passos largos até Guilherme e Renata assim que os avistou. Renata reparou que o lugar estava quase vazio, com exceção de alguns alunos bêbados demais para voltarem sozinhos e os "membros do Conselho", seja lá o que aquilo significasse.

— Onde foi que você se meteu? — Ele puxou Renata pelo braço com força, e ela derrubou a jaqueta de Guilherme no chão. — Quer foder a gente?

— Pega leve — interveio Guilherme, tirando a mão de Gabriel do braço de Renata. — Ela dormiu.

— Ah, *ela dormiu*! Que belezinha! — Gabriel agarrou-a novamente. — Queria ver se nós perdêssemos o lugar porque a caloura resolveu tirar um cochilo!

— Quem mandou acordar eles no meio da noite fingindo sequestro? — Guilherme revirou os olhos, retirando novamente a mão de Gabriel do braço de Renata. — Todo mundo disse que essa ideia era imbecil.

— E é por isso que eu sou o presidente do Conselho e você é só um merdinha favelado que nem deveria estar aqui — rosnou Gabriel.

Renata, perdendo a paciência, empurrou os dois e, num súbito ataque de ira, começou a berrar:

— Eu quero que vocês vão todos para a puta que pariu! — Ela olhou de um para o outro, furiosa. — Espero que vocês e essa porra desse Conselho vão para o inferno! Me levem para o dormitório e me deixem em paz!

Todo mundo que estava em volta ficou em silêncio, observando a explosão. Um dos bêbados levantou o rosto da poça de vômito, os olhos petrificados de terror. Renata respirava fundo depois de berrar os pulmões para fora, não sentindo mais frio, nem fome, nem sono.

Apenas ódio.

Gabriel abriu a boca para responder, mas Guilherme pegou a própria blusa do chão, cobriu os ombros de Renata novamente e os apertou.

— Vamos, princesa, claramente já deu para você. Vou te levar de volta para o dormitório.

Eles passaram por Gabriel e o Conselho e, no meio do caminho, Renata jogou fora sua lista da caça ao tesouro.

10

Renata seguiu Guilherme no mais completo silêncio. Não que ele estivesse tentando iniciar qualquer tipo de diálogo depois do surto psicótico dela, porque ele não estava, e Renata era muito grata por isso. Já tinha atingido sua cota de "aventuras" daquela noite, e conversar sobre amenidades com um desconhecido era, sem dúvidas, o último item na sua lista de desejos.

Mesmo que o desconhecido fosse lindo e a tivesse resgatado do meio do mato.

Eles seguiram ziguezagueando pelos pinheiros. Quando Renata avistou os dormitórios ao longe, parecendo pequenos prédios de brinquedo além da vegetação densa, sentiu uma imensa vontade de se sentar e chorar de alívio.

O que aquele lugar estava fazendo com ela? Nem 24 horas haviam se passado e a garota já parecia quebrada por dentro, querendo chorar por qualquer motivo.

— Agora, presta muita atenção em mim, princesa. — Guilherme se voltou para Renata repentinamente, puxando sem nenhuma delicadeza ou cavalheirismo o casaco que havia lhe emprestado. — Você precisa passar por trás do prédio dos meninos e entrar pelos fundos do prédio das meninas, sem ser vista. É simples, vá colada na parede para não ser pega pelas câmeras de segurança, senão amanhã a Fatinha vai te dar mais de cem horas de serviço por estar fora da cama depois da meia-noite.

— Ah, que ótimo! Corro o risco de encontrar aquela mulher odiosa de novo e ganhar mais horas de serviço por algo que eu não queria fazer — Renata revirou os olhos.

— Não fala assim da Fatinha — resmungou Guilherme, claramente incomodado por estar ali de babá. Renata queria entender o porquê de todos gostarem tanto daquela mulher horrorosa, mas não quis estender aquele momento desconfortável. — Sei que você deve estar querendo tomar um banho agora, mas não faça isso. Vá direto para o quarto e tente dormir um pouco.

— Eu não vou deitar na minha cama com esses pés imundos! — Renata falou alto demais, e, instintivamente, Guilherme aproximou-se dela com cara de medo e tapou sua boca.

— Fala baixo, pelo amor de Deus!

Renata, paralisada pela reação do garoto, olhou dentro dos olhos dele, respirando fundo e segurando a vontade de morder aqueles dedos até arrancar sangue.

— Você quer tomar um chazinho com o padre Josias? É só me dizer, eu te levo até a porta dele agora mesmo — insistiu Guilherme, mas a garota fez que não.

— Ótimo. Sabia que você tinha algum bom senso. Não pode tomar banho agora… Se alguém te pegar, qual seria a sua explicação para toda essa sujeira? Vai ter que aguentar por uma noite. E vai ter que acordar bem cedo para tomar banho antes que a Fatinha apareça!

A loira tentou perguntar o que "antes que a Fatinha apareça" significava, mas, com a boca tampada pelos dedos com gosto de grama de Guilherme, ela apenas soltou sons incompreensíveis.

— O quê? O que foi, princesa? Eu não consigo te entender! — Ele franziu a testa e riu.

Incomodada pelo vento gelado, lágrimas involuntárias encheram os olhos da herdeira, e Guilherme logo parou de sorrir.

— Se eu te soltar, você promete que vai falar baixo?

Renata concordou e, devagar, ele tirou a mão de sua boca. Completamente livre, ela se viu perto o suficiente para enxergar uma pintinha charmosa logo acima dos lábios do garoto.

— Podemos ir? *Em silêncio?* — Ele se afastou bruscamente, passando as mãos pelos cabelos jogados para trás.

— Sim — murmurou ela, um pouco sem fôlego. — E para de me chamar de princesa.

Os dois desceram o curto gramado que os separava dos dormitórios. Ao chegarem nos fundos do prédio dos meninos, Guilherme apontou com a cabeça o caminho que Renata deveria seguir, e ela partiu sem nem se despedir ou olhar para trás, correndo antes que fosse pega. Enquanto se distanciava daquele pesadelo, pensou ter ouvido risadas às suas costas, mas não voltou para tirar a prova.

A herdeira se espremeu por trás do prédio, atravessou correndo a praça da fonte e voltou a se proteger nas paredes frias do dormitório feminino, arrastando-se pelos tijolos e sujando a seda fina da camisola. Já nos fundos, ela avistou uma porta estreita de madeira e entrou, dando de cara com as escadas que levavam aos dormitórios.

Subiu correndo os degraus e, ao chegar no primeiro andar, teve que lutar contra a imensa vontade de desobedecer a Guilherme e se enfiar embaixo dos chuveiros quentes. Com a cara da derrota, se arrastou para o quarto sete e bateu à porta, alto o suficiente para acordar Lívia, mas não tanto a ponto de acordar o restante do andar.

A colega de quarto abriu a porta poucos instantes depois, com um pijama de moletom e cheiro de cigarro mentolado.

— E aí, Barbie. Coloca umas meias para dormir, ou o seu lençol vai acordar preto.

Renata entrou, sentindo-se imunda e ainda muito irritada.

— Fiquei sabendo que você deu um chilique épico com o Gabriel hoje — disse Lívia como quem não quer nada, mas doida para saber detalhes da fofoca. — Só posso te agradecer por isso, não suporto aquele babaca.

Nenhum dos comentários foi respondido. Lívia sentou-se com pernas de índio na própria cama enquanto Renata se despia; ela só queria deitar e se esquecer daquele dia.

Amanhã vai ser melhor, ela pensou, vestindo as roupas mais velhas que encontrou e enfiando os pés imundos em meias limpas antes de cair na cama e fechar os olhos com força.

— Você me viu de mãos dadas com uma garota hoje — comentou Lívia, então se deitou na cama e desligou o abajur, deixando o quarto envolto pelo negrume da madrugada.

— Eu vi muitas coisas hoje — murmurou Renata, o sono pesando sobre ela.

— Não ficou com medo de se trocar na minha frente? — Lívia se revirava na cama, ansiosa.

Se estivesse de olhos abertos, Renata os teria revirado.

— Estamos no século XXI, Lívia. Você é lésbica, não uma predadora sexual.

Lívia soltou uma risadinha baixa.

— Eu poderia ser bi.

— Você pode ser qualquer coisa, só cala a boca e me deixe dormir.

Lívia riu e obedeceu a menina, adormecendo pouco tempo depois. As duas tiveram algumas horas de paz e tranquilidade. Até que o sol começou a nascer, e, às sete horas, os alto-falantes dos corredores começaram a tocar um cântico cristão qualquer.

Um pouco zonza, Renata cobriu a cabeça com o travesseiro, mas não adiantou muito. Ao seu lado, ouviu Lívia resmungar e xingar. A loira ainda ficou um pouco desorientada, achando que estava em sua cama *king size* em São Paulo, antes de lembrar que, na realidade, estava trancafiada em um maldito internato católico no meio do nada e que havia dormido, no máximo, umas duas horas, graças ao sequestro daqueles lunáticos que se intitulavam "Conselho".

Ela ainda estava processando tudo aquilo quando foi atingida pela luz do sol. Era Lívia, com o rosto assustado, tirando o travesseiro da sua cara.

— O que você está fazendo, criatura? — A garota puxou Renata para fora da cama. — Já era para você estar de banho tomado! Daqui a pouco a Fatinha passa aqui!

Renata lembrava-se vagamente de Guilherme falando que ela deveria tomar banho bem cedo, mas as suas memórias ainda estavam um pouco embaralhadas.

Guilherme... Ele era muito charmoso.

— Puta merda, Barbie, sai logo dessa cama!

Renata se levantou devagar, observando Lívia de cara amassada. Ficou parada por alguns instantes, até que a colega de quarto perdeu a paciência e saiu recolhendo os apetrechos de banho de Renata, que continuou empacada, sem saber o que fazer.

Lívia colocou toalhas, o uniforme e o *nécessaire* nos braços de Renata, então a empurrou para fora do quarto. Quando as duas saíram, viram Fatinha entrar no quarto um.

— Vai, Barbie! Você tem seis quartos para voltar aqui de banho tomado, vestida e sem nenhum vestígio de festa no meio do mato!

11

Renata correu até o banheiro, sem entender direito o porquê. Não costumava funcionar muito bem de manhã, então só fez o que Lívia ordenou.

Já no boxe sete, tomou um delicioso banho quente, mas sem se demorar. Lavou o cabelo cheio de folhas e ficou um bom tempo esfregando os pés sujos de terra. Quando saiu, sentia-se uma nova mulher. O sorriso em seus lábios poderia ter durado pelo resto do dia, não fosse o fato de que precisou, pela primeira vez, se enfiar naquele uniforme horroroso.

Quando saiu do banheiro, observou Fatinha entrar no quarto seis. Ansiosa, correu até seu quarto, mas percebeu que havia esquecido a chave magnética lá dentro. Desesperada, ela bateu várias vezes à porta, ouvindo a voz de Fatinha atravessar as paredes. Assim que a maçaneta do quarto seis fez um "click", Lívia abriu a porta e Renata entrou com tudo, encontrando o lugar perfeitamente arrumado, com as camas feitas e as malas fechadas e enfileiradas.

— Se ela perguntar o porquê do cabelo molhado, diga que você gosta de tomar banho bem cedo. Fique do lado da cama com as mãos atrás do corpo. Não sorria muito. Não fale nada, deixa que eu falo se ela perguntar alguma coisa. E, o mais importante, não caia, em hipótese alguma, no verde dela.

— No verde de... — Renata ia dizendo, mas então ouviu batidas à porta e, sem pedir autorização, Fatinha entrou no dormitório, com cara de poucos amigos.

Renata não tinha a menor ideia do que estava acontecendo, mas o coração batia como louco dentro do peito. Havia tempos ela não sentia aquele tipo de adrenalina, uma mistura de desespero com empolgação.

— Bom dia, srta. Morales. Bom dia, srta. Vincenzo — disse a inspetora, caminhando pelo quarto e avaliando o lugar.

— Bom dia, Fatinha — disse Lívia com empolgação, e, vendo que Renata não ia responder o cumprimento, lançou um olhar de reprovação para a colega de quarto.

— Bom dia — resmungou Renata, a contragosto; não gostava daquela mulher.

— Vejo que você está de banho tomado, Renata. Queria se livrar dos resquícios da festa? — Fatinha passou os dedos pela escrivaninha de Lívia e depois os analisou. O coração de Renata gelou, e ela deu uma tossidinha, atraindo a atenção da inspetora. — Está gripada, srta. Vincenzo? Ou quer me dizer alguma coisa?

— Não fomos à festa nenhuma ontem à noite, Fatinha — interveio Lívia, balançando a cabeça como uma ótima atriz. — Passamos a noite aqui, nos conhecendo melhor. Acho que vamos nos dar muito bem! Além disso, você sabe como são as festas no refeitório... uma chatice!

— Você sabe muito bem que não é dessa festa que estou falando, Lívia — Fatinha estreitou os olhos.

— Eu gosto de tomar banho bem cedo! — Renata repetiu o que Lívia havia instruído, instantaneamente sentindo-se estúpida pelo comentário aleatório e fora de contexto.

Fatinha ficou vários segundos em silêncio, encarando-a, mas logo voltou à inspeção do quarto, apalpando edredons, verificando escrivaninhas, fazendo que sim e que não com a cabeça diversas vezes. De repente, parou e retirou uma folha seca de baixo do travesseiro de Renata.

Lívia fechou os olhos, balançando a cabeça discretamente, e Renata pensou que fosse vomitar a qualquer momento.

— Andou passeando pelos arredores, srta. Vincenzo?

— Fui dar uma volta ontem à tarde, para espairecer — respondeu ela rapidamente, recompondo-se. — Queria ficar sozinha um pouco.

A dor com que aquelas palavras foram ditas foi tão verdadeira que fez com que Lívia abrisse os olhos e Fatinha desviasse o olhar. A colega de quarto de Renata fez um joinha discreto, e a inspetora continuou circulando.

Terminada a vistoria, trocou algumas palavras de cortesia com Lívia e, antes de sair do quarto, encarou Renata mais uma vez.

— Seja bem-vinda ao Colégio Interno Nossa Senhora da Misericórdia, srta. Vincenzo. Espero que a srta. Morales seja uma boa colega de quarto para você, mas, sobretudo, que seja uma ótima influência. Suas vinte horas de serviço começam hoje antes do almoço. Miguel vai te esperar na piscina descoberta.

Assim que a inspetora fechou a porta, Lívia se jogou na cama, gargalhando. Renata fez o mesmo, mas sua risada tinha um quê de desespero; ela não se sentia muito feliz, já pensando na tortura que seria aquela tarde limpando piscinas.

Depois que Lívia se recompôs, começou a procurar pelo material escolar dentro da mala de viagem, falando enquanto se organizava:

— Você precisa começar a ler o que te entregam, Barbie. Como não sabia da inspeção? Estava no papel que você recebeu ontem, e a Silva provavelmente deve ter dito. Toda terça e quinta-feira a Fatinha vem reviver a inquisição em nossos quartos.

— Como vocês podem gostar tanto dessa mulher que, claramente, só quer nos ferrar? — Renata sentiu o cabelo úmido molhar a sua nuca.

— Você vai aprender a amá-la em pouco tempo. — Lívia deu de ombros, abrindo a porta do quarto.

Depois que Lívia terminou de se arrumar e Renata secou e alisou o cabelo cacheado até que ele virasse uma cortina de fios dourados e estáticos, as duas saíram do quarto para um corredor completamente diferente de minutos antes. Todas as alunas do andar circulavam por ali de uniforme, conversando e rindo, e Renata teve que desviar de várias delas no caminho até as escadas.

O internato tinha um clima diferente do antigo colégio de Renata. Todo mundo parecia enturmado, e ninguém olhava para os outros com ar de superioridade. Tinha uma atmosfera de mistério, e parecia existir muito mais naquela comunidade estudantil do que os alunos gostavam de mostrar.

E, aparentemente, Renata não fazia parte.

— Já que você não é muito chegada em ler, vou te dar algumas dicas — disse Lívia, enquanto as duas desciam lado a lado os estreitos degraus. Renata ainda se sentia ridícula naquele uniforme cafona, mas pelo menos tinha as pernas longas e finas; Lívia, por outro lado, parecia diminuir dentro da saia, revelando as panturrilhas grossas e curtas. — A semana de recepção é bem inútil. Aulas introdutórias e jantares obrigatórios.

— E no restante do tempo? O que tem para fazer?

— Você pode fazer o que quiser. — Lívia deu de ombros.

— E o que exatamente isso significa? — perguntou Renata assim que chegaram ao térreo e encontraram o hall repleto de mais garotas uniformizadas conversando sobre a noite anterior com suas vozes agudas.

Algumas falavam sobre a festa no refeitório. Outras, aos sussurros, comentavam sobre os acontecimentos da festa do Conselho. Esse grupo parecia bem menor e com alunas mais velhas. Renata se recordava de alguns rostos, mas nenhum nome.

— Significa que você precisa arranjar alguns amigos — respondeu Lívia, dando um empurrão com o ombro em Renata e já a abandonando para se juntar a um grupo de garotas perto da porta. Dentre elas, a herdeira reconheceu a menina com quem Lívia estava de mãos dadas na noite anterior, uma descendente de japoneses de óculos tartaruga enormes e com metade da cabeça raspada.

Renata se perguntou como um colégio católico havia permitido a admissão de uma garota com o estilo tão... *diferente*.

Ninguém era diferente em seu antigo colégio. Eram um grupo padrão de garotos e garotas brancos, ricos e heterossexuais. Na sua antiga turma, havia apenas um garoto negro, filho de expatriados vindos de algum país da África, e um gay, que sofria todo o bullying do mundo.

No internato, porém, Renata começava a perceber um mundo imenso além dos muros da sua mansão.

— Sua grade, Vincenzo. — A inspetora Silva apareceu de repente e estendeu um papel reciclado para Renata, afastando-se com cara enfezada.

A herdeira estreitou os olhos para os comunicados, um pouco perdida com todos aqueles nomes e números. Tentou então focar na primeira linha, que dizia: 8H, TERCEIRO ANO A, PORTUGUÊS, SALA 4, PROFESSORA TRENETIM.

Ao subir os olhos, ela percebeu que o hall tinha esvaziado, e, mais uma vez, estava sozinha.

Sozinha e perdida.

Significa que você precisa arranjar alguns amigos.

Como ela faria aquilo se ninguém parecia interessado em se aproximar dela?

12

Depois de tomar café da manhã sozinha, tentando não fazer contato visual com ninguém e se esforçando para não parecer mais perdedora do que já se sentia, Renata foi para a sala de aula. Havia tomado café puro e sentia-se ao mesmo tempo elétrica e exausta, além de exibir belas olheiras, presentes das poucas horas de sono. Renata estava acostumada a acordar cedo para ir para a antiga escola, mas quem a chamava eram as babás, com todo amor do mundo e café da manhã na cama, não cânticos cristãos horripilantes e inspeções no quarto.

A sala quatro ficava no primeiro andar, no fim do corredor. Parados na porta estavam alguns alunos que a herdeira conhecia apenas de vista, inclusive alguns do "Conselho", que sóbrios pareciam bem diferentes.

Renata não pôde deixar de notar que o uniforme dos meninos chegava até a ser elegante comparado ao das meninas. Era composto de calça social vinho e camisa também social, com a mesma gravata-borboleta das garotas, mas que neles ficava charmosa.

Ela estava tentando recordar o nome de qualquer uma daquelas pessoas quando sentiu alguém cutucar as suas costas.

— E aí, Loira. — Gabriel sorriu, um sorriso charmoso e irresistível, do tipo que Renata conhecia muito bem; ela tinha sempre um daqueles na manga, para quando precisasse se desculpar com os pais por ter feito alguma coisa séria e irresponsável.

— O que você quer?

— Beleza, estou vendo que isso não vai ser tão simples quanto eu esperava. — Ele suspirou teatralmente. — Me desculpe, beleza? Ontem, quando você sumiu, eu entrei em pânico, porque era o responsável e organizador da festa. O que aconteceria comigo se eu também fosse o responsável pelo desaparecimento de uma das garotas mais ricas do país? Eu surtei, cara, sinto muito!

— É só por isso que você tem que pedir desculpas? — Renata deu uma risada amarga. — E o sequestro? E me deixar de pijama a noite inteira no meio do mato? E aquela lista absurda de coisas para fazer? A humilhação? Não mereço desculpas por isso também?

Foi a vez de Gabriel revirar os olhos.

— Ah, por favor, para com o drama! Era para ser divertido! Todos os outros calouros estão adorando, você é a única que só parece ver o lado negativo das coisas. — Ele parou de falar quando alguns garotos franzinos passaram pelos dois, só retomando o discurso quando já estavam longe. — Tem gente nesse colégio que daria tudo pela chance de fazer parte do Conselho. Eu te entreguei isso de bandeja, e você está fazendo pouco caso.

— *Dariam tudo para fazer parte do Conselho?* Quantos anos vocês têm? Isso é ridículo! O que uma seita escolar pode acrescentar na minha vida? O que o grandioso "Conselho" tem a me oferecer além de festas do pijama no meio do mato?

Gabriel ficou sério, balançando a cabeça como se Renata tivesse dito algo terrivelmente ofensivo.

— Tudo bem, novata, desdenhe o quanto quiser, mas depois não diga que eu não avisei — disse ele ao se afastar.

Renata passou cerca de quinze minutos apoiada na parede, esperando, quando a já conhecida professora Trenetlm apareceu na porta da sala 4, transformando o carnaval do corredor em um velório.

Renata podia ouvir as batidas dos corações presentes, e até *eles* pareciam tomar cuidado para não fazer muito barulho.

— Bom dia — disse a professora, ajeitando a barra do terno de linho cinza enquanto olhava para todos e para ninguém ao mesmo tempo. — Vocês já podem entrar.

Aos poucos, garotos e garotas se mexeram, caminhando lenta e ordenadamente para dentro da sala. Renata foi junto, sem entender o motivo daquele clima de tensão, mas jogando conforme as regras — nenhum professor tinha sido tão respeitado assim na escola antiga. Lá, aliás, os alunos, crentes de que eram os donos do mundo, cagavam na cabeça dos professores sempre que possível.

O interior da sala de aula era uma mistura de modernidade com conservadorismo. As carteiras eram de madeira maciça, grandes e fixadas ao chão por pregos já enferrujados. O grande quadro-negro ainda era de giz, mas um moderno telão pendia acima dele, conectado a um projetor no teto. Na mesa da professora, também de madeira, um MacBook estava aberto.

Renata sentou-se na primeira carteira da fileira colada à janela, que tinha uma estupenda vista para o campus. Enquanto os colegas se instalavam, ela avistou Lívia sentada perto da porta, com a suposta namorada sentada atrás. Perto das duas, Gabriel estava ocupado fechando o último botão da camisa, observado por uma morena bonita de ascendência japonesa sentada ao lado dele.

Todos os garotos com os quais ela tivera um pouco mais de contato no primeiro dia eram do terceiro ano A, menos Guilherme, e Renata sentiu uma mistura de frustração e alívio ao perceber aquilo.

A sala estava lotada e no mais completo silêncio. Apenas uma carteira permanecia vazia, logo atrás de Renata, o que a deixava com a sensação de estar ilhada do resto da sala. Tentando não se sentir tão vulnerável e indesejada, ela apenas engoliu em seco e encarou a professora, que esquadrinhava a sala com os seus olhos escuros e ríspidos.

— Bom dia — disse, enfim, repetindo-se. — Para os que não me conhecem, que são poucos esse ano — ela olhou primeiro para Renata e depois para os outros calouros, e a herdeira sentiu um frio na espinha —, meu nome é Christina Trenetim, mas podem me chamar de professora Trenetim. Sou professora de português, matéria dividida entre gramática, redação e literatura, e darei quatro aulas por semana para vocês. Na terça-feira teremos uma dobradinha de literatura, na quarta, uma aula de gramática, e outra na quinta. Não vou ministrar redação esse ano, será a professora Martins. Antes de começarmos, eu gostaria de...

A fala da professora foi interrompida pela chegada de Guilherme, que invadiu a sala de aula sem qualquer pudor. Estava com as bochechas vermelhas, provavelmente de correr, e com a gravata-borboleta solta de modo displicente em volta do pescoço.

— Professora Trenetim — disse, arfando, apoiado no batente da porta enquanto recuperava o fôlego. — Me desculpe pelo atraso.

— Sr. Rodriguez. — A mulher piscou umas boas cinco vezes antes de continuar, provavelmente chocada por alguém ter desafiado a sua autoridade no primeiro dia de aula, enquanto o garoto apenas esperava uma resposta, sem cortar o contato visual. Renata não pôde deixar de notar olheiras nele também. — Você está conosco há sete anos e ainda não aprendeu o horário das aulas?

— Tive uns problemas com a inspeção hoje de manhã — explicou ele, olhando rapidamente para Gabriel.

— Espero que não tenha problema nas dez horas de serviço que terá que cumprir, então — respondeu ela, acenando para que ele entrasse na sala, o que Guilherme fez de cabeça baixa, com as veias do pescoço saltadas, provavelmente de raiva; Gabriel pigarreou como quem segurava o riso. — Que sirva de aviso a todos que acharem que podem negligenciar as minhas aulas por estarem no terceiro ano. As regras são as mesmas, sempre foram e sempre serão.

Guilherme se instalou atrás de Renata, o único lugar vago, e ela se sentou rígida, grudando as costas na cadeira. Sentia os olhos do garoto em sua nuca e podia quase ouvir a sua voz calma e um pouco rouca dizendo: "Aposto que você adorou isso, não é mesmo, princesa?"

Ele estava muito cheiroso naquela manhã.

— Voltando ao que eu estava dizendo, vou passar os meus métodos de avaliação e depois podemos começar a aula. — A professora se virou para a lousa, escrevendo GRAMÁTICA bem grande no topo em giz branco. — Gramática é simples e prático. Prova parcial, prova final, a primeira valendo 40%, a segunda, 60% da nota. E eu realmente espero que todos vocês tirem boas notas. Se querem construir uma carreira saindo daqui, precisam aprender a escrever o português correto. Ou vocês querem ser empresários que não sabem a diferença entre "mas" e "mais"?

Os alunos riram, e Renata reparou que todos estavam anotando o que a professora dizia. Nem tinha lhe ocorrido levar o material escolar, porque achou que as apresentações seriam coisas básicas do tipo: "Oi, meu nome é fulana, e eu serei a professora de alguma coisa que vocês provavelmente nunca vão usar na vida depois do vestibular, estão liberados."

Aparentemente, aquele colégio era muito mais rígido do que o anterior.

— Literatura é um pouco diferente — continuou a professora Trenetim, riscando a lousa a cada informação importante. — Uma prova parcial das obras que leremos esse ano valendo 40% e, como nota final, cada um terá que produzir um trabalho escrito e individual sobre a sua obra de literatura brasileira favorita, que valerá 60% da nota.

Renata ouviu enquanto os alunos escreviam as palavras da mulher no caderno e se pegou olhando pela janela, observando o vento balançar a folhagem das árvores. Lembrou-se do trabalho de literatura que havia feito com o ex-namorado, de como os dois haviam se divertido gravando o estúpido curta-metragem de *Senhora*, de como ela se sentia poderosa ao lado dele.

Mas não podia mais pensar em Danilo. Ele que a colocara naquela situação, para começo de conversa. E ela havia prometido a si mesma tirá-lo da cabeça para sempre. E vinha conseguindo, pelo menos por longos dez dias. Até aquele estúpido trabalho ser mencionado...

— ... Quem aqui gosta de ler? — Renata foi fisgada do plano da imaginação de volta ao mundo real, vendo algumas mãos subirem.

Ela se manteve imóvel. Por mais que amasse ler, não queria que ninguém achasse que era uma nerd chata. Ninguém sabia da sua paixão pelos livros, só as babás. Era por isso que, no Natal, Renata ganhava roupas dos pais e livros de dona Ivone e dona Neide.

— Poucas mãos levantadas, pessoal. — A professora Trenetim balançou a cabeça. — Até o final do semestre, quero ver todas essas mãos para cima. E vou começar esse meu plano de doutrinação listando todas as obras que leremos e o que eu acho mais legal em todas elas. Podemos?

Todos disseram "sim", animados, o que Renata não entendeu em um primeiro momento. Por que eles estavam tão empolgados para estudar? Porém, no decorrer da aula, a herdeira se viu capturada pela didática da professora Trenetim, empolgada com todas aquelas histórias que leriam e tudo o que elas significavam. *Dom Casmurro, Iracema, Capitães da Areia, O cortiço...* cada uma representava um pouco do Brasil, e Trenetim conseguia deixar tudo muito envolvente e divertido.

Quando o sinal bateu, Renata ficou decepcionada, já que a próxima aula de literatura seria só na terça-feira seguinte. Ela nunca pensou que pudesse se sentir assim no colégio, sempre achou tudo tão chato e maçante. Será que todas as aulas no internato seriam legais daquele jeito? Ela esperava que sim.

Os alunos começaram a se preparar para sair. Quando Renata também se levantou da cadeira, a professora pegou um papel na mesa e disse com a voz autoritária:

— Srta. Vincenzo e Sr. Rodriguez, o Miguel estará esperando vocês nas piscinas na hora do almoço.

Renata olhou para trás quase que como reflexo, encontrando Guilherme parado com cara de poucos amigos.

Além de limpar as piscinas, teria que passar as próximas horas da sua vida ao lado daquele ser humano detestável e lindo na mesma medida?

Ela quase não podia acreditar no seu azar.

13

O diretor Gonçalves só havia mostrado as instalações esportivas do internato para os pais de Renata, então não foi surpresa nenhuma que ela tivesse se perdido e chegado longos quinze minutos atrasada na maldita piscina descoberta.

Se ao menos Guilherme tivesse esperado por ela... Quando Renata conseguiu voltar à realidade e sair da aula que precedia o intervalo do almoço, ele já havia desaparecido, assim como o restante da turma. E o que ocorreu a seguir foi uma peregrinação interminável em busca do local onde teria que cumprir as horas de "serviço".

Aquilo era ridículo. Ela não conseguia entender como filhos de pessoas ricas e influentes achavam minimamente razoável ter que cumprir tarefas braçais para pagar os seus pecados. Ela estava tão brava que o seu raciocínio parecia mais lento, e tudo o que ela conseguia fazer era praguejar mentalmente. O calor insuportável não ajudava, nem a fome que estava sentindo.

Quando enfim encontrou as piscinas, estava exausta, ofegante e com muita raiva. Já havia enrolado a maldita saia do uniforme para que ficasse acima dos joelhos, tirado a gravata-borboleta e as meias e aberto três botões da camisa, deixando o sutiã branco de renda à mostra. Passou por alguns alunos do ensino fundamental assim, e eles a olharam como se estivessem gravando aquele momento para mais tarde, mas ela não se importou; o calor era tanto naquela cidade infernal que se ela pudesse andar pelada pelo campus, faria isso sem pensar duas vezes.

As piscinas ficavam atrás do refeitório. Uma estrutura moderna de aço retorcido e vidraças protegia as duas piscinas semiolímpicas cobertas; a descoberta jazia imponente ao lado delas, e fazia com que Renata ficasse com uma vontade insana de se jogar ali sem pensar nas consequências. Mais ao fundo, a garota finalmente viu o campo de futebol e a quadra de vôlei e basquete. Perpendicular aos dois, a quadra de futebol de salão era a menor estrutura, mas não deixava de ser charmosa.

Com a mão na testa por causa do sol, Renata caminhou lentamente até a piscina, aliviada por finalmente tê-la encontrado. Porém, no meio do caminho, uma visão fez com que as suas pernas não a obedecessem mais.

Parado perto da beirada, Guilherme segurava o cano de metal do aspirador de piscina, levando-o de um lado para o outro. Até aí, ele só estava cumprindo as horas de serviço. E seria uma cena completamente normal.

Se ele não estivesse sem camisa.

Renata podia ver os músculos do garoto funcionando a cada empurrão que ele dava no aspirador, o suor escorrendo pela nuca e descendo as suas costas... Ele parecia concentrado na tarefa, os olhos estreitos em uma expressão de seriedade. Por alguns instantes, Renata não o achou mais tão detestável assim.

Ela poderia ter perdido a tarde inteira naquela visão do paraíso, exatamente como na primeira vez em que o vira, mas um movimento brusco dele a despertou. Renata balançou a cabeça diversas vezes, forçando-se a continuar o caminho.

Ao chegar perto do garoto, pigarreou sem cerimônias para chamar a sua atenção. Guilherme voltou os olhos escuros para ela, apoiando-se displicentemente no cano do aspirador.

— Ah, vossa alteza, resolveu aparecer?

— Onde está esse tal de Miguel? — Renata ignorou a piadinha, olhando em volta com a testa franzida.

— Cansou de te esperar e foi fumar um cigarro atrás das piscinas cobertas. — Guilherme olhou Renata da cabeça aos pés e então voltou à sua tarefa. Por alguns instantes, a garota pensou que ele talvez tivesse se interessado, mas logo as suas expectativas foram imensamente frustradas. — Você sabe que devia ter colocado outra roupa, não é?

Ele só estava procurando algum motivo para implicar comigo, ela pensou, bufando.

— Não são as regras da escola estar sempre de uniforme? — Renata suspirou, tentando a todo custo não encarar o corpo do garoto.

Pelo menos não muito.

— Não para as horas de serviço — respondeu ele, limpando o suor da testa com o antebraço.

Renata bufou, avistando um senhor gorducho de bigode grisalho aparecer no horizonte. Ele acenou para ela, que apenas balançou a cabeça em resposta.

— Você deve ser Renata Vincenzo! — Miguel finalmente se juntou a eles, cheirando a cigarro barato.

Não, sou Maria, a mãe de Jesus, ela pensou, mas o que disse foi:

— A própria.

— Como eu sei que você é nova, não vou avisar Fatinha do atraso. — Ele piscou para Renata, que sentiu uma gratidão nunca antes sentida por algo tão simples quanto a negligência daquele homem.

— Nossa, obrigada! Muito obrigada!

— Não se sinta especial, vossa alteza, o Miguel faz vista grossa para todo mundo — interrompeu a voz irritante e sensual de Guilherme. Ele parecia entediantemente concentrado em limpar o fundo da piscina.

Miguel pigarreou, constrangido.

— Ah, não dê ouvidos a ele. — O senhor abanou a mão — Rodriguez fica de péssimo humor quando é contrariado.

Renata olhou de esguelha para Guilherme, que continuava agindo como se ela não estivesse ali.

— Bom, as tarefas são bem simples! Guilherme limpa o fundo, você recolhe as folhas e mede o pH da água! — Miguel começou a andar, e Renata o seguiu, presumindo que era aquilo que deveria fazer. — Claro que cuidar de uma piscina semiolímpica como essa requer muito mais esforço e dedicação, mas como o piscineiro aqui sou eu e não vocês, os trabalhos são simples.

E inúteis, Renata completou mentalmente.

Os dois entraram em uma pequena casinha ao lado das piscinas cobertas, que cheirava a cigarro e cloro. Renata pôde ver o estoque de nicotina de Miguel e todos os produtos usados para cuidar das três piscinas.

Enquanto ela ficava desconfortavelmente parada perto da porta, o senhor remexia nos produtos, até que se deu por satisfeito e estendeu um limpador de médio porte e uma caixinha de medidor de pH para ela.

— Aqui está! Você sabe medir o pH?

Renata não sabia, mas também não estava interessada em aprender, então apenas assentiu.

— Ótimo! Qualquer dúvida, estou cuidando das piscinas cobertas. Se Guilherme te incomodar, pode me dizer também. Ele incomoda todo mundo! Mas tem um bom coração.

Coração eu não sei, mas corpo..., Renata balançou a cabeça, tentando não se deixar levar por pensamentos impuros em relação ao garoto mais implicante que ela já havia conhecido em todos os seus 17 anos de vida. Mas era típico dela mesmo, sentir-se atraída pelo cara mais indiferente em um raio de quinhentos quilômetros. Vide Danilo, mais conhecido como "destruidor de vidas e corações".

Quando ela voltou para porto da piscina, Guilherme já estava na outra borda, e não se deu ao trabalho de olhar para ela, ainda levando o aspirador de um lado para o outro.

Sentindo-se um pouco ignorada, Renata colocou a caixinha do medidor no chão e passou a pescar as pequenas folhas e os insetos que boiavam na água cristalina.

A herdeira tentava não olhar, mas toda vez que Guilherme dava um passo, os seus olhos eram atraídos para ele. O silêncio era incômodo, mas ela sabia que conversar seria pior ainda. O barulho da água fazia papel de trilha sonora. Renata não entendia por que o garoto estava sendo tão desagradável, mas não seria *ela* a pessoa a questionar aquilo.

Conforme o tempo passava, o calor e o sol agiam em seu corpo, transformando o seu pescoço e nuca em um emaranhando de fios de cabelo colados no suor da pele; ela sabia que aquilo com certeza estragaria a chapinha. Estava abafado, os seus pés doíam dentro das sapatilhas finas que havia escolhido para usar naquela manhã, e aquele uniforme parecia capaz de concentrar o efeito estufa dentro das suas roupas íntimas — apesar de ter desdenhado do trabalho, depois de algum tempo as suas costas doíam muito e a cabeça queimava no sol. Renata se pegou pensando nos piscineiros que trabalhavam em sua casa, em São Paulo, e em como nunca deu valor para a atividade que exerciam. Aquilo era cansativo!

Ela passava a mão pela nuca para limpar o suor quando percebeu que Guilherme a observava, os olhos escuros caminhando lentamente pelo seu corpo, e aquilo fez com que ela sentisse um calor diferente daquele que já estava sentindo.

Um pouco constrangida, ela abaixou a mão e ajeitou a camisa desabotoada. Repentinamente, sentiu-se mais como a garota de 17 anos que de fato era, e não a mulher que achava ser. E, se não estava ficando louca, podia jurar ter ouvido uma risadinha do outro lado da piscina.

Miguel apareceu sorrindo algum tempo depois, interrompendo aquela troca silenciosa de olhares, completamente alheio à tensão sexual no ar.

— Mas que crianças silenciosas! Só mais 15 minutos e vocês já estão liberados. Quantas horas pegaram?

— Vinte — resmungou Renata.

— Ah, uau, você deve ter feito algo muito ruim! — Miguel riu.

— Então nos encontraremos aqui por duas semanas, sempre no mesmo horário, durante duas horas diárias! Está certo?

Renata apenas assentiu, irritada.

— E você, Rodriguez, o que aprontou dessa vez?

— Dez horas — respondeu Guilherme, dando de ombros. — Cheguei atrasado na aula da professora Trenetim.

— Você? Atrasado para uma aula? — Miguel riu.

— É, tive uns problemas...

— Uma semana aqui com a gente, então.

— Miguel. — Guilherme levantou uma das sobrancelhas de uma maneira inquisitiva. — Você não vai fazer isso comigo, vai?

— Não posso quebrar o seu galho dessa vez, garoto. — Miguel suspirou. — O diretor resolveu instalar câmeras por todos os lados esse ano. Ele vai saber se você não estiver aqui. Além disso, temos que passar uma boa impressão para a novata, não é?

Guilherme parecia prestes a ter um ataque cardíaco, a boca entreaberta, os músculos tensos. *Me tira fora dessa*, Renata pensou, com medo de que aquela ira toda do garoto se direcionasse a ela.

— Eu preciso estudar! — exclamou ele, a voz um pouco esganiçada. — Tenho que manter a média! Você sabe disso!

— E eu tenho que manter o meu emprego, garoto, tenho duas crianças lindas para alimentar me esperando em casa — rebateu Miguel no mesmo tom de voz agudo, mas de um jeito engraçado. — Meia hora a mais, meia hora a menos, que diferença faz? Cá entre nós, acho que você está acumulando muitas responsabilidades nessa sua cabecinha de jovem prodígio. Relaxe um pouco, Gui!

— Relaxar não vai me ajudar a passar em engenharia — resmungou Guilherme, mas Miguel apenas riu, como se tudo para que o garoto vinha trabalhando até aquele momento não passasse de "problemas bobos de adolescente".

Miguel com certeza não se lembrava de como era ser adolescente e ter a pressão de uma vida inteira em suas costas.

O piscineiro se afastou, deixando Renata e Guilherme sozinhos mais uma vez. Renata estava sentada no chão, esperando o resultado do pH e tentando parecer indiferente, por mais que o diálogo entre o garoto e o homem mais velho tivesse aguçado todos os seus instintos de curiosidade — então Guilherme precisava manter uma média para não perder a bolsa e queria se tornar engenheiro? Interessante...

Os quinze minutos restantes para aquela tarefa acabar foram agonizantes. Quando Miguel enfim reapareceu, Renata estava meio zonza de tanto encarar o medidor, evitando com todas as forças olhar para Guilherme.

— Vocês estão livres para o almoço! — exclamou o piscineiro, dirigindo-se para Renata em seguida. — E me faça o favor de aparecer com uma roupa mais confortável amanhã. Tenham uma boa tarde!

Guilherme passou por Renata como se ela não existisse, os ombros deles quase se chocando. Ela balançou a cabeça, observando-o se distanciar enquanto o garoto vestia a camiseta novamente, parecendo irritado.

Renata não sabia quem era Guilherme. Não sabia da sua história, quem era a sua família, nem o que aquela bolsa significava para ele. Mas ali, no meio de um internato católico, sem amigos, sem família e sem qualquer coisa para ocupar o tempo, ela decidiu que seria divertido descobrir todas essas coisas.

Afinal, Guilherme a intrigava.

Ela só não sabia dizer se aquilo era bom ou ruim.

14

O sol escaldava a nuca de Renata enquanto ela arrastava as pernas cansadas e o uniforme suado de volta para o dormitório. O plano era pular o almoço, mas, assim que pensou na possibilidade, o estômago roncou bem alto.

A herdeira seguia pelo campus, tentando se recordar dos horários do restaurante, quando um farfalhar de folhas chamou a sua atenção. Ela parou e olhou para trás, mas não encontrou nada. Prestes a continuar o caminho, ouviu sussurros, e a curiosidade falou mais alto.

Seguindo os ruídos, ela se enfiou no meio das árvores, ouvindo cada vez mais alto duas vozes masculinas. As duas únicas vozes masculinas que ela conhecia.

— ... filho da puta...

— ... não se mete...

Renata tapou a boca para que o som da sua respiração entrecortada não chamasse atenção, aproximando-se cada vez mais de Guilherme e Gabriel. Ela só parou quando viu a nuca de um e o rosto do outro em uma pequena clareira escondida. Guilherme, de frente para Renata, segurava Gabriel pelo colarinho do uniforme.

— Você já me ferrou o suficiente! — Guilherme estava com o rosto colado no de Gabriel, os olhos pegando fogo e a veia do pescoço saltada. — Não sabe o que está em jogo aqui, seu filho da puta?!

— Fique longe de mim! — respondeu Gabriel, e aquela briga não fazia o menor sentido para Renata. Por que Guilherme estava com tanto ódio? Por que estavam no meio do mato? — E fique bem longe dela! Ou vai continuar acontecendo!

— Você está fora de si, seu imbecil — Guilherme soltou o outro garoto e enfiou as mãos no cabelo, nervoso, andando de um lado para o outro. — Eu não tenho nada com ela! Ela é minha amiga!

— Não é o que dizem — Gabriel ajeitou a gola da camisa.

— Então você decidiu prejudicar o meu futuro por causa de alguma fofoca que os seus amiguinhos do clube secreto de festas contaram? Você é mais louco do que eu imaginava!

— Fique longe dela, ou eu juro por Deus que acabo com a sua vida — disse Gabriel com convicção, afastando-se de Guilherme repentinamente.

— Vai se tratar, seu lunático!

Renata percebeu que Gabriel estava vindo em sua direção e, com uma agilidade impressionante, escondeu-se atrás de um tronco. Depois que ele passou, a garota voltou para onde estava, trombando com Guilherme.

O coração dela parou de bater enquanto os seus olhos arregalados miravam Guilherme, sem conseguir deixar escapar nem um "ai" pelo encontrão.

— O que você está fazendo aqui? — perguntou ele, e Renata pôde perceber a irritação contida nas palavras.

— Eu me perdi — respondeu ela, acostumada a mentir para salvar a própria pele.

Guilherme estava estático e impassível, olhando bem no fundo da alma de Renata, como se ela fosse uma garotinha desprezível. Ela queria correr e se esconder, mas precisaria encarar a burrada que havia feito.

— Se perdeu ou estava me seguindo?

— Por qual motivo eu iria te seguir? — Renata mantinha o rosto erguido, mais por orgulho do que por vontade própria. — Agora, se me dá licença, eu vou almoçar.

Guilherme continuou impassível, mas abriu caminho para Renata.

— Você precisa arranjar alguns amigos, princesa — comentou ele, e Renata perdeu o compasso das batidas do coração por alguns instantes, realmente atingida pela maldade daquelas palavras.

— E se alguma palavra do que você ouviu sair daqui, não conte comigo da próxima vez que se perder no meio do mato.

Renata bufou.

— Eu não conto com você para absolutamente nada, nem te conheço — respondeu ela, dando dois passos para trás. — Tenha um bom dia.

Enquanto ela se afastava, ouviu Guilherme berrar às suas costas.

— Te vejo no jantar, vossa alteza, se conseguir ficar tanto tempo assim longe de mim!

Pegando fogo de ódio, ela caminhou até o refeitório, só para descobrir que já havia perdido o almoço. Irritada e com fome, correu até os dormitórios e comprou um sanduíche natural em uma das máquinas da copa, subindo para o quarto com a intenção de se recuperar antes do período da tarde. Assim que entrou, encontrou Lívia na própria cama, lendo o terceiro volume de As Crônicas de Gelo e Fogo.

— Guilherme Rodriguez — disse Renata, sem pensar, e Lívia desviou o olhar do livro para encarar a colega de quarto com a cara retorcida de irritação. — O que você sabe sobre Guilherme Rodriguez?

— Boa tarde para você também, Barbie. — Lívia fechou o livro e o colocou de lado. — Geralmente esse tipo de pergunta vem depois de um suspiro. Por que quer saber?

— Eu quero que ele quebre o dedinho do pé, na verdade. — Desabotoou a camisa suada do uniforme e a jogou na cama. — Estou aqui há algumas horas e ele já conseguiu me tirar do sério!

— Ele é um cara bem legal, para falar a verdade — comentou Lívia, levantando-se e indo até a escrivaninha do quarto. — Bolsista, ganha uma ajuda de custo do colégio e manda tudo para a mãe e o irmão menor, pelo que dizem por aí. Ele sempre foi muito na dele, e muito justo também... Ofereceram o cargo de presidente do Conselho a ele no primeiro ano do ensino médio, quando estamos aptos a entrar, mas ele negou, e Gabriel acabou assumindo, o que acho que foi o pior erro que já cometeram em todos esses anos de Conselho.

Conselho, Conselho, Conselho, Renata pensava, andando de um lado para o outro enquanto comia o seu lanche com gosto de papelão. *Essas pessoas não sabem falar sobre mais nada por aqui?*

Sentou-se na cama de sutiã e saia, encarando o nada. Então sentiu algo cutucar a sua bunda e, surpresa, retirou um envelope da cama. Uma letra "C" vermelha era a única pista do que aquilo significava.

A herdeira abriu a carta e a leu em poucos segundos.

Renata Vincenzo,

Você está sendo solenemente convidada para a primeira reunião informativa do Conselho. Nos encontre atrás do refeitório depois do jantar de boas-vindas. E, por favor, seja discreta.

Atenciosamente,

G.M.

— Meu Deus, vocês realmente acham que fazem parte de uma organização ultrassecreta aos 17 anos? — Renata revirou os olhos, picando a carta em mil pedacinhos, desinteressada naquele assunto. — Qual é a desse Conselho?

Lívia deu de ombros, voltando para a cama e abrindo o livro onde tinha parado.

Renata bufou, jogando-se na cama. Um vazio dolorido assolou o seu peito, e ela se sentiu sozinha e abandonada por todos em quem um dia confiou, trancada com aqueles lunáticos que acreditavam que um grupinho escolar tinha alguma importância.

— Eu vou definhar nesse lugar — resmungou, ouvindo Lívia bufar do outro lado.

— É, é mesmo, Barbie, agora fica quietinha e me deixa ler, antes que eu seja obrigada a te arrastar para fora do quarto.

Depois disso, Renata só ouviu o barulho de páginas virando.

A imagem de Guilherme saindo dos arbustos com cara de poucos amigos voltou a sua mente, e o vazio no peito foi preenchido por aquela mesma raiva.

Ele é um cara bem legal, para falar a verdade.

Você precisa arranjar alguns amigos, princesa.

Renata não entendia como aquelas duas realidades podiam pertencer ao mesmo cara. Ela sabia que não era a melhor das pessoas; aliás, talvez fosse uma das piores, mas aquele cara... ele conseguia ser antipático.

— Ah, pelo amor de Deus, você está resmungando sozinha! — exclamou Lívia, levantando-se da cama e indo até a mochila para pegar o maço de cigarros. — Vou sair daqui antes que enlouqueça. Fica aí sozinha com os seus fantasmas.

Renata não respondeu nada, incapaz de se livrar do ressentimento que estava sentindo por Guilherme. Como ele era capaz de tratá-la daquela forma?

— Não vai esquecer das próximas aulas e ganhar mais horas de serviço — acrescentou Lívia, batendo a porta.

Babaca, Renata pensou, tentando canalizar a sua raiva em outra coisa que não Guilherme Rodriguez.

Então ela se recordou do sequestro de Gabriel, da maneira como ele havia gritado com ela, do pedido de desculpas mequetrefe e da ameaça a Guilherme no meio do mato.

Fique longe dela, ou eu juro por Deus que acabo com a sua vida.

Quem diabos era "ela"? O que estava acontecendo entre os dois? Por que e como Gabriel havia prejudicado Guilherme?

E, acima de tudo, por que ela estava tão interessada naquele assunto?

Acho que ele está certo, afinal, Renata sentou-se na cama, esfregando os olhos com força. *Eu preciso arranjar algum amigo. Qualquer um.*

Suspirando, ela se levantou. Ia tomar um banho, assistir às aulas do segundo período, se arrumar para o jantar e tentar esquecer um pouco aquela história.

15

— *Boa noite,* boa noite! — O diretor Gonçalves estava parado na porta do refeitório, recepcionando os alunos com tapinhas nas costas e sorrisos lustrosos.

Usava um terno alinhado e um relógio chamativo de ouro no pulso esquerdo, bem diferente do senhor casual que a herdeira havia conhecido no seu primeiro dia — ela não sabia dizer onde no orçamento de um diretor de colégio caberia um relógio como aquele, mas logo o questionamento se dissipou.

— Boa noite, srta. Vincenzo. Vejo que já se adaptou bem às nossas instalações.

— Vejo que o senhor está errado — respondeu ela com rispidez, olhando para dentro do refeitório apinhado de alunos.

— Da próxima vez que desafiar a minha autoridade, srta. Vincenzo, eu vou fazer questão de que você tenha horas de serviço para cumprir pelo resto do semestre — respondeu o sr. Gonçalves, e a intensidade em seu tom pegou Renata de surpresa.

Onde estava o diretor jovial e sorridente que recepcionou os seus pais?

— Agora suma da minha vista. — Ele balançou as mãos, fazendo sinal para que a garota entrasse, e ela o obedeceu, chocada demais para responder qualquer coisa.

O cheiro de comida logo a distraiu. Algumas freiras passeavam pelo refeitório e conversavam com os alunos; Fatinha estava perto do buffet, entretida por uma das nutricionistas do colégio.

Bem de longe, Renata avistou Gabriel sentado em uma mesa de canto com os seus eternos escudeiros. Ele havia repartido o cabelo de lado, mas não ficara com a cara de imbecil de sempre, e sim mais bonito do que nunca, rindo de qualquer coisa que os amigos falavam enquanto mostrava algo no celular.

— Você deveria parar com isso, Barbie. — Lívia apareceu de surpresa, com Clara ao seu lado.

— Parar com o quê? — retrucou Renata, colocando as mãos na cintura.

— De ficar parada no meio dos lugares com cara de interrogação. — Lívia gracejou, mas então percebeu que a namorada começava a se afastar e exclamou: — Clara, espera aí! Aonde você está indo?

A garota de óculos e *sidecut* parou, parecendo contrariada. Voltou-se para Lívia e sorriu. O seu sorriso parecia um pouco falso.

— Pensei que não podíamos namorar no internato — comentou Renata, como quem não queria nada.

— E não podemos — Lívia sorriu. — Ainda mais outra garota! Mas o fato de parecermos apenas amigas é a única vantagem que temos em relação aos heterossexuais. De resto, ainda vamos para o inferno.

— Lívia... — resmungou Clara, mas Renata sorriu.

Ela se afastou das namoradas, que pareciam prestes a começar uma discussão, e seguiu em direção ao buffet. Mas, na hora de sentar, encontrou poucos lugares vazios. A maioria das mesas já estava apinhada de grupos de amigos que riam e comiam juntos.

Frustrada, ela encontrou um espacinho ao lado da menina que observava Gabriel com tanta devoção mais cedo, na sala de aula.

— Posso me sentar aqui?

— Pode — respondeu ela, não muito feliz com aquilo.

Renata sentou-se e colocou a bandeja com cuidado na mesa. A garota parecia ter um brilho só dela, além de ser muito bonita; era exatamente o tipo de garota com quem Renata convivia no antigo colégio, e por isso mesmo ela resolveu tentar. Respirando fundo e reunindo toda a coragem do mundo, estendeu uma das mãos e disse:

— Prazer, me chamo Renata.

— Eu sei — respondeu ela, um pouco ríspida, sorrindo amarelo e ignorando a mão estendida de Renata. E então, a contragosto, adicionou: — Mirella.

Sem nem esperar por qualquer outro tipo de interação, a garota jogou os longos cabelos escuros e muito lisos para trás e voltou a conversar com o garoto sentado de frente para ela, que não cumprimentou Renata nem se importou em inteirá-la no papo.

Constrangida, Renata pegou o celular na bolsa de mão que levava para todos os lugares e se distraiu por algum tempo enquanto comia, tentando esquecer a interação catastrófica da única vez em que decidira ser sociável. Até que leu em um dos poucos grupos de WhatsApp de onde ainda não havia sido expulsa que Danilo tinha uma nova namorada. Na mesma hora bloqueou o iPhone com raiva e o colocou na mesa.

O refeitório estava quase cheio. Por todos os lados, pessoas pareciam entretidas com os amigos, e Renata se viu sozinha no meio daquele mar de jovens, sem ninguém com quem conversar e sem saco para viver aquele conto de fadas moderno que era um internato lotado de hormônios.

— Boa noite e muito bem-vindos! — falou o diretor de cima do palanque onde ficava a mesa dos professores. A professora Trenetim estava na ponta da grande mesa de madeira, olhando com severidade e assustando a todos ali presentes. — Iniciamos mais um ano letivo, e me alegra ver como a tradição do jantar de boas-vindas continua viva em todas as nossas gerações!

Os alunos bateram com os garfos nas taças de vidro dispostas ao longo das mesas, mas Renata apenas cruzou os braços. Na primeira mesa, perto de Lívia, Guilherme fazia o mesmo, todo largado na cadeira e olhando sério para o diretor, um dos pés apoiados no joelho da outra perna. Destoava dos garotos a sua volta... Não era nenhum moleque, tinha postura e estrutura de homem, e aquilo parecia mexer com a sanidade de Renata Vincenzo.

Babaca, ela pensou, antes de voltar a prestar atenção na fala do diretor.

— Hoje começamos mais um ciclo de vida e, com a graça de Deus, acabaremos esse ano melhores do que o iniciamos.

Renata soltou uma risadinha baixa, balançando a cabeça. Ao seu lado, ouviu um celular vibrar e, pensando ser o seu, curvou-se sobre a mesa; mas então viu Mirella sorrir para o próprio aparelho e digitar rapidamente. A herdeira espiou e conseguiu ler as palavras "te espero no" antes de ser pega no flagra pela dona do celular.

— Pois não? — perguntou ela, tirando o aparelho do campo de visão de Renata, que sentiu raiva de si mesma pela segunda bola fora.

Mirella nitidamente não estava interessada em ser sua amiga, o que era estranho, já que a garota se parecia muito com as suas antigas amigas, na beleza e na maldade.

— Pensei que o meu celular estivesse vibrando — confessou, colocando o cabelo atrás da orelha.

— Pensou errado, não foi? — Mirella sorriu com certa atitude.

Renata olhou bem no fundo dos olhos cor de mel da garota e deu um sorriso amarelo. Do outro lado do salão, Gabriel estava ao celular, mordendo o lábio e digitando.

Hm..., Renata juntou algumas peças daquele quebra-cabeças.

— Ao longo do ano, nós vamos descobrir o valor da irmandade e da harmonia, do amor e da retribuição, do carinho e da humildade — dizia o diretor, transbordando todos os corações de bondade, ou pelo menos era o que pensava. — E, como tradição, tomemos o primeiro gole: vinho para os professores, suco de uva para os alunos. — Todos riram praticamente por obrigação, como se aquela piada fosse recorrente. — E vamos aproveitar esse ano letivo com sabedoria e esforço. Sejam todos bem-vindos, alunos antigos e alunos novos, a um novo ano no Colégio Interno Nossa Senhora da Misericórdia!

Renata, não querendo pagar mico, imitou os outros alunos e pegou o copo cheio a sua frente. Os professores ergueram as taças e todos brindaram ao som de "misericórdia", o que era hilário, e então beberam.

O jantar foi ao mesmo tempo prazeroso e torturante. A comida estava maravilhosa, e o clima, agradável, mas Renata ficou quase duas horas sem abrir a boca, ouvindo a conversa dos outros enquanto comia e sentia-se imensamente miserável.

Aos poucos, os alunos começaram a esvaziar o salão. A herdeira deixou-se ficar por mais alguns instantes, apenas aproveitando aquela sensação agridoce. Foi só quando Mirella se levantou que Renata percebeu que estava na hora de ir embora.

Do lado de fora, foi abraçada por um vento gelado e se sentiu grata. Quase não percebeu quando Gabriel se aproximou.

— Animada para hoje, Loira?

— O que tem hoje?

— A reunião. Você recebeu o convite, não recebeu?

— Ah. Isso. Como te disse ontem de madrugada e hoje antes da aula, não estou interessada.

Sem esperar pela resposta do garoto, Renata seguiu na direção dos dormitórios, deixando um Gabriel boquiaberto para trás.

16

Uma semana se passou sem que Renata saísse do lugar. Continuava evitando a colega de quarto e, fora as inspeções de Fatinha e as conversas telefônicas com as babás, ninguém parecia interessado em conversar com ela — nem mesmo seus pais, que pareciam ter evaporado como água numa frigideira.

Além disso, o ritmo começou a aumentar. Entre as difíceis aulas de matemática, história e biologia e as horas de serviço na piscina ao lado de Guilherme, quase sempre carrancudo e silencioso, Renata encontrava refúgio nas aulas de literatura da professora Trenetim, que era muito inspiradora.

Na segunda aula, sobre realismo, a professora já pediu que os alunos começassem a ler *Dom Casmurro*. Renata, que sempre amou ler, teve um pouco de dificuldade em encontrar tempo para terminar a tarefa. Entre uma folga e outra, ela lia um pouco do livro. Ainda sem amigos, Bentinho e Capitu foram as suas companhias naquela segunda semana de janeiro.

Na terceira aula, sua vida pessoal continuava na mesma, e a professora Trenetim sugeriu que discutissem o livro.

— Todos terminaram a leitura? — perguntou ela, escrevendo *Dom Casmurro* bem grande na lousa. Quando se voltou para a sala de aula, a maioria dos alunos estava com as mãos levantadas, inclusive Renata. — Ótimo! Porque hoje vamos embarcar em um debate que sempre gera ótimas teorias.

Renata se aprumou toda na carteira. Embora gostasse de bancar a pose de aluna medíocre, literatura sempre fora a sua matéria favorita. E *Dom Casmurro* com certeza havia tirado o seu sono na última semana.

— Alguém poderia me explicar, brevemente, do que se trata o livro?

A sala ficou em silêncio. Pela primeira vez na vida, Renata queria falar em uma aula, mas não podia se passar por esquisita, então só mordeu a bochecha internamente e esperou.

— Srta. Morales? — a professora chamou aleatoriamente.

— Um macho chato e abusivo que enlouquece depois de levar um pé na bunda e resolve contar sua história? — respondeu Lívia com certo desdém.

— É uma maneira de analisar, srta. Morales, mas vai muito além disso — a sra. Trenetim olhou a sala inteira. — Mais alguém?

— É uma história sobre traição — respondeu Mirella do outro lado da sala, com a mesma atitude blasé com a qual interagira com Renata na noite anterior. — E como isso destruiu a vida de um homem.

— É isso que ele quer que você pense — Renata se ouviu falando em voz alta e atraindo a atenção de toda a sala.

Até então, ela não passava da garota que foi pega pela Fatinha no primeiro dia de aula, que esnobou o Conselho e que parecia um poço de grosseria sem amigos. Para completar, estava no ostracismo, e a reação de espanto dos alunos vinha junto com um questionamento:

Ela fala?

A professora Trenetim apoiou-se na mesa, sorrindo de uma maneira esquisita, e Mirella revirou os olhos discretamente.

— Continue, srta. Vincenzo.

Merda, Renata pensou. Não queria ser uma boa aluna, aquilo estragaria a sua imagem de...

De quê? Ela não estava mais em São Paulo, os seus amigos não ririam mais dela por ter contribuído com a aula, até porque aqueles amigos haviam desaparecido depois que Danilo os virou contra ela.

Ali, a herdeira poderia ser quem quisesse. Poderia ser um gênio da literatura, ou a mais inteligente da sala, bastava se esforçar. Ela não tinha mais a quem enganar, nem a si mesma. Poderia apenas... recomeçar.

Então ela pigarreou, um pouco constrangida, ainda mais porque todos pareciam observá-la, inclusive Mirella, nada feliz por ter sido contrariada.

— É o próprio Dom Casmurro quem narra a história, o homem amargo em quem Bentinho se transformou; ou seja, é um homem no fim de uma vida solitária e triste, relembrando os fatos e decisões que o levaram até ali — começou Renata, organizando os argumentos na cabeça; sentia certa identificação com o personagem nesse sentido. — É uma narrativa totalmente parcial. Ele quer que o leitor acredite que Capitu o traiu, porque colocou isso na cabeça, porque culpa a ex-mulher por ter acabado daquele jeito. Amargurado. Ele leva o leitor a crer desde o começo que ela era uma figura ruim, com seus olhos de cigana oblíqua e dissimulada... Fui pesquisar e descobri que existe um imenso debate sobre isso na internet: afinal, Capitu traiu ou não traiu Bentinho? Não podemos simplesmente assumir que ela o traiu só porque ele quer nos convencer disso. No fim das contas, ele estava abalado com a morte do melhor amigo e transferiu toda a sua frustração para Capitu, criando uma narrativa que nunca existiu. É o que eu acho, pelo menos.

A sala estava no mais completo silêncio. Nem a professora falava, observando Renata com um leve sorriso.

— Muito bem, srta. Vincenzo — disse finalmente, assumindo o controle da aula mais uma vez e deixando a herdeira com o peito inflado por um singelo "muito bem". Vindo da professora mais exigente do colégio, aquilo era como tirar um dez. — O debate sempre foi e sempre vai ser se Capitu traiu ou não traiu Bentinho.

— Se ele está falando que traiu, ela traiu — interrompeu a voz sarcástica de Gabriel, sentado do seu jeito despojado na carteira.

— Por que a gente vai duvidar do cara que escreveu o livro?

— E por que duvidar da Capitu, que jura que não traiu? — retrucou Lívia, sempre muito irritada toda vez que Gabriel abria a boca.

— Porque é a palavra dela contra a dele, que escreveu o livro.

— Sim. E a palavra do homem sempre vale mais, não é mesmo? — disparou ela de novo, cheia de sarcasmo.

— Você está tirando palavras da minha boca — resmungou Gabriel.

— Não precisei tirar nada, estão todas aí, nessa sua cabecinha de mer...

— Ei, vamos lá, é um debate, não uma discussão — interveio a professora Trenetim, mas a troca de olhares entre Gabriel e Lívia se intensificou. — Precisamos aprender a lidar com opiniões diferentes das nossas.

— Não quando são opiniões de merda — murmurou Lívia.

— Por que você não vai se fo...

— Ei! Já chega! Vinte horas para cada um. Esperava mais de vocês.

A sala ficou em silêncio de novo. Renata estava cheia de energia por dentro, querendo ter ajudado Lívia na discussão, mas sem coragem de se impor daquela maneira.

— Mas então, professora — Mirella dissipou o clima tenso, pegando a mão de Gabriel por baixo da mesa como se para acalmá-lo —, Capitu traiu ou não traiu?

A professora Trenetim riu, apoiando-se mais uma vez na mesa.

— Se eu tivesse um desejo para realizar nessa vida, senhorita Saito, seria ressuscitar Machado de Assis e perguntar a mesma coisa. — A sala riu, com a exceção de Lívia e Gabriel, ainda muito irritados. — Quantos de vocês acham que traiu?

Um pouco mais da metade da sala levantou a mão, inclusive Gabriel e Mirella.

— E quantos de vocês acham que Capitu é inocente?

Renata levantou a mão junto com Lívia, Guilherme e outra parte da sala.

A professora assentiu, como se já esperasse aquele resultado.

— Em todos esses anos lecionando, nenhuma turma entrou em um consenso. Essa é a genialidade da história de Machado de Assis. Uma história tão dúbia, que fez tantos especialistas quebrarem a cabeça, e que segue no imaginário de pessoas no Brasil e ao redor do mundo.

— Mas o que você realmente acha, professora? — insistiu Renata, fascinada por aquele debate, coisa que nunca tinha acontecido em São Paulo.

— Eu acho que Dom Casmurro não podia suportar a ideia de algum dia ser traído pela mulher e pelo melhor amigo — disse a professora, lentamente, como se estivesse elaborando a teoria naquele momento. — E também acho que, de tanto sentir medo, ele acabou criando os próprios monstros que o perseguiram vida adentro.

Novamente, a turma inteira ficou sem palavras, digerindo aquilo. Depois de aproveitar aqueles minutos prazerosos de conhecimento puro, a professora se levantou da mesa e adicionou, quebrando o clima:

— Mas vamos ver o que os principais vestibulares pedem sobre a obra?

17

Renata decidiu esperar até que todos os alunos saíssem para conversar com a professora Trenetim. Por mais que a mulher fosse rígida e desse um pouco de medo, a herdeira sentia que podia confiar nela.

Além disso, começava a sua terceira semana no internato ainda sem ter com quem conversar, e aquele silêncio todo a deixava angustiada.

A verdade era que Renata admirava demais a professora e, no fundo, gostaria que fosse recíproco.

Fingindo que estava demorando demais para juntar seu material, Renata esperou. Assim que o último aluno saiu, ela se aproximou da mesa e foi recebida por um olhar curioso da professora.

— Sim, srta. Vincenzo?

— Oi, professora. Será que a gente poderia... conversar?

A mulher piscou os olhos algumas vezes, descrente.

— Claro. Sobre o que você quer conversar?

Renata abriu a boca para responder que não sabia, que só queria ter alguma interação com outro ser humano, mas que os alunos daquele colégio, assim como os do antigo, pareciam não querer vê-la nem pintada de ouro. Queria falar sobre como se sentia sozinha, e como até entendia por que os outros não gostavam dela. Por ter nascido em berço de ouro, às vezes sentia que não tinha o direito de ter problemas ou de se sentir triste. Ela queria ter falado tudo aquilo, mas os seus planos foram frustrados pelo padre Josias, que apareceu na porta com cara de quem tinha visto um fantasma.

Ou talvez Jesus Cristo.

— Christina — murmurou ele, não percebendo a presença de Renata. — Você só pode estar enlouquecendo se acha que nós vamos custear todas essas baboseiras de...

— Padre Josias — interrompeu a professora, apontando com a cabeça para Renata. — Já conhece a srta. Vincenzo?

— Ah! Sim, sim, claro. Olá, senhorita — disse o padre, fazendo uma mesura engraçada; Renata utilizou toda a força de vontade que tinha para não rir na cara do homem e abriu um sorriso profissional em resposta. — Será que pode nos dar um minutinho? Preciso conversar com a professora Trenetim.

— Claro, claro — concordou Renata, agarrando as suas coisas e indo até a porta.

— Conversamos depois, srta. Vincenzo? — perguntou a professora Trenetim antes que Renata saísse, e a menina assentiu, um pouco arrependida de ter tentado iniciar aquela conversa.

Do lado de fora, para surpresa da garota, deu de cara com Guilherme, o único aluno que permanecia no corredor. Ele pareceu ter sigo pego no flagra fazendo algo muito errado, mas logo se recompôs.

— Ah, oi. E aí? — disse ele.

— Oi — respondeu Renata, parando de frente para ele. Quando percebeu que o garoto estava extremamente constrangido, achou graça; o jogo tinha virado, e ela não podia deixar aquela oportunidade escapar. — Quem está seguindo quem agora?

Guilherme tentou prender o riso, mas não conseguiu.

— Preciso falar com a professora Trenetim, sobre o vestibular e tudo o mais. Estava esperando ela aqui fora, mas vi que o padre Josias entrou e resolvi esperar mais um pouco. Não sabia que você estava aí dentro.

— Para quem não se importa, você está se explicando demais.

— Eu não...

— Até a próxima — Renata passou pelo garoto e o deixou resmungando.

Ela queria ter ficado mais, conversado um pouco, talvez, mas algo naquele garoto impedia Renata de raciocinar direito. E nada era tão desgastante para ela quanto sentir-se daquele jeito. Frágil. Vulnerável.

Como em todos os outros quinze dias desde que Renata chegara ao internato, o que veio a seguir foi um amontoado de aulas, uma pitada de tédio e muito tempo em silêncio. Depois do jantar, Renata ainda caminhou pela propriedade, observando grupos de amigos jogando truco, amigas conversando sobre o último clipe da Anitta, namorados escondidos nos vãos dos prédios e toda uma vida que ela nunca teve e que suspeitava que nunca teria.

Cada vez mais, percebia que o que tinha em São Paulo eram relacionamentos baseados em interesse e, assim que ela ficou sem mais nada para oferecer, todos os amigos e namorados evaporaram. Renata começava a suspeitar de que talvez fosse o ser humano mais desinteressante de todos os tempos, mesmo que se esforçasse muito para passar uma imagem de segurança, autonomia e rebeldia.

Não entendia muito bem que era justamente aquela atitude que afastava as pessoas.

A herdeira decidiu voltar para o quarto antes que as pessoas começassem a falar sobre como a "aluna nova esquisita fica encarando os outros" e, assim que abriu a porta, encontrou Lívia sentada de pernas de índio na cama.

Chorando.

— Foi mal — disse Renata, sentindo que estava atrapalhando um momento muito íntimo.

Lívia apenas balançou a cabeça, sem dizer nada, e Renata resolveu arriscar; por mais que as duas não fossem próximas, seus pais a ensinaram que era de bom tom consolar pessoas tristes, mesmo que não se importasse genuinamente com o sofrimento delas. Aquele era um dos poucos ensinamentos que recebera dos pais.

— Você está bem?

— Ah, sim! — Lívia soluçou. — Como você pode ver, Barbie, hoje é o melhor dia da minha vida!

Lívia levantou-se rapidamente, secando as lágrimas dos olhos com raiva.

— Não precisa ir embora, eu vou para a sala de TV te deixar em paz — disse Renata depressa, porque também havia se irritado e não queria mais ficar ali.

Tinha tentado ser agradável e recebeu um coice como resposta.

— Não, tudo bem, não vou te privar de ficar no seu próprio quarto — disse Lívia, indo em direção à porta, fungando.

Deixa ela ir, não é da sua conta, o diabinho dizia no ombro direito.

Ela é sua colega de quarto, faça alguma coisa!, o anjinho respondia.

Ah, mas que merda, Renata deu um suspiro.

Lívia estava prestes a sair do quarto quando ela berrou:

— Ei, espera aí!

— O quê?

— Você quer... sei lá... conversar?

— Não, não quero *conversar* — Lívia fez que não, incrédula.

— Estou tentando ser legal, ok? — a voz de Renata subiu algumas oitavas, e ela fuzilou a colega de quarto com os olhos. — E saiba que isso é muita coisa vindo de mim! Eu não sou uma pessoa legal! Então você poderia, por favor, parar de me tratar que nem cocô? É tudo o que você tem feito desde que cheguei nesse lugar. É tudo o que todo mundo tem feito desde que cheguei aqui!

— Desculpa se não quero te tratar como se você fosse um floquinho de neve especial no dia em que tomei um pé na bunda! E se ninguém se aproxima de você, é porque você ainda não percebeu que não é mais especial do que ninguém aqui. Se quer que te tratem bem, que tal começar a tratar os outros assim? A gente colhe o que a gente planta!

— Bom, então, nesse caso, você talvez tenha plantado o seu pé na bunda, não é mesmo?! — exclamou Renata, não conseguindo conter as palavras maldosas dentro da boca.

Foi como se Lívia tivesse tomado um soco no estômago. Porém, ao contrário do que Renata imaginava, a garota não partiu para cima dela, apenas balançou a cabeça.

— Você nunca teve muitos amigos, não é mesmo, Barbie?

— Nunca precisei chorar sozinha no quarto, sempre tive amigos que me ouviam e me amparavam — mentiu Renata, porque chorar sozinha no quarto era o que mais fazia. — Acho que não podemos dizer o mesmo de você.

— Ah, vai se foder...

Lívia saiu e bateu a porta, fazendo tudo estremecer. Irritada, Renata deitou na cama e pegou o celular. Na tela havia uma mensagem de Vivian e, com uma faísca de esperança tomando conta do seu corpo, a herdeira a abriu rapidamente.

> Você ainda está me devendo 300 reais daquele dia na Vila Madalena. Pode me transferir, por favor?

A herdeira fechou os olhos.

Por que ainda tentava?

18

Renata não viu Lívia voltar para o quarto. Adormeceu e, no dia seguinte, despertou com o barulho da colega de quarto se arrumando para a aula. Quando ela pegou o celular, viu que ainda faltavam quinze minutos para que os alto-falantes começassem a tocar os cânticos cristãos matinais e, sem pensar duas vezes, voltou a dormir. Quando despertou pela segunda vez, Lívia não estava mais lá.

Na quarta-feira à tarde, os alunos tinham duas aulas de educação física. Como bom colégio católico, as aulas dos meninos e das meninas eram separadas; e como bom colégio brasileiro, os meninos sempre jogavam futebol, e as meninas, o que estivessem a fim no dia — geralmente eram aulas funcionais, mas, às vezes, escolhiam vôlei ou *handball*. Naquela quarta-feira em específico, porém, o professor dos garotos havia faltado, o que fez com que a sala inteira do terceiro ano A se reunisse no campo de futebol.

Gabriel argumentava com a professora Dias que queria jogar bola quando Renata, a última a chegar, se aproximou — ela havia almoçado tarde, já que perdera a hora lendo *Capitães da Areia*, o próximo livro que trabalhariam com a professora Trenetim.

— Nós temos que ficar juntos hoje. O que os meninos forem jogar, as meninas vão jogar também — retrucou a mulher do alto dos seus 1,58 metro. — Não posso dar futebol só porque vocês querem. Temos que tomar essa decisão em conjunto.

— Nós podemos jogar bola também, ué. — Mirella deu de ombros, defendendo Gabriel. — Para tudo tem uma primeira vez.

Aquele comportamento estava se tornando um padrão; tudo o que Gabriel queria, Mirella defendia com unhas e dentes. Tudo o que ele desgostava, a garota parecia odiar com mais força ainda.

— Meninas? O que acham? Podemos jogar futebol hoje? — perguntou a professora Dias, sem paciência para discordar dos garotos. Recebeu alguns resmungos, mas a maioria disse "tanto faz". — Então tudo bem. Meninos, vocês primeiro. Vinte minutos, depois trocamos.

Eles ficaram satisfeitos e animados. As meninas sentaram nas arquibancadas, mexendo no celular e comentando sobre a bunda dos garotos.

Renata decidiu ficar um pouco afastada, observando o jogo.

De um lado, a equipe de Guilherme, do outro, a de Gabriel. Toda vez que o presidente do Conselho pegava na bola, metade da arquibancada, liderada por Mirella, berrava de emoção. Sempre que Guilherme a recuperava, a outra metade das meninas se desmanchava em apoio.

Menos Lívia e Renata, uma de cada lado da arquibancada, as duas sozinhas por motivos distintos. Ali perto, Clara fingia que Lívia não existia, e era penoso assistir aos olhares magoados que Lívia lançava para a ex.

Depois de muitas faltas, xingamentos e algumas agressões, a partida terminou empatada: um gol de Gabriel e outro de Guilherme. Quando o bolsista marcou, Renata foi obrigada a reprimir um grito de comemoração, e sentiu-se ridícula por estar torcendo pelo garoto prodígio que fazia de tudo, menos tratá-la bem.

A professora Dias teve então que tirar os meninos do campo, apesar de quererem continuar jogando, e escolheu Mirella e Lívia para tirar time.

Obviamente, Renata foi a última a ser escolhida, para o time de uma Lívia desgostosa. Quando as garotas entraram em campo, o coração da herdeira martelava no ouvido.

Ela odiava jogar bola. Odiava esportes em equipe. Odiava que os outros pudessem depender de alguma decisão dela. Odiava aquele sentimento de que diversas pessoas ficariam decepcionadas se ela fizesse alguma cagada.

A partida começou lenta, com toques de bola arrastados. Renata ficou para trás, participando o menos possível. Mas em algum momento a bola acabou indo parar no seu pé. Fazendo aquilo que ela achava que as outras alunas esperavam dela, percorreu o campo procurando por alguém para quem tocar a bola e se livrar daquela responsabilidade. Quando enfim achou outra garota do seu time parada perto da área, ela se preparou para chutar, mas foi interrompida por Mirella, que chegou por trás e a derrubou com força no chão.

Os meninos berraram alucinados da arquibancada, enquanto Renata via o mundo ficar de ponta-cabeça. Assim que ela atingiu o chão, ouviu o apito da professora e os gritos das alunas, alguns revoltados, outros debochados. Mas tudo o que a herdeira conseguia pensar era que talvez tivesse quebrado o cotovelo, e tentava se lembrar se conhecia alguém que algum dia tivesse quebrado o cotovelo.

Era comum quebrar o cotovelo?

Era possível quebrar o cotovelo?

Como consertaria um cotovelo quebrado? Gesso? Será que alguém assinaria o seu gesso?

— Você está bem, Renata? — A professora cobriu o sol com o seu rosto jovial, estendendo a mão para ela. — Consegue se levantar?

— Acho que quebrei meu cotovelo — murmurou Renata.

— Vamos ver. — A professora Dias se abaixou e segurou o braço de Renata, esticando de um lado para outro. A menina quase viu estrelas — Não parece quebrado. Mas vai ficar roxo.

Renata se levantou com a ajuda da professora, sentindo muita dor no braço. Ela sabia que todos os olhares estavam em cima dela, e aquilo só piorava tudo — se ela deixasse escapar as lágrimas que estavam presas, a humilhação seria ainda maior.

Guilherme me viu cair que nem merda no chão, era o seu único pensamento.

— Saito, você está expulsa — disse a professora Dias, irritada.

— Não precisava ter entrado desse jeito. Que agressividade é essa?

— Que jeito? Não fiz nada! Ela que se jogou! — argumentou Mirella, exaltada.

Na arquibancada, os meninos faziam piada e riam da situação, principalmente Gabriel, que parecia deliciar-se com a briga. Guilherme, por outro lado, estava incomodado.

— Eu me joguei? Eu nem te vi chegar, sua louca! — exclamou Renata, tomada pela raiva. — Você quase me quebrou!

— Vaso ruim não quebra, linda — rebateu Mirella, os charmosos olhos pequenos tomados de uma maldade bruta.

A professora Dias apitou bem alto para colocar ordem.

— Ei, vamos parar com isso. Tchau, Mirella, vai descansar, toma uma água.

Mas antes de sair de campo, Mirella passou por Renata e sussurrou:

— Ninguém aqui gosta de você.

Renata ficou paralisada, sem reação. O que ela havia feito para que aquela garota a odiasse tanto? Até tentara ser simpática.

Lívia, perto das duas, parou ao lado da herdeira com as mãos na cintura.

— Vaza, Mirella. Já não deu seu showzinho?

— Está defendendo a sua nova namorada, Lívia? Fiquei sabendo que levou um pé na bunda.

— Por quê? Está interessada?

Mirella ficou vermelha e, com outro apito firme da professora Dias, foi sentar-se ao lado de Gabriel, que a abraçou de uma maneira possessiva e sorriu para Renata.

Vê-los daquela maneira fez com que a herdeira enfim percebesse de onde os conhecia: eram o casal daquela sala vazia. Gabriel sentado na mesa, Mirella ajoelhada a sua frente. Ela havia reconhecido os braços do garoto e o cabelo extremamente liso dela.

O rosto de Renata ficou quente com a lembrança.

Então aquele caso estava rolando desde antes da chegada de Renata?

— Você tá legal? — perguntou Lívia, distraindo Renata daquela descoberta. — Ela foi bem babaca.

— Sim, tô legal. Valeu, sei lá, por me defender.

— Tudo bem, não foi nada. Além disso, você é do meu time e eu não quero perder — brincou Lívia, o que arrancou risos de Renata.

— Vamos, meninas?

As duas voltaram para o meio do campo e a partida recomeçou. Depois de mais quinze minutos, o time de Lívia e Renata ganhou por três a um.

Quando o jogo acabou, elas trocaram um olhar cúmplice, e nada mais foi dito.

19

Os finais de semana no internato eram horríveis — pelo menos todos os dois que Renata havia passado ali haviam sido tenebrosos.

Claro que não era assim para os grupos de amigos que ficavam brincando de briga de galo na piscina ou espalhados pelo campus falando besteira, jogando UNO ou fazendo rodinha de violão. Também não eram horríveis para os namorados, que desapareciam no mato na primeira distração das freiras que rondavam o campus e voltavam descabelados e só sorrisos. Muito menos para os preocupados com a carreira que passavam horas na biblioteca, estudando e se sentindo mais importantes que os outros alunos, que, para eles, pareciam negligenciar o futuro em prol do *carpe diem*. Finalmente, eram ótimos finais de semana para a meia dúzia de garotos e garotas que de fato eram católicos e se importavam com religião, pois podiam seguir à risca a programação católica do internato sem serem incomodados pelos alunos que só participavam por obrigação.

Porém, para Renata, os finais de semana significavam apenas observar de camarote tudo isso acontecendo.

Em São Paulo, os seus finais de semana quase sempre eram aproveitados na sua mansão, com funcionários à disposição e uma gama de atividades selecionadas. No internato, ninguém precisava da amizade de Renata, ou da sua piscina, ou da sala de cinema, e existia um limite de vídeos no YouTube a que a herdeira era capaz de assistir.

Naquele domingo, depois da interminável missa obrigatória que parecia durar uma eternidade e era mais entediante do que todas as aulas de física juntas, Renata resolveu dar um pulo na biblioteca, afinal já tinha lido todos os títulos que as babás haviam empacotado para ela. Também já tinha terminado de ler *Capitães da Areia*, e queria algo que pudesse distraí-la do mar de solidão em que parecia prestes a se afogar.

Infelizmente, conforme percorria os corredores abarrotados de livros com os olhos atentos procurando por algo que pudesse interessá-la, chegou à conclusão de que o padre Josias não era muito fã de ficção, e nenhum dos livros que ela havia selecionado no Skoob como "desejados" povoavam aquelas estantes.

Frustrada, deu outra volta e acabou encontrando uma edição surrada de *O diário da princesa* e, apesar de já ter lido umas quinhentas vezes, decidiu que a releitura seria melhor do que procurar alguma outra coisa para fazer. Insistindo na missão, ainda resgatou uma edição antiga de *Orgulho e preconceito* e resolveu pegar também — ela nunca havia lido nada da Jane Austen, mas sempre ouvira dizer que seus livros eram maravilhosos. Renata tinha medo de que o clássico fosse chato, mas depois de ter lido *Dom Casmurro* e *Capitães da Areia*, achava que era o momento certo para tentar.

Não queria voltar para o quarto e encontrar Lívia carrancuda e na fossa, com músicas deprimentes vazando pelos fones de ouvido. Também não queria existir do lado de fora das paredes de tijolos, uma vez que o calor daquele lugar era insuportável. Dadas as opções, escolheu ficar na biblioteca, acomodando-se em uma poltrona de veludo vermelho que parecia nunca ter sido lavada e aproveitando o ar-condicionado.

Já estava quase na parte em que Mia se descobria princesa quando a porta da biblioteca abriu e Guilherme entrou, segurando uma edição velha de *O Senhor das Moscas*. Em um primeiro momento, ele pareceu não notar Renata ali, mas, quando se aproximou da área de leitura, ficou impossível não perceber a única garota de cabelos dourados alisados meticulosamente e uma carranca talhada em mármore.

Sentando-se o mais longe possível dela, Guilherme enfiou a cara no livro. Renata fez o mesmo, apesar de dar uma bisbilhotada no garoto de tempos em tempos. Em uma dessas vezes, encontrou o olhar do bolsista.

— Perdeu alguma coisa na minha cara? — perguntou ela, querendo disfarçar a mancada de ter sido pega no flagra.

— O meu tempo.

— Você vai me perseguir até na biblioteca? — continuou Renata, porque, apesar da troca de farpas, era um contato com um ser humano e ela não podia desperdiçar.

Era triste que todas as suas últimas interações tivessem sido tão agressivas.

— Eu sempre venho aqui, todos os domingos, no mesmo horário — disse Guilherme, marcando a página com o dedo e pressentindo que aquela conversa tinha potencial para ir longe. — Acho que a perseguição partiu de você dessa vez.

— Bem que você queria. — Renata soltou o ar pelo nariz em uma risada sem qualquer humor.

Atrás do balcão, a freira fez um "shhh" bem alto, o que assustou os alunos que estudavam nas mesas — eles estavam tão compenetrados que nem perceberam a comoção na área de leitura.

Renata e Guilherme voltaram aos seus livros, porém, minutos depois, a voz do garoto atravessou a bolha de concentração da herdeira.

— *O diário da princesa* é a sua autobiografia?

Renata primeiro riu baixinho, depois abaixou o livro com cara de poucos amigos, não querendo dar aquele gostinho ao garoto.

— *O Senhor das Moscas* é o título do seu vídeo pornô?

— Essa foi a única resposta que você conseguiu formular? — Guilherme sorriu, um sorriso lindo que fez Renata ficar com mais raiva ainda.

— Ah, não, estou apenas aquecendo!

— Por favor, meninos. — A freira bibliotecária tentou novamente, a voz baixa e autoritária. — Nós estamos na biblioteca, não no refeitório! Se querem conversar, vão precisar sair.

Dessa vez, todos os alunos que estudavam olharam diretamente para Renata e Guilherme, o princípio de uma fofoca se formando.

Sentindo o rosto esquentar, Renata voltou para o livro, mas não conseguia terminar sequer uma página, tendo que ler mil vezes o mesmo parágrafo. Ela percebeu que Guilherme parecia estar na mesma, já que a herdeira não ouvia o som de páginas virando do lado dele desde a bronca da bibliotecária.

Passados alguns minutos, o bolsista voltou a espiar a herdeira — o que ela percebeu apenas porque estava olhando para ele também. O garoto olhou de um lado e depois para o outro e, por fim, deixou os olhos caírem na edição de *Orgulho e preconceito* que estava na mesa de centro, esperando por Renata.

— Olha só, princesa! — Ele apontou para o livro. — A biografia da sua família!

Renata ficou sem reação. O que tinha sido uma brincadeira saudável, a primeira interação descontraída dos dois, logo se tornou um ataque pelo qual ela não estava esperando.

Por mais que "Orgulho e Preconceito" fosse um romance, aquele era um título muito forte para caracterizar sua família, principalmente por alguém que não sabia absolutamente nada sobre a sua vida.

Era daquela maneira que os outros a viam? Era isso o que achavam dela? Era por isso que ninguém queria ser seu amigo? Por que aquele garoto estava insinuando que era orgulhosa e preconceituosa?

Guilherme, percebendo que a brincadeira havia ultrapassado os limites, parou de sorrir e abaixou o livro que lia.

— Foi mal.

— Foi péssimo — murmurou Renata.

— Foi uma piada, só isso. — Guilherme deu de ombros, entrando um pouco na defensiva. — O livro estava na mesa, achei que seria engraçado.

— Você nem me conhece! Por que falou isso da minha família?

— Porque você é filha de um dos empresários mais ricos do Brasil e, geralmente, as pessoas ricas são assim. Orgulhosas e preconceituosas. — Ele tentou fazer graça.

— Vai se foder, Guilherme.

— Ei, eu não te ofendi em momento algum!

— Só quando chamou minha família de orgulhosa e preconceituosa.

Ela bufou, sentindo que ficaria vermelha em breve.

O que a irritava mais naquilo tudo era que o garoto havia sido certeiro na análise.

— Foi uma piada! — exclamou Guilherme.

— Uma piada bem merda!

Naquele embate, eles não perceberam que a freira responsável pela biblioteca havia saído de trás do balcão e caminhado a passos duros até eles, mas ali estava ela, com as mãos na cintura e cara de poucos amigos.

— Chega! Os dois para fora! E dez horas de serviço para cada, antes que eu me esqueça! — exclamou, extremamente irritada por ter que falar alto em sua preciosa biblioteca. — E na cozinha, picando legumes!

20

A última semana de janeiro começou com as difíceis aulas de química, biologia e matemática na segunda-feira, assim como o primeiro período do castigo de Renata e Guilherme, que tiveram de picar legumes na cozinha por longas e tortuosas duas horas, o garoto irritadiço e Renata muda.

Fora isso, o calor não parecia disposto a dar trégua e, na última conversa com as babás, Renata havia chorado, o que as deixou preocupadas e, consequentemente, causou um mal-estar gigantesco na garota por estar preocupando duas mulheres já tão atarefadas.

Quando chegou na sala de aula na terça-feira, suando da cabeça aos pés por já estar fazendo todos os graus do mundo às oito da manhã, a professora Trenetim estava sentada, absorta em alguns papéis. Renata percebeu que ela parecia um pouco preocupada, um vinco profundo enfeitando a testa, e ficou curiosa quanto ao conteúdo dos documentos. Mas também tinha amor à vida, então decidiu não bisbilhotar e se acomodou na sua cadeira de sempre, perto das janelas.

Aos poucos, os alunos do terceiro ano foram enchendo a sala, primeiro um caos de vozes e risadas, depois, conforme a professora observava a zona sem dizer uma só palavra, tomada pelo mais completo silêncio. Quando todos já estavam em seus devidos lugares, a professora Trenetim se levantou, pegando um livro na mesa.

— *Capitães da Areia.* Quem já terminou de ler?

Algumas mãos se levantaram, inclusive as de Renata e Guilherme. A herdeira tentou ignorar o garoto, mas às vezes a missão era praticamente impossível. Por mais que ela ainda estivesse com raiva da briga de domingo, de ter pegado dez horas de serviço por sua causa e da falta de interação do dia anterior, era difícil ignorar um rosto tão bonito.

— Muito bom, muito bom — comentou a professora, caminhando de um lado para o outro na frente da sala. — Para os atrasados, *Capitães da Areia* conta a história de Pedro Bala e seus amigos, moradores de Salvador na década de 1930. Resumindo assim, eu poderia até estar contando a história de algum desses livros moderninhos que fazem tanto sucesso entre vocês, não é mesmo? Pedro Bala e a pedra filosofal?

A sala inteira riu, inclusive Renata, que a cada dia admirava mais a professora Trenetim, como nunca havia admirado outro professor antes.

— Até poderia ser, se esses garotos não fossem moradores de rua em uma cidade assolada pela varíola — continuou a mulher. Os seus óculos de armação vermelha eram o acessório mais chamativo daquela sala. — Vamos nos aprofundar nas características da obra hoje e na próxima aula, mas, antes de começarmos, eu gostaria de saber quais foram as impressões e interpretações dos que já terminaram de ler.

Como acontecia quando ela fazia essa pergunta, todos ficaram em silêncio, com medo de serem os primeiros e falarem alguma besteira.

— Um de cada vez!

Mais silêncio. Até que um corajoso ergueu a mão.

— Sim, sr. Rodriguez — a professora assentiu.

— Eu curti muito o livro — começou Guilherme, dando de ombros, na pose desleixada de sempre. — Acredito que seja um dos poucos livros que consigam retratar com tanta verossimilhança como a pobreza afeta crianças e adolescentes. Estamos acostumados a ver o ponto de vista dos adultos, como em *O cortiço* ou *Vidas secas*, mas nunca dos jovens, que precisam amadurecer tanto em tão pouco tempo para conseguir sobreviver em um país que não se importa com eles. Que vê todos eles como uma praga a ser controlada, assim como a varíola.

Renata se ajeitou na cadeira. Sentiu-se esquisita ao ouvir aquilo sair da boca do garoto, como se fosse uma espécie de desabafo. Era diferente ouvir o ponto de vista de garotos ricos, que não sabiam da missa um terço, e de Guilherme, que, diziam os outros, era bem pobre.

— Muito bem, muito bem. — Trenetim sorriu, concordando. — Mas e os elementos que vemos ao longo da história de pessoas que, de fato, se importam? Como o Padre José Pedro, o Querido--de-Deus, a Don'Aninha...

— Os garotos não dão muita abertura para essas pessoas, né? — Lívia tentou, os braços cruzados. — Tipo, eles querem ajudar, mas os garotos nunca deixam. Eles são meio desconfiados.

— Eu acho que eles não se sentem de fato protegidos por essas pessoas — acrescentou Renata. — Sei lá... Todo mundo já foi tão ruim com eles a vida toda. Por que agora seria diferente?

— Porque se a gente quer sair de uma situação merda e tem alguém oferecendo ajuda, a gente aceita, né? — Um garoto cujo nome Renata não sabia entrou na discussão, recebendo como resposta algumas cabeças concordando e um "olhe o linguajar, Diego" da professora.

— Depende da situação ruim — insistiu a herdeira, porque não conseguiu pensar em outro argumento.

— Não é tão fácil assim — resmungou Guilherme atrás dela. — É fácil falar quando você nunca esteve na pele dos garotos.

Renata ficou absorvendo aquele comentário enquanto os alunos falavam uns por cima dos outros, todos empolgados com a discussão e em poder repetir tudo o que ouviram dos pais sobre pobreza e desigualdade social.

O fato era que a herdeira havia crescido em uma realidade tão distante da que leu que se sentiu como uma alienígena analisando outro planeta por boa parte da leitura. Só aos poucos foi começando a entender que as crianças do livro ainda existiam. Eram as crianças que pediam dinheiro ao pai dela no semáforo, ou aquelas que Renata enxergava como um borrão de existência enquanto passeava com seu motorista pelo centro da cidade.

Renata sempre observava tudo aquilo como uma telespectadora; era algo que apenas existia e continuaria existindo, um efeito colateral da sociedade, pessoas que não haviam se esforçado o suficiente para ter uma vida melhor. Mas, depois de conhecer as histórias de Pedro Bala e seus amigos, um sentimento grande de injustiça tomou conta do peito da garota, e dessa vez não foi fácil se livrar dele. Por que ela podia estar ali, confortável, com escola, comida e um teto para morar, enquanto aquelas crianças dormiam na rua e estavam expostas a todo tipo de agressão e maldade? Que justiça era aquela que priorizava apenas um grupo de pessoas?

— Acho que os meninos veem esses personagens adultos como amigos, não como "figuras de proteção". Eles protegem uns aos outros, como aprenderam a fazer desde... bom, acho que desde sempre, né? — Renata voltou para a discussão depois de encontrar o que queria dizer. — Os adultos nunca foram bons para eles... E quando aparece alguém realmente querendo fazer o bem, essa pessoa não consegue quebrar essa ideia já enraizada na cabeça dos meninos, a de que os adultos vão sempre fazer o mal.

A professora Trenetim concordou, colocando o livro na mesa. Renata sentia o olhar de Guilherme na sua nuca, mas se esforçou para não virar o rosto para vê-lo.

O que ele estaria pensando sobre os seus comentários? Que ela era só mais uma "princesa" com uma falsa consciência social ou alguém que havia, de fato, aprendido alguma coisa?

— E vocês concordam com as práticas realizadas pelos garotos do trapiche? — instigou a professora, sabendo que aquela pergunta provocaria e levaria a discussão para outros temas.

— Tem uma cena de estupro muito pesada em uma parte do livro — observou Mirella, incomodada. — Fica difícil criar empatia pelos garotos desse jeito.

— E eles lá são garotos? Olha a vida que precisaram viver! — exclamou Lívia. — Garotos somos nós, que não temos com o que nos preocupar.

— Claro que são garotos, e aquela cena do carrossel? — insistiu Mirella.

— Sim, são moradores de rua e não sabem se vão ter o que comer amanhã, mas querem andar de carrossel, então são garotos como outros quaisquer — disse Lívia, as palavras carregadas de ironia.

— Se são ou não garotos, a vida que levaram não justifica estuprar alguém, né, Lívia? — rebateu Gabriel.

— Nada justifica estuprar alguém, você está distorcendo as minhas palavras.

— Que nem você distorceu as minhas na última discussão? — perguntou ele, o rosto angelical de quem ganha pelo cansaço.

— Estamos debatendo de maneira civilizada, garotos, acalmem os ânimos.

A sala ficou em silêncio por algum tempo, todos refletindo sobre o que tinham acabado de ouvir.

— A verdade é que é difícil falar sobre as atitudes que alguém tomou em situações de necessidade, né? — Renata deu de ombros, rompendo o silêncio; ela não sabia de onde vinham todas aquelas opiniões, mas era bom ser ouvida de vez em quando. — Eu não sei, nunca faria o que eles fizeram, roubar, enganar etc. Mas, por outro lado, também nunca passei fome, ou frio, ou medo.

E, mesmo tendo de tudo, já fiz coisas das quais me arrependo, por pura vaidade, ela pensou, decidindo não adicionar aquilo à discussão.

— Sim — concordou Guilherme, a voz morna envolvendo Renata pelos ombros. — Que tipo de juízo de valor eles podem ter? São apenas crianças forçadas a serem adultos, tentando sobreviver no meio de tanta hostilidade. Às vezes, em momentos de necessidade, perdemos a noção do certo e do errado e fazemos o que precisamos para nos proteger e proteger aqueles que amamos.

Renata olhou por cima do ombro. Guilherme estava tenso na cadeira, as costas eretas e o maxilar tensionado. A sala inteira observava o garoto, que parecia diferente, sem a postura defensiva de sempre. Até um pouco... frágil.

— Às vezes eu me esqueço de como vocês crescem rápido. — A professora Trenetim sorriu, observando todos os alunos que participaram do debate. — Fico feliz em ver tantas opiniões, mesmo que divididas. São discussões assim que têm o poder de transformar.

Ela virou-se para a lousa e escreveu bem grande "A literatura como impulsionadora de discussões sociais: raça, desigualdade, homofobia, machismo". Depois, voltou-se para os alunos, ainda com o giz na mão.

— Vamos conversar sobre desigualdade?

21

Depois que a aula acabou, Renata decidiu colocar em prática o plano de falar com a professora Trenetim, interrompido pelo padre Josias na semana anterior. Novamente, ela enrolou na carteira enquanto todos os alunos saíam, observando se Guilherme permaneceria na saída como da última vez. Assim que o último aluno saiu e o bolsista desapareceu pelo corredor, a garota se aproximou da professora, que limpava a lousa energicamente.

— Será que não seremos interrompidas dessa vez, srta. Vincenzo? — questionou a mulher, ainda de costas para Renata, terminando de apagar a palavra "desigualdade".

— Eu tranquei a porta — brincou Renata, fazendo a professora rir e virar-se enfim. — Será que a gente pode conversar, professora?

— Claro. A minha sala está sempre aberta para vocês. — Ela sorriu, bem diferente da professora rígida que se mostrava em sala de aula; mas fazia sentido aquela personagem séria e severa que havia criado, já que deixar trinta adolescentes em silêncio durante duas aulas era uma tarefa quase impossível. — Sobre o que quer conversar? Vestibular? Carreira? Literatura?

— Ah, bom... Eu... não sei muito bem. — Renata deu de ombros.

Na semana anterior, ela queria conversar porque não tinha mais ninguém com quem falar, e acreditava que a professora seria uma boa companhia, alguém para discutir livros e planos para o futuro. Mas depois da aula maravilhosa que havia acabado de acompanhar, ela sentia como se algo estivesse desajustado dentro dela.

— Como você está? — A professora resolveu tomar as rédeas da situação, vendo que a aluna parecia tímida e nervosa; conhecia aquele olhar, as turbulências da idade, e sabia como adolescentes tinham uma dificuldade imensa para se abrir. Então, era interessante que ela incentivasse a garota que, aos seus olhos, parecia angustiada. — Está se adaptando bem? Fez amigos?

— Estou bem. Acho. É, estou bem — disse Renata, não sabendo se era verdade ou mentira. — Gosto muito da sua aula. É a minha favorita!

— Que bom! Fico muito feliz. — Percebeu que a aluna havia se esquivado da pergunta, mas resolveu não insistir. — Gostou dos livros que lemos até agora?

— Sim! Muito! *Dom Casmurro* é ótimo, e *Capitães da Areia* é sensacional — Renata fez que sim. — Me fez pensar bastante, sobre coisas que eu nunca havia pensado antes... Sempre gostei muito de ler!

As frases saíam da boca de Renata sem muita conexão, mas era tão bom enfim conversar sobre um assunto de seu interesse. A professora do colégio antigo não dava muita abertura aos alunos, e também não ministrava aulas tão interessantes, cheias de debates, visões diferentes e pensamentos — ela tinha uma opinião e era sempre a única correta. "Adolescentes não têm que pensar nada", dizia.

Os pais, então? Se Renata começasse a falar sobre livros contendo triângulos amorosos e garotos pobres, porém corajosos, ela seria igualada a sua "prima comunista", a escória da família.

As babás talvez tivessem disposição para conversar sobre tudo aquilo que Renata estava aprendendo, mas tinham medo de falar demais e perder o emprego. Além disso, trabalhavam tanto que era difícil separar cinco minutos do dia para debater desigualdade social, coisa que elas conheciam bem até demais.

— Gostei dos seus comentários na aula de hoje. — A professora Trenetim apoiou-se na mesa, percebendo que Renata demoraria para falar o que de fato queria. — Vieram de um lugar muito honesto.

— Obrigada. — A herdeira sorriu, sentindo uma sensação estranha tomar conta de si; ela nunca havia sido elogiada daquela maneira. Estava sempre errada, desajustada, enganada. — Eu... Bom, as suas aulas têm sido a melhor parte de... Bem, de estar aqui.

A professora Trenetim concordou, começando a entender um pouco mais as intenções de Renata.

— Você está fazendo alguma das atividades extracurriculares que oferecemos aqui? Acho que iria gostar. É difícil fazer amigos quando somos novos em um ambiente em que todos já se conhecem, mas é fácil fazer amigos ensaiando para uma peça, ou jogando vôlei. Não acha?

— Não sei — Renata abaixou o rosto, sentindo o coração bater mais forte; ela queria tirar do peito o que estava sentindo, mas nem sua psicóloga havia conseguido aquela proeza. Quando subiu os olhos, viu que a professora Trenetim sorria, e aquilo foi o suficiente. — Acho que eu nunca tive amigos de verdade. Por causa do meu jeito.

— Que jeito? — perguntou a mulher, erguendo a sobrancelha.

A professora havia reparado em como Renata estava sempre com uma resposta ríspida e grosseira na ponta da língua — ninguém conseguia pegá-la desprevenida. Pensou que fosse algo do inconsciente da garota, talvez fruto de uma criação ausente, mas ficou surpresa em saber que ela tinha noção desse comportamento.

— Acho que sou muito grossa, talvez? Mas não sinto isso. É só o meu jeito... Sei lá, as pessoas acham que me conhecem porque já viram o meu pai na televisão, ou por conta do dinheiro da minha família, e não sobram muitas maneiras de me comportar quando já sei o que todo mundo está pensando.

— O que todo mundo está pensando?

— Que sou uma mimada inconsequente e privilegiada que não pode reclamar de nada porque tem a vida perfeita. — Renata apertava os dedos sem parar, uma luta interna para que tudo aquilo saísse de uma só vez. — Então sou grossa porque é isso que esperam de mim, e é isso o que esperam de mim porque sempre fui grossa.

— Não acha que talvez esse seu jeito seja um mecanismo de defesa? — A professora sentia que já havia ganhado a confiança de Renata e que podia falar aquilo. — Algo que você faz porque tem medo?

— Medo do quê? — A herdeira piscou algumas vezes, confusa.

— De que as pessoas conheçam você de verdade.

— Não sei. Meus pais falam que nunca podemos mostrar quem realmente somos. É ruim para os negócios.

A professora Trenetim forçou uma risada, sabendo exatamente como aquele tipo de criação distante e formal afetava crianças e adolescentes... Havia pais que, por terem crescido desejando ter dinheiro, achavam que bastava comprar qualquer coisa que os filhos quisessem, sem se dar conta de que o que as crianças mais precisam é amor e carinho.

— Sabe, Renata, nem sempre os nossos pais estão certos. — Sabia que, ao dizer isso, poderia estar arriscando muita coisa, mas queria ajudar Renata. — E acho que você deveria tentar ver a vida com outros olhos. Olhos mais leves. O que acha?

Renata ficou em silêncio.

— Tentar não vai matar ninguém — insistiu a professora, e Renata concordou, tímida.

— Eu vou tentar.

— Ótimo. Na semana que vem, quero saber dos seus avanços — Christina Trenetim saiu da mesa e estendeu a mão para Renata. — Combinado?

A herdeira hesitou por um instante, mas logo apertou a mão da professora.

— Combinado.

Renata saiu da sala sentindo-se leve, mais leve do que nunca. Foi até a cozinha do refeitório e, por mais que tenha passado as duas horas seguintes picando legumes em silêncio absoluto ao lado de Guilherme, o seu otimismo não foi embora — nem o garoto e a sua grosseria foram capazes de estragar o seu bom humor. Ela então almoçou e assistiu às aulas da tarde. Quando saiu, passou na secretaria e pegou um panfleto com todas as atividades extracurriculares que o internato oferecia. Riu sozinha ao imaginar que o "Conselho" pudesse estar ali. Voltou para o quarto, tomou banho e se arrumou para o jantar, colocando uniformes limpos.

O jantar daquela noite foi tranquilo. Por ironia do destino, Renata sentou-se de novo ao lado de Mirella, que ignorou completamente a sua existência — a herdeira percebeu que ela estava um pouco cabisbaixa, e que parecia sentir algum tipo de dor, se encolhendo de tempos em tempos. Imaginou que pudesse ser cólica menstrual e quase conseguiu sentir pena dela.

Quase.

No meio da refeição e do habitual falatório, o diretor Gonçalves levantou-se da mesa comprida dos professores e batucou com o garfo no copo de vidro cheio de suco de laranja. Aos poucos, as vozes foram diminuindo, dando lugar a um silêncio contido.

— Boa noite, alunos e alunas — desejou ele, aquele sorriso maníaco sempre presente nos lábios; a última vez que ele havia discursado fora no jantar de recepção, e Renata estranhou aquela atitude repentina. — Gostaria de aproveitar que estamos todos reunidos e conversar com vocês.

O silêncio estava tão ensurdecedor que Renata podia ouvir qualquer movimento, por mais insignificante que fosse. Um tênis arrastando no chão. Um garfo espetando um pedaço de carne. Corações batendo no peito.

Ninguém sabia o que estava acontecendo, mas, pelo tom de seriedade na voz do diretor, todos haviam percebido que não podia ser algo bom.

— Essa é uma noite triste, uma noite de despedidas! E nós temos um anúncio a fazer que me parte o coração. — Parecia que o refeitório inteiro prendia a respiração. — A professora Trenetim, que fez parte do nosso corpo docente por mais de vinte anos, não ocupará mais o cargo de professora de português.

O quê?, Renata pensou, remexendo-se na cadeira. O salão inteiro explodiu em cochichos e conversas paralelas, algumas pessoas sorrindo, mas a maioria bastante confusa e triste.

— A professora está saindo por motivos pessoais que cabem somente a ela, e nós, da direção, e também todos os alunos que já tiveram o prazer e a honra de assistir a uma de suas aulas, só temos a agradecer por todo o serviço e dedicação durante esses anos. Gostaria de pedir uma salva de palmas!

As palmas foram fracas, sem animação, sem vontade... apenas o encontro de mãos, sem nenhuma emoção. A professora Trenetim com certeza merecia mais, mas o choque havia sido tão grande que ninguém parecia à vontade.

Sentada ao lado do diretor, a professora de língua portuguesa do terceiro ano observava tudo com um brilho estranho nos olhos escondidos pelos óculos de armação vermelha. Ela sorria, mas era o sorriso mais amarelo que Renata já vira em toda a sua vida.

— Diretor — disse, levantando-se. — Uma palavra?

O diretor Gonçalves sorriu em resposta, mas não parecia muito contente com o pedido súbito e inesperado. Mesmo assim, ele sinalizou para que ela falasse.

— Por muitos anos, esse colégio foi a minha casa — ela começou, segurando a borda de madeira da mesa com tanta força que os nós dos dedos estavam esbranquiçados. — Mas existe hora para tudo nessa vida, e a minha aqui chegou ao fim. Agradeço pelo esforço e pela dedicação, pelos debates e risadas, e agradeço por terem me ensinado tanto! Eu acredito muito no potencial de todos vocês. Também acredito que contribuí para a formação de futuros leitores assíduos, que não deixarão a literatura morrer. Sinto que tornei vocês garotos e garotas melhores, que compreendem o mundo ao seu redor, mesmo aqueles mundos que não fazem parte da nossa realidade. Pessoas que nunca deixariam uma injustiça passar impune. E esse é o meu maior orgulho nessa vida. Tenham um bom resto de ano letivo, e que Deus esteja com vocês!

As palmas que se seguiram foram as verdadeiras palmas que a professora Trenetim merecia, e muitos alunos tinham lágrimas nos olhos, assim como alguns professores. O diretor Gonçalves também aplaudia, mas o jeito como olhava para a professora Trenetim denunciava o seu descontentamento.

Renata ficou sentada como uma estátua, sem aplaudir, sem se mover, ouvindo os sons um pouco abafados a sua volta, sentindo o seu coração ficar do tamanho de uma ameixa.

Apenas outra pessoa naquele salão inteiro sentia-se da mesma maneira, e ele estava olhando para a herdeira, com os fios negros caindo na testa e os olhos escuros refletindo toda a tristeza do mundo.

22

Picar legumes na última quarta-feira de janeiro não foi uma tarefa tão tolerável quanto nos dois dias anteriores. Primeiro porque todo o otimismo plantado pela professora Trenetim havia desaparecido com a sua demissão. Segundo porque Guilherme parecia tão triste quanto Renata, os ombros encolhidos e o olhar perdido. Terceiro porque Mirella apareceu com quinze minutos de atraso e uma cara de quem poderia morder quem falasse com ela; de todas as punições que poderia ter recebido, alguém havia decidido colocá-la ali, ao lado de Renata, o que significava que o universo queria *mesmo* que a herdeira se ferrasse.

— Oi, Gui — disse Mirella, pegando uma faquinha e uma cenoura da bancada.

— E aí. O que você fez?

— Me pegaram fora da cama depois das dez. — A garota deu de ombros, como se aquilo fosse prática comum na sua vida; com a faca, tirou um pedaço da cenoura e o depositou no prato.

— Sozinha? — perguntou o garoto, com um tom insatisfeito. Ciúme, talvez?

— Sozinha.

— Sei — murmurou Guilherme, as mãos ficando vermelhas de todos os tomates que já havia destroçado.

— E você?

— A bibliotecária maluca achou que eu estava atrapalhando o silêncio e desobedecendo as regras. — Ele deu de ombros, e os dois riram.

Alô! Eu estou aqui!, Renata pensava, descascando uma batata gorda. *Também ficaria honrada em contar meu motivo para passar essas horas picando legumes. O Guilherme já sabe, mas posso te contar todos os detalhes se você quiser, Mirella.*

— Que merda. Só você para pegar detenção na biblioteca, Gui.

Guilherme soltou uma risada pelo nariz, e os dois voltaram a se concentrar nos legumes. Passados alguns minutos, a nutricionista apareceu na porta da cozinha para se certificar de que eles estavam fazendo o combinado — ao contrário do piscineiro Miguel, a garota recém-formada tinha certo prazer em punir adolescentes ricos, principalmente por não ter sido um deles.

Quando ela se retirou, Mirella suspirou alto.

— O que foi? — perguntou Guilherme

— O que foi o quê? — Mirella ergueu a sobrancelha.

— Esse suspiro aí. Ninguém suspira assim sem motivo.

— Eu suspiro. — Mirella deu de ombros, picando um pedaço de cenoura com mais vontade do que o necessário.

— Mi...? — insistiu ele, aguçando a curiosidade de Renata; os dois eram íntimos a ponto de conhecer apelidos e suspiros um do outro?

— O que foi, Gui? Não foi nada, eu só suspirei, que saco! — exclamou Mirella, irritada, voltando sua atenção às cenouras. — Tá achando que é meu pai agora?

Renata olhava para os próprios dedos, com medo de arrancar um fora e sentindo a tensão crescer no ar. Que conversa era aquela?

— Não sou seu pai, mas somos amigos, e eu me preocupo com você — disse Guilherme, suavizando o tom de voz. — Eu já te falei um milhão de vezes que isso está te fazendo mal, não falei? Eu acho que você devia...

Mirella lançou um olhar discreto para Renata, de quem não queria ter aquela discussão — que parecia antiga — na frente de uma intrusa, e o garoto bufou, sem concluir a frase e dando-se por vencido.

Mas aquela interação já havia colocado todos os neurônios de Renata para trabalhar. O que estava acontecendo ali? O que estava fazendo mal para Mirella? Como eles se tornaram amigos? Por que Guilherme sabia tanto sobre a vida dela? Será que eles já tinham ficado? Como Mirella conseguiu ficar com Guilherme? Será que ela era o motivo da briga entre Guilherme e Gabriel?

Cinquenta e seis teorias e um balde de batatas descascadas depois, a nutricionista retornou e os liberou para o almoço. Mirella largou tudo exatamente como estava e se retirou, despedindo-se apenas de Guilherme. Renata ainda permaneceu, ajeitando a bagunça que havia feito e, no subconsciente, sonhando com um mundo em que o bolsista conversaria com ela.

— Renata — chamou Guilherme, e ela demorou a perceber que havia sido na vida real.

Quando ela levantou os olhos, ali estava ele, em pele e osso, apoiado na mesa onde eles cortavam legumes minutos antes.

— Sim? — Ainda estava irritada com ele pelo que havia acontecido na biblioteca, mas ainda o achava um charme.

— Será que a gente pode conversar? Rapidinho?

Um pedido tão simples e tão cheio de determinação que a única coisa que a herdeira conseguiu responder foi:

— Tá bom.

Os dois se olharam por alguns instantes, constrangidos até.

— Sobre o quê? — Renata quebrou o silêncio, querendo acabar logo com aquilo, mas, ao mesmo tempo, pedindo mentalmente para que a interação durasse uma eternidade.

— Não aqui — sussurrou ele, estendendo a mão para ajudá-la a se levantar.

Danilo nunca fez isso, foi o que ela pensou, aceitando a ajuda e sentindo os dedos gelados e escorregadios do Guilherme encontrarem os seus.

— Foi mal, eu ainda não lavei as mãos.

— Tudo bem, também não lavei as minhas — disse Renata, por mais que a textura dos tomates fosse um pouco mais nojenta que a das batatas.

Os dois lavaram as mãos em silêncio na pia da cozinha e saíram, encontrando um sol para cada aluno do internato. Renata fez uma careta, arrependida por ter deixado os óculos escuros na escrivaninha, e Guilherme comentou:

— Só começa a melhorar em abril. Até lá, é esse inferno na Terra.

— Bom saber. Falta só uma eternidade até abril.

Guilherme riu e balançou a cabeça. Então ficou sério e se virou para a herdeira, com uma determinação que Renata nunca tinha visto no rosto de alguém tão jovem.

— Renata, eu queria falar sobre duas coisas. Primeiro, queria reforçar o meu pedido de desculpas sobre o que rolou na biblioteca. Não quis ofender você. Mesmo.

— Ah, tudo bem. — Renata deu de ombros. — Já passou.

— Não passou, não. Eu fui um puta de um babaca.

Renata riu.

— Foi mesmo. Mas sou uma princesa benevolente e te perdoo — disse ela, fazendo o garoto rir mais do que imaginou.

— Bom saber que o apelido pegou — comentou Guilherme quando enfim conseguiu parar de rir. — Sobre a outra coisa...

Ele olhou de um lado para o outro. Pegou Renata pela mão e se afastou do refeitório, levando a garota. Durante todo o trajeto, Renata só conseguia pensar em como a pele da mão dele ficava bem melhor sem molho de tomate.

Quando eles enfim atingiram a divisa da propriedade com a mata ao redor, Guilherme parou de andar.

— Você vai me contar que matou alguém e precisa de ajuda para esconder o corpo?

— É sobre a professora Trenetim — soltou ele, os olhos sérios fixos nos dela, sem se distrair com suas gracinhas. — Você também não achou muito esquisito tudo o que aconteceu? Ela ser demitida do nada assim?

— Achei — concordou Renata, ainda sentindo o vazio existencial provocado pela notícia.

— Estou um pouco cismado com algumas coisas há um tempo — continuou ele, e Renata soltou uma risada. — O que foi?

— Quem fala "cismado"? — questionou ela, fazendo-o rir também.

— Ah... minha mãe? — Os dois riram juntos. — Mas isso não vem ao caso, princesa! Eu queria saber...

— Pare de me chamar de princesa.

— ... se você ouviu alguma coisa naquele dia que ficou para conversar com a professora Trenetim e o padre Josias entrou na sala. Lembra?

— Lembro. Você estava bisbilhotando do lado de fora?

— Quem fala "bisbilhotando"? — brincou Guilherme. — Mas sim. Eu estava "bisbilhotando". — Guilherme fez aspas com os dedos. — Mas não consegui ouvir nada depois que a porta fechou...

— A única coisa de estranho que aconteceu foi que o padre Josias entrou na sala meio transtornado, falando "professora, você só pode estar louca", ou algo do tipo. Mas quando percebeu que eu estava ali, só pediu que eu saísse para que eles pudessem conversar.

— Hm... interessante... — respondeu Guilherme, mais para si mesmo do que para Renata. Depois que terminou de confabular sozinho, o garoto se voltou para a herdeira: — Tem algo muito estranho acontecendo nesse colégio.

Tem. Alunos ricos pegando horas de serviço braçal com o aval dos pais, missas todos os domingos e uma entidade estudantil chamada "Conselho" que dá festas no meio do mato, Renata pensou, mas apenas assentiu, porque não sabia muito bem a que Guilherme estava se referindo. A melhor resposta para situações como aquela era sorrir e acenar.

— O que você acha que aconteceu? Com a Trenetim? — insistiu Guilherme.

— Acho que ela não saiu por vontade própria. Acho que foi demitida. — As palavras saíram da boca de Renata antes que ela mesma pudesse raciocinar sobre aquela teoria.

127

Guilherme assentiu como se concordasse plenamente com aquilo.

— Sabe, você parece gostar da professora tanto quanto eu, e eu estava querendo descobrir o que aconteceu... Você não quer me ajudar?

Renata paralisou ligeiramente. Claro que ela queria, porque era um motivo para passar mais tempo com ele, além de descobrir o que havia acontecido com a sua professora favorita e viver um pouco de adrenalina em meio àquele marasmo de vida.

Por outro lado...

— Não sei, Guilherme... Eu já me meti em tantos problemas... estou aqui justamente por isso! Acho que se eu me meter em mais um, vou me ferrar muito.

— Mas é um problema bom! Vamos fazer uma coisa boa!

— Não sei... Além disso, a gente não parece a melhor das duplas para investigar algo. Não quando vivemos nessa troca de farpas constante. Por que você acha que isso seria uma boa ideia? Até minutos atrás a gente se odiava.

— Eu não te odeio. E prometo que vou me comportar. — Guilherme estendeu o dedo mindinho para a garota. — Não vou te provocar. Nem te chamar de princesa. Pelo menos não muito.

Renata ficou em silêncio, saboreando uma única frase.

Eu não te odeio.

Então por que agia de um jeito tão odioso?

Guilherme, percebendo que precisava dar algum tempo para que a garota pensasse, recuou um pouco e abaixou o dedinho.

— Bom, não vou ficar insistindo também, entendo que pode ser um risco e tanto... — Sorriu, um sorriso doce e convincente. — Mas, se mudar de ideia, já sabe. Vamos almoçar? Estou cagado de fome.

— Vamos. — A herdeira concordou com a cabeça, achando graça na expressão.

Os dois foram juntos ao refeitório e só se separaram lá dentro, cada um perdido nos próprios pensamentos.

23

Renata passou o resto do dia e a noite inteira com a proposta de Guilherme na cabeça. Por mais que soubesse qual devia ser a sua resposta — a que não arranjasse mais problemas do que ela já havia arranjado em seus poucos 17 anos de vida —, era difícil negar uma proposta tão tentadora, e grande parte dela queria descobrir o que havia acontecido com a professora Trenetim.

Na aula de gramática da quarta-feira, o terceiro ano A teve um tempo livre, que se transformou em um grande torneio de truco do qual Gabriel saiu vencedor. Já no dia seguinte, eles enfim conheceram a nova professora: uma freira de 156 anos e a voz mais potente que o melhor dos soníferos.

Depois que Renata saiu da sala, precisou correr até o refeitório e tomar um café, antes que o sono ganhasse aquela batalha e ela dormisse com a cara nos livros na próxima aula — ela ficou desesperada com a ideia de que a freira também fosse a próxima professora de literatura.

A sessão de picar legumes daquela quinta-feira foi silenciosa. O humor de Mirella estava melhor, mas o contato dela com Guilherme não passou de amenidades. O garoto também não voltou a tocar na proposta que fizera para Renata no dia anterior, o que foi um alívio e uma decepção ao mesmo tempo — por mais que fosse agradável não ficar se bicando com ele, também não era legal ser ignorada; Renata quase sentia falta das suas provocações. Ele e Mirella conversaram sobre o desejo dele de estudar engenharia elétrica em uma universidade pública e sobre a dificuldade da garota nas matérias de humanas, enquanto Renata ouvia tudo sem soltar nem um pio. Depois que o grupo foi liberado, Mirella e Guilherme saíram tão rápido para almoçar que, quando Renata deu por si, estava sozinha na cozinha.

As aulas da tarde passaram depressa, dobradinhas de história e geografia, matérias das quais Renata gostava e que, no internato, tinham ótimos professores. Quando o dia acabou, ela recolheu o material e saiu da sala, mas conforme perambulava sozinha pelo corredor, pensando no que faria para matar o tempo até o jantar, lembrou que as salas dos professores ficavam nos últimos andares daquele prédio e, sabendo que a professora Trenetim tinha sido vista ainda circulando pelos corredores do colégio, decidiu arriscar.

Renata subiu uns três lances de escada e chegou no andar dos professores com os pulmões em chamas. Recuperando-se do esforço, passou pelas portas fechadas e encontrou a sala da professora de português ao final do corredor.

Ela bateu, mas não foi respondida. Então decidiu abrir a porta, constatando que não havia ninguém lá dentro. E, com o espírito de fazer besteira latente dentro de si, a herdeira entrou na sala sem autorização.

Sem acender a luz, ela analisou os papéis na mesa, trabalhos corrigidos e anotações, e passou os dedos pelo antigo armário de madeira, as portas de vidro revelando uma coleção impressionante de livros. Observou a vista da professora e até sentou na cadeira de couro e girou algumas vezes.

Fechou os olhos e se sentiu tão confiante e incrível quanto a professora Trenetim.

A herdeira ainda estava apreciando o sentimento quando a porta foi aberta de supetão.

No susto, Renata deu um pulo da cadeira e parou ao lado da mesa, observando a professora Trenetim nem um pouco surpresa por encontrá-la ali.

— Procurando por alguma coisa, Renata?

— Professora, desculpe, eu...

— Não tem problema. Imaginei que encontraria alguns de vocês por aqui nessa última semana. — Ela sorriu de maneira acolhedora.

Alguns de vocês? Quem mais esteve aqui?, Renata pensou, mas resolveu perguntar outra coisa.

— Por que você vai sair, professora?

— Ah, Renata... — Trenetim passou pela garota, sentando-se na cadeira giratória e apontando para que Renata se sentasse na outra, de frente para ela. — Por muitos motivos. Motivos chatos, você não vai querer saber.

Renata se sentou, sentindo-se esquisita por estar ali — parecia íntimo demais, bem diferente da neutralidade da sala de aula. Aquele escritório tinha o cheiro da professora, a cadeira na qual a mulher estava agora sentada tinha sido dela por muitos e muitos anos. Era a segunda casa da mulher, talvez até a primeira.

— É por causa do diretor Gonçalves e do padre Josias?

— O que tem o diretor Gonçalves e o padre Josias? — A professora tentou parecer imparcial, mas algo denunciava ansiedade e um pouco de surpresa.

— Não sei. Não gosto muito deles... e parece que você também não. Toda vez que os vejo juntos, sinto uma tensão no ar.

A professora Trenetim riu, balançando a cabeça.

— Muito perspicaz da sua parte, Renata. Mas esse é um assunto que não seria pertinente tratarmos juntas. Poderia ferir o código de ética entre professor e aluno. — Ela piscou para Renata, que aproveitou o gancho para acrescentar:

— Mas agora não somos mais professora e aluna.

— Espertinha. — Trenetim sorriu. — Mas me abstenho de quaisquer comentários. Não quero metê-la em alguma confusão, até porque você parece o tipo de garota que tem um faro especial para isso.

Foi a vez de Renata rir. Mas algo na risada fez com que o seu coração diminuísse dentro do peito; ela nunca mais teria aulas com a professora, e aquilo fazia com que as já baixas expectativas da herdeira para o internato ficassem negativas.

Percebendo que Renata havia murchado, a professora Trenetim tentou animar o clima.

— E como estão os progressos desde a última vez em que conversamos?

Renata pensou sobre a proposta de Guilherme e se perguntou se aquilo era uma etapa vencida na difícil tarefa de fazer amigos.

Provavelmente não.

— Levando em consideração que conversamos na terça-feira e hoje ainda é quinta, estão mais parados que a Marginal Pinheiros numa sexta-feira às 18h.

— Você se inscreveu em alguma atividade extracurricular? — Assim que Renata fez que não, a professora Trenetim inclinou a cabeça com ar de reprovação. — Então o progresso tem um motivo para estar parado, não é mesmo?

— Sim — concordou Renata, cabisbaixa.

— Sei que não tivemos muito tempo para nos conhecermos melhor, Renata, mas pode me fazer um último favor? — A herdeira ergueu o rosto, olhando nos olhos da professora. — Pode me prometer que vai tentar se enturmar? Fazer amigos? Viver essa nova experiência?

Durante toda a sua vida, Renata ouviu dos pais que não adiantava nada tentar se não fosse conseguir, e que era melhor ser uma acomodada do que uma fracassada, então ela apenas deixava de lado qualquer plano que porventura passasse pela sua cabeça — como começar a escrever um livro, inscrever-se nas aulas de piano e fazer um curso de geopolítica —, porque não conseguiria aguentar a decepção refletida nos olhos deles no momento em que falhasse.

Mas ali estava aquela mulher que mal a conhecia, com idade para ser sua mãe, pedindo que ela apenas tentasse. Não havia pressão para vencer, nem decepção se ela não conseguisse. Apenas um voto de confiança, algo que Renata nunca teve.

— E se não der certo?

— Se não der certo, você tenta de novo. Ou tenta outra coisa. Se adapta. A vida é assim, Renata. Cheia de surpresas, deliciosas e amargas.

Aquilo pareceu mais um desabafo do que um conselho, mas nenhuma das duas percebeu.

— Então eu prometo — disse Renata, sorrindo.

A professora Trenetim debruçou-se sobre a mesa e abriu a última gaveta, retirando de lá um exemplar surrado de *Capitães da Areia*.

— Quero que você fique com ele — disse, sorrindo ao perceber o espanto no rosto da aluna. — Não se preocupe, sou professora de literatura, todo ano eu recebo uma edição nova.

— Mas essa parece antiga e... sei lá, pessoal?

— E cheia de anotações! — A professora Trenetim riu.

— Então você é do tipo que rabisca os livros, professora? Que blasfêmia! — brincou a herdeira, sentindo que aquela conversava começava a chegar ao fim.

— Livros foram feitos para isso! Podemos rabiscar, escrever, anotar pensamentos e reflexões. Afinal, do que mais eles servem senão para nos fazer pensar? — Ela o estendeu para Renata, que pegou o livro com as mãos um pouco trêmulas; quando abriu o exemplar, percebeu várias letrinhas miúdas nas beiradas. — Percebi que esse livro pareceu mudar algo em você, então acho que vai gostar bastante dos meus comentários ao longo da leitura.

— Obrigada, professora — disse Renata debilmente, sem palavras.

— Todos nós, em algum momento, temos que sair da nossa zona de conforto, Renata. É assustador, mas também libertador.
— A professora olhou para ela com carinho. — Agora, preciso organizar as minhas coisas...

Era a deixa para que Renata saísse, mas a herdeira começou a ficar um pouco desesperada com a ideia de que aquela talvez fosse a última vez que veria a professora.

Quem era aquela garota e o que havia feito com a Renata Vincenzo sem coração?

— O que eu vou fazer sem você aqui, professora? — Uma dúvida dolorosa que acabou escapando da muralha de indiferença que era Renata Vincenzo.

— Você vai estudar. Se dedicar. Encontrar o que quer fazer no futuro, uma vocação, um sonho, um objetivo. Fazer amigos. E, se posso deixar um último conselho, talvez o mais controverso deles — Renata curvou-se sobre a mesa, a bunda quase descolando da cadeira; ela precisava muito de um último conselho —, nunca obedeça e acredite cegamente em adultos simplesmente por causa da diferença de idade. Devemos admirar aqueles que nos inspiram admiração, respeitar aqueles que respeitam os outros e acreditar naqueles que sempre tiveram atitudes confiáveis. De resto, um pé atrás nunca fez mal a ninguém.

24

Naquela noite, as palavras da professora Trenetim rodavam pela cabeça de Renata como se ela estivesse bêbada e desorientada. Lívia já estava roncando, no décimo oitavo sono, e a herdeira sentia-se sozinha e de mãos atadas. Logo depois que saiu da sala de Trenetim, começou a folhear o exemplar de *Capitães da Areia*, mas parecia que estava invadindo a privacidade da professora, e aquilo só serviu para que ela ficasse ainda mais desolada.

Parecia teimosia, ou uma predisposição para quebrar regras, mas ela também estava mais curiosa do que nunca para saber o que realmente havia acontecido com a sua professora favorita — e a proposta de Guilherme não ajudava em nada, já que aquilo significava passar mais tempo ao lado dele.

Por que a provável demissão da professora Trenetim a incomodava tanto? Ela já havia presenciado injustiças piores e não fizera nada. Nossa, ela já havia *cometido* injustiças maiores e dormiu tranquilamente à noite, feito um bebê.

O que havia mudado?

Sem conseguir dormir e com um sentimento amargo borbulhando dentro de si, Renata levantou silenciosamente da cama para não acordar Lívia, colocou um casaco por cima do pijama e saiu. Não sabia exatamente o que queria fazer, mas algo lhe dizia que ela encontraria respostas na sala do diretor Gonçalves.

Quando chegou ao prédio administrativo, depois de percorrer o caminho protegido das câmeras de segurança que Guilherme havia ensinado na noite da festa do Conselho, percebeu a loucura que estava cometendo — se alguém a encontrasse ali, de pijama e depois da meia-noite, ela poderia ser expulsa, e se tinha alguma coisa que a garota não queria receber novamente, era um "convite a se retirar" de qualquer escola. Era humilhante demais.

Empurrando aqueles pensamentos para o fundo da mente, Renata zanzou pelo prédio enquanto tentava se lembrar de onde ficava a sala do diretor. Quando enfim se lembrou, seguiu escadaria acima e abriu a porta, surpresa por encontrá-la destrancada. Então aquele era um colégio com câmeras de segurança e salas abertas?

A herdeira estava pensando na própria sorte quando um barulho alto de portas batendo veio do final do corredor, seguido de vozes distantes. Desesperada, ela entrou na sala correndo e fechou a porta em silêncio. Quando conseguiu acalmar as batidas do coração e sua visão se adaptou ao breu, encontrou ninguém mais ninguém menos do que Guilherme Rodriguez parado atrás da grande mesa de madeira, segurando uns papéis e parecendo petrificado.

— Puta que pariu, Renata — balbuciou ele, soltando o ar. — Você colocou um drone atrás de mim?

— A culpa não é minha se você tem as mesmas ideias imbecis que eu! — sussurrou ela, e voltou a ouvir o barulho no corredor, dessa vez mais alto e mais perto. Renata correu para trás da mesa, onde o garoto estava, e ordenou: — Abaixa!

Os dois enfiaram-se embaixo da mesa no exato momento em que a sala foi aberta.

— ... ficaria surpreso com a obscenidade de coisas que já vi as pessoas fazerem para deixar a bunda dura. — A voz melódica do diretor era fácil de reconhecer. Renata colocou a mão sobre a boca, chacoalhando a cabeça em uma tentativa desesperada de não deixar uma risada escapar. — Mas, bem, os treinos estão indo muito bem, já estou sentindo os meus músculos mais rígidos. A Vera diz que estou velho demais para ficar malhado, que vou parecer um saco de mortadela, mas eu continuo focado.

— Não consigo ter esse foco. — A voz do professor de química surgiu mais distante, perto da porta. — Mas fico feliz que o meu irmão esteja ajudando.

— Ele é muito bom. Nunca gostei da ideia de um *personal trainer*, mas com ele está funcionando. — Renata imaginou o diretor Gonçalves malhando com um *personal trainer* e só o pensamento já fazia com que a sua tensão aliviasse um pouco. — Obrigado pela ajuda e por ter ficado até tão tarde, mas agora, infelizmente, eu preciso terminar de ler uma papelada por aqui. As coisas ficaram loucas depois que demitimos a professora...

— Claro, sem problemas. Nos vemos amanhã então, Carlos. Boa noite.

— Carlos? — sussurrou a herdeira, não se aguentando, e Guilherme tapou a sua boca novamente.

A mão dele cheirava a papel e couro, objetos que segurava antes de se esconder ali com ela.

O diretor Gonçalves vagou pela sala, fazendo barulhos de quem estava revirando páginas, e Renata e Guilherme observaram os sapatos sociais do homem locomoverem-se de um lado para o outro — toda vez que ele se aproximava da mesa, os dois paravam de respirar.

Passados muitos minutos daquela tortura, Carlos Gonçalves deixou alguma coisa na mesa e caminhou lentamente para fora da sala. Os dois adolescentes escondidos ainda ficaram alguns segundos em silêncio, ouvindo-o trancar a porta.

— Ótimo — Guilherme quebrou o silêncio quando teve certeza de que o diretor não retornaria, tirando a mão da boca de Renata e se levantando. — Estamos trancados na sala do diretor!

— Pelo menos não fomos pegos. Nem quero pensar no que aconteceria com a gente se...

— O que você está fazendo aqui, afinal de contas? — interrompeu Guilherme, passando a mão pelo cabelo para ajeitá-lo.

— Estou procurando a verdade sobre a demissão da professora Trenetim. — Ela resolveu ser honesta, perguntando-se se Guilherme já havia esquecido da trégua.

— E por que não veio me procurar? — O garoto parecia irritado, até um pouco magoado.

— Sei lá, Guilherme, eu só decidi isso agora à noite... A gente nasceu grudado, por acaso?

— Não. Mas duas cabeças pensam melhor do que uma, não acha?

— Depende. Se forem duas cabeças burras, não.

Guilherme tentou manter a careta, mas logo caiu na risada, e Renata acompanhou. Quando eles conseguiram parar com a crise de riso, ela perguntou:

— Por que você quer tanto descobrir o que aconteceu, afinal? Pensei que não gostasse tanto assim da professora...

— De onde tirou isso?

— Não sei... Ela te deu dez horas de serviço na piscina por ter chegado alguns minutos atrasado na aula — respondeu Renata, como se aquilo fosse óbvio.

— Sim, e ela também me ajudou como se eu fosse parte da família quando cheguei aqui, um bolsista no ensino fundamental que tudo o que conhecia era o quintal da própria casa — retrucou ele apoiando-se na mesa e deixando os músculos dos braços mais rígidos. — Eu não confundo firmeza com mau-caratismo. Ela sempre foi uma mãe para mim dentro do internato.

— O que aconteceu naquele dia, aliás?

— Você é muito curiosa, não é mesmo, princesa? — respondeu Guilherme, achando graça.

— Você disse que, se eu te ajudasse, não me chamaria mais de princesa!

— Você vai me ajudar, então?

Renata deu de ombros, como quem dizia "por que não?", apesar de existirem milhares de porquês.

— Eu disse que não te chamaria *muito* de princesa, e essa foi a primeira vez em toda essa conversa! — Renata revirou os olhos, e o bolsista acabou cedendo. — O Gabriel me fodeu aquele dia, avisou ao inspetor que tinha terra nas minhas coisas, da festa da madrugada, e o inspetor acabou me prendendo no quarto e cobrando explicações...

— Por que Gabriel fez isso? — A herdeira fingiu surpresa, mesmo sabendo que havia uma rivalidade entre os dois garotos.

— Por que o Gabriel faz as coisas? Porque ele é maluco. — Foi a vez de Guilherme dar de ombros.

— Por isso que vocês brigaram aquele dia? Perto das piscinas?

Guilherme assentiu e, em seguida, começou a vasculhar os documentos na mesa, como se aquela conversa estivesse oficialmente terminada. Renata resolveu fazer o mesmo, voltando a atenção para os papéis bagunçados; eram muitos. Ela nem saberia por onde começar...

— Pelo menos de alguma coisa serviu essa expedição noturna. Agora sabemos que a professora Trenetim foi mesmo demitida — murmurou Guilherme, mais para si mesmo do que para Renata.

— Como sabemos disso? — A herdeira começou a bagunçar os papéis, distraída.

— *As coisas ficaram loucas depois que demitimos a professora...* De quem você acha que o diretor estava falando? A pergunta é: por quê?

— Ela estava incomodando a direção, talvez? — Renata apoiou todo o corpo na mesa de madeira, tomando cuidado para não falar alto. — Eu não sei como, nem por que, mas essa é a minha teoria.

Guilherme concordou vagamente. Então os dois ficaram em silêncio, lendo e relendo os documentos da mesa, que não passavam de burocracias desinteressantes da demissão.

Depois de algum tempo, ele ficou bastante interessado em alguma coisa que lia, enquanto a herdeira continuava só bagunçando a mesa à procura de algo relevante. Ela estava passando pelas páginas de um bolo de contratos quando Guilherme segurou o seu punho com os dedos gelados.

— Maria Gomes de Andrade — murmurou ele, o cenho franzido para a pasta parda que segurava —, essa é a nova professora de literatura. A irmã dele!

— Maria quem? É irmã dele quem? — Renata queria se livrar da mão do garoto ao mesmo tempo em que apreciava a sensação de segurança que ela passava. — Do que você está falando?

— Do padre Josias! — respondeu Guilherme, olhando para Renata pela primeira vez em vários minutos. — Josias Gomes de Andrade, Maria Gomes de Andrade. Eles são irmãos. Ele demitiu a professora Trenetim para contratar a irmã. Só pode ser isso...

Renata puxou a pasta das mãos do garoto, lendo o contrato da nova professora. Guilherme fez menção de pegá-lo de volta, mas parou no meio do caminho.

— Como você sabe que esse é o nome dele? Do padre Josias?

— Tem uma placa imensa na entrada do colégio com o nome dele. Em que mundo você vive?

Renata ignorou a resposta atravessada do garoto, sentindo a adrenalina passar pelo corpo. Aquilo era nepotismo, puro e simples. Por um lado, era bom saber o motivo da demissão. Por outro, a herdeira estava um pouco decepcionada por não ter sido alguma coisa que envolvesse qualquer confronto entre a professora e a direção. Além disso, nepotismo era uma prática baixa, mas não proibida em instituições privadas.

— Ótimo, agora a gente só precisa contar isso para o colégio inteiro! — disse Renata com ingenuidade, como se tivesse alcançando o pote de ouro no fim do arco-íris. — Vai pegar muito mal, e eles serão obrigados a demitir essa tal de Maria e recontratar a professora Trenetim.

— Mas que plano maravilhoso! — Guilherme puxou a pasta parda de volta, a ironia transbordando das palavras. — E eles vão readmitir a professora antes ou depois da nossa expulsão?

— Você tem alguma outra ideia, Cérebro? — retrucou ela, irritada, sentando-se na cadeira de couro do diretor.

Guilherme puxou uma das cadeiras de visitante, posicionou-a ao lado da herdeira e se sentou também.

— Temos que fazer alguma coisa que mobilize a escola inteira — sugeriu ele, cruzando a perna e apoiando o calcanhar no joelho, um dos braços para trás do encosto da cadeira —, alguma coisa que faça todo mundo se revoltar com a situação. Se sairmos por aí contando que ela foi demitida para que o padre Josias pudesse colocar a irmã no lugar, a fofoca duraria cinco minutos e todos seguiriam com as suas vidas.

— Basicamente, precisamos fazer com que eles se sintam como nós estamos nos sentindo agora. Como se uma injustiça muito grande tivesse sido cometida.

— Exatamente! — O garoto sorriu de leve, mas o seu sorriso tinha uma malícia que fez com que Renata se sentisse desconfortável e lisonjeada ao mesmo tempo.

A herdeira abriu a boca para responder, mas os dois ouviram barulhos do lado do fora e uma chave entrando na fechadura. Correndo, Guilherme colocou a cadeira de visitantes no lugar e os dois se esconderam novamente debaixo da mesa.

Os sapatos gastos de Fatinha eram bastante reconhecíveis, pretos, feios e confortáveis, e eles caminharam pela sala de maneira dura, enquanto Renata e Guilherme ficavam no mais completo silêncio, esperando, o coração martelando.

A inspetora pegou algo na mesa e saiu segundos depois, apenas encostando a porta.

— É a nossa chance — sussurrou Guilherme, empurrando Renata para cima com delicadeza. — Vai você primeiro. Depois decidimos o nosso plano. Vamos pensar no que faremos e conversamos depois.

— Vamos só pegar...

— Você quer correr o risco de ser pega pelo diretor? Não, né? Então vamos.

Outro barulho foi ouvido do lado de fora, e Renata, na pressa da situação, acabou tendo que dar o braço a torcer.

— Ok, vamos. Mas precisamos do plano perfeito!

— Seu desejo é uma ordem — respondeu Guilherme, caminhando rapidamente até a porta —, *princesa.*

25

Renata teve um sonho estranho quando conseguiu dormir: passou horas revirando-se na cama enquanto sua mente formulava perseguições dignas de filmes de ação, com ela dentro de um carro a muitos quilômetros por hora e vários outros atrás em alta velocidade. Quando a perseguição enfim acabou, Renata se viu no meio de uma roda de pessoas, todas sem rosto, apontando para ela e rindo.

Ela acordou com o coração pulsando a mil por hora e a nuca suada. Olhou para um lado e encontrou Lívia adormecida, resmungando baixinho. Olhou para o outro e viu seu armário sem nenhuma personalidade com as portas fechadas e a escrivaninha da mesma cor com todos os livros e cadernos empilhados. Olhou para o teto e respirou fundo algumas vezes. Por fim, sentiu-se melhor.

Aproveitando a repentina disposição antes dos alto-falantes tocarem, o que era estranho, já que tinha dormido poucas horas, Renata tomou um banho silencioso e, no refeitório, um café tranquilo. Tudo embalado por pensamentos constantes sobre o "Caso Trenetim", como ela gostava de chamar.

Poucos alunos estavam ali, pequenos embriões de futuros adultos que adorariam as manhãs, comeriam chia e praticariam ioga; naquele momento, porém, não passavam de borrões uniformizados curtindo o começo do dia. Mal sabiam o que acontecia no colégio — nem a própria Renata sabia! Tinha apenas algumas informações e certa intuição...

Ela mastigava seu pão com manteiga sem conseguir parar de pensar na descoberta da noite anterior, no cheiro de Guilherme e na professora Trenetim quando Gabriel atravessou as portas vai--vém do refeitório.

A herdeira o observou entrar na fila do buffet, pegar pedaços de fruta, uma caneca de café e sentar-se afastado, mexendo no celular distraidamente. Havia algo no garoto que a atraía e que a repelia na mesma intensidade. Mas Renata não podia negar que ele era influente: todos pareciam orbitar ao redor de Gabriel naquele colégio.

Quase como Danilo.

Ela balançou a cabeça, tentando se livrar dos pensamentos sobre o ex. Precisava focar, pensar em boas ideias para o caso Trenetim, dar um jeito de fazer com que os outros alunos soubessem o que estava acontecendo. Precisava também desvendar o restante do mistério que envolvia aquela demissão, porque ela não acreditava que aquilo pudesse ser apenas nepotismo. A realidade era que Renata precisava de... ajuda?

Seus olhos não saíam do presidente do Conselho.

Influente. Ele tinha muita influência. E, com toda a certeza do mundo, Renata precisaria dos serviços de alguém que parecia saber tudo o que acontecia naquele colégio. Ela não tinha amigos, apenas uma colega de quarto indiferente e um garoto lindo e rabugento que havia pedido a sua ajuda, sabe-se lá por quê. A herdeira precisava de uma rede de pessoas que pudesse ajudá-la, mesmo que involuntariamente, a descobrir os mistérios do Colégio Interno Nossa Senhora da Misericórdia.

Sem saber muito bem se aquele seria o melhor plano, levantou-se e foi até Gabriel. O garoto só percebeu a presença dela quando Renata se sentou na sua frente e colocou os braços em cima da mesa.

— Oi.

— Oi — repetiu ele, voltando os olhos para o celular no segundo em que Renata deixou de ser uma surpresa e passou a ser uma interrupção incômoda.

— Tudo bom?

— Uhum — respondeu ele, ainda digitando.

— Comigo também, obrigada por perguntar — resmungou Renata.

Gabriel optou por ignorar a resposta, assim como a presença de Renata. Ele não a procurava desde o fiasco da festa na mata e da recusa da garota em entrar em seus joguinhos adolescentes. A herdeira sabia que parte daquilo era mágoa, e a outra, orgulho ferido: como poderia existir alguém no mundo capaz de dispensar o Conselho e, pior ainda, o Gabriel?, era o que ele devia ter pensado.

E agora Renata precisava dele, dele e dos seus joguinhos adolescentes, do Conselho e de tudo o que isso representava.

O mundo realmente era capaz de dar muitas voltas.

Depois de alguns instantes de silêncio, a garota perdeu a paciência e tirou o celular das mãos de Gabriel, que enfim olhou para ela, ofendido e irritado com aquela invasão de privacidade.

O nome "Mirella Cel" brilhava no topo de uma conversa de WhatsApp.

— Devolve o meu celular, Renata — disse ele, sério e um pouco intimidador.

— Só se você olhar para mim.

— O que você quer? — Gabriel cruzou os braços, finalmente cedendo. — Pensei que não queria nada com o colégio, o Conselho etc. Pensei que ia passar o ano como uma esquisita, trancada no quarto e lamentando a própria sorte. Não era isso que estava planejando?

— Mudança de planos. — Ela sorriu, o melhor sorriso que conseguia forçar. — Por isso mesmo vim conversar com você.

— O que você quer?

— Quero tentar entrar para esse Conselho que você tanto fala.

Gabriel ficou em silêncio, analisando Renata. No começo, ela sustentou o olhar, mas depois foi ficando constrangida com a intensidade do garoto e abaixou o rosto, cutucando as unhas.

— Por quê?

— Porque mudei de ideia, ué. Não posso mudar de ideia?

— E se eu disser que não te quero mais no Conselho? Que não gostei da maneira como me tratou e que não acho que você mereça fazer parte do nosso grupo?

— Aí eu vou ter que apelar para os outros membros, porque presidentes só existem em democracias, não é? — retrucou Renata, sem se deixar abater.

Gabriel riu, balançando a cabeça.

— Você é uma criaturinha muito interessante, Renata Vincenzo. Muito interessante...

— E aí? Posso tentar?

Gabriel pegou um pedaço de melancia do prato, deu uma mordida e cuspiu um caroço.

— Os calouros já cumpriram quase todos os desafios. Damos dois meses de prazo porque algumas tarefas demandam tempo. Acha que consegue?

— Não vou saber se não tentar. — Com as palavras da professora Trenetim ainda frescas na cabeça, Renata sentia um otimismo atípico.

Além de ter uma motivação nobre, claro. E uma vontade imensa de impressionar Guilherme com aquela ideia de entrar para o Conselho e contar com a ajuda dos membros para descobrir mais sobre a demissão da professora.

— Tudo bem, Loira. — Gabriel colocou parte do cabelo de Renata atrás da orelha, olhando-a de uma maneira esquisita; ela se sentiu invadida com aquele gesto, mas não disse nada por medo de perder aquela segunda chance. — Vamos ver se você é mesmo tão boa quanto diz.

Gabriel falava em um tom extremamente sexual, mas a herdeira se limitou a sorrir.

— Eu preciso de outra lista da caça ao tesouro, pode me enviar por e-mail? Perdi a minha — mentiu Renata, porque não ia contar para Gabriel que havia picado a folha em um milhão de pedacinhos e jogado no meio do mato. — Aliás, como vocês vão saber se eu cumpri corretamente as tarefas? Preciso enviar um relatório ou algo do tipo?

— Ah, pode ficar tranquila, nós vamos saber — disse o presidente do Conselho, misterioso. — Nós sabemos de tudo o que acontece por aqui.

É exatamente disso que eu preciso, Renata pensou, mas se limitou a dizer:

— Obrigada pela segunda chance. — Ela se levantou, alisando a saia vinho plissada.

— Não faça com que eu me arrependa, Loira. — Gabriel sorriu.

A herdeira se afastou, um milhão de ideias na cabeça.

Do lado de fora do refeitório, Guilherme observava tudo pela janela.

26

Renata passou noites em claro, estudando a lista da caça ao tesouro e quebrando a cabeça para pensar em como realizaria todos aqueles feitos até o fim de fevereiro, que já começava marcado pelo medo da semana de provas e pela promessa do "incrível carnaval organizado pelos alunos", como ela ouviu pelos corredores. Guilherme não voltou a procurá-la para contar sobre o "plano perfeito" que prometera bolar, então ela precisava se dedicar à única ideia que tivera: utilizar o Conselho a favor deles.

Não era o plano ideal, nem sequer um plano, por assim dizer, mas era a única coisa que Renata tinha.

A lista da caça ao tesouro consistia em:

1. roubar uma cueca do diretor Gonçalves;
2. perguntar sobre o evolucionismo na missa de domingo;
3. roubar o jaleco favorito da enfermeira Jane;
4. tirar uma foto dentro do dormitório dos meninos;
5. roubar a bíblia sagrada da capela.

Havia também algumas instruções para comprovar que havia completado as tarefas, como enviar os objetos para o quarto de Gabriel e tirar fotos.

Aparentemente, as listas variavam de aluno para aluno, e Renata se perguntava se os outros haviam se deparado com tarefas tão impossíveis quanto roubar uma peça íntima do diretor.

Como diabos ela faria aquilo?

Renata dormiu pouco naquele fim de semana: de domingo para segunda, foram apenas quatro horas de sono, e de segunda para terça ela não conseguiu passar de seis. A garota acordou amaldiçoando sua versão obsessiva que não a deixou pregar os olhos até planejar como faria cada item da lista.

Quando entrou na sala de aula, sonolenta e irritada, encontrou outra mulher ocupando a cadeira que deveria pertencer à professora Trenetim; os lábios da garota se fecharam em uma linha fina, e ela caminhou a passos duros até o seu lugar de sempre, perto da janela.

Pelo visto a teoria do Guilherme estava certa, ela pensou, encarando com raiva a irmã do padre Josias, ou pelo menos era quem Renata imaginava ser.

Na cadeira de trás, Guilherme tinha cara de quem comeu e não gostou.

— Bom dia, alunos! — exclamou a mulher, interrompendo as conversas paralelas e levantando-se com uma animação que não combinava com o restante da classe. A professora Trenetim nunca teria feito aquilo, ela teria esperado a conversa morrer. — Sou a nova professora de literatura. Meu nome é Maria Gomes, mas vocês podem me chamar apenas de Maria.

Não falou o nome inteiro para não ser desmascarada, Renata pensou, amarga, apoiando-se na carteira.

— Sei que seria legal se nos conhecêssemos melhor — comentou ela, as rugas na testa se mexendo de maneira irritante —, mas como entrei depois de quatro semanas do início do ano letivo, receio que teremos que retomar o conteúdo imediatamente, ou vocês serão prejudicados. Vamos continuar de onde a outra professora parou.

A outra professora, Renata revirou os olhos. *Não tem coragem nem de dizer o nome dela.*

Maria escreveu *Capitães da Areia* no quadro, seus braços soltos em uma camisa de botões que parecia dois números maior.

— Um romance clássico sobre os delitos dos moradores de rua da década de 1930...

— O romance não é sobre os delitos — Renata se ouviu falando em voz alta, chamando a atenção da professora.

— Perdão, senhorita...?

— Vincenzo. — Renata pigarreou, arrependendo-se imediatamente daquela decisão.

— Sim, srta. Vincenzo, o que você estava dizendo? — A professora estreitou os olhos de uma maneira nada sutil.

— Eu disse que o romance não é sobre os delitos — repetiu Renata, dessa vez num tom mais contido. — É sobre a vida dos garotos no trapiche e as suas lutas cotidianas contra o sistema, os...

— Então você concorda com os atos deles? Os roubos, as brigas, as agressões, o estupro na areia...? — A mulher se apoiou na lousa, cruzou os braços e analisou Renata com um olhar cruel.

Renata poderia jurar que ouviu Mirella comemorando.

— Não, não concordo, eu apenas...

— Mas foi isso o que acabou de me dizer!

Renata sentiu o rosto queimar sob os olhares dos outros alunos, que prendiam a respiração diante do diálogo tenso entre a professora nova e a aluna rebelde.

— Talvez, se me deixasse terminar, você entendesse que eu não estava dizendo nada disso. — Ao perceber que a professora a interromperia mais uma vez, Renata elevou o tom de voz: — Mas se você, professora de literatura, não conseguiu captar a mensagem por trás de um dos melhores romances brasileiros de todos os tempos, duvido que vá tirar alguma coisa boa de um diálogo com uma aluna do terceiro ano que você mal deixa falar.

Renata tinha noção de que não deveria ter dito aquilo. E teve ainda mais quando se viu sendo escoltada por Fatinha até o escritório do diretor, depois que a nova professora deu o chilique do século e a expulsou de sala.

Frente a frente com o diretor Gonçalves, sentado em sua grande cadeira de couro e com um sorriso psicopata no rosto, Renata sentia-se indefesa.

A última coisa de que precisava era mais problemas, principalmente se quisesse investigar o que estava acontecendo no internato. E tudo foi ladeira abaixo quando o padre Josias entrou na sala de braços cruzados e um sorriso engessado.

— Bom dia, Renata — cumprimentou o diretor, acenando com a cabeça para que Fatinha se retirasse e o padre Josias entrasse. — Parece que nos metemos em problemas?

— Tudo indica que sim — respondeu ela, repousando os olhos nos papéis em cima da mesa do diretor.

— Pelo visto um mês aqui não foi suficiente para você aprender que não deve responder os professores. Gostaria de me contar o que aconteceu?

O padre Josias parou atrás do diretor como uma sombra, ainda sorrindo.

— Acho que eu e a nova professora de literatura temos visões diferentes de uma obra em específico — respondeu Renata, escolhendo muito bem as palavras.

— Então uma aluna do terceiro ano do ensino médio discorda de uma professora formada em letras, mestre em literatura e doutora em literatura brasileira do século XX sobre as visões de uma obra. — Foi o padre Josias quem respondeu. — Interessante.

— Acho que eu só não consigo me acostumar com o fato de que a melhor professora desse colégio pediu demissão. — Renata ergueu o rosto, encarando os dois homens de igual para igual. — Ou será que foi demitida?

— Renata Vincenzo. — O diretor Gonçalves saboreou as palavras na boca. — Como eu gostaria de ter a sua idade e toda a coragem do mundo...

— Nós não aceitamos que os nossos alunos interfiram no modo como administramos esse colégio, srta. Vincenzo, muito menos que façam acusações infundadas. — Josias foi mais ríspido, descruzando os braços. — Sugiro que aprenda a lidar com o seu ímpeto rebelde, ou terá muitos problemas conosco.

Nenhuma negação sobre a professora Trenetim ter sido demitida... Interessante, Renata pensou, mas não disse nada, seguindo a sugestão do padre de "lidar com o ímpeto rebelde".

— Estou sendo bastante generoso com o seu caso, Renata, porque os seus pais são pessoas íntegras, cristãs e responsáveis, que só se preocupam com o seu bem-estar e sua educação — recomeçou o diretor, levantando-se e caminhando até a porta. — Eu não gostaria de ter que ligar para eles, porque sei que já devem estar bem preocupados com as suas... atitudes do passado. Então, vou deixar passar dessa vez. Não porque você mereça, mas porque o padre Josias sempre pregou a misericórdia nesse colégio, e eu procuro seguir os ensinamentos do meu superior. Você vai retornar para o seu quarto, esperar pela próxima aula e, na próxima vez que encontrar a professora de literatura, pedirá desculpas para ela, que já deve estar com preocupações demais na cabeça e não precisa de alunas mal-educadas. Agora, por favor — ele balançou a porta —, se nos permite, eu e o padre Josias temos outros assuntos a tratar.

Renata se levantou e saiu na mesma hora. Assim que o diretor fechou a porta, ela encostou a orelha na madeira, tentando ouvir a conversa, mas só captou sussurros abafados. Até que um inspetor a viu ali e a expulsou do andar.

Quando desceu, estava com o coração pulsando de raiva, mas ficou agradecida por ter se safado de uma suspensão, ou talvez até expulsão.

Até quando aquela piedade duraria?

27

O *jantar* daquela noite foi, ao mesmo tempo, prazeroso e torturante. Prazeroso porque a comida estava maravilhosa, e o clima, agradável. Torturante porque Renata ficou quase duas horas sem emitir qualquer som, ouvindo a conversa dos outros enquanto comia e se lembrava da bronca do diretor mais cedo. Além disso, ela remoía os itens da caça ao tesouro, passava e repassava a demissão da professora Trenetim na cabeça e sentia-se imensamente sozinha por não poder compartilhar nada daquilo com ninguém, nem com Guilherme, que, desde a conversa na mata, fingia que ela não existia.

Aos poucos, os alunos começaram a esvaziar o salão, e a herdeira ficou por mais alguns instantes, apenas aproveitando aquela sensação agridoce. Foi só quando as moças da cozinha começaram a tirar a comida do buffet que ela percebeu que estava na hora de ir embora.

Do lado de fora, um vento morno abraçou o seu corpo, e ela agradeceu. Todos conversavam e riam e voltavam aos dormitórios em pares ou grupos, curtindo o clima de verão e juventude. Ali, vivendo de perto a experiência de estar confinada com outros adolescentes, todos diferentes entre si, em um colégio que fazia de tudo para silenciá-los mesmo encontrando muita resistência, Renata sentia que queria fazer parte de algo maior. Qualquer coisa que a tirasse de mera espectadora e a transformasse em protagonista mais uma vez.

Ela queria pertencer.

A herdeira estava absorta em pensamentos e não percebeu que a entrada do refeitório tinha ficado totalmente vazia quando alguém a agarrou por trás e tapou sua boca sem nenhuma delicadeza.

Exasperada, Renata se debateu e tentou lutar. Um braço a envolvia pela cintura e a tirara do chão.

Ela tentou falar, mas a mão que tapava a sua boca era muito mais forte.

— Quietinha, Loira. — Era a voz melosa de Gabriel bem perto do seu ouvido. Ele soltou uma risada curta e maliciosa, e Renata sentiu a respiração quente do garoto na nuca. — Ou vai ser muito pior.

Sem perder tempo, Renata afundou o sapato no pé de Gabriel, que uivou e a largou, dando três pulinhos para trás e segurando o dedinho pisoteado.

— Você é um otário de merda, Gabriel!

— Puta que pariu! — resmungou ele, curvado, a voz falhando de dor. — Eu estava só brincando, Loira!

— Eu não sei se você é sempre babaca assim com as mulheres, mas esse negócio de me levar à força para os lugares acaba aqui — disse ela, ajeitando a roupa com alguns tapas secos.

— Acaba aqui, acaba aqui. — Ele abriu os braços em sinal de trégua, rindo e, aos poucos, se recompondo. — Eu não sabia que você batia que nem homem.

— Eu bato como uma mulher bem forte, seu machista de merda — resmungou Renata, arrancando uma risada genuína do presidente do Conselho.

— As pessoas não sabem por que eu gosto tanto de você e por que te quero no Conselho a qualquer custo, mas saiba, Loira — ele finalmente ficou ereto novamente, mesmo com uma careta de dor —, que você é um ser humano realmente divertido.

— E você é um babaca. Por que me agarrou desse jeito?

Gabriel sorriu, um sorriso que denunciava que estava aprontando algo.

— Eu tenho uma surpresa para você. — Ele estendeu o braço de maneira teatral para Renata. A garota continuou com os próprios braços cruzados, o que fez Gabriel desistir e apenas dar de ombros. — Se você fizer as honras de me seguir.

— Eu não vou te seguir para lugar nenhum.

— Vamos lá, Loira, vai ser legal. Eu prometo.

Renata hesitou. Porém, ainda querendo agradá-lo para se utilizar das aparentes vantagens do Conselho, acabou cedendo.

O presidente do Conselho contornou o refeitório e pegou o caminho dos fundos. Os dois caminharam lado a lado para fora dos holofotes, enfiando-se entre as árvores. No meio do caminho, Renata soltou um suspiro alto, afastando alguns galhos do rosto enquanto afundava os sapatos na terra úmida.

— Nós não vamos passar a noite no meio do mato de novo, vamos?

— Ah, não! Não podemos correr o risco de sermos pegos hoje, estamos perto demais do campus — explicou Gabriel, empurrando dois galhos bem entrelaçados para que a herdeira passasse. — Por aqui.

Quanto mais eles se enfiavam no meio do mato, mais Renata se sentia desconfortável e arrependida. *Tão estúpido, tão imbecil,* ela ia pensando. *Por que eu ainda tento?*

Até que, finalmente, Gabriel parou de andar. Renata, distraída com os pensamentos, acabou trombando com as suas costas.

— Calma, Loira, nós podemos nos abraçar mais tarde. Agora eu sou o presidente do Conselho — disse ele, virando-se de frente para a herdeira e ficando perigosamente próximo —, não quero que ninguém ache que você está sendo favorecida.

Renata sorriu com uma mistura de diversão e incredulidade.

— Você é nojento.

— E você adora — Gabriel sorriu de volta de maneira debochada.

Tenho certeza de que a sua Mirella deve adorar bem mais, ela pensou em dizer, mas não queria jogar todas as cartas na mesa de uma só vez, então só negou e desfez o sorriso pretensioso.

Eles estavam em uma entrada cavernosa coberta de musgo e bem escondida entre a vegetação; Renata só reparou porque algumas lanternas iluminavam o local, e havia um "C" entalhado no topo.

Gabriel abraçou a herdeira pelos ombros, chacoalhando-a feito uma criança.

— Está pronta para ser maravilhada?

— *Maravilhada* não é bem a palavra que me vem à cabeça em qualquer contexto em que você esteja inserido — respondeu ela, mas seguiu o presidente para dentro da caverna.

O túnel era claustrofóbico, e Renata teve que andar quase agachada, sentindo o pé afundar no barro vez ou outra e segurando a camiseta de Gabriel, que parecia muito bem familiarizado com o caminho. Alguns minutos depois, os dois puderam finalmente ficar em pé, encontrando um grande e macabro vão de pedra onde um projetor novinho em folha contrastava com a rudimentariedade do local. Tudo era muito bem iluminado pelas mesmas tochas da festa de iniciação do Conselho e, por um instante, Renata se pegou imaginando se aquele equipamento todo era fornecido pela empresa do pai de algum aluno. Depois, se perguntou como o projetor estava funcionando sem nenhuma tomada por perto e, por último, como alguém havia encontrado aquele esconderijo secreto, perfeito para reuniões, tanto lícitas quanto ilícitas.

Era realmente impressionante. Grande, amplo e com cheiro de terra.

— Você fica ali. — Ele apontou para um banco natural de pedra, e Renata obedeceu, sentando-se e observando enquanto o garoto mexia habilmente no projetor.

Depois que ele terminou de configurar tudo, virou para Renata enquanto a imagem de um grande "C" era projetada em uma pedra lisa, causando um efeito bem legal na caverna, um show de sombras e luz.

— Como você não veio na reunião de boas-vindas aos novatos, pensei em ministrar um *pocket show*. Quando uma pessoa se nega a entrar no Conselho, ela é apenas ignorada por nós e não recebe qualquer segunda chance, então sinta-se lisonjeada por isso, Loira.

Renata piscou algumas vezes, sem saber o que responder. Se Gabriel soubesse que o seu súbito desejo de entrar para o Conselho era baseado em interesse, será que continuaria com o discurso de segunda chance?

— Hoje vou te ensinar um pouco mais sobre o Conselho, já que parece que você não está muito segura quanto a grandiosidade da nossa instituição estudantil — continuou Gabriel, trocando de imagem com o controle que tinha em mãos. Uma foto em preto e branco de um grupo de garotos se materializou na projeção. — O Colégio Interno Nossa Senhora da Misericórdia foi fundado em 1914 por um grupo de missionários que acreditava no futuro promissor de criancinhas trancafiadas em um colégio 24 horas por dia, sete dias por semana, rezando e estudando, estudando e rezando. Inicialmente, éramos um internato apenas de garotos; Deus me livre dessas pobres criaturas angelicais tendo que lidar com o pecado em forma humana que eram as meninas! Mas depois que o mundo se modernizou um pouquinho e o colégio começou a se destacar em termos acadêmicos, e não apenas pela sua impecável moral cristã, os pais começaram a querer mandar suas filhas para estudar aqui também, e, quem sabe, encontrar um bom marido dentre a nata da sociedade paulistana. Então, o Colégio Interno Nossa Senhora da Misericórdia se tornou misto em 1957.

A ironia nas palavras de Gabriel era divertida, e Renata se pegou rindo.

A próxima foto, ainda em preto e branco, era de cinco garotos. Eles sorriam, abraçados, para a câmera. Renata respirou fundo. Uma aula de história? Sério mesmo?

— O Conselho foi criado em 1930 por cinco garotos que acreditavam, baseados nos princípios da maçonaria moderna, que o internato devia ter uma elite pensante. — Gabriel apoiou o corpo perto do projetor; com o controle em mãos, passava uma imagem de poder quase irresistível. — Desses cinco fundadores, tivemos dois senadores, um ministro, um famoso cantor e um presidente da república.

A foto seguinte mostrava a versão adulta dos fundadores, homens conhecidos pela importância e contribuição para a história brasileira. Renata arregalou os olhos, realmente impressionada. Não era possível... Como grandes nomes da história brasileira tinham sido os fundadores daquele clubinho idiota?

— Ao longo dos anos, figuras ilustres fizeram parte ativa do Conselho. Educadores, estudiosos, cientistas, políticos, músicos, artistas, apresentadores de TV, atores, jornalistas... todos passaram pelo Conselho.

Gabriel passou uma série de slides com imagens de celebridades e pessoas ilustres na adolescência, com o uniforme do colégio, e na vida adulta, depois da fama. O coração de Renata batia muito rápido — será que, além de usar a influência do grupo para resolver um mistério, Renata teria a chance de mostrar aos pais que era muito mais do que apenas uma garota mimada e irresponsável?

— Eu sei que o nosso trote no primeiro dia pode ter passado a impressão de que somos apenas um grupo responsável por organizar festas ilegais, Loira, mas somos muito mais do que isso. Ao longo dos anos, formamos alguns dos brasileiros mais importantes, famosos ou não. Se você teve o privilégio de ser convidada para estar aqui, é porque acreditamos no seu potencial. Como dito no primeiro dia, uma vez parte do Conselho, você terá amigos para a vida inteira. Amigos dos mais ilustres entre a sociedade brasileira. Amigos importantes, amigos bem colocados, amigos que nunca deixarão você na mão. Quem sabe não está aqui o próximo ou a próxima presidente do país? Empresários, médicos, poetas, escritores, pesquisadores... ano após ano, nós devolvemos para a sociedade os nossos melhores jovens. E queremos continuar a tradição.

Renata estava na beira do banco, realmente animada com tudo o que ouvia. Até alguns minutos antes, achava que estava lidando com um grupinho estudantil formado por adolescentes ricos que só queria festejar e agir como os donos do mundo, mas aquilo mudava tudo.

— A caça ao tesouro parece estúpida, eu sei, mas cada tarefa tem um significado, e só serão aceitos aqueles que conseguirem se provar dignos. — Gabriel sorriu, desligando o projetor e aproximando-se de Renata. — Aí onde você está sentada já estiveram as mentes mais brilhantes do Brasil, e ideias que mudaram o nosso país foram discutidas nesse exato esconderijo. Acha que aguenta o tranco?

Renata sorriu.

— Você age como se me conhecesse mais do que eu mesma. Então eu que te pergunto, Gabriel: você acha que eu aguento o tranco?

O garoto se sentou ao lado da herdeira, próximo demais para quem tinha interesses meramente acadêmicos.

— Eu acredito no seu potencial — disse, enfim, depois de se perder por alguns instantes no rosto de Renata. — Sei das péssimas escolhas que você fez na vida, e sei como conseguiu se livrar de cada uma delas com uma facilidade invejável. Não escolhemos os nossos membros por acaso, pelos rostinhos bonitos e pela ficha limpa... A pesquisa que fazemos antes do ano letivo começar é o que nos leva aos nossos integrantes, alunos que consideramos interessantes, que se destacam. E acertamos em quase todos os casos.

— Eu fui matriculada de última hora.

— Por isso mesmo as nossas opiniões estão tão divididas dentro do Conselho. Metade acredita que a pesquisa sobre a sua vida não foi conclusiva, a outra metade acredita que você tem o que é necessário. Não faça com que eu me arrependa de ter imposto a minha opinião.

Renata deixou um sorriso sincero escapar, realmente sentindo que a sua vida estava mudando.

— Eu costumo decepcionar todos a minha volta, Gabriel. Duvido que você seja assim tão especial para que eu comece a mudar isso a essa altura do campeonato.

— Acho que você vai se surpreender, Loira.

28

— *Pelo* amor de Deus, sai de uma vez! — resmungou Lívia com a cabeça embaixo do travesseiro, depois da quarta vez que Renata abria e fechava as portas.

Na noite seguinte à apresentação de Gabriel, ela estava muito animada.

— Ou só para de abrir e fechar a porta e me deixa dormir em paz.

— Eu tenho que cumprir uma tarefa da caça ao tesouro, estou muito atrasada — sussurrou Renata, colocando a mão na maçaneta mais uma vez. — Mas estou com medo de dar de cara com a Fatinha.

— A essa altura ela nem deve mais estar aqui, Barbie, só vai ver as câmeras amanhã de manhã. É só evitar o pátio e a sala comum — respondeu Lívia, sonolenta e bocejando. — Agora me deixa dormir ou eu mesma chamo a Fatinha para te dar mais de cem horas de serviço.

Renata suspirou de alívio e abriu a porta de novo, dessa vez reunindo um pouco mais de coragem e saindo de vez. Em questão de minutos, se expôs ao friozinho da madrugada, deliciada com aquela temperatura.

Tinha decidido começar a caça pelo roubo do jaleco favorito da enfermeira Jane, que havia catalogado como uma tarefa não tão difícil assim, embora não fosse fácil, mas que ali, de pijama no meio do pátio e morrendo de medo, parecia impossível.

Mas nada era impossível para Renata Vincenzo.

Evitando os lugares com câmeras de vigilância, como o pátio entre os prédios e as entradas principais, ela se arrastou pelos fundos do ambulatório e encontrou a porta trancada.

Merda, pensou, apoiando-se na parede para elaborar um plano B. *O que o Danilo faria nessa situação?*

Renata costumava ser rebelde antes do ex-namorado, fazia parte da sua personalidade, era um espírito livre. Porém, antes dele, Renata se divertia com coisas pequenas, como fugir de casa para ir a festas ou bater boca com professores, nada muito grave. Foi só depois de Danilo que ela perdeu todos os limites, desafiando os pais e até as leis; a combinação da persuasão mal-intencionada do garoto e a rebeldia desenfreada de Renata causou uma comoção no colégio. Eram "o casal do ano", diziam, e quando os dois começaram o que levou Renata àquele internato, a comunidade estudantil foi à loucura. "O casal do século." Pela primeira vez na vida, não era o dinheiro dela que interessava as pessoas, mas sim o que ela era capaz de fazer. Infelizmente, aquilo durou pouco, e logo todo o seu castelo de cartas desabou diante dos seus olhos. Na época em que ela foi expulsa, o arrependimento era extremo, principalmente depois que ficou sabendo de consequências.

Foda-se o que o Danilo faria, ela se desencostou da parede, ajeitando o cabelo com delicadeza. *O que eu faria?*

A herdeira caminhou até a pequena viela entre o dormitório masculino e o ambulatório. Quando chegou ao outro lado, estudou um pouco a disposição das câmeras, encontrando um caminho seguro pelo ponto cego. Com adrenalina correndo nas veias, seguiu em poucos segundos o trajeto que havia decorado, tomando cuidado para não cometer nenhum erro.

Foi só quando se viu parada na frente do ambulatório sem ter sido pega por nenhuma câmera de segurança que se permitiu respirar, entrando silenciosamente pela porta destrancada e encontrando o hall todo apagado.

Renata não tinha ideia de quem era a enfermeira Jane, mas, mesmo assim, se sentia um pouco mal por roubar um item tão estimado. A vontade de entrar no Conselho, porém, falava muito mais alto do que a sua consciência, e ela entrou no local na ponta dos pés.

Na parede onde todos os jalecos estavam pendurados, um deles, o rosa, chamava a atenção. Renata se aproximou, procurando alguma etiqueta que identificasse o dono, e percebeu que médicos e enfermeiros eram pessoas muito vaidosas: bordavam o nome e a universidade onde estudaram com capricho no bolso do jaleco. Logo, a herdeira descobriu que o rosa pertencia mesmo a Jane e comemorou. Ela se preparava para pegar o jaleco quando ouviu sussurros.

Então paralisou.

— Isso... — era uma mulher murmurando. — Isso... assim...

— Shhh — respondeu uma voz masculina.

Renata deu meia-volta e conseguiu distinguir duas silhuetas no último leito da enfermaria. Mais curiosa do que qualquer outra coisa, deslizou silenciosamente até ficar o mais perto possível das vozes sem que pudesse ser vista. Encontrou, para a surpresa de ninguém, Gabriel e Mirella.

A menina estava deitada em um dos leitos, e Gabriel, com um pé no chão e o outro joelho no colchão. Ele estava com uma das mãos no seio dela e a outra entre as suas pernas. Ambos de pijama, o cabelo dele todo bagunçando.

A herdeira queria tirar uma foto daquela cena para chantageá-los no futuro, já que a sua atividade favorita depois de quebrar as regras era bagunçar com a vida dos outros, mas, para o seu azar, havia deixado o celular no quarto. Então ficou apenas observando por mais alguns instantes, incapaz de se mexer, com um misto de curiosidade e interesse.

Depois do que pareceu uma eternidade, a herdeira decidiu roubar logo o jaleco da enfermeira Jane e deixar os pombinhos a sós. Até que os dois começaram a falar.

— Você está gostando, não é? — murmurou Gabriel, com movimentos mais rápidos, fazendo com que Mirella jogasse a cabeça para trás e arqueasse o corpo. — Não está?

— Cala a boca — disse ela, gemendo.

— Acha que alguém faria tão bem quanto eu? — Ainda com a mão entre as pernas de Mirella, Gabriel aparentemente fez algo que a deixou louca, gemendo tanto que precisou tapar a boca com as mãos.

Ele riu, desceu o rosto e beijou os seios dela. Quando voltou, ela agarrou a sua nuca e murmurou:

— Continua.

— Eu espero que você saiba, gatinha — Gabriel lambeu o pescoço dela devagar e, em seguida, deu uma mordida com um pouco de força, arrancando outro gemido de Mirella —, que você é minha. Só minha.

Mirella suspirou baixinho, mordendo o lábio ainda de olhos fechados.

— Só eu te amo de verdade, Mi. Só eu aguento você e as suas neuras. — Ele continuava acariciando Mirella, e ela parecia gostar, sem dúvida, mas aquele discurso era um tanto quanto... preocupante. — Você sabe disso, não é?

Ela voltou a cabeça para a posição inicial, colando a boca no ouvido de Gabriel e mordendo o seu lóbulo de maneira provocativa antes de dizer:

— Eu sei, gatinho.

— Então diz — Gabriel fez alguma coisa que provocou um gritinho em Mirella — que eu sou — ele fez de novo, e ela mais uma vez tapou a própria boca — o único para você.

— É claro que é — murmurou ela, a voz saindo entrecortada e sofrida. — O único! O único, o úni...

Ela não terminou. Foi tomada por uma onda de arquejos e gemidos, calados por um beijo de Gabriel no exato momento do orgasmo.

Sentindo o rosto esquentar, Renata começou a se afastar lentamente, o coração batendo no ouvido. Ela não era nenhuma santa, mas nunca tinha visto ninguém transando ao vivo, e precisava admitir que era... *intenso.*

Já perto da porta, a garota arrancou o jaleco rosa do cabide, enfiou-o dentro da sua camiseta larga e saiu correndo do prédio do ambulatório, voltando pelo mesmo percurso que a levara até ali. O trajeto parecia bem mais fácil agora que ela estava no mundo da lua, processando tudo aquilo.

Gabriel, o babaca que calhava de ser o presidente do Conselho, pegava Mirella. Aquilo Renata já sabia; inclusive, já havia presenciado outra cena quente entre os dois, fosse por força do destino, ou apenas porque eles não faziam questão de ser muito discretos. O que ela não sabia era que o relacionamento dos dois era tão intenso, com declarações bem esquisitas.

Que merda estava acontecendo naquela escola?

Frustrada por ter mais dúvidas na cabeça, porém feliz por ter completado a primeira tarefa, Renata entrou silenciosamente no dormitório. Mas, em vez de encontrar a colega de quarto dormindo, acabou dando de cara com Lívia de pé, olhando pela janela.

— Você está parecendo uma assombração — disse Renata, jogando o jaleco rosa na cama e tirando uma foto para enviar para Gabriel na manhã seguinte, para não atrapalhar o seu momento de intimidade.

— Assombração foi o que eu acabei de ver — respondeu Lívia, bem vaga.

Ela estava esquisita, com os olhos um pouco inchados.

— Está tudo bem? — perguntou Renata, mais por curiosidade do que por preocupação.

— Nada que a filhinha do papai possa resolver — respondeu ela, fazendo Renata respirar fundo.

— Não desconte seus problemas em mim — resmungou ela, guardando o tesouro daquela noite na mala, onde ainda estavam todas as suas roupas; Renata precisava tirar um tempo para organizar o seu lado do quarto. — Eu já tenho os meus pra resolver.

— *White girl problems* — zombou Lívia, voltando para a cama e se enfiando debaixo das cobertas.

— Boa noite. — Renata fez o mesmo, virando-se para o outro lado.

— Acho difícil — sussurrou a colega de quarto, deixando o mistério no ar.

Não estou com paciência nem disposição para mais um drama na minha vida, foi o último pensamento de Renata antes de adormecer.

29

No auge da madrugada de quarta para quinta, depois do retorno bem-sucedido com o jaleco da enfermeira Jane, Renata despertou com a presença inesperada e nada bem-vinda de uma luz intensa na sua cara.

Quando os seus olhos enfim colocaram tudo em foco, depois de alguns instantes de confusão mental, a garota percebeu que a luz não mirava exatamente o seu rosto, mas sim a mochila de Lívia, que revirava o seu conteúdo desesperadamente.

— Dá para apagar essa merda? — pediu Renata, a voz embolada de sono.

Lívia não respondeu nada, ainda jogando materiais escolares de um lado para o outro.

— Ei, estou falando com você — insistiu Renata.

Lívia se voltou para ela, e Renata foi obrigada e engolir em seco as palavras malcriadas que recebeu em resposta, uma vez que o rosto da colega de quarto estava encharcado de lágrimas.

— Agora não, tá? — pediu ela, quase uma súplica, com a guarda tão baixa que fez até Renata se sentar na cama.

— Você está bem? Aconteceu alguma coisa?

Lívia primeiro fez que não e depois respondeu:

— Não consigo achar o meu cigarro.

— E está chorando por causa disso?

Lívia negou novamente, mas então caiu em um choro sentido e se recostou contra a cama, desistindo de procurar o cigarro — que, para desespero de Renata, estava no criado-mudo.

Sem pensar muito bem no que estava fazendo ou no relacionamento morde e assopra que tinha com a colega de quarto, se é que aquilo podia ser chamado de relacionamento, Renata se levantou, pegou o maço e o estendeu para Lívia.

— Vamos fumar um cigarro?

A garota concordou e aceitou a mão de Renata para se levantar. As duas então saíram em silêncio do quarto, ouvindo apenas os soluços de Lívia vez ou outra. Elas deixaram o prédio juntas, escorando-se nas paredes, longe das câmeras de segurança, e se escondendo nas árvores que rodeavam os dormitórios.

Renata pegou dois cigarros de Lívia e deu um para ela, junto com o maço. Elas acenderam, e Lívia apoiou as costas no tronco de uma árvore antiga, fechando os olhos.

Lívia era fumante, já Renata havia fumado meia dúzia de cigarros na vida. Mas sentia que era o momento ideal para fumar mais um.

— Seus pais? — Renata tragou de leve o Marlboro vermelho e se segurou para não tossir.

— Não — Lívia balançou a cabeça. — Minha namorada. Ou ex.

— O que ela fez?

Lívia abriu os olhos e soprou a fumaça, observando as figuras que formou antes de desaparecerem.

— Ela terminou comigo, como você sabe. Aí ontem ela tava com uma garota e na mesma hora fiquei desconfiada. Nunca gostei dessa garota, sempre disse que dava em cima dela. Hoje eu vi as duas se beijando. — Ela soltou um suspiro, quase vulnerável, bem diferente da Lívia Morales sempre bem-humorada e segura de si; as lágrimas já haviam secado, mas a tristeza não abandonava o seu rosto.

Renata não soube o que dizer; relacionamentos não eram a sua especialidade, e o único que ela tivera também havia deixado seu coração em um milhão de pedacinhos. Ela apenas permitiu que o silêncio tomasse conta. Alguns instantes depois, foi a própria Lívia quem o quebrou.

— Mas eu já devia saber que esse seria o desfecho da história... Tenho muita sorte no jogo, sabe?

— Somos duas. — Renata sorriu. — Uma vez ganhei cinco mil reais em uma raspadinha.

— Eu ganhei uma viagem para a Disney em uma promoção de shopping.

Elas riram e deram um trago, Lívia com o conforto de quem fuma por necessidade, Renata com o cuidado de quem fuma por diversão.

— Ela sabe? Que você viu as duas juntas?

— Sabe. E agora não para de me mandar mensagem. Como se alguns emojis fossem consertar a merda que ela fez, sabe?

— Alguns emojis não vão resolver nada, mas sabe o que seria bom? Um porre.

As duas riram brevemente.

— Acho que o Conselho pode ajudar com isso, né? — continuou Renata.

— Eu não faço parte do Conselho. Além disso, se eu quiser beber, tenho alguns esquemas...

— Como assim?

— Quem você acha que *fornece* as bebidas para o Conselho?

— Não, eu estava falando sobre o Conselho. Eu pensei que... Bem, você estava na festa...

— Tem três tipos de aluno no Colégio Interno Nossa Senhora da Misericórdia, Barbie, anota aí que eu não vou falar de novo — disse Lívia, batendo as cinzas na grama —, os alunos que fazem parte do Conselho, os amigos do Conselho e os ninguém. Os alunos que fazem parte do Conselho são um grupo exclusivo, escolhidos a dedo, e passam pela iniciação, pela caça ao tesouro e tudo mais. Os amigos do Conselho são aqueles que foram convidados a serem membros e recusaram por algum motivo ou aqueles de quem o Conselho gosta o suficiente para convidar para as festas e outros tipos de eventos, mas que não têm validade para a alta cúpula. E, finalmente, os ninguém são aqueles que não servem nem para um nem para o outro.

Renata se lembrou das palavras de Gabriel alguns dias antes. *Quando uma pessoa se nega a entrar no Conselho, ela é apenas ignorada por nós e não recebe qualquer segunda chance, então sinta-se lisonjeada por isso, Loira.*

Aquilo era mais uma de suas mentiras, então?

— E qual é o seu caso? Amiga ou recusa?

— Recusa. Eu sou mais do tipo que prefere ter a diversão sem me preocupar com a responsabilidade. Além do mais, não tenho saco para lidar com o Gabriel.

— Eu não sei qual é a dele, uma hora é legal, na outra é um escroto.

— Ele é escroto 100% do tempo, não vê como trata a Mirella? O Gabriel só é legal quando tem algum interesse — disse Lívia, com certo nojo. Renata não respondeu nada, a cabeça a mil; então todo mundo sabia do lance com a Mirella? — Mas eu não quero falar sobre ele, falar nesse assunto me embrulha o estômago. Falar da minha ex-namorada me embrulha o estômago. Podemos falar sobre você? Estamos há um mês dormindo lado a lado e eu não sei nada sobre a sua vida, a não ser que você ronca.

— Eu não ronco! — exclamou Renata, esquecendo absolutamente tudo o que estava pensando.

Lívia riu, mas não negou.

— Conseguiu cumprir a prova da caça ao tesouro ontem?

— Consegui. Por falar nisso, hoje eu pretendia roubar as cuecas do diretor Gonçalves, mas não tenho a menor ideia de como fazer isso. — Renata suspirou, lançando um olhar quase magoado para Lívia. Como vou achar uma cueca dele? Vou ter que invadir a sala dele, dar um tranquilizante e, quando ele estiver apagado, arrancar as calças? Onde vou arrumar um tranquilizante? Você contrabandeia isso também?

— Ah, Barbie — Lívia abriu um sorriso malicioso —, você é tão ingênua que às vezes eu acho fofo!

— O que você quer dizer com isso? — perguntou Renata, na defensiva.

Depois de tudo que havia feito na vida, ser chamada de "ingênua" chegava a ser ofensivo.

— Eu vou te ajudar dessa vez. — Lívia apagou o cigarro na sola do sapato, balançando as tranças de um lado para o outro — Mas você fica me devendo uma.

— Se você conseguir me arranjar as cuecas do diretor Gonçalves, Lívia, fico te devendo mil! — Renata começava a ficar animada com a adrenalina e não percebeu a bizarrice daquela frase.

As duas saíram do meio do mato e, depois de se esgueirarem das câmeras e subirem as escadarias que davam acesso ao prédio das salas de aula, caminharam de fininho até os fundos do refeitório. De lá, Lívia seguiu uma trilha alternativa e estreita que as levou ao que parecia uma casa de máquinas, bem afastada do resto do campus. Lá dentro, o barulho de aparelhos ligados e água fazia com que aquilo começasse a parecer um cenário de filme de terror onde casais transando morriam logo no começo.

— É aqui que as freiras e o padre Josias lavam as roupas — explicou Lívia, passando pela pequena edícula e pulando um muro baixo que dividia a terra do piso de concreto.

Quando Renata fez o mesmo, pôde observar um imenso varal lotado de roupas, uniformes, roupas de cama, toalhas, sapatos e tudo o mais.

— Mas eu não preciso de uma cueca do padre. Preciso de uma cueca do diretor.

— Sorte a sua que o diretor é um mão de vaca que usa relógios caros, mas lava todas as roupas de grife dele aqui. — Lívia apontou para um varal específico, com camisas que Renata já havia visto o diretor Gonçalves usando.

Os seus olhos se iluminaram.

— Lívia, você é um gênio! — Ela abraçou a colega de quarto, que a empurrou de brincadeira.

— Ei, também não precisa exagerar, não é como se nós fôssemos melhores amigas agora.

As duas caminharam entre os variados tecidos, Renata encantada feito uma criança, pegando em tudo. Ela seguiu pelos varais até encontrar o pote de ouro: algumas cuecas gastas e sem graça, bem da maneira como ela imaginava que seriam as peças íntimas do diretor, ao lado das suas conhecidas camisas.

— Hoje é o dia mais feliz da minha vida!

— Barbie, se roubar cuecas do diretor do colégio faz desse o dia mais feliz da sua vida, você está precisando rever os seus valores — comentou Lívia, roubando uma risada rápida da outra.

Ela foi até as cuecas e tirou uma delas dos pregadores, colocando-a com nojo dentro do bolso da calça do pijama.

— Não acredito que consegui realizar a prova que achava a mais difícil! — Ela sorriu para a colega.

— Você me deve mil favores agora, e vou começar com o primeiro: preciso de ajuda para terminar de organizar o carnaval desse ano. — Lívia sorriu de volta.

— Eu faço qualquer coisa! — exclamou Renata, muito agradecida.

— Acho bom mesmo. Agora vamos sair daqui antes que viremos parte de alguma estatística macabra de um *serial killer*.

— Você também estava pensando nisso? — perguntou Renata, animada, seguindo a colega de quarto para fora da lavanderia.

A maioria das amizades entre jovens começa no primeiro dia de aula, ou em festas do colégio. Outras, pela internet. Algumas, por amigos em comum. Mas as melhores amizades sempre começam de maneira inusitada, e a amizade de Renata Vincenzo e Lívia Morales só começou depois que elas roubaram juntas as cuecas do diretor do internato em que estudavam.

30

— *Por favor*, Barbie! — implorou Lívia, ajeitando a gravata-borboleta na frente do espelho do quarto. — Vai ser genial! Imagina a cara deles quando você explicar por A mais B que Deus não existe?

— Não, Lívia, não pode ser debochado assim. E também não pode ofender o padre Josias, ou ele não vai me deixar sair no Carnaval — respondeu Renata, descruzando e cruzando as pernas de ansiedade. — Acho que ele já não gosta muito de mim, não posso ficar dando bobeira! Tem que soar como se eu realmente quisesse uma resposta coerente sobre a teoria do evolucionismo, não apenas causar na missa.

— Para quem não queria nem ouvir falar sobre o Conselho há alguns dias, você está levando essas provas bem a sério, hein? — Lívia finalmente terminou de se arrumar, virando-se para a colega de quarto. — Vamos, então?

Renata não havia contado nada sobre o caso Trenetim para Lívia. Ela queria, já que as duas tinham virado amigas (ou pelo menos era o que Renata queria acreditar), mas não sabia se seria prudente, levando em consideração que havia outra pessoa envolvida naquilo, um bolsista que poderia ser imensamente prejudicado se aquela história vazasse de alguma maneira. Logo, Lívia apenas achava que Renata estava com um desejo irreparável de entrar para o Conselho, como todos os alunos ficavam depois que descobriam as pessoas que haviam passado por ele.

— Não sei por que eu sou a Barbie aqui, é você quem demora duas horas para colocar um uniforme.

— Hierarquia, novata. — Lívia abriu a porta, deixando Renata passar primeiro. — Hierarquia.

Depois dos laços criados após abrirem o coração uma para a outra e roubarem juntas a cueca do diretor Gonçalves, Lívia e Renata se tornaram inseparáveis. Lívia porque estava na fossa e precisava de distrações, Renata porque estava em êxtase por finalmente ter feito uma amiga.

A professora Trenetim ficaria muito orgulhosa.

Na quinta, após o episódio do cigarro e da cueca, elas almoçaram juntas. Na sexta, fizeram um trabalho de biologia lado a lado e estudaram para as provas na biblioteca. E, no sábado, elas já estavam tão inseparáveis que Lívia se utilizou do favor que Renata prometeu e a colocou no grupo que organizava a excursão dos alunos do ensino médio para curtirem o carnaval no centro da cidade – a herdeira nem sabia que era possível sair daquela prisão e, mesmo não sendo tão fã de carnaval assim, agora esperava ansiosamente pelo evento que ajudaria a organizar.

No domingo, enfim, Renata acordou determinada a realizar mais uma prova do Conselho, e confidenciou a Lívia seus planos de perguntar sobre a teoria do evolucionismo na missa. Lívia implorou que Renata usasse argumentos contra a existência de Deus, louca para ver o circo pegar fogo, mas não obteve sucesso.

As duas saíram juntas do prédio em direção ao refeitório. Tomaram um café da manhã reforçado, com Lívia ainda tentando convencer Renata enquanto a herdeira apenas se recusava e a mandava falar baixo para que ninguém ouvisse. Depois do café, todos os alunos foram para o mesmo local: a capela do prédio administrativo. Seguindo o fluxo, Renata e Lívia entraram a contragosto e se sentaram juntas no fundo, perto da porta e longe dos ouvidos afiados das freiras e dos olhos de águia do padre Josias.

Se tinha uma coisa que Renata e Lívia tinham em comum, era o repúdio àquelas missas, tão chatas e contraprodutivas.

Assim que todos os alunos se acomodaram, fazendo um barulho completamente desnecessário que adolescentes tendem a fazer quando estão em bando, o diretor Gonçalves começou a falar.

— Bom dia, bom dia. Vamos nos sentando, nos acomodando.

— Ele parecia um pouco entediado, e Renata conseguia entender o porquê; se depois de apenas quatro missas ela já queria estar em qualquer outro lugar, como era passar anos e mais anos naquela posição? Claro, se você fosse um católico fervoroso, seria um prazer estar ali, mas o diretor Gonçalves não passava a imagem de ser o maior dos cristãos. — Por favor, recebam com respeito o padre Josias. E estejam avisados que se eu descobrir que andaram jogando cartas novamente na missa, vou mandar chamar os pais dos envolvidos.

Um burburinho se instalou na capela enquanto alunos e alunas cochichavam e riam, repassando a fofoca de quem estava jogando cartas na missa anterior. O barulho só parou quando o padre pigarreou, aparentemente um sinal universal que significava "calem a boca".

— Bom dia, bom dia — disse, a voz baixa e calma, quase um sonífero. — Espero que essa tenha sido uma boa semana de aulas, com a benção de Deus, e fico muito feliz com a presença de todos aqui para o nosso quinto sermão do ano.

— Ele diz isso como se estivéssemos aqui por livre e espontânea vontade — comentou Lívia, fazendo Renata quase engasgar para conseguir segurar a risada.

Conforme o tempo passava e a missa prosseguia, a herdeira passou a tentar traçar um perfil psicológico do padre Josias, já que as palavras que saíam da boca dele eram tão desinteressantes quanto os papos sobre negócios do pai que ela era obrigada a ouvir todo jantar.

O homem parecia uma figura que impunha respeito; era relativamente novo, na casa dos quarenta, e tinha grandes entradas no ralo cabelo escuro, além de usar óculos redondos de armação metálica. A batina parecia ter sido passada recentemente, e ele mantinha as mãos cruzadas na frente do corpo o tempo inteiro. Era uma figura interessante, com certeza, mas havia ali também algo de que Renata não gostava nem um pouco. Por mais que ele se esforçasse para passar uma imagem amigável e agradável, diferente do diretor Gonçalves — que havia mudado completamente após despedir-se dos pais de Renata —, ela sentia que a postura era encenação, um personagem muito bem elaborado que existia para encobrir alguma coisa: o amável padre que comanda um dos melhores colégios do Brasil e cujas únicas preocupações são uma educação de boa qualidade e uma vida correta e bondosa.

Ou talvez fosse apenas uma grande teoria da conspiração sua, alimentada pelo que havia acontecido com a professora Trenetim.

Renata não saberia explicar como se manteve acordada durante as duas horas de missa. A maioria dos alunos, que não era de família católica fervorosa, estava interessada em qualquer outra coisa que não o padre Josias, e a herdeira pensou seriamente em ir embora quando ele começou com um papo de que mulheres deviam ser submissas. Mas se Lívia, que nem hétero era, aguentava tantas baboseiras conservadoras, Renata aguentaria também; aliás, os pensamentos retrógados do padre só deram à garota mais vontade de cumprir o terceiro item da caça ao tesouro.

Ao final do sermão, ela borbulhava de tanta ansiedade, tanto que o padre Josias mal havia acabado de dizer que os alunos estavam liberados e a mão dela já estava esticada no ar, cintilando com o esmalte vermelho-sangue.

O padre apertou os olhos para a garota, sem entender muito bem o que estava acontecendo. O diretor Gonçalves, sentado ali perto, ergueu a sobrancelha; não era comum que os alunos fizessem perguntas ao fim da missa. Não havia nada ali a ser discutido, apenas absorvido e obedecido.

— Pois não, srta. Vincenzo? — O padre concedeu-lhe a palavra, voltando para ela todas as atenções da capela.

— Eu gostaria de fazer uma pergunta, se não for muito incômodo. — Ela sorriu com graciosidade.

Ali perto, sentado ao lado de Mirella e olhando para Renata, Gabriel tinha um sorriso debochado de orgulho nos lábios, como um pai assistindo à primeira apresentação desajeitada de ballet da filha. Um pouco mais afastado, Guilherme parecia mais interessado em olhar para as próprias unhas.

— Pode fazer, querida. — O padre sorriu, mas nem o sorriso nem o "querida" tiraram a sensação incômoda de Renata em relação a ele.

— Eu estava lendo sobre a teoria do evolucionismo para a aula de biologia, Charles Darwin, sabe? — começou ela, ajeitando-se na cadeira. Os cochichos se espalharam pela capela de novo, e as narinas do padre se inflaram discretamente. — E achei que é uma teoria muito legal, muito bem explicada... só que ela vai de encontro com tudo o que aprendemos com o criacionismo aqui, nesse colégio. Então eu estava me perguntando — a herdeira abriu mais um sorriso angelical —, o que o senhor acha sobre a teoria do evolucionismo?

Os sussurros pararam e todos se voltaram para o padre Josias, que estava estático no mesmo lugar. Algumas freiras sentadas no pequeno palco tinham cara de pânico, e o diretor se levantou na mesma hora e foi até o religioso.

— Acho que esse é um tema que poderíamos conversar em sala de aula, srta. Vincenzo, com a professora de biologia. — o sr. Gonçalves deu um sorriso amarelo, segurando o padre pelos ombros. — Agora todos nós precisamos almoçar para não desmaiarmos de fome, não é mesmo? Vamos, vamos!

Os alunos começaram a se levantar, e Renata foi arrastada pela confusão, sendo amparada por Lívia, que não conseguia parar de rir. Apesar de ter conseguido cumprir a tarefa, a herdeira estava genuinamente interessada em ouvir a resposta do padre, e ficou frustrada com aquela recusa discreta.

Já do lado de fora, alguns alunos pararam Renata para cumprimentá-la pela coragem, enquanto iniciados do Conselho, que já sabiam do que se tratava, discretamente a parabenizaram por mais uma tarefa cumprida.

Quando a herdeira enfim se viu livre de todos os alunos e pronta para almoçar com Lívia, o diretor apareceu atrás das duas como uma sombra e as agarrou profissionalmente pelos ombros.

— Renata, você é uma moça esperta, então vou falar isso apenas uma vez. — Ele sorriu, como se estivesse contando uma piada muito engraçada, enquanto cumprimentava as pessoas que passavam. — Da próxima vez que tiver algum questionamento filosófico para fazer, guarde para si mesma, ou as consequências serão... *severas*.

Ele apertou os dedos no tecido do uniforme das duas e as soltou, afastando-se enquanto assobiava uma das canções do sermão de mais cedo.

Lívia e Renata se entreolharam.

— Acho que eu fiz xixi na calça — disse Renata.

— Se for pelo cheiro, Barbie, não se preocupe, porque acho que é meu — respondeu a amiga, e as duas caíram na risada.

31

Pouco antes da chegada de Renata, o Colégio Interno Nossa Senhora da Misericórdia decidiu dar folga aos alunos no Carnaval para que eles, em teoria, pudessem passar o feriado com os pais. Anos antes, a prática era proibida, e os alunos ficavam presos dentro da propriedade durante os quatro dias, estudando ou rezando, de acordo com as normas. Só depois de muitas reclamações e protestos vindo dos pais, pressionados pelos filhos que não estavam acostumados a ouvir "não", o padre Josias resolveu ceder, com medo de perder alunos. Porém, como punição por ter sido obrigado a condescender, o padre criou uma regra: os garotos e garotas só poderiam sair do internato durante todo o feriado se voltassem para casa; se optassem por não retornar, receberiam apenas a terça-feira de folga. Como nenhum pai queria ser incomodado durante a sua viagem internacional, a maioria dos alunos ficava no internato.

No início, todos ficaram muito indignados com aquela regra idiota, mas depois decidiram utilizar a energia provinda da injustiça a favor deles e organizaram a "grande excursão anual de carnaval para o centro da cidade". Não era preciso dizer que a ideia tinha partido de Lívia, que, todo ano, angariava mais e mais alunos em prol daquela causa.

Renata e Lívia desceram juntas do ônibus escolar no meio da aglomeração, com *glitter* da cabeça aos pés e uma animação fora do normal. Aquela era a primeira vez que elas saíam do internato desde o início do ano letivo, e, até as férias de julho, seria a última também.

— Onde é o bloco? — perguntou Renata, ajeitando o curtíssimo short jeans que causou furor entre as freiras e quase a impossibilitou de sair.

— Primeiro vamos no Dedé!

— Quem diabos é Dedé? — indagou Renata, correndo desajeitada atrás da amiga.

— O nosso fornecedor ilegal de bebidas alcoólicas — respondeu Lívia, enfiando-se entre as pessoas fantasiadas e, depois de alguns minutos, entrando em um boteco sujo com direito a homens barrigudos sem camisa jogando sinuca e mesas de plástico amarelas.

O bar era todo decorado com frases engraçadinhas envolvendo álcool e mulheres em situações degradantes, e a parede de azulejo branco, que não devia ser limpa havia muito tempo, ganhava uma coloração acinzentada. Para a surpresa de Renata, quase 90% dos alunos do ensino médio do internato estavam ali.

No balcão, Gabriel, fantasiado de bombeiro, pegava duas latinhas de Coca-Cola das mãos de um cara imenso com uma toalha imunda pendurada nos ombros. Ali perto, Mirella conversava com algumas amigas, todas fantasiadas de líderes de torcida americanas.

Gabriel olhou para Renata e deu uma piscadinha cheia de maldade.

— Duas, Dedé — berrou Lívia.

— Eu pensei que *você* era a fornecedora ilegal de bebidas alcoólicas. — Renata parou ao lado de Lívia, ignorando as gracinhas de Gabriel; ela não queria problemas com Mirella.

— Sou quando estamos no colégio. Fora dele, é o Dedé. — Lívia pegou a latinha de Coca-Cola e deu para Renata, que tomou um gole e descobriu que, na verdade, era cerveja.

— Caramba! Genial! — exclamou a herdeira, pensando que aquilo teria feito muito sucesso no antigo colégio.

— Agradeça ao Dedé. — Ela apontou para o homem que distribuía cerveja em latas de refrigerante a menores de idade como se fosse o Papai Noel do Carnaval. — Foi o primeiro fornecedor que eu procurei quando decidimos organizar a excursão.

— Que Deus abençoe o Dedé e o Conselho. Podemos sair daqui agora? Está quente demais.

— Claro! Vamos para o bloco!

Renata e Lívia, a dupla mais improvável do Colégio Interno Nossa Senhora da Misericórdia, curtiram o bloco como se não houvesse amanhã. Dançaram as músicas do verão, flertaram com desconhecidos e desconhecidas e voltaram para buscar cerveja com o Dedé mais umas cinco vezes. Eventualmente, Lívia encontrou uma garota por quem ficou "perdidamente apaixonada", nas palavras dela, e bolou, com ajuda de Renata, o plano perfeito para a abordarem.

Elas se aproximaram como quem não queria nada, fingindo se divertir no meio da multidão. Em determinado momento, Lívia e a garota já trocavam olhares, e a colega de quarto de Renata fez o sinal para a amiga. Sinal esse que nada mais era que bater palmas duas vezes.

— Meu Deus, não é a Ludmilla ali na frente? — berrou Renata, chamando a atenção das amigas da menina de quem Lívia estava a fim.

— Onde? — berrou uma delas, já correndo na direção para a qual a herdeira apontava.

O interesse de Lívia ia fazer o mesmo, mas ela chegou para o lado e as duas se esbarraram, derrubando cerveja para todos os lados, inclusive na fantasia de pirata da vítima.

— Ah, meu Deus, me desculpe! — disse Lívia, exagerada.

— Não, tudo bem, acontece — respondeu a menina, com a voz doce e os grandes olhos castanhos sinceros.

— Eu sou uma desastrada, mas uma desastrada muito precavida — continuou Lívia, tirando alguns guardanapos do bolso da calça. — Toma aqui. A gente nunca sabe o que pode acontecer nesses blocos de rua, não é mesmo?

— Que sorte a minha!

Vendo que as duas já estavam conversando e se dando bem, Renata piscou para a amiga e se afastou, jogando a latinha de cerveja camuflada no lixo. Ela pretendia ir até o Dedé comprar outra, mas no meio do caminho algo chamou a sua atenção.

O bloco passava pela rua principal da cidade, mas as travessas também estavam cheias de gente, e os donos de barraquinhas de comida e bebida aproveitavam a oportunidade. Todos estavam aglomerados em uma praça arborizada, um dos poucos lugares frescos em toda aquela multidão. E, perto das barracas, sentado na sombra de uma árvore, Guilherme estava lendo um livro.

Deixa ele quieto, vocês não são amigos, o anjinho soprou em seu ouvido.

Vocês não conversaram mais desde que ele prometeu bolar um plano, o diabinho assoviou. *Você está ralando para conseguir entrar no Conselho e fazer alguma coisa, mas ele nem se mexe. Por que pediu a sua ajuda, então?*

Sem entender direito o que estava fazendo, Renata caminhou a passos firmes até o garoto e se sentou ao lado dele sem pedir autorização.

— Não é muito fã do carnaval? — perguntou ela, sem nem cumprimentá-lo. Guilherme levantou os olhos escuros, surpreso.

A expressão de desprezo usual não estava mais lá.

— Eu gosto do Carnaval, mas não gosto do calor que vem no pacote — respondeu ele, voltando o olhar para o seu exemplar de *O apanhador no campo de centeio*.

— E por que não ficou no seu quarto, então?

— E perder o último dia de liberdade antes das férias? — Ele nem tirou os olhos das páginas.

Renata não sabia por que Guilherme estava tão calmo, já que costumavam trocar farpas todas as vezes em que se viam. Talvez fosse pela última conversa que tiveram. Ou talvez fosse o calor.

Ou talvez a trégua proposta, se ela decidisse ajudá-lo, fosse real.

— Esse livro é legal?

— O assassino do John Lennon disse que estava seguindo as ordens desse livro. — Guilherme deu de ombros. — Fiquei curioso.

Renata riu, balançando a cabeça. Quando viu que Guilherme não estava interessado em conversar, resolveu apelar.

— Você conseguiu pensar em alguma coisa desde a nossa última conversa? Sabe, sobre nosso... — Ela se aproximou, como se as pessoas ao redor pudessem saber do que eles estavam falando — plano.

— Pensei em um milhão de ideias diferentes, nenhuma delas boa o suficiente. — Ele enfim colocou o livro de lado e se dedicou à conversa. — E você? Pensou em algo?

— Estou um pouco ocupada com as provas do Conselho, deixei essa responsabilidade nas suas mãos.

Guilherme soltou uma risada seca.

— Ah. Isso. Verdade, percebi que alguma coisa estava rolando quando vi você e o Gabriel de segredinhos no refeitório. — Ele balançou a cabeça, parecendo um pouco... decepcionado? — Achei que você fosse do tipo de garota que não se interessaria por essa baboseira. Mas, no final do dia, gente rica gosta de ficar com gente rica, né?

— Eu só estou tentando entrar no Conselho para investigar melhor o que aconteceu com a professora Trenetim. — Renata entrou na defensiva, ofendida.

— Como um grupinho de playboys entediados que organiza festas clandestinas pode ajudar?

— Acho que eles são muito mais do que isso.

— Quem te convenceu dessa besteira? — Ele riu. — O Gabriel, que calhou de ser o presidente do clubinho?

— Só porque você e o Gabriel têm assuntos mal resolvidos, não significa que não seja uma boa estratégia.

Os dois ficaram em silêncio, absorvendo aquela troca de informações e farpas.

— Eu só acho que ele é um babaca que pode nos prejudicar, e prejudicar você, só isso. Mas você é bem grandinha, não precisa de babá para decidir o que faz ou deixa de fazer.

Renata se lembrou das babás em casa e sentiu uma saudade imensa das duas, mesmo que se falassem diariamente pelo WhatsApp e, às vezes, até por ligação; não era a mesma coisa do contato presencial. Mas em vez de responder isso, a herdeira apenas assentiu.

Os dois ficaram em silêncio, ouvindo a respiração um do outro.

— O livro é legal — comentou Guilherme, inesperadamente, tentando dissipar aquele momento de tensão. — Se quiser, te empresto depois.

— É seu?

— Da biblioteca. — Ele sorriu.

— Como você vai emprestar algo que não é seu? — Renata riu também.

— É quase meu, ninguém mais lê nesse colégio. Só você, aparentemente.

— É, eu gosto de ler. — Não era mais vergonhoso admitir aquilo; não existia ninguém no colégio com quem Renata sentia-se mais à vontade para compartilhar aquela paixão. — A professora Trenetim me deu o exemplar dela de *Capitães da Areia*.

— Ela me deu o de *Vidas Secas*. — Guilherme olhou para Renata e os dois sorriram, conectados por aquele segredo. Então o bolsista mudou novamente de assunto, como se ficar íntimo demais de Renata fosse um problema a ser corrigido. — Já sabe o que vai tentar no vestibular?

— Não... Andei vendo alguns cursos, gostei de um de política da UnB. Mas não sei no que sou boa...

— Acho que você seria uma boa política. Só, por favor, não esconda dinheiro na cueca.

Renata riu, balançando a cabeça.

— E você quer ser engenheiro.

— Sim. Elétrico. Gosto de tomar choque.

— Era exatamente nisso que eu estava pensando — comentou Renata, tentando manter a expressão séria, mas rindo junto com o garoto em seguida.

A herdeira percebeu então que, quando Guilherme não estava sendo um espertinho irônico, até que era divertido... E, provavelmente, teria ficado ali com ele, conversando sobre várias besteiras até cansar. Porém, ao longe, eles avistaram Lívia e a garota misteriosa de mãos dadas caminhando em direção aos dois. Quando elas chegaram, estavam bêbadas de algo que não a cerveja — felicidade, talvez.

— Oi! Essa é a Camila! — exclamou Lívia, e Camila acenou brevemente. — Camila, esses são a Renata, minha colega de quarto, e Guilherme, o gênio do colégio.

— Não sou gênio de nada.

— Eu, por outro lado, sou realmente a colega de quarto. Prazer em te conhecer, Camila!

— Vem! Vamos curtir! Saiam debaixo dessa árvore, vocês já são pálidos demais — exclamou Lívia, estendendo as mãos. — É Carnaval!

Renata e Guilherme se entreolharam e, sem pensar muito bem no que estavam fazendo, aceitaram a ajuda, rindo.

Afinal, era carnaval, e o objetivo era se divertir.

32

Renata já havia pulado Carnaval de diversas formas diferentes: em bailes de salão, em mansões de luxo, em resorts no Nordeste ou no Caribe e até em um iate. Mas nunca, em toda a sua vida, havia se divertido tanto quanto num bloquinho no centro da cidade do interior em que, desafortunadamente, morava.

Não saberia explicar se era porque já havia tomado todas ou se porque, pela primeira vez em muito tempo, sentia que pertencia a um lugar. Ali, com Lívia rindo de mãos dadas com Camila e Guilherme fazendo dancinhas extremamente desengonçadas, era como se todos os problemas que já tivesse arranjado por causa de supostos amigos do passado não passassem de um ideal de diversão com o qual ela não se identificava mais.

Não podia apagar o que havia feito, mas arrependia-se imensamente dos seus atos, e agora entendia como a vida era muito mais do que rebeldia, dinheiro, fofoca, deslealdade e inconsequência. Em pouco tempo no internato, Renata já havia aprendido que relacionamentos saudáveis e verdadeiros eram muito diferentes daqueles que ela tivera com os antigos amigos e o antigo namorado.

Os quatro, pois já consideravam Camila parte do grupo, haviam feito trenzinho de conga — Renata nem sabia que as pessoas ainda faziam aquilo —, dançado em roda com os amigos do colégio, despistado alguns homens mais velhos e nojentos que encaravam o grupo como se fosse um rodízio de carne, jogado algumas garrafinhas de água na cara por conta do calor, roubado apetrechos de outras pessoas que, por sua vez, haviam roubado deles também e, para terminar, almoçaram um dogão prensado de aparência duvidosa, mas gosto espetacular.

Renata não conseguia se lembrar da última vez em que havia se divertido tanto gastando tão pouco.

— Quem quer mais cerveja? — gritou Guilherme por cima da música alta e do falatório.

— Eu quero! — disse Renata, e, virando-se para Lívia, que já estava novamente atracada com Camila, disse: — Acho que é a nossa vez de buscar.

Lívia, sem abrir os olhos e tirar a língua de dentro da boca de Camila, fez um joinha.

Guilherme riu e foi ao bar do Dedé. Sem querer ficar de vela, Renata correu atrás dele. Quando o alcançou, eles já estavam fora da aglomeração.

— Pode deixar que eu pego para vocês — disse ele quando percebeu a presença de Renata.

— Não quero ficar de vela. Vou junto.

Guilherme concordou, e eles seguiram. Assim que avistaram o bar, avistaram também Gabriel e Mirella se agarrando na porta, sem medo de serem felizes.

Guilherme suspirou alto, ao que Renata comentou:

— Tem certeza de que você só não gosta dele porque ele é um playboy mimado e louco que gosta de te prejudicar ou tem mais coisa envolvida nessa história?

Guilherme olhou para ela, parte da descontração sumindo do rosto.

— Eu não gosto dele porque ele é um merda mesmo.

— Nossa. O que aconteceu entre vocês dois para gerar esse ódio todo? — Renata tentou, olhando do casal aos beijos para Guilherme e de Guilherme para o casal aos beijos.

— Já te disse aquele dia na sala do diretor, ele é maluco.

— Ele é maluco ou você tem ciúme? — retrucou ela, sorrindo de maneira angelical e olhando para Mirella, cuja cara era sugada pelo presidente do Conselho.

— Muito engraçadinha, Renata. — Guilherme deu uma risada seca e entrou no bar do Dedé sem falar mais nada.

Renata correu atrás dele, ajudando a carregar as quatro latinhas de "refrigerante" que havia comprado. Ao saírem, o casal não estava mais lá, e não se tocou mais no assunto.

A herdeira tinha muitas teorias para o que poderia estar acontecendo ali, mas a sirene do ciúme era a que soava mais alto: não do Guilherme em relação à Mirella, mas da Renata com aquela situação toda.

O que essa garota tem? Mel? O canto da sereia?, ela ia pensando e seguindo Guilherme bloco adentro. *Por que o colégio inteiro tem essa fixação esquisita por ela? Ela é sempre tão desagradável! Será que o Guilherme é apaixonado por ela?*

Bem lá no fundo, a voz da razão falava baixinho: *por que você está pensando nessas coisas? Você está a fim do Guilherme ou o quê? Uma hora ou outra vai ter que admitir isso para si mesma*, mas Renata não permitia que aquela voz fosse nada além de um sussurro amedrontado.

Ela andava atrás de Guilherme pensando em tudo isso e observando a bunda dele. Quando enfim chegaram ao ponto de encontro, Lívia e Camila não estavam mais lá.

— Aonde elas podem ter ido? — perguntou Renata, depois que eles deram algumas voltas em busca das duas.

— Talvez atrás de um quarto?

Ela suspirou, frustrada. Só estava se divertido porque Lívia era a alma da festa; sem ela ali para juntar todas as tribos, era só esquisito dividir o bloco com um garoto por quem nutria sentimentos conflitantes e enrustidos.

— Acho que vou continuar procurando as meninas, então. Não precisar ir comigo, não vou te prender mais — anunciou, começando a se afastar. — Seus amigos devem estar por aí e tudo o mais... mas divirta-se!

— Não, pera aí! — chamou Guilherme, e Renata se virou para ele.

O garoto ficou em silêncio, quase como se não tivesse pensado em mais nada para dizer além de "não, pera aí". Para a sorte dos dois, a música do verão começou a tocar, e todas as pessoas ao redor, a gritar.

— Você não pode ir embora agora! — Guilherme aproveitou a deixa. — Ninguém pode ir embora quando essa música começa a tocar!

— Ah, é? Quem disse? — Renata colocou as mãos na cintura, achando graça.

— Tá na legislação. Foi aprovado com urgência através de medida provisória do presidente.

— Se eu não te conhecesse, diria que você está arranjando desculpas para que eu fique aqui com você, Guilherme.

— Ainda bem que você me conhece, então... *princesa*.

Renata olhou para Guilherme.

Guilherme olhou para Renata.

E os dois começaram a dançar. Primeiro separados, depois próximos, dando as mãos, rodopiando e rindo. Guilherme tentou imitar a dancinha que todos estavam fazendo, o que causou uma crise de riso na Renata, que, por sua vez, repetiu os passos perfeitamente.

— Você dança bem! — disse ele, o rosto vermelho por causa do esforço e da cerveja.

E talvez pelo que estava acontecendo entre os dois.

— Obrigada! Você... tenta — retrucou Renata, e os dois riram.

Eles dançaram mais e trocaram risadinhas e, por um momento, Renata imaginou que aquilo pudesse ser o início de um flerte. Os olhos de Guilherme estavam presos em seu corpo, e eles se tocavam cada vez mais sem nenhuma justificativa a não ser vontade de sentir a pele um do outro.

Em um passe de mágica, e estragando todo o clima, Lívia e Camila reapareceram como se nunca tivessem saído dali, cada uma com uma latinha de refrigerante na mão.

— Onde vocês se meteram? — gritou Lívia, enfiando-se entre os dois.

— Fomos buscar cerveja para as madames! — exclamou Renata, estendendo uma das latinhas.

— Nós fomos também — disse Lívia, mas aceitou a latinha de Renata mesmo assim.

— Pensamos que vocês tinham saído para dar uns beijos — confessou Camila.

Renata e Guilherme riram nervosos e constrangidos.

— Bom, então o que rolou foi uma leve falha de comunicação — respondeu Guilherme. — Fomos apenas buscar cerveja. Só isso.

— Só isso — repetiu Renata.

— Só isso. E dançaram coladinhos também — provocou Lívia.

— Cala a boca, Lívia — murmurou Renata.

— O quê? Oportunidade maior que essa a gente não vai mais te dar — respondeu ela, rindo ao perceber que o rosto da herdeira tinha ficado vermelho.

— Quem quer mais cerveja?! — exclamou Guilherme, mesmo que todo mundo estivesse devidamente abastecido, em uma tentativa desesperada de mudar de assunto, e o ciclo começou mais uma vez.

33

Renata estava sonhando que uma cenoura gigantesca queria comer os seus olhos, feitos de carne de coelho. Estava no meio de uma luta horrorosa com os braços laranja da cenoura quando foi chacoalhada diversas vezes e abriu os olhos, assustada.

— Acorda, Barbie!

Ela avistou a cara de raposa de Lívia, que usava uma calcinha e nada mais.

— Você tem uma caça ao tesouro para terminar!

Renata resmungou alguma coisa.

— O quê? Não entendi nada, não falo a língua dos perdedores!

Renata fechou os olhos novamente, e foi chacoalhada por Lívia mais uma vez.

— Vamos! Você me pediu para te acordar, e é isso o que estou fazendo!

— Me deixa dormir, só faltam duas tarefas, depois eu faço.

— Você me disse que usaria esse argumento — retrucou Lívia.

— Você só quer me irritar! — Renata queria que a colega de quarto desaparecesse.

— Você me disse que usaria esse também.

A herdeira suspirou, soltando o ar lentamente. A maldita caça ao tesouro! O dia havia sido exaustivo, e a sua boca estava seca, claro sinal de ressaca. A pele queimada ardia, e ela ainda conseguia sentir o perfume de Guilherme no cabelo.

Ele havia encostado no cabelo dela? Quando foi que encostou no cabelo dela? Ela não se lembrava. Só se lembrava de ter entrado no ônibus de volta para o internato e de dormir no ombro de Lívia. Antes e depois disso, tudo era um borrão.

Maldita hora que decidiu designar Lívia como seu despertador pessoal.

— Você ainda tem dois itens para cumprir, não tem? Quais?

— Roubar a Bíblia da capela e tirar uma foto no dormitório dos meninos.

— Aff... Essa caça ao tesouro fica mais ridícula a cada ano que passa.

Renata não podia deixar de concordar. Como um grupo que já havia acolhido pessoas tão ilustres permitia tarefas tão idiotas? Quando ela descobriu a importância do Conselho, sentiu muita vontade de fazer parte, porém, se não fosse o foco no caso Trenetim, ela com certeza não se submeteria a tudo aquilo. Mas já havia se comprometido, e se tinha uma qualidade em meio a tantos defeitos, era sua determinação.

Mas ela estava com tanto sono...

— Eu faço isso no fim de semana... — resmungou Renata, fechando os olhos novamente.

— Você sabe que estamos chegando na metade do mês, não sabe? — questionou Lívia, sentando-se na cama de Renata. — Se tomou a decisão estúpida de entrar para o Conselho, é melhor correr atrás do prejuízo. Aliás, por que quer tanto isso? Quando eles te convidaram você estava cagando e andando...

Renata ficou quieta, pensando novamente se valia a pena compartilhar com Lívia o problema da professora Trenetim. Depois de ponderar por alguns instantes, decidiu que contaria apenas se Guilherme permitisse. Dessa forma, balançou a cabeça e respondeu:

— Sei lá, eu estava entediada, achei que pudesse ser divertido.

— Ah, os ricos! Sempre encontrando maneiras estúpidas de se divertir...

— Você também é rica, Lívia.

— Mas não sou estúpida.

As duas riram, e Renata se levantou, ouvindo as sábias palavras de Lívia de que o fim de fevereiro não demoraria tanto para chegar e logo a água estaria batendo na bunda.

— Você quer ajuda? — Lívia ofereceu enquanto Renata arrumava uma bolsa com objetos dos quais talvez fosse precisar; o seu kit de manicure, um celular com lanterna, algumas balas caso ficasse com fome e mais algumas bugigangas que ela só colocou na mochila para se sentir o próprio James Bond.

Depois da bebedeira do carnaval, esperava que o colégio inteiro estivesse dormindo, apagado de tanto beber, mas não custava nada se prevenir.

— Não, Livs. Não quero te arrumar problema. Essa decisão estúpida foi minha. — Renata enfiou alguns grampos de cabelo na bolsa: se as pessoas usavam aquilo para abrir portas nos filmes, não devia ser tão difícil, não é mesmo?

— É, Barbie, tem muitos motivos pelos quais eu poderia ser expulsa, e esse seria o mais idiota de todos. Mas se precisar de qualquer coisa, estou no celular.

— Valeu, Livs. — Renata terminou tudo, colocando a mochila nas costas e olhando para os peitos da amiga. — Vai colocar uma roupa!

— Eu sou um espírito livre, Barbie!

Escondendo-se das câmeras de segurança, o que parecia estar virando sua especialidade, Renata foi até o prédio administrativo. Chegando no corredor térreo, avistou a capela e, como um gato, correu até a porta sem fazer um barulho sequer. Assim que colocou a mão na maçaneta, já esperando precisar dar um jeito de destrancar a porta, girou-a para a direita e ficou em êxtase ao perceber que estava aberta.

Tão fácil assim?, ela pensou, estranhando a sorte a seu favor naquela tarefa em específico. Antes que os seus pensamentos pudessem estragar a boa maré, ela esgueirou-se para dentro da sala abençoada e encontrou a grande Bíblia sagrada no palanque, reluzindo com a luz das velas.

Sem nenhuma proteção?, ela pensou novamente, enquanto caminhava até o seu objetivo. *Meu celular é mais seguro que isso.*

Mas Renata não contava com o fator "segurança arcaica": quando tentou arrancar a Bíblia do lugar, descobriu que o livro de alguma maneira estava preso ao totem. A herdeira tentou arrancá-lo dali de todos os jeitos, mas o livro sagrado parecia colado com alguma cola milagrosa. Irritada, ela se agachou e descobriu que a capa de couro estava parafusada à estrutura de madeira.

Parafusar a Bíblia deveria ser pecado, ela resmungou mentalmente, voltando à estaca zero.

Lembrando-se de todas as besteiras que havia colocado na mochila, teve uma ideia. O kit de manicure tinha um objeto estranhamente semelhante a uma chave de fenda.

Depois os homens não entendem as torturas diárias que passamos. Renata pegou o instrumento e o encaixou nos parafusos da Bíblia. E, para a sua total incredulidade, desparafusar a Bíblia se mostrou uma tarefa rápida, já que os parafusos estavam frouxos, e a madeira, um pouco comida pelas traças.

Renata terminou o mais rápido que pôde e, com as mãos tremendo um pouco, fechou o livro e o colocou na mochila, saindo da capela com uma sensação gostosa de dever cumprido.

Conforme retornava aos dormitórios, avistou o prédio dos meninos apagado e silencioso. Sentindo-se sortuda e um pouco arrogante por ter conseguido a Bíblia tão rápido, resolveu matar dois coelhos com uma cajadada só: levaria o livro até Gabriel e tiraria uma foto no dormitório dos meninos.

Esgueirou-se para fugir das câmeras e entrou no prédio pela porta dos fundos. Depois que já estava lá, lembrou que não tinha a menor ideia de qual era o quarto do Gabriel, só sabia que ele morava no primeiro ou no segundo andar, já que era do terceiro ano. Contando com a mesma sorte que a ajudara até ali, ela subiu para o primeiro andar e perambulou pelo corredor. Quando estava prestes a desistir daquela ideia impulsiva e idiota, reparou que o quarto quatro tinha um adesivo de coroa colado na porta.

Além de presidente, ele também se acha rei?, Renata riu sozinha, caminhando até lá e batendo de leve na porta. Enquanto esperava, percebeu que a coroa significava o "C" de Conselho.

Quem atendeu foi o próprio Gabriel, bastante desperto; ou não tinha dormido ou já acordava em alerta.

— Loira — disse ele debilmente, confuso.

— Gabriel, fala xis! — ordenou Renata.

— Xis?

Então a herdeira levantou a câmera do celular bem alto e tirou uma *selfie* dos dois com a Bíblia.

— Caça ao tesouro completa — disse ela, entregando o livro para ele e correndo para longe dali antes que fosse pega e expulsa.

34

A primeira aula do dia após a quarta-feira de cinzas não poderia ter sido pior: uma tediosa dobradinha de física. Porém, pela primeira vez desde que colocara os pés no internato, Renata se sentia leve. Era quase como se os pais não tivessem desistido dela e a jogado em um colégio interno católico. Ela fizera amigos – ou pelo menos achava que sim. Tinha terminado a difícil lista da caça ao tesouro para entrar no Conselho. Começava a pensar sobre o que fazer no futuro. E, para coroar tudo, tinha um mistério a investigar.

Quando chegou para a aula e se sentou no lugar de sempre, Guilherme, na carteira de trás, sorriu para ela em uma clara demonstração de paz; talvez tivessem as suas diferenças, mas não se odiavam mais. Aquilo só a deixou mais feliz ainda, e Renata acabou sorrindo para ele também.

Gabriel, mais para o meio da sala, fez sinal para chamar a atenção de Renata. Ela deixou o sorriso de Guilherme para trás e voltou-se para o presidente do Conselho, que indicou, através de mímica e gestos, que ela olhasse para a carteira. Havia um pedaço de papel dobrado. Curiosa, ela o desdobrou e encontrou a seguinte mensagem:

Já foi devolvida para evitarmos maiores problemas. Parabéns!

Renata suspirou aliviada; sua vida seria bem mais fácil se ela não tivesse ninguém investigando a blasfêmia que cometera.

— Bom dia — desejou Lívia, chegando na sala e sentando-se ao lado de Renata. — Acordei com uma caganeira terrível...

— Guarda pra você, Lívia.

— ... e não te vi pela manhã. Deu tudo certo ontem?

— Deu tudo certo — disse ela, apontando discretamente para o presidente do Conselho. — Roubei a Bíblia e tirei uma foto no dormitório dos meninos.

— Olha só, resolveu os dois problemas de uma vez! Que orgulho, Barbie! Nem parece a patricinha assustada com pose de malvada que chegou aqui há dois meses. E onde está a Bíblia agora?

— Essa pica não é mais minha, agora é do Gabriel.

E as duas caíram na gargalhada.

O professor de física chegou instantes depois, e Renata abria o caderno quando as palavras "prova surpresa" saíram da boca dele, bastante mal-humorado.

Depois de entregar a prova — um desastre, como sempre era em física —, Renata desceu para o refeitório, sentindo o estômago roncar. O sinal do almoço ainda não havia tocado, então o refeitório estava vazio, com apenas alguns alunos do segundo ano que também deviam ter sido liberados mais cedo de alguma prova.

Aproveitando que o lugar não estava o caos de sempre, Renata pegou um prato, se serviu de diversos tipos de salada e um pedaço grande de salmão grelhado e se sentou perto das janelas. De repente, Guilherme materializou-se ao seu lado, sentando-se com as costas apoiadas na mesa e as pernas cruzadas.

— E então — ele disparou, como se estivessem no meio de uma conversa, os braços flexionados atraindo bastante atenção —, foi bem na prova?

Ainda de boca cheia, Renata organizava os pensamentos. Era difícil agir normalmente com ele por perto.

— Não. E você?

— Fui. — Ele sorriu. — Mas sempre vou.

Renata riu da modéstia, balançando a cabeça.

— Mas agora — ele mudou de assunto bruscamente —, temos coisas mais importantes para discutir. Eu tive uma ideia, e preciso da sua ajuda para executá-la.

— Finalmente! Sobre o caso Trenetim, né?

— Shhhh! — ralhou Guilherme, curvando-se na direção dela e sussurrando bem perto do seu ouvido: — As paredes têm ouvidos, princesa.

Sentindo todo o corpo arrepiar, a herdeira apenas assentiu, não sabendo lidar com toda aquela intimidade repentina. Eles tinham virados amigos, afinal? Cúmplices? O quê?

E por que era tão importante para Renata categorizar aquele relacionamento?

— Pensei em enviar recados anônimos aos alunos para que eles possam, aos poucos e sem a influência de ninguém específico, se revoltar com a injustiça cometida contra a professora — sussurrou o garoto, o rosto dos dois bem próximos.

Por algum motivo inexplicável, o coração de Renata batia duas vezes mais rápido.

Era empolgação com o plano? Ou outra coisa?

— É uma ótima ideia! Você já pensou no conteúdo da mensagem?

— É aí que você entra. — Guilherme fez uma careta. — Quero tanto que isso dê certo que escrevi mil textos diferentes e nenhum me pareceu bom o suficiente... Será que você poderia elaborar uma mensagem e me encontrar amanhã à meia-noite nas copiadoras do prédio administrativo?

E, antes que Renata pudesse responder, o garoto se levantou bruscamente, deu um beijo amigável na cabeça dela e desapareceu pela porta do refeitório, no exato momento em que o sinal para o almoço tocou.

Por um momento, ela ficou desorientada, sem entender, mas logo percebeu que era melhor se eles não fossem vistos juntos, uma vez que as pessoas suspeitariam se vissem dois alunos que não eram muito próximos cochichando pelos cantos como bons e velhos amigos.

Renata passou o resto do dia elaborando a mensagem e, vez ou outra, pensava no beijo que havia recebido. Foi um beijo de amigo? Tinha ali algum interesse amoroso? Ou impulsividade? Ela não sabia... Mas, mesmo assim, perto da meia-noite do dia seguinte, seguiu rumo às copiadoras do prédio administrativo com o texto elaborado dentro do bolso da calça jeans.

Não era nenhuma escritora, mas tinha ficado muito contente com o texto final. Assim que passou pela porta semiaberta, encontrou a sala totalmente apagada, com exceção da luz de uma das copiadoras, piscando e iluminando parcialmente Guilherme, sentado no parapeito da janela.

— Credo, Edward — resmungou Renata, apoiando-se na parede. — Por que você está aqui no escuro feito um morcego?

— Quer que eu acenda a luz? Posso aproveitar e chamar o padre Josias também. — O garoto saltou do parapeito, atingindo o chão com leveza e caminhando até Renata. — Posso ver a mensagem? Não temos muito tempo.

Renata estendeu a folha de papel, observando a expressão concentrada de Guilherme enquanto lia com ajuda da lanterna do celular.

Alunos e alunas do Colégio Interno Nossa Senhora da Misericórdia,

Estamos vivendo um momento crítico em nossa instituição de ensino. No fim de janeiro, sofremos uma perda irreparável, mascarada de "decisão pessoal" e coberta de cinismo e mentiras: a demissão da professora Trenetim.

Esse informe tem como intuito avisá-los de que a professora Trenetim não pediu as contas, mas foi demitida do corpo docente de maneira brutal, injusta e sem qualquer consideração pela profissional que passou mais de uma década dedicando-se exclusivamente a esse colégio e que dependia desse emprego. Tudo isso para que, vejam só vocês, a irmã do padre Josias pudesse ocupar o cargo de professora de literatura.

Duvidam disso? Deem uma checada no nome dos dois e tirem a prova.

Mais alguém sentindo o cheiro de nepotismo?

Ainda estamos investigando as causas da demissão e, a cada nova descoberta, faremos um novo informe. Enquanto isso, estejam avisados: sempre existem dois lados de uma mesma história.

Assinado: Capitu

— Capitu? E eu sou o Dom Casmurro?

— A Capitu é uma personagem ambígua. Quem acredita nela é fiel toda vida, e quem não acredita dá um jeito de desmoralizá-la, mais ou menos como vão tentar fazer com essa mensagem. — Renata arrancou a folha das mãos dele. — Ficou bom ou não?

— Ficou ótimo. — Não restava mais nada do Guilherme enfezado que Renata já estava cansada de encarar. — Não poderia ter ficado melhor.

Cheia de si, ela foi contagiada pelo bom humor. Caminhou animada pela sala, deixando a folha com a mensagem na escrivaninha de um dos computadores.

— E de qual celular vamos enviar a mensagem? — perguntou ela, andando por entre as copiadoras. — Você tem o número de todos os alunos do colégio?

— Celular? — Guilherme riu, sentando-se na cadeira em frente ao computador no qual Renata deixara a folha.

— Sim, ué, fácil e prático!

— E totalmente rastreável. Você nunca viu um filme de suspense?

— E qual é o seu maravilhoso plano, então, Guilherme? — Renata revirou os olhos, dizendo o nome dele em tom irônico.

— Por que acha que estamos na sala das copiadoras, Renata? — disse ele, entretido, digitando rapidamente.

Para dar uns amassos?, foi para onde o cérebro de Renata a levou.

Mas ela chacoalhou a cabeça, tentando se livrar daquela deliciosa imagem, e respondeu:

— Pensei que você só queria um lugar seguro para conversamos.

— Não. O plano é: digito o texto, para não sermos descobertos pela letra, em um computador público, para não sermos descobertos por nossos IPs ou números de celular, e imprimimos as cartas.

— E como vamos entregá-las a todos os alunos do colégio? Correio? — Renata parou perto do computador e observou enquanto Guilherme digitava com habilidade.

Ele cheirava muito bem.

— Quarto por quarto, em todas as portas — murmurou, concentrado. — Hoje à noite.

Renata soltou uma gargalhada espontânea, enfiando a cabeça sobre o ombro de Guilherme para enxergar melhor a tela.

— Você está louco? A gente nunca vai conseguir fazer isso!

Ele virou o rosto, parando com a boca perigosamente perto da dela, um sorriso cheio de malícia nos lábios.

— Vai desistir antes mesmo de tentar?

Ainda olhando para ela, Guilherme apertou o botão esquerdo do mouse e, automaticamente, a copiadora começou a fazer barulho.

— Discrição é o seu segundo nome, Guilherme — disse Renata, antes de ir para perto da máquina.

Guilherme foi atrás dela, parando ao seu lado e cruzando os braços — seus bíceps ficaram ainda maiores. Os olhos escuros estavam voltados para a copiadora.

— Se formos pegos essa noite, seremos expulsos — disse ele.

— Eu sei.

— Está disposta a correr esse risco?

Renata respirou fundo, soltando o ar devagar.

Tinha tantas coisas na cabeça e no coração naquele momento que era até difícil conseguir segurar aquela excitação.

— Tudo o que eu mais queria quando cheguei aqui era ir embora — disse ela, voltando-se para Guilherme, que se virou para ela. — Foi a professora Trenetim quem me incentivou a tentar viver essa nova experiência. E agora, depois de conhecer melhor o internato e as pessoas daqui, depois de perceber que eu talvez não seja a garota que pensei, acredito que existem alguns riscos que a gente precisa correr em prol de algo maior. Em prol de alguém que pode ter mudado a nossa vida.

Os dois ficaram em silêncio, se olhando, até que os barulhos pararam, avisando que todas as cópias já estavam prontas.

— Foi ela quem me consolou quando todo mundo descobriu de onde eu vinha e começou a me chamar de favelado — confessou Guilherme, sorrindo com pesar. — A professora Trenetim me mostrou que são as nossas diferenças que nos fazem contribuir para um mundo melhor.

Renata se lembrou do primeiro dia, quando o goleiro perguntou se Guilherme andava treinando na favela. Alguns dias depois, na festa do Conselho, Gabriel o chamou de favelado.

A garganta dela deu um nó. Quando chegou, ela não tinha a menor noção de como aquilo poderia magoar alguém.

— Como você aguenta? Ser chamado de favelado por esse bando de idiotas? — Ela se lembrou das ofensas que seus antigos amigos diziam a qualquer um diferente deles.

— Eu sou favelado. Isso não é uma ofensa. — O bolsista deu de ombros, sorrindo em seguida. — Mais um dos ensinamentos da professora.

— Ela é incrível — murmurou Renata.

— É...

Os dois olharam para a copiadora, cheios de saudades e propósito.

Era impossível mensurar a influência de uma boa professora na vida de um adolescente.

— Preparada? — perguntou Guilherme, enfim retirando o bloco de papel da copiadora.

— Sim — respondeu Renata, recebendo metade dos comunicados. — E você?

— Sim.

Ele desligou a copiadora e o computador, deixando toda a sala no mais completo escuro. Quando acendeu a lanterna do celular, Renata encontrou Guilherme bem perto.

Deus, ele tinha que ser tão cheiroso?

— Então vamos?

— Vamos.

Renata e Guilherme se despediram na bifurcação dos dormitórios e, ambos já velhos amigos das câmeras de segurança, seguiram pelos pontos cegos.

A herdeira entrou pelos fundos do dormitório das meninas instantes depois, encostada na parede das escadas e respirando fundo, buscando a coragem necessária para fazer aquilo. Sabia que se fosse pega, seria expulsa, e não conseguiria olhar nos olhos dos pais depois de mais uma decepção. Além disso, começava a gostar de viver ali, por mais incrível que pudesse parecer.

Renata não podia falhar.

Ela subiu todas as escadas, decidindo começar pelo andar das meninas mais novas e terminar no próprio quarto. Estava tudo assustadoramente tranquilo, todos os dormitórios apagados e silenciosos, então Renata começou a depositar uma folha por porta, de quarto em quarto, em todos os andares. Quando chegou ao primeiro, estava cansada e suando, mas forçou-se a continuar. E, assim que colocou a última folha debaixo da própria porta, se levantou e deu de cara com Mirella.

Renata gelou e, por um instante, pensou que tudo estava perdido. Mas logo percebeu que Mirella estava tão preocupada quanto ela por ter sido pega ali. Viu também que a garota estava com os olhos vermelhos e o nariz inchado.

— O que você está fazendo acordada? — perguntou Mirella, tentando fingir que estava tudo bem e que não tinha chorado. — E por que você estava agachada na porta do seu quarto?

— Não consigo dormir. — As suas habilidades de atriz sempre à flor da pele. — A Lívia ronca muito, então fui dar uma volta e estava quase entrando no quarto de novo quando pensei ter ouvido alguém chorar. Acho que me enganei, não é?

Renata se empertigou e, com o canto dos olhos, percebeu que havia deixado um pedaço da folha sulfite para fora da porta. Seu coração começou a bater muito rápido, e o rosto queimou. Como ela podia ser tão estúpida?

— Acho que você se enganou mesmo — concordou Mirella, fungando baixinho.

— E você? — perguntou Renata, tentando tirar o foco de si.

— Fui ao banheiro — respondeu Mirella, nitidamente mentindo. Porém, antes que Renata pudesse questionar mais alguma coisa, ela acrescentou: — Boa noite, então.

A garota começou a se afastar, mas Renata não aguentou e perguntou em um sussurro:

— Está tudo bem, Mirella?

Mas não obteve resposta.

35

Aos primeiros acordes do hino cristão que servia de despertador no internato, Renata pulou da cama.

Dizer que ela havia despertado seria uma mentira, pois nem sequer havia pregado os olhos.

O que tinha feito?

Passada a adrenalina e a anestesia de ficar ao lado de Guilherme naquela aventura justiceira, Renata começou a se questionar sobre a loucura que eles haviam cometido.

Mirella a viu. Guilherme poderia traí-la. O que o diretor Gonçalves diria se descobrisse aquilo? E o padre Josias?

Seus pais algum dia a perdoariam se ela fosse expulsa novamente?

— Tudo isso pelos ovos mexidos do café da manhã, Barbie? — resmungou Lívia, observando a garota por entre os edredons.

A herdeira estava tão longe, tão perdida em pensamentos, que, por um momento, esqueceu que tinha uma colega de quarto e se assustou com a voz que ultrapassou a barreira da sua ansiedade.

— Odeio ovos mexidos... — resmungou ela depois do susto, vestindo a camisa social já abotoada.

— Você tá legal? — perguntou Lívia, em uma guerra silenciosa com os lençóis. — Está com cara de doida... Por que acordou tão disposta?

— Dormi meio mal, quero sair da cama logo. Cansei de ficar rolando no colchão, só isso — mentiu Renata, saindo do quarto para escovar os dentes antes que Lívia fizesse outra pergunta e ela fosse obrigada a contar a verdade.

Era difícil mentir para pessoas queridas.

Renata reencontrou Lívia novamente na sala comum do dormitório, e a amiga segurava um papel.

— Você viu isso, Barbie? — perguntou Lívia, entregando a mensagem da Capitu para Renata. — Enfiaram por baixo da nossa porta!

— Nossa — murmurou Renata, lendo e relendo, buscando alguma brecha que pudesse incriminá-la. — Que loucura, né?

— Hoje o circo vai pegar fogo! — exclamou Lívia, sempre feliz por quebrar a rotina.

E aquela era uma senhora quebra!

As duas foram juntas para o refeitório. Renata não conseguiu comer direito, zonza com o falatório alucinado dos alunos, que, entre uma garfada e outra, comentavam sobre a misteriosa mensagem que amanheceu em seus quartos. A cada "será que as câmeras de vigilância filmaram quem entregou?", o estômago dela diminuía um pouco.

Ali perto, Mirella comia de cabeça baixa, lançando olhares de esguelha para Renata, que fingia não os perceber. Chegou à conclusão de que, se Mirella quisesse apontar dedos, também poderia ser questionada sobre o motivo de estar acordada no meio da noite, então seria uma palavra contra a outra. Além disso, a garota parecia distante, como se não se importasse com absolutamente nada do que acontecia ao seu redor, e Renata continuou intrigada com o choro da véspera.

Do outro lado do refeitório, sentado perto do buffet com a habitual pose de quem não fazia parte daquele mundo, Guilherme parecia estranhamente calmo, o que deixou Renata com mais vontade de sair correndo dali e vomitar no banheiro mais próximo. Ela sabia que aquela era a sua última chance com os pais e, se estragasse tudo, seria deserdada; mesmo que fosse expulsa por um motivo nobre, os Vincenzo não aceitariam.

Como num flash, Renata se viu morando com os avôs no interior do Mato Grosso, dando sal às vacas e tentando entender como a sua vida havia desembocado ali.

Onde ela estava com a cabeça quando resolveu se meter em tudo aquilo?

De repente, os alto-falantes chiaram acima dos alunos, e a espinha de Renata gelou.

— Bom dia, alunos. Por favor, dirijam-se à capela imediatamente, o padre Josias e o diretor Gonçalves têm avisos importantes para dar.

Todos os alunos começaram a resmungar ao mesmo tempo, já que sábado era o único dia de folga deles. Renata, por outro lado, quase correu até a capela e foi uma das primeiras a chegar, com Lívia ao seu encalço pedindo que ela diminuísse o passo.

Aos poucos, a capela começou a lotar, todo mundo conversando sobre o mesmo tema que monopolizou as conversas no refeitório: a injusta demissão da professora Trenetim e quem poderia estar por trás daquelas mensagens.

Quem seria Capitu?

A herdeira cruzou os braços e grudou na cadeira feito uma estátua.

— Você podia tentar parecer menos culpada. — Não tinha percebido que Guilherme havia se sentado no banco de trás, mas lá estava ele, com a boca bem perto do seu ouvido, sussurrando tão baixo que ela pensou que fosse um sonho.

Ou talvez um pesadelo.

— É difícil atuar bem quando se está prestes a vomitar — sussurrou ela de volta, ainda olhando para a frente.

— Vamos lá, princesa, use os seus talentos natos. — O garoto a encorajou com um apertão nos ombros antes de voltar ao próprio lugar.

A alguns alunos de distância, Gabriel observava atento aquela cena.

Depois de muitos minutos de tortura, o diretor Gonçalves entrou na capela acompanhado do padre Josias, de Fatinha e do chefe dos inspetores masculinos, o que foi o suficiente para o local explodir em sussurros.

Os quatro se posicionaram atrás do púlpito. Nenhuma freira estava presente, o que deixava tudo mais tenso ainda.

— Bom dia — disse o padre, e Renata reparou que ele segurava a mensagem de Capitu; o estômago dela se revirou. — Como avisado, nós temos um assunto muito sério a tratar. Chegou ao nosso conhecimento que, ontem à noite, alguém sob o pseudônimo de "Capitu" espalhou mensagens por todos os dormitórios desse colégio.

Renata olhava fixamente para o padre, mas tudo ao redor dele estava embaçado, e os seus ouvidos eram preenchidos por um barulho de alta frequência. Tentava fingir que não havia reparado em Fatinha a observando atentamente, mas era difícil não agir de modo suspeito quando estava envolvida naquilo até o último fio de cabelo.

— Estamos analisando as imagens das câmeras de segurança dos dormitórios — continuou o padre, nada contente —, mas até que isso seja concluído, colocaremos funcionários nas copiadoras para analisar todo o material reproduzido.

Os alunos começaram a falar alto e a reclamar, mas tudo o que Renata conseguia pensar era *eles não sabem quem foi.*

O seu corpo flutuou de alívio.

— Queríamos também deixar bem claro que as acusações feitas na mensagem anônima são sérias e passíveis de expulsão, além de falsas e caluniosas — completou o diretor Gonçalves, olhando para todos e para ninguém ao mesmo tempo. — Nós nunca esconderíamos uma coisa dessas dos nossos alunos. Sempre fomos abertos e honestos na nossa comunicação, e não seria agora que agiríamos diferente. A Professora Trenetim pediu as contas e, por mais que saibamos que existem muitos alunos aqui que ficaram tristes com o ocorrido, não podemos fazer nada além de respeitar a decisão da professora. É injusto espalhar inverdades, injusto e extremamente condenável aos olhos de Deus.

— E se alguém aqui for comprometido com a verdade, souber quem anda espalhando essas inverdades e quiser se pronunciar, saiba que o seu nome ficará anônimo e nós seremos muito gratos — acrescentou o padre Josias com ênfase ao "muito gratos", quase como se quisesse deixar claro que o dedo-duro teria regalias.

— Agora podem prosseguir com as atividades de descanso e recreação — concluiu o diretor Gonçalves, descendo do palco.

Mentirosos. Renata sentia uma mistura esquisita de alívio e raiva enquanto o padre e a sua comitiva saíam da capela. *Malditos mentirosos!*

Apesar disso, Renata estava tão feliz por não ter sido descoberta que foi obrigada a deixar a raiva de lado. Sem contar que também estava feliz porque o plano tinha dado certo, e, agora, todos sabiam que a professora Trenetim havia sido injustamente demitida; apesar da tentativa dos representantes do colégio de colocar panos quentes, pelo que Renata pôde ouvir por ali, ninguém havia caído no papo do padre Josias e do diretor Gonçalves.

Ou pelo menos a dúvida tinha sido plantada.

Os alunos trancafiados naquele internato precisavam desesperadamente de alguma distração, algo para compartilhar e fofocar, e o mistério da Capitu tinha caído como uma luva.

Mais do que uma distração, eles ganharam uma causa pela qual lutar.

Depois da entrega da primeira mensagem anônima, Capitu virou o assunto do Colégio Interno Nossa Senhora da Misericórdia. Aos poucos, alguns alunos começaram a criar correntes de apoio à professora Trenetim, e os garotos do terceiro ano se empenharam em boicotar as insuportáveis aulas da irmã do padre Josias, fazendo coisas desde passar a aula inteira assoviando até entregar provas em branco.

Apesar do sucesso do plano, Guilherme não voltou a procurar Renata nas semanas que se sucederam, em um regime de silêncio ensurdecedor. Toda vez que ela olhava para ele, no refeitório ou na sala de aula, ele a encarava, às vezes até sorria, mas manteve uma distância gelada até o fim de fevereiro.

No começo, Renata achou que ele estivesse sendo babaca, mas reparou, pelo jeito que a procurava com os olhos e sorria discretamente, que não era isso. Ele estava esperando a poeira abaixar, evitando que fossem vistos juntos e levantassem suspeita, e a decisão não poderia ter sido mais sábia.

Mas ela estaria mentindo se dissesse que não esperava ansiosamente pelos próximos passos daquele plano secreto e pelos encontros noturnos com o garoto, cheios de adrenalina; sabia que era bom não se expor naquele momento, mas, ainda assim... tinha tanta coisa para conversar! Queria perguntar se eles poderiam envolver Lívia na investigação, e também queria continuar, de fato, investigando. Sabia que havia mais coisas por trás daquela história, considerando a última conversa que tivera com a professora Trenetim. Sem contar a tensão que sentiu entre a docente e a direção do colégio.

E eles precisavam cavar mais fundo se quisessem desenterrar toda a verdade.

Mesmo assim, Renata permaneceu calada, com medo de dar qualquer passo errado. E assim, carregando consigo um segredo que mais parecia um fardo, ela aguardou.

Aguardou até que fosse seguro continuar a investigação do caso Trenetim e enviar mais recados de Capitu.

Aguardou até que Guilherme a procurasse novamente.

36

No último dia de fevereiro, Renata foi acordada novamente no susto, braços e mãos amarrados, ordens sussurradas a sua volta, passos na grama, mordaça, balanço nos ombros de alguém. Dessa vez, porém, não sentiu medo.

A excitação borbulhando no seu estômago era mil vezes maior que o desconforto, e ela explodiu em mil erupções de felicidade assim que, retirado o saco da sua cabeça, pôde ver todos os membros do Conselho encapuzados, organizados em um semicírculo a sua volta.

Eles estavam na caverna, o lugar iluminado por velas e mais frio do que antes. Talvez fosse por causa do pijama indecente que usava, ou por ter sido tirada das cobertas no meio da madrugada. Mas não importava... Ela estava muito feliz!

Renata não achou que entrar para o Conselho fosse deixá-la tão animada. Por bastante tempo, inclusive, pensou que aquilo fosse só mais uma ferramenta da sua estratégia para desvendar o caso Trenetim, mas ali, prestes a fazer parte da instituição que abrigou tantas pessoas incríveis, não podia negar sua satisfação.

A herdeira nem teve tempo de cumprimentar os colegas de iniciação quando todas as velas se apagaram, só restando uma acesa nas mãos de um dos encapuzados. Renata apertou os olhos para enxergar melhor, o nariz coçando por causa da fumaça.

— Boa noite, novatos e novatas. — A voz aveludada e cafajeste de Gabriel era inconfundível. — Vocês estão aqui hoje para acompanhar a apuração das caças ao tesouro. Dos dez iniciados, oito foram aceitos no Conselho.

O coração de Renata batia desesperado.

— Vou chamar o nome dos aprovados, que devem seguir a vela acesa para se preparar para a cerimônia de iniciação. Aos reprovados, peço que saiam imediatamente da caverna — concluiu, entregando a vela a alguém à sua direita.

O recinto ficou silencioso por alguns instantes, um clima de tensão e mistério no ar.

— Aline Medeiros — começou Gabriel, e Renata sentiu a movimentação ao seu lado. — André Garcia. Bruno Temer.

Nome após nome, os novatos foram se levantando. Renata estava calma, sabia que seria a última, então ficou esperando para ver quem não tinha passado. Quando Gabriel pulou o nome de Lucas Diniz, ela pôde ouvir um fungo bem nítido a alguns metros. Depois, ele deixou de fora Mariana Medeiros e, após chamar Paula Kresler, disse com uma animação diferente de todos os outros nomes:

— E por último, mas não menos importante, Renata Vincenzo! — O presidente deu um passo à frente e estendeu a mão para a herdeira, que nem tinha reparado que já estava livre das cordas.

Ela se levantou com a ajuda do garoto, ficando perigosamente perto dele, ainda de mãos dadas. Depois, ele se afastou novamente, cruzando os braços enquanto um dos membros do Conselho escoltava os outros para fora da caverna.

Depois que ele retornou, o ritual prosseguiu.

— Estamos orgulhosos em dizer que vocês oito conseguiram — começou Amanda, a vice-presidente. — Vamos agora distribuir as suas braçadeiras.

Renata estava com um nó na garganta, realmente emocionada. Ela estendeu o braço logo que a vice-presidente a alcançou e se sentiu tomada por algo extremamente poderoso conforme o tecido deslizava. O pano estava frio, mas foi a sensação mais deliciosa que a herdeira já havia sentido: vitória pessoal, única e intransferível.

— Agora, repitam comigo. — Gabriel assumiu o ritual, pigarreando antes de continuar. — Nós, iniciados, prometemos honrar os valores do Conselho.

— Nós, iniciados, prometemos honrar os valores do Conselho. — As vozes preencheram a caverna.

— E colocar os nossos irmãos e irmãs acima de tudo. — O loiro se aproximou, e Renata percebeu que ele segurava um cálice na mão direita.

— E colocar os nossos irmãos e irmãs acima de tudo.

— Além disso, prometemos obedecer e respeitar os nossos superiores na linha hierárquica. — O cálice estava cada vez mais próximo, mas, concentrando-se em não errar, Renata repetiu.

— Além disso, prometemos obedecer e respeitar os nossos superiores na linha hierárquica.

— Nós, os iniciados... — Gabriel segurou o queixo de Renata, fazendo com que ela abrisse a boca. Os membros do Conselho faziam o mesmo com os outros iniciados.

O presidente estava bem próximo, uma distancia até desconfortável.

— Nós, os iniciados — ela repetiu, meio sem jeito, de boca aberta.

— Recebemos esse vinho... — O presidente levantou o cálice.

— Recebemos esse vinho...

— Como prova de irmandade, respeito e honra.

— Como prova de irmandade, respeito e honra.

— Para sempre.

— Para sempre.

— Isso vai incomodar um pouco, Loira — murmurou Gabriel em seu ouvido, antes de derramar o conteúdo do cálice na cabeça da herdeira.

O vinho se espalhou por todo o corpo dela, gelado e pegajoso. Primeiro, espalhou-se pelo couro cabeludo, pingando nos ombros e percorrendo a curva dos seus seios, depois escorrendo pelas mãos, joelhos e pés. E, durante alguns minutos, Renata permaneceu em silêncio, a boca aberta, os olhos bem apertados.

— Já acabou — disse o presidente do Conselho, rindo. Renata abriu os olhos e encontrou a caverna iluminada por tochas e os outros membros batendo palmas e sorrindo para os novatos. — Sejam muito bem-vindos ao Conselho, iniciados!

Animada, a herdeira cumprimentou os colegas iniciados, e, em seguida, membro por membro do Conselho, sentindo o vinho escorrer pela pele e causar calafrios. Mesmo assim, aguentou firme e, ao final, Gabriel permitiu que todos se cobrissem com as toalhas disponíveis.

Estavam muito entusiasmados, e Paula Kresler agia como se ela e Renata fossem se tornar novas melhores amigas. Os membros mais antigos diziam que eles iriam se divertir demais naquele ano, e era tudo muito intenso.

Intenso e recompensador.

Depois que todo o ritual terminou, eles ainda ficaram um pouco na caverna, conversando e rindo. Mas logo Amanda avisou que estava tarde e que era hora de ir embora. Então, junto a Gabriel, ela coordenou as saídas para que nenhum dos membros fosse pego pelos inspetores. No fim de tudo, sobraram Gabriel, Amanda e Renata.

— Vai você na frente, Amanda. — Gabriel segurava o celular, esperando que o último membro a sair avisasse que o perímetro estava limpo. — Eu tenho algumas coisas para falar com Renata.

Renata foi pega de surpresa. Amanda apenas ergueu uma das sobrancelhas, ficando com mais cara de fuinha ainda.

— Como vocês vão sair daqui depois?

— Saindo. — Gabriel estreitou os olhos. — Você nos permite?

A vice-presidente deu de ombros, um pouco ofendida por estar sendo retirada de uma conversa entre membros do Conselho, mas não teve tempo de falar nada, já que a voz metálica de um dos garotos avisou pelo viva-voz do celular que a barra estava limpa.

— Até amanhã, então — disse Amanda, saindo sem olhar para trás.

Renata, sentada no banco de pedras, tentava limpar o vinho entre os seios e agia como se não estivesse intimidada por estar ali sozinha com Gabriel.

— Eu trouxe roupas limpas para você — disse ele, jogando uma muda de roupas na herdeira e afastando-se. — Te espero lá fora.

Renata ficou olhando embasbacada.

O que estava acontecendo?

37

Renata esperou Gabriel sair da caverna para colocar a roupa limpa: uma saia jeans e uma regata qualquer — pareciam roupas que Mirella usaria, mas ela não estava na posição de reclamar, com o pijama inteiro manchado de vinho. Depois, fez um coque com o cabelo melado, terminou de se limpar e saiu.

Gabriel estava encostado em uma árvore, acendendo e apagando um isqueiro.

— Você fuma?

— Só quando estou bêbado — respondeu ele, guardando o isqueiro no bolso e virando-se para analisar Renata. — Bem melhor. Vamos?

— Vamos aonde?

— Vamos lá, Loira. Só me segue.

Renata seguiu Gabriel com a cabeça no mundo da lua, sem nem reparar que os dois haviam saído de uma trilha e entrado em outra. Quando deu por si, não tinha a menor ideia de onde estava.

— Gabriel, para onde você está me levando?

— Só mais dois minutos — respondeu ele, afastando os galhos do caminho.

Renata queria virar as costas e ir embora, mas tinha medo de se perder. Por outro lado, Gabriel não estava passando lá muita segurança.

Os dois enfim chegaram a uma clareira, com uma toalha de piquenique estendida no chão, velas em copos de vidro e uma cesta semiaberta revelando um vinho.

— Pensei que talvez pudéssemos conversar e comer — explicou Gabriel, revelando uma timidez que não condizia com a sua personalidade.

— Comer vinho?

— E precisamos de mais o quê? — O presidente do Conselho riu e se sentou no chão. — Só quero conversar. Numa boa. Eu juro.

E foi assim que Renata acabou sentada com Gabriel, os olhos dos dois iluminados pela luz da lua e das velas. Inicialmente, eles ficaram em silêncio, Gabriel abrindo a garrafa e Renata sem saber o que fazer com as próprias mãos, achando tudo aquilo muito esquisito.

— Por que essa cara? — perguntou Gabriel, despejando um pouco de vinho nas taças de plástico. — Um cara não pode ser legal com uma garota?

— Não sem segundas intenções — retrucou ela, recebendo a taça de vinho e tomando um gole. — Não sem querer alguma coisa em troca.

— Eu só queria te parabenizar. Achei que você não conseguiria, e, bom, você me provou o contrário.

— Eu tenho muitos defeitos, Gabriel, e um deles é ser cabeça dura demais. Então, quando coloco alguma coisa na minha cabeça, vou até o fim.

Gabriel sorriu, dando um longo gole no vinho, e Renata resolveu fazer o mesmo. Os dois engoliram em silêncio, degustando, olhando um para o outro e rindo de tempos em tempos. Gabriel acabou primeiro, mas Renata terminou logo depois, colocando o copo na toalha.

— Muito bom — admitiu ela. — Agora pode me dizer por que quer me embebedar?

— Engraçadinha. — Gabriel deitou ao lado dela, o rosto bem perto de sua coxa. — Eu amo São Paulo. Amo o barulho, a movimentação, a loucura... mas não posso negar que o internato tem o céu mais bonito que já vi.

Curiosa, Renata olhou para cima e, meio alterada pelo vinho, acabou perdendo o equilíbrio e batendo com a cabeça na grama. Eles riram, então ela se ajeitou para ficar deitada na altura de Gabriel.

— É bonito mesmo.

As estrelas brilhavam como ela nunca tinha visto antes, todas juntas em uma aquarela psicodélica.

— À primeira vista, as coisas têm uma beleza inesquecível — respondeu ele, parecendo já ter pensado naquelas palavras antes. — Quando te vi pela primeira vez, fiquei embasbacado.

Renata ficou quieta, sem saber o que responder.

E Mirella?, era tudo o que ela conseguia pensar.

— Pensei que você e a Mirella estivessem namorando.

— Só porque estou com uma garota não significa que não posso reparar na beleza de outra — rebateu Gabriel, dando de ombros.

Renata riu.

— É por essas e outras que as pessoas falam que você é um babaca, sabia? — soltou ela.

— As pessoas falam demais, Loira. — Gabriel não se deixou abalar.

Ela não sabia se aquilo era um jogo, se Gabriel estava tentando alguma coisa, ou se era apenas um elogio sincero.

— Falam mesmo — respondeu, decidindo abrandar o tom. Não sabia qual era a dele, mas estava disposta a dar uma chance: afinal, se ela mesma queria uma chance de provar que não era uma escrota, por que não dar o benefício da dúvida aos outros? — Falam muito de mim também. Nem sempre sou uma pessoa muito legal, e isso gera comentários...

— Eu já tinha reparado, Loira. — Gabriel se espreguiçou. — Por isso mesmo gosto tanto de você. Somos farinha do mesmo saco.

Renata riu, abrindo os olhos e observando a lua, imensa e amarelada, flutuando preguiçosa no céu negro.

— O que rola entre você e a Mirella? E entre você e o Guilherme? — arriscou.

Gabriel ficou algum tempo em silêncio, e Renata pensou que ele fosse mudar de assunto, ou apenas não responder nada. Mas ele começou a falar:

— Nós três éramos muito amigos no ensino fundamental. Mas depois os hormônios entraram na equação.

— Deixa eu adivinhar: você e o Guilherme queriam a Mirella e começaram uma guerra fria para saber quem ficaria com ela?

— Exatamente. Onde Mirella estivesse, nós estávamos também, apesar de ele nunca admitir que queria ficar com ela.

— E ela?

— Ela provavelmente estava adorando a atenção dos dois imbecis. — O presidente do Conselho riu com bastante amargura na voz. — Até hoje eu não tenho certeza de nada. Não sei se ela e Guilherme tiveram alguma coisa, nem se o nosso relacionamento algum dia vai acalmar. Mas sei que sou apaixonado por ela, e isso deveria bastar.

A herdeira ficou em silêncio, digerindo toda a informação junto com o vinho. Guilherme dizia que Gabriel era louco, mas o bolsista parecia ter alguma relação com Mirella. A garota, por sua vez, vivia em uma montanha-russa de sentimentos, oscilando entre alegre, agressiva e depressiva, chorando pelos cantos. E então ali estava Gabriel admitindo que havia, sim, rivalidade entre eles por causa de Mirella.

Renata não sabia no que acreditar.

Gabriel podia ser mesmo louco. Ou só um cara apaixonado, e quem era Renata para julgar? Ela não estava naquele internato justamente por ter seguido o coração?

A herdeira virou-se para o lado e deu de cara com Gabriel olhando para ela de uma maneira esquisita. Eles ficaram a poucos centímetros de distância um do outro.

— Só que eu estou começando a achar que talvez seja possível estar apaixonado por duas garotas ao mesmo tempo — disse ele, olhando para a boca entreaberta de Renata.

Eles não disseram mais nada. As coisas aconteceram com uma naturalidade assustadora. Aos poucos, os narizes dos dois se tocaram, os dedos quentes dele percorreram o pescoço dela devagar, as mãos dela seguraram a barra da camiseta dele com carinho, e eles se provocaram com os lábios antes de se beijarem.

Mas não durou quase nada. Mesmo que Renata amasse a sensação daqueles lábios, sabia que não podia se envolver com mais um cara problemático. Com mais um que não a colocaria em primeiro lugar. Por isso, sem dar brecha para que o beijo ficasse mais intenso, ela se afastou.

— Me desculpe, Gabriel, mas não posso ser a segunda opção de mais ninguém.

Renata se levantou e ajeitou as roupas; precisava muito de um banho quente.

Gabriel se sentou na toalha do piquenique, visivelmente contrariado.

— Eu e a Mirella não temos nada sério, Renata.

— Ela sabe disso? — perguntou a loira, um sorriso triste nos lábios.

Renata deu uma volta, tentando se localizar.

— É só seguir aquela trilha. — Gabriel suspirou, resignado, apontando para uma das três que levavam à clareira. — Você vai chegar na lavanderia, depois é só seguir reto até o refeitório.

Renata ainda ficou tentada a voltar para a toalha de piquenique e passar a noite com Gabriel, mas, pela primeira vez em muito tempo, decidiu dar uma chance a sua razão e não ouvir a impulsividade latente.

— Obrigada por entender — murmurou ela.

— Isso não quer dizer que eu desisti, Renata Vincenzo! — Gabriel berrou, conforme Renata se afastava. — Só quer dizer que preciso investir mais!

38

O *primeiro* fim de semana de março chegou no internato com um clima abafado e muitas preocupações com as provas de abril. A biblioteca nunca esteve tão cheia, assim como as salas dos professores para os plantões de dúvidas. Renata queria estar tão preocupada com física, português ou biologia quanto o restante dos alunos, mas a ausência de Guilherme, as investidas de Gabriel e a sua quase obsessão pelo caso Trenetim eram bem mais importantes do que algumas provinhas naquele momento; ela se pegava virando madrugadas com o exemplar de *Capitães da Areia*, pensando em alguma maneira de fazer justiça, procurando em suas páginas algum conselho da antiga professora. Mesmo assim, Renata e Lívia faziam o trajeto salas de aula/biblioteca, biblioteca/ salas de aula mais do que gostariam.

Além disso, uma semana havia se passado desde a iniciação no Conselho, e Renata não havia mais ouvido falar do grupo. Começava a ficar impaciente pela primeira reunião como membro: havia passado por tudo aquilo para nada? Será que Gabriel tinha ficado ofendido e tirado ela das reuniões?

Renata pensava justamente nisso enquanto caminhava com Lívia até a biblioteca para a última sessão de estudos do dia quando Amanda as alcançou. Levava uma pasta embaixo do braço, provavelmente por estar também estudando para as provas, e não se deu ao trabalho de cumprimentá-las. Apenas tocou no ombro de Renata e disse:

— Reunião hoje às dez. Não se esqueça da braçadeira e não seja pega.

— Beleza.

— Uau! Sinto até como se fosse amiga de uma espiã do FBI! — disse Lívia, rindo, depois que Amanda se afastou.

— E você achando que eu era só mais uma riquinha mimada, não é mesmo?

— Continuo achando, Barbie. Continuo achando.

Depois de duas horas com a cara enfiada no livro de biologia, Renata decidiu que já estava de bom tamanho e voltou ao dormitório para se arrumar. Às dez em ponto, estava parada na frente da abertura da caverna usando a braçadeira bordada com o "C". Estava com as mãos geladas e não sabia o porquê de tanto nervosismo, mas não conseguia deixar de sentir aqueles pequenos espasmos no corpo, que vinham e iam de maneira irritante. Talvez fosse medo de não saber lidar com Gabriel depois do beijo ou de se frustrar com o Conselho.

Ela não teve muito tempo para se preparar, já que os outros membros chegaram instantes depois, descontraídos. Gabriel vinha na frente, como um messias juvenil. Era até engraçado como os outros o olhavam com tanta admiração, quando Renata só via um garoto mimado e um pouco perdido.

— Olha só quem foi a primeira a chegar! — comentou ele. Era o bom e velho Gabriel Matarazzo, como se o piquenique nunca tivesse existido. — Gostei de ver, novata!

Renata sorriu, cumprimentando os outros.

— Bom, então vamos começar. — Ele sorriu, apontando para a entrada da caverna.

Renata foi a primeira a entrar, em uma escolha estúpida, já que ela não conhecia o caminho e não estava vendo nada. Felizmente, Gabriel passou a sua frente, mas não sem segurá-la pela cintura para abrir passagem. Ela sentiu a pele formigar, mas se esforçou para ignorar aquela sensação.

Assim que todos chegaram no amplo vão de pedra, sentaram-se em círculo no chão, enquanto Gabriel e Amanda iluminavam o local. Em apenas alguns minutos, estava tudo iluminado por tochas e lotado, apesar de serem um grupo de no máximo vinte pessoas.

— Ótimo, estamos todos aqui, ninguém foi pego — começou Gabriel, recebido por algumas risadas. — Bom, nessa primeira reunião temos assuntos urgentes a tratar, que já foram adiados demais.

Renata prendeu a respiração: o que poderia ser tão importante assim? Será que eles também estavam interessados em investigar a demissão da professora Trenetim?

— A Festa da Semana Santa! — Gabriel pegou um bloco de notas e passou de mão em mão pela roda.

Renata ficou um pouco decepcionada em saber que eram só preparativos de uma festa qualquer, nada que ela nunca tivesse feito na antiga escola em uma sala confortável. Precisava mesmo de uma caverna para resolver aquilo?

— Acho que vocês conseguem ter uma visão geral das tarefas que separamos. Nada muito complicado para os iniciantes, já que a logística fica por minha conta e da Amanda.

Renata leu o seu nome ao lado de "playlist e som" no papel e ergueu a sobrancelha.

— Eu vou organizar a playlist da festa. É... isso?

— Não se preocupe, no final do ano você vai ajudar em coisas maiores, nós sempre damos mais festas no segundo semestre. — Amanda respondeu por Gabriel, amassando a ponta da folha que segurava. Ela também não parecia muito feliz. — Os novatos nunca pegam nada muito complicado, ainda estão aprendendo como funcionamos...

— Sim, tudo bem, eu entendo — continuou Renata, tentando organizar em palavras o que estava sentindo naquele momento, o que foi quase impossível. Ela esperava muito mais do Conselho! — Mas nós nos reunimos aqui para organizar festas? Não tem nada mais... hm... não sei, mais grandioso? Interessante, sei lá.

Os membros do Conselho observaram a novata, que tinha as bochechas vermelhas por ter falado demais e o coração disparado no peito. Ela havia passado por tudo aquilo para participar de mais um clube de riquinhos que só pensava em festas? E todo aquele papo de elite pensante, de gente que fazia a diferença, de pessoas famosas e influentes que passavam pelo Conselho? Sério que tinham se enfiado naquela caverna no meio da noite para discutir qual a melhor marca de cerveja para a próxima festa clandestina do colégio? Como aquele grupo poderia ajudar na busca pela verdade no caso Trenetim?

Renata pensou que tinha evoluído, que ia se afastar de vez daquela garota fútil que fora um dia, mas parecia que havia voltado algumas casas.

Não era possível.

Tinha que ter algo a mais.

— Calma lá, Che Guevara. — Foi Gabriel quem quebrou o climão, fazendo todo mundo rir. — Tudo no seu tempo. Hoje, organizamos festas; amanhã, conquistamos o mundo!

— A professora Trenetim foi demitida, aparentemente sem motivo, e nós estamos aqui decidindo detalhes de uma festa? — questionou Renata, perdendo a paciência.

A herdeira arrependeu-se tão logo as palavras saíram da sua boca. Claro que todos haviam recebido a mensagem de Capitu, mas por que ela abordaria aquilo na primeira reunião do Conselho? Só faltou escrever "Capitu" na própria testa.

A caverna inteira ficou em silêncio, observando a novata do Conselho agitada, olhando para cada um deles em súplica.

— Então temos uma seguidora da Capitu — debochou Gabriel, tentando parecer calmo, mas com um fundo de irritação pelo desafio de autoridade. — Não sabia que você era assim tão fã de teorias da conspiração.

— Mas faz um pouco de sentindo, né? É bem grave demitir alguém para colocar a irmã no lugar — disse Paula Kresler, desviando o olhar quando Gabriel se virou para ela.

As pessoas ali tinham medo dele?

— Bom, foi uma pena mesmo o que aconteceu, muitos alunos gostavam dela — comentou Gabriel, dando a entender que não era um desses alunos. — Só que isso é assunto da administração do colégio. Não podemos fazer nada.

Os membros do Conselho ficaram em silêncio, e Renata sentiu uma súbita vontade de esmurrar o rosto cínico dele.

— Como não podemos fazer nada? Nós *precisamos* fazer alguma coisa! — Ela não se continha. — Não podemos deixar que uma injustiça dessas aconteça. Não é para isso que existe o Conselho?

— O que você quer que a gente faça? — perguntou um dos garotos do segundo ano, desafiador. — Saia por aí quebrando tudo e pedindo que a professora seja readmitida? Eu sempre ouvi falar que ela era uma megera.

Os murmúrios começaram pela caverna, potencializados pelo eco, e Renata pensou que fosse passar mal. Ela não podia acreditar no que estava ouvindo. Um grupo com as mentes teoricamente mais brilhantes de um colégio de elite não poderia ter aquele nível de debate, de desinteresse. Ela estava decepcionada, para dizer o mínimo.

— Bom, Renata, obrigada pela sugestão — disse Gabriel, bem alto, recuperando a atenção dos alunos. — Vou tentar descobrir mais a respeito da demissão da professora. Enquanto isso, Jaqueline, como vão as negociações do equipamento de luz?

Renata não prestou atenção em mais nada depois daquilo.

Estava entretida demais com a própria decepção.

39

A missa do segundo domingo de março foi mais chata e comprida do que o normal, como se o padre Josias quisesse punir todos os alunos pela Capitu. Mesmo assim, Renata permaneceu firme e forte, acreditando que, na cabeça dela, qualquer sinal de irritação e tédio poderia dedurá-la. Ela observava empolgada todos os detalhes da capela, as imagens dos santos, a madeira antiga, os vitrais, os toques em dourado... Tudo aquilo com a voz do padre como som de fundo.

Quando a missa finalmente acabou, ela se levantou com dignidade e saiu.

Lá fora, com o sol incomodando os seus olhos, procurou por Lívia para voltarem juntas ao dormitório e tirarem um cochilo, mas alguém puxou o seu braço. Crente de que era a sua melhor amiga, e no fundo desejando que fosse Guilherme, ela se virou com um sorriso no rosto e deu de cara com Gabriel.

— Pois não? — disse, erguendo a sobrancelha.

— Precisamos conversar — explicou ele. Quando Renata ia abrir a boca para falar, completou: — Aqui não.

Gabriel começou a se afastar, e, consumida pela curiosidade, Renata o seguiu. Em silêncio, os dois se aproximavam mais e mais da sede do Conselho e só pararam na entrada da caverna.

— Pode me dizer o que está acontecendo agora?

— Só vou perguntar uma vez, e vou confiar na sua palavra — disse Gabriel, passando a mão pelo cabelo, ansioso. — Foi você quem enviou aquela mensagem anônima? Você é a Capitu?

Aquela pergunta pegou Renata desprevenida. O Conselho havia ignorado o seu pedido de ajuda, então por que Gabriel se importava? Ele não tinha direito de questionar qualquer coisa. A herdeira respirou fundo e respondeu, curta e grossa:

— Não.

Ele continuou encarando Renata por alguns segundos, como se esperasse que ela fosse voltar atrás e assumir, mas, quando ela não o fez, ele suspirou, derrotado.

— Então acho que é seguro te contar o que eu descobri, mas você não pode contar para absolutamente ninguém porque ainda não tenho a informação completa.

— Descobriu o quê? Sobre o quê?

— A professora Trenetim está acusando o internato de alguma coisa. — Gabriel se aproximou de Renata, empolgado. — Eu liguei para a casa dela fingindo que era da direção do colégio, e um homem atendeu, acho que o filho dela, e começou a berrar que a gente tinha destruído a vida dela e que era para eu nunca mais telefonar. Disse também que as acusações não seriam retiradas. Antes que eu pudesse falar alguma merda, desliguei o telefone.

A mente de Renata disparou. Então ela estava certa! Havia um problema maior do que nepotismo no caso Trenetim. A professora estava mesmo incomodando a direção.

Mas como?

— Isso muda tudo... — murmurou ela, mais para si mesma do que para Gabriel.

— Tudo o quê?

Ele não pode saber, ela pensou, porque uma coisa era Gabriel descobrir que ela estava envolvida na história da Capitu, outra coisa era ele saber do envolvimento de Guilherme. Bastava um dedo duro para acabar com a vida do bolsista. Então mudou de assunto na mesma hora, tentando encobrir a falha:

— Se você ia me ajudar, por que não me apoiou quando eu levantei o assunto na reunião?

Gabriel fez uma careta de impaciência.

— Eu disse que ia pesquisar, não disse?

— Sim, enquanto debochava da minha cara! — Renata estreitou os olhos, toda a raiva daquele momento voltando à tona.

— O que você quer de mim, Renata? — Gabriel abandonou a pose de bom moço. — Me despreza num dia e quer o meu apoio no outro?

— Eu quero que você saiba separar o que a gente tem dos assuntos do Conselho! — Renata se irritou: não podia acreditar que ele estava sendo um péssimo presidente por não saber lidar com rejeição.

— A gente tem alguma coisa? — perguntou, baixinho, enquanto se aproximava. — O que a gente tem, Loira?

Renata respirou fundo. Claro que ele se apegaria àquele modo de falar.

— Somos amigos, Gabriel — respondeu ela, com honestidade, colocando a mão no pescoço do garoto de um jeito carinhoso. — Não posso ser a sua distração, sua fuga da realidade, muito menos a substituta da Mirella. Somos apenas amigos, ok?

— Eu te ajudo e é assim que você me agradece.

— Me ajuda como? Estou querendo descobrir o que aconteceu com a professora Trenetim, isso não tem nada a ver comigo! Mas obrigada pela informação. O que mais você quer?

— Você é muito egoísta mesmo... Eu nunca devia ter confiado em você... — Ele se afastou sem se despedir e deixou Renata imensamente confusa com aquela reação exagerada.

Ela voltou sozinha para os dormitórios depois daquela conversa bizarra e não encontrou Lívia em lugar nenhum pelo caminho. Ligou para as babás para se distrair, e falaram sobre bobeiras e sobre o andamento das coisas em casa — os pais não haviam ligado desde que se despediram de Renata na porta do colégio, ela só sabia que eles ainda estavam vivos por causa de dona Ivone e dona Neide.

Depois que desligou, foi ao banheiro do andar. Ao lavar as mãos, ficou se olhando no espelho, sob a forte luz do dia; observou o rosto oval, os olhos claros e o cabelo loiro alisado. No internato não sobrava muito tempo para se arrumar, e ela estava gostando da aparência natural que havia adotado; a única vaidade que ainda se permitia era a chapinha toda vez que lavava os cabelos, mas até isso começava a encher o saco.

Renata jogou água gelada no rosto e esfregou a pele macia. Não percebeu que outra pessoa havia entrado e levou um susto ao ver Mirella pelo espelho.

— Puta merda, Mirella, que susto!

Ela pensou que a garota ia rir ou dizer algo maldoso, mas ela só foi até uma das pias lavar o rosto — mais uma vez, estava com a cara vermelha, como se tivesse chorado.

— Mirella, você está...

— Eu estou legal, ok? Pare de perguntar isso, não preciso que sinta pena de mim.

— Já é a terceira vez que te vejo assim — sussurrou Renata, com medo de que mais alguém estivesse no banheiro. — Você está com problemas em casa?

— Mesmo se eu estivesse, não seria para *você* que eu contaria — resmungou Mirella, secando o rosto. — Me deixa em paz.

— Mas você...

Mirella então se virou para Renata, piscando algumas vezes.

— Eu sei o que você e o Gabriel andam fazendo — murmurou ela, os olhos parecendo duas bolas de gude, a intenção clara de mudar de assunto.

— Não estamos fazendo nada. — Renata foi sincera, porque não tinha a menor intenção de ficar com aquele garoto.

— Eu sei como ele pode ser charmoso, Renata, estou com ele desde o nono ano. O Gabriel pode ter todos esses casinhos, mas sempre volta para mim no fim do dia. Pode falar a verdade, eu aguento — murmurou ela, com raiva. Mas então foi como se tivesse tomado um banho de compaixão, porque adicionou logo em seguida, sem um pingo de ironia ou maldade na voz, apenas um pouco de... tristeza: — Você não sabe onde está se metendo.

E então saiu do banheiro, sem dizer uma palavra sequer.

40

Conforme o verão se transformava em primavera, os dias de Renata eram tomados por aulas, reforços de matemática e física indicados pelos professores, acompanhamento com a psicóloga do colégio para testes vocacionais e atividades extracurriculares, como as reuniões do Conselho e partidas de War com Lívia e as amigas dela. Fora o caso Trenetim e os dramas juvenis, claro.

A antiga professora de literatura ficaria orgulhosa com seu avanço, mesmo que as suas atividades extracurriculares fossem, em sua maioria, ilícitas.

Depois da conversa que tiveram no banheiro, Mirella parecia constrangida, nem sequer olhava mais na cara da herdeira. Renata havia contado para Lívia sobre o piquenique com Gabriel e o que tinha acontecido no banheiro, e a amiga disse que Mirella já havia ameaçado garotas que se aproximavam de Gabriel antes.

Renata tentou durante dias contar para Guilherme sobre a descoberta de Gabriel, mas o garoto parecia evaporar sempre que ela via uma chance de abordá-lo sozinho. Então, foi obrigada a começar a sua própria investigação particular para averiguar a veracidade da informação, mas não obteve nenhuma resposta conclusiva. Tentou encontrar o telefone da professora Trenetim e nada. Em uma madrugada de insônia, vasculhou novamente a sala do diretor Gonçalves, mas não encontrou nenhum vestígio de qualquer acusação por parte da docente.

Foi durante um almoço qualquer que Guilherme resolveu romper o silêncio. Renata estava ao lado das máquinas de refresco do refeitório, enchendo o copo com o famoso suco sabor amarelo, quando ele resolveu aparecer.

— Suco sabor amarelo? Sempre pensei que você fosse do tipo suco sabor roxo.

— Não tenho preconceitos, gosto de todas as cores — respondeu ela, tirando o dedo do botão e olhando para ele. — Guilherme, será que a gente poderia...

— Sim — interrompeu ele, soltando o botão da máquina ao lado e dando um gole no suco. — Vamos nos encontrar hoje à meia-noite na fonte dos dormitórios.

— Beleza. Então nos vemos lá.

Guilherme se afastou com seu passo despojado de sempre e sentou-se com os amigos como se nada tivesse acontecido.

Naquela noite, Renata esperou Lívia dormir para sair do quarto — não queria preocupar a amiga, muito menos dar brecha para que ela começasse a questionar aquelas jornadas noturnas. Por conta disso, chegou alguns minutos atrasada, encontrando Guilherme sentado na fonte com um capuz na cabeça.

— Foi mal. Tive que esperar a Lívia dormir.

— Tudo bem — respondeu ele, levantando-se e olhando para cima, buscando a mira das câmeras de vigilância. — Vamos, não podemos ficar aqui por muito tempo, as câmeras novas mudam de posição.

— Câmeras novas?

— Acho que incomodamos a direção mais do que pensávamos, princesa. Principalmente porque eles não conseguiram nos pegar.

Os dois seguiram rumo ao prédio administrativo lado a lado, os ombros se encostando algumas vezes; Renata tinha muito para falar, mas não ousou abrir a boca, pelo menos não até que eles estivessem em um local seguro. Quando chegaram no prédio de tijolos, em vez de entrarem pela frente, o garoto a guiou por outro caminho, por uma entrada lateral escondida que dava acesso aos fundos da capela.

— Não podemos mais usar a copiadora, eles instalaram câmeras lá também — explicou ele, abrindo a porta para Renata. — Por isso demorei tanto para te procurar, precisei mapear todas essas mudanças para não sermos pegos. Ainda bem que sou um gênio da espionagem e descobri esse pequeno escritório do padre Josias.

A sala estava mais para um cubículo escuro com cheiro de mofo e produtos de limpeza. Havia uma mesa de madeira velha em uma das quinas com um computador mais velho ainda, pilhas de documentos em um arquivador de metal enferrujado e uma impressora tão antiga que Renata nunca tinha visto na vida.

— Que bom que você é bem modesto também — respondeu ela, enquanto o garoto fechava a porta e acendia a luz precária do cômodo sem janelas.

Aquele parecia um local específico para atividades proibidas.

— O padre Josias fica por aqui alguns dias da semana, fazendo sabe-se lá o que, mas de noite não é vigiado — continuou ele, ignorando o comentário de Renata. — Temos que ser discretos, porque a outra porta dá para a capela e tem umas freiras montando guarda por lá.

— Eles estão explorando até as freiras agora?! — exclamou Renata.

— Não é como se a igreja católica fosse referência em tratamento humanizado para mulheres, não é mesmo?

Renata observou a outra porta antiga do cubículo. Imaginou se as freiras não estariam de orelhas grudadas do outro lado, ouvindo tudo.

— Eu tenho uma novidade. — Ela lembrou subitamente, voltando-se para o garoto, que já ligava o computador velho. — A professora Trenetim não foi demitida só para que a irmã do padre Josias assumisse. Ela estava acusando o colégio.

— Acusando o colégio de quê? — Guilherme parou o que estava fazendo para olhar para Renata, que se apoiou na parede.

233

— Eu não sei, mas o Gabriel ligou para a casa dela como se fosse um funcionário daqui e o filho dela atendeu, falando pra deixarem ela em paz e dizendo que não iam retirar as queixas.

Guilherme ficou parado, curvado sobre o computador, estreitando os olhos. Quando ele finalmente disse alguma coisa, não foi o que Renata esperava ouvir.

— O Gabriel? Você envolveu ele nisso?

— Sério que essa foi a única informação em que você prestou atenção de tudo o que eu disse?

— Responde, Renata. — Guilherme se empertigou.

— Eu não envolvi ele em nada. — Ela entrou na defensiva. — Eu levei o assunto para o Conselho como quem não quer nada, e mesmo que eles não estivessem lá muito interessados em coisas além de organizar festas estúpidas, o Gabriel prometeu que ia investigar isso para mim e me trouxe essa notícia há alguns dias. Eu disse para você que estava entrando no Conselho para utilizar a influência deles, não disse? Pois foi isso que eu fiz!

— O Gabriel sabe que nós enviamos as mensagens? — O garoto se levantou e chegou tão perto de Renata que deu para sentir o seu perfume cítrico. — Ele sabe que estou envolvido nisso?

— Ele me perguntou se eu era a Capitu, mas eu neguei. Ele não sabe de nada. O que foi? Ele está nos ajudando, foi uma peça importante para esse quebra-cabeça que a gente não conseguiu descobrir sozinho!

— Eu não quero ele metido nisso — disse ele, ríspido. — Você sabe que a corda tá no nosso pescoço aqui, não sabe? Você deve ser muito ingênua para confiar em um cara que nem o Gabriel. Eu nem sei o que ele seria capaz de fazer se soubesse que estou por trás disso!

— Ele não sabe de nada, nem vai saber! — gritou Renata, tapando a própria boca. — Não sou eu quem sou ingênua de confiar nele, você é que não confia em mim.

— Eu teria te pedido para me ajudar se não confiasse em você?

— Não sei, você não me conta nada! A gente se encontra, discute o caso, tem alguma boa ideia e coloca em prática, então você desaparece, não fala mais comigo, me ignora... Como espera que eu me sinta? — Renata não queria que aquilo parecesse uma DR, mas estava parecendo. — Claro que eu tentei dar o meu jeito de continuar com a investigação, você não foi o único afetado pela demissão da professora! Eu também quero saber a verdade!

— Renata, você não entende. Quando eu digo que o Gabriel é doido, não estou falando da boca para fora.

— Eu sei que ele não é flor que se cheire e que consegue ser muito babaca quando quer, mas parece que ele não tem problema comigo e decidiu colaborar — retrucou ela, optando por não mencionar o chilique que Gabriel deu na última conversa deles.

— Ele só quer te pegar, Renata, é só por isso que se faz de bonzinho. — Guilherme revirou os olhos. — Não é possível que você não esteja vendo isso!

— Como você pode ter tanta certeza disso?

— Eu conheço ele! Por isso!

— E por que isso te incomoda tanto? E daí se ele estiver tentando me pegar? — Renata se aproximou, irritada. — Tá com ciúme, por acaso?

Quando Guilherme ia responder, a porta foi aberta de repente.

Em um primeiro momento, Renata e Guilherme não conseguiram distinguir quem era, a neblina do lado de fora envolvia a figura de maneira fantasmagórica. Mas quando os olhos dos dois se ajustaram, encontraram Lívia parada no batente, com as mãos na cintura e expressão de triunfo no rosto.

— Lívia? O que você está fazendo aqui? — perguntou Renata, incrédula.

— Eu que te pergunto, Barbie! — Lívia entrou e fechou a porta. — Se vocês querem um lugar mais tranquilo para se pegar, eu posso indicar...

— Não estamos nos pegando — resmungou Renata, afastando-se de Guilherme.

— Como você chegou até aqui? — perguntou o bolsista, também dando alguns passos para trás.

— Eu segui a dona Barbie, que quase desmontou o quarto inteiro para trocar de roupa. Ela não é muito discreta, sabe?

— Sei... — respondeu Guilherme.

— Mas e aí? Qual é a boa? — Lívia se sentou na única cadeira do cômodo, olhando ao redor.

Guilherme e Renata se entreolharam, esquecendo completamente a briga. Pelo olhar, a herdeira perguntou se eles confiariam em Lívia, e ele concordou lentamente com a cabeça.

— Você quer mesmo saber? É uma longa história — disse Guilherme.

— Eu tenho a noite inteira para ouvir — respondeu Lívia, sorrindo.

41

— ... *e tem* essa casa mal-assombrada, que meio que suga a alma das pessoas lá para dentro. E são cinco irmãos, cada um representa um estágio do luto, e também tem...

Renata resolvia exercícios de química e ouvia Lívia tagarelar sobre a série a que havia assistido na noite anterior; ela já havia terminado o trabalho e parecia não se importar com o fato de a herdeira ser terrível naquela matéria.

A herdeira tinha a noção de que, atrás dela, Guilherme estava com a cabeça encostada na parede, com cara de sono e o lápis entre os dedos, resolvendo os mesmos exercícios que ela. No centro da sala, Gabriel conversava com os seus eternos seguidores, que riam de tempos em tempos, mesmo que o professor tivesse deixado bem claro que aqueles exercícios valeriam nota — o presidente do Conselho era do tipo de pessoa que não se importava nem um pouco com a sua conduta estudantil. Do outro lado, Mirella olhava para a janela, a postura tensa, o olhar perdido.

Foi quando Renata conseguiu acabar o penúltimo exercício sobre balanceamento que o diretor Gonçalves entrou na sala, acompanhado do professor de química, que os havia deixado ali para "resolver alguns problemas na direção", mesmo que todos soubessem que aquelas escapadas eram para fumar e dar em cima da nova enfermeira.

— Bom dia, meninos — disse o diretor.

Ele, que normalmente tinha um olhar alegre forjado, estava cheio de olheiras e com um aspecto incomodado.

— E meninas — murmurou Lívia, mas só Renata ouviu.

— Bom dia, diretor Gonçalves — responderam em uníssono os alunos, ajeitando-se nas carteiras e parando de fazer qualquer coisa de errado que estivessem fazendo.

— Estou aqui mais uma vez com a péssima notícia de que ontem à noite os ataques de uma tal de "Capitu" voltaram a acontecer, dessa vez com acusações mais sérias ainda.

Renata cruzou olhares discretamente com Guilherme, que mordeu a bochecha de leve. As palavras do novo folheto, dessa vez escrito com a ajuda de Lívia, estavam bem frescas nas memórias dos três.

Conforme foi descobrindo mais sobre o caso, Lívia primeiro teve medo de que aquilo causasse a expulsão de Renata e Guilherme, mas em seguida a vontade de fazer justiça tomou conta dela. Eles mal tinham acabado de contar tudo, e ela já havia comprado a ideia, entrando para o time seleto de colaboradores da Capitu.

Alunos e alunas do Colégio Interno Nossa Senhora da Misericórdia,

Apesar das ameaças e das medidas repressoras, nós resistimos. E resistimos por apenas uma razão: a verdade precisa ser revelada. Eles podem até tentar, mas não vamos nos calar!

Estamos muito felizes com a repercussão da primeira mensagem! Não podemos nos conformar, vamos buscar sempre a justiça. Estamos investigando e descobrindo novas informações sobre o caso da professora Trenétim, informações relacionadas à demissão injusta: sim, os podres dessa história vão muito além do nepotismo descarado.

Mas somos poucos e precisamos de toda a ajuda necessária. Se você tiver alguma informação que possa ser útil, não tenha medo de contar aos seus amigos e colegas mais próximos. Eventualmente, chegará até nós!

Não se deixem intimidar pela direção: é ela quem está com medo de nós, caso contrário não faria um circo ao redor disso, investindo em câmeras de segurança extras de última geração e obrigando as freiras a ficarem acordadas a noite toda para nos vigiar.

Enquanto isso, não se esqueçam: sempre existem dois lados de uma mesma história.

Assinado: Capitu

Renata não pôde revelar tudo o que sabia sobre o caso, senão Gabriel teria certeza de que ela estava por trás da Capitu. E tanto Guilherme quanto Lívia tinham certeza de que o presidente do Conselho faria algo de ruim com essa informação. Os três optaram por seguir a linha misteriosa e continuar a investigação, instigando a imaginação dos alunos enquanto não tinham nada de concreto para divulgar. A estratégia funcionou: só se falava disso no colégio.

Mesmo assim, Gabriel estava estranho naquela manhã. Não respondeu o bom-dia de Renata, não deu um de seus sorrisinhos, nada.

Mas poderia ser tudo apenas paranoia dela, depois da tensão dos últimos dias.

— Como continuam espalhando mentiras por essas mensagens anônimas dessa tal de Capitu, não existe outra maneira de prosseguirmos com a ordem nessa instituição senão tomando medidas drásticas — decretou o diretor, segurando um dos folhetos distribuídos na noite anterior com as mãos trêmulas. — Enquanto não pegarmos quem está criando esses boatos, as horas livres da noite estão proibidas, e todos devem estar em seus quartos às oito horas em ponto, sem qualquer exceção.

A sala de aula explodiu em gritos indignados dos alunos. O diretor Gonçalves não se abalou, aguardando o burburinho passar. Assim que conseguiu ser ouvido novamente, acrescentou:

— Bom, quanto mais cedo soubermos quem está por trás disso, mais cedo vocês terão a liberdade de volta. Até lá, estão todos sob investigação por calúnia e difamação.

A turma se revoltou novamente, mas Gonçalves foi firme, assentindo e deixando a sala, o professor de química e os alunos para trás.

Quando Renata, Lívia e Guilherme se olharam pela segunda vez no dia, nenhum deles estava satisfeito. Apesar disso, optaram por manter as aparências e seguir com os exercícios de química, se juntando vez ou outra às reclamações.

Depois que o sinal tocou, a professora de biologia entrou na sala e começou a aula. Enquanto ela falava sem parar sobre diversas coisas que não interessavam a Renata, a garota sentiu um toque discreto no braço. Virou-se para o lado e encontrou Lívia olhando para ela.

— Acho que vamos ter que segurar a onda por algum tempo — sussurrou a amiga, tão baixo e mexendo tão pouco a boca que parecia até um ventríloquo.

— E continuar procurando a verdade.

42

Uma semana depois da implementação do toque de recolher pelo diretor Gonçalves, Renata e Lívia aguardavam a próxima aula do dia no quarto, estudando a história do Império Romano para a primeira prova de abril, quando a herdeira deixou um suspiro alto escapar.

— O que foi? Cansou de ler todos esses nomes de hétero? Alexandre, Augusto, Marco Aurélio... — debochou Lívia.

— Não é isso. Eu só... Ah, deixa pra lá...

— Barbie, não sou do tipo que implora. Larga de frescura — Lívia abaixou o próprio livro de história. — O que houve?

— É o Guilherme! — exclamou Renata, jogando os braços para o alto em um gesto dramático, típico de quem não estava acostumado a ter suas expectativas frustradas. — Por que ele faz isso? Desaparece por dias assim do nada?

— Pelo menos vocês não transaram — brincou Lívia, mas, ao perceber que Renata estava mesmo aflita, resolveu falar sério. — Você gosta dele, Barbie?

— Eu não sei. — Ela gostava de estar com ele, apesar do ridículo apelido que ele lhe dera, e o achava uma graça. Isso era o suficiente para dizer que gostava dele? Que estava apaixonada? — Ele não me dá tempo para descobrir, sabe?

— E por que é ele quem tem que fazer alguma coisa? — indagou Lívia, erguendo a sobrancelha. — Em pleno século XXI você vem me dizer que só ele pode te procurar? Por que você não vai falar com ele? Você é uma menina bonita, inteligente, conta umas piadas engraçadas às vezes, não ronca...

— O que eu diria para ele? "Oi, não tenho nenhuma novidade sobre o caso Trenetim, vamos tomar um café no refeitório?" — Renata riu como se achasse a ideia absurda.

— Não. Algo mais... "Oi, vamos tomar um café no refeitório?"

— Com que justificativa, Livs?

Renata começava a se irritar. Lívia falava como se aquilo fosse muito simples, mas era extremamente delicado para ela.

— Vocês são amigos! Você só fala comigo quando tem um assunto muito importante a tratar, por acaso? Porque se for, vou voltar no tempo e cancelar nossa conversa de ontem sobre quanto tempo é saudável ficar no banheiro para fazer cocô!

Renata riu. Então, se lembrou da conversa idiota que teve com Guilherme no Carnaval, e percebeu que os dois podiam, sim, passar um tempo juntos, jogar conversa fora.

Com medo de que aquela confiança passasse, Renata se levantou, a saia do uniforme voando com o movimento.

— É verdade, Livs. Eu vou conversar com ele — decidiu, pegando a chave magnética na escrivaninha.

— Não, pera, agora? Ele deve estar estudando, e eu preciso da sua ajuda com isso aqui. — Lívia apontou para o próprio livro de história. — Não estou entendendo mais nada, só fico pensando em todas as surubas que esses imperadores fizeram...

— Na volta eu te ajudo. — Renata foi até a porta. — Me deseje sorte!

— Boa sorte, Dona Juana!

Renata saiu do prédio sentindo o coração diminuir no peito. Por que estava tão ansiosa? Só ia conversar com um amigo, trocar uma ideia, dar risada, fazer Guilherme desestressar antes das provas. Por que estava suando frio?

Ela rodou o internato inteiro atrás do garoto. Não o encontrou na biblioteca, nem no refeitório. Procurou nas salas de aula e até nas piscinas. Sem sucesso. Estava prestes a voltar para o dormitório das meninas, com medo de ser pega por alguma freira depois do toque de recolher e derrotada por desperdiçar toda aquela confiança, quando o avistou saindo do dormitório dos meninos.

Bingo!, Renata pensou, caminhando a passos rápidos até ele.

Ele andava distraído, olhando para o caderno que tinha em mãos, e Renata caminhou a seu encontro.

— Oi, o que você está lendo?

Guilherme tomou um susto ao dar de cara com Renata, que sorria por fora, mas por dentro se odiava por não saber agir como um ser humano normal.

Oi, o que você está lendo? Que abordagem era aquela? Será que ela não podia ter iniciado a conversa com um casual e completamente normal "Oi, Guilherme, tudo bom?" Ou até um despojado "E aí, Gui, beleza?"

— O meu caderno de história? — ele respondeu com uma pergunta, como se fosse óbvio, já que eles teriam prova.

— Ah. Legal.

Renata e Guilherme se olharam por um breve instante, ambos sem saber o que dizer. Toda a confiança de Renata havia escorrido pelo ralo e ela só queria desaparecer dali. Porém, lembrando-se das sábias palavras de Lívia, ela resolveu insistir. Mas quando abriu a boca, Guilherme também resolveu falar:

— Para onde você estava indo? — perguntou ela.

— Eu não tenho nenhuma novidade sobre o caso Trenetim — disse ele.

Os dois ficaram em silêncio. E então Renata acrescentou, envergonhada:

— Ah. Eu sei. Não estou aqui por isso. Temos que esperar um pouco depois de tudo o que aconteceu também, né? — Ela deu um sorriso amarelo. — Eu só queria... Sei lá... Conversar?

— Ah — Guilherme ficou surpreso e fechou o caderno. — Bom... eu estava indo para a biblioteca ter um pouco de sossego para estudar, já que o meu colega de quarto está jogando LoL e xingando até a décima geração dos coitados do outro time.

— Ah... sabe onde seria um bom lugar para a gente estudar? No refeitório, tomando café.

— A gente, é? — Um sorrisinho malicioso surgiu nos lábios dele; antes que Renata pudesse morrer de vergonha, porém, ele adicionou: — É uma boa ideia. Vamos?

Eles seguiram juntos até o refeitório, Renata ansiosa e nervosa, Guilherme completamente surpreso com aquela abordagem aleatória da garota. Quando entraram, tiveram que procurar uma mesa vazia: pelo visto, outros alunos haviam tido a mesma ideia que eles. Quando enfim se sentaram, Guilherme perguntou:

— E cadê o seu caderno?

Merda, merda, merda, Renata pensou, entrando em pane.

— Ah, eu... estudo melhor... memorizando...

Que merda de desculpa, ela se lamentou.

— Beleza então. Onde você parou? Eu já acabei Império Romano e estou indo para Idade Média.

— Eu comecei o Império Romano agora — Renata fez careta, porque não queria estudar, estava cansada de estudar, queria... conversar com Guilherme. Sobre a professora Trenetim, sobre o futuro, sobre músicas e séries, sobre sonhos e medos, e talvez até sobre o que ele procurava em uma garota.

É... talvez Renata gostasse mesmo dele.

— Como você acha que eles faziam com as pessoas míopes naquela época? — perguntou Guilherme, surpreendendo-a. Será que o gênio bolsista também estava sem saco para estudar? — Quero dizer, como essas pessoas viviam?

— E como será que eles conversavam? Todo mundo devia ter um bafo do diabo.

— Ah, mas isso não mudou muito. Já conversou com o Dênis lá da sala?

Renata caiu na risada, concordando veemente com a cabeça — sim, já havia conversado com o Dênis, foi uma experiência e tanto.

— Alguém precisa falar para ele que cigarros mentolados não funcionam como pasta de dente — disse ela.

— Às vezes eu tenho dó de quem decidiu prestar odontologia... — comentou Guilherme. — Deve ser péssimo lidar com bocas o dia inteiro.

— E você que quer tomar choque?

— E você que quer ser uma engravatada de Brasília e andar com dinheiro na cueca?

— Nem todo político é corrupto — disse ela, ofendida.

— Nem todo engenheiro elétrico toma choque.

— De onde você tirou essa ideia? De virar engenheiro elétrico? A escolha de carreira diria muito sobre Guilherme.

— Ah... O meu pai era eletricista. Me ensinou muita coisa. Aí eu decidi — Ele sorriu, mas um pouco triste. — Sei que são coisas completamente diferentes, mas, sei lá, acho que ele ficaria orgulhoso de mim.

— O que aconteceu com ele? — perguntou Renata, sabendo que receberia uma resposta triste só por Guilherme ter dito "ficaria" e não "vai ficar", mas preparada para conhecê-lo melhor.

— Ele morreu já faz alguns anos.

Antes que Renata pudesse perguntar mais, ele mudou de assunto; era como se aquele tópico fosse uma zona proibida, e ela respeitou.

— E você? Por que está interessada em política?

— Não sei... desde que eu conheci a professora Trenetim e comecei a ler os livros que ela passou... alguma coisa dentro de mim mudou, sabe? Parece que algo me diz para seguir esse caminho. Entender melhor o nosso país, dar um jeito de melhorar as coisas... Eu tenho tanta sorte, tenho de tudo, sempre tive, mas e quem nunca teve? Estou parecendo uma doida comunista? — questionou Renata ao perceber que Guilherme a encarava de uma maneira estranha.

— Não, não está... Acho legal que você esteja dizendo tudo isso. É legal ouvir isso de uma pessoa que tem tanto dinheiro quanto você. Muitas pessoas vão sair daqui, cursar uma faculdade, seguir com a vida, constituir família e nunca parar para se perguntar tudo isso. Pessoas que sempre tiveram tudo. Vão dizer que é meritocracia. Vão ainda reforçar e dizer que, se assumiram a empresa do pai, foi porque mereceram.

Renata riu e abaixou o rosto. Guilherme não tirou os olhos de cima dela, que sentiu o rosto corar.

— Quer tomar aquele café, então? — sugeriu ela, porque não sabia o que mais poderia dizer.

— Por favor.

Os dois passaram o resto da tarde conversando, rindo e se conhecendo melhor, e, quando uma das freiras entrou no refeitório e avisou que estava na hora de retornarem aos dormitórios, a decepção estava estampada no rosto dos dois.

Mas pelo menos sabiam que não precisavam mais do pretexto de ter algo para dizer se quisessem se encontrar. Agora, eles poderiam apenas... conversar.

43

Março acabou em um piscar de olhos — com as provas se aproximando, o internato entrou em uma espécie de vórtex e todas as conversas que se ouviam pelos cantos envolviam as palavras "estudar", "simulado", "vestibular" ou "cansaço".

Enquanto estudava para todas as matérias (por que tantas?), especialmente as que achava mais difíceis, matemática e física, Renata também acabou embarcando na organização para a festa do Conselho na Semana Santa. Por mais que achasse suas tarefas um saco, quis manter as aparências e preencher o tempo para que passasse mais rápido.

Sabia que era necessário deixar a poeira baixar antes de continuar com as mensagens de Capitu, sua atividade extracurricular favorita, e sabia também que ela, Lívia e Guilherme estavam num beco sem saída: não encontravam jeito de provar o que Gabriel havia contado. Sobre o que mais escreveriam sob o pseudônimo de Capitu se não tinham mais informação nenhuma? Mesmo sem novidades, porém, um fenômeno interessante começava a acontecer no colégio: por mais que as mensagens não fossem tão frequentes quanto os três gostariam, os alunos não deixavam o tema morrer, sempre confabulando sobre o que teria de fato acontecido com a professora Trenetim. Capitu havia atingido o seu objetivo e causado insatisfação nos alunos, o que, para Renata, Guilherme e Lívia, era o mais importante.

Além disso, depois de ter se aproximado de Guilherme, Renata passava muito tempo com ele na biblioteca, lendo, ou no refeitório, fingindo estudar enquanto conversavam sobre tudo e nada ao mesmo tempo. A distância não era mais um problema. Mas era triste pensar que eles não conseguiam desvendar aquele mistério e trazer um pouco de justiça para a professora favorita.

No dia da festa da Semana Santa, todos estavam com os nervos à flor da pele, e Renata conversava com o membro do Conselho responsável pela luz quando os alunos começaram a chegar. Como ela havia sido sequestrada para a primeira e única festa a que compareceu, não sabia como Gabriel faria para levar todos os convidados até aquela clareira no meio do mato, ainda mais depois do toque de recolher, mas ela logo descobriu que a maioria deles já conhecia a trilha. Aquele papinho de "só os membros do Conselho sabem chegar aqui e você vai morrer se tentar" não passava de terrorismo.

Típico do Gabriel, que, a propósito, não estava falando direito com Renata desde o último encontro tenso dos dois.

Entre os rostos conhecidos, Renata avistou Lívia com as amigas perto do bar, Mirella rodeando Gabriel e Guilherme com dois amigos que eram do seu grupo de estudos. Guilherme deu um sorrisinho para Renata, que sentiu o estômago revirar.

Àquela altura, já tinha ficado bem óbvio que ela estava caidinha por ele, mas às vezes o sentimento era tão forte que era difícil entender o que estava acontecendo entre os dois. Guilherme via Renata apenas como amiga e cúmplice ou existia a possibilidade de algo mais?

Claro que não. Dificilmente Guilherme ia querer se relacionar com alguém do tipo de Renata: uma menina rica, fútil, metida, mimada... A princípio ele só precisava de ajuda, e a admiração pela professora e o amor pelos livros acabou os deixando mais próximos. Mas cogitar mais que isso seria muita fantasia da parte dela.

Só que eles estavam se dando tão bem...

A clareira foi toda decorada com pisca-pisca, e os membros do Conselho encarregados do bar haviam feito um ótimo trabalho, montando uma estrutura grande com luzes de LED que piscavam na parte de baixo, perto da pista de dança. Renata sabia que as bebidas haviam chegado ao internato através de Lívia e seu esquema de contrabando, mas ainda assim era impressionante o que meia dúzia de alunos entediados e endinheirados era capaz de fazer.

— ... essa *playlist* ficou bem legal, Renata, só acho que vou inverter a ordem do funk e do pop — disse o DJ. Renata olhava ao redor, animada com o que aquela noite prometia.

Ela sabia que precisava de um momento de descanso em meio a tudo que estava acontecendo, e aquela festa seria a oportunidade perfeita para apenas se divertir e esquecer todo o resto.

Renata ia apenas dançar e...

— Loira — a voz de Gabriel chegou como um arranhão no disco, e Renata se virou lentamente, sem paciência para ele.

— Gabriel. Tudo certo? Precisa de alguma ajuda?

— A gente pode conversar rapidinho? — pediu ele, olhando ao redor e parecendo um pouco ansioso.

— Estou ajudando o Thomas com a *playlist* e...

— É rapidinho.

Ao longe, Renata quase podia sentir os olhares fulminantes de Mirella, queimando as suas células.

— Tudo bem. Já volto, Tom.

Os dois caminharam até os limites da clareira, afastando-se da aglomeração que já começava a se formar. Quando Gabriel sentiu que estavam longe o suficiente, soltou de uma só vez:

— É você, não é? Você é a Capitu?

Renata prendeu a respiração, olhando em volta discretamente. Ali perto, Guilherme bebia e fingia que não estava nem aí para os dois conversando no canto, mas seus ombros estavam tensos e os goles eram generosos.

— Pensei que você só ia perguntar uma vez...

— Me responde, Loira.

— Não, Gabriel! Eu já disse que não! Por que você ainda está insistindo nisso? Aliás, por que você se importa?

Renata sabia que a melhor defesa era o ataque. Havia aprendido com os pais.

— Porque eu te dei aquela informação das ameaças e dias depois lá estavam elas no *panfletinho anônimo* — Renata não gostou da forma como Gabriel disse "panfletinho anônimo", mas riu mesmo assim, imaginando que aquela seria a melhor reação.

— Você só pode estar paranoico, Gabriel, não tem absolutamente nada naquela mensagem sobre o que conversamos. Se eu fosse a Capitu, eu te contaria, mas não sou, então me dá licença...

Renata começou a se afastar, mas antes que pudesse se livrar das garras do presidente do Conselho, ele adicionou com certa raiva na voz:

— Se eu descobrir que você está mentindo para mim...

— Isso é uma ameaça? — Ela voltou-se para ele, indignada. — O que você vai fazer?

Gabriel não respondeu nada, afastando-se ao ouvir seu nome gritado por algum membro do Conselho.

Antes que Renata pudesse se recuperar totalmente daquela conversa, sentiu um leve toque no ombro. Imaginando que fosse Lívia, virou-se sorrindo, encontrando um motivo maior ainda para sorrir.

Guilherme.

— Você está legal? — perguntou. Ele estava com o cabelo cacheado todo jogado para trás e um sorriso de quem se preocupava genuinamente. — Parecia meio... tensa.

— O Gabriel está desconfiado de... Bom, de nós — sussurrou Renata, olhando em volta.

Falando daquele jeito, parecia que eles estavam tendo um caso, mas era melhor dar essa impressão para alguém que pudesse estar passando e ouvisse do que levantar suspeitas sobre a Capitu.

— Deixa ficar desconfiado — Guilherme deu de ombros. — O que ele pode fazer? Minha mãe sempre disse que cão que ladra não morde.

— Sei lá... ele anda esquisito. Um pouco agressivo.

— Ele sempre foi esquisito e agressivo, você que só percebeu agora. Vamos esquecer isso e curtir um pouco? Sinto que esse está sendo o semestre mais tenso desde que entrei aqui, e olha que passei por duas trocas na direção...

Renata queria saber mais sobre a história de Guilherme no colégio, sobre as trocas de direção e tudo o que ele tivesse para contar. Mas não queria deixar o clima mais tenso do que já estava, e acabou aceitando a sugestão. Eles retornaram juntos para o meio da clareira, encontrando Lívia um pouco alcoolizada.

— Aí está o meu casal favorito! — exclamou ela, abrindo os braços para os dois.

— Não somos um casal, Lívia — murmurou Renata, constrangida.

— O que você bebeu? — perguntou Guilherme.

— Nas minhas fanfics, vocês são. — Ela deu de ombros. — Vamos beber?

E foi o que eles fizeram. Beberam, dançaram e se divertiram como não faziam desde o Carnaval. Perto das duas da manhã, com todo mundo embriagado, o funk começou, e Renata se afastou para buscar mais cerveja. Ela não percebeu que Guilherme a seguia, e só se deu conta quando ele parou ao seu lado no balcão. Vários alunos disputavam a atenção dos membros do Conselho no bar, e Renata sentia que aquilo poderia demorar.

— Eu não sabia que tocava esse tipo de funk na alta sociedade. — Guilherme puxou papo, fazendo graça da música que tocava, um compilado de palavras obscenas e palavrões.

— É o que mais se ouve nos castelos da realeza — respondeu ela, tentando fazer um quadradinho com a bunda ao som da música e falhando miseravelmente, fazendo com que os dois rissem por algum tempo. — Nós só não aprendemos a dançar muito bem.

— Dá para ver. Mas isso não significa que a tentativa não seja uma gracinha.

Renata corou, recebendo a atenção do garoto do bar naquele exato momento e, pela primeira vez na história, odiando ser atendida. Ela pediu as bebidas e aguardou, enquanto sentia os olhos de Guilherme.

— Quer dizer que eu sou uma gracinha, então?

— Não você. A tentativa de dançar — respondeu ele, mas antes que Renata pudesse se sentir triste, o garoto acrescentou:

— Você é linda.

Os dois se olharam. Renata piscou algumas vezes. Guilherme sorriu.

— Pena que somos de mundos diferentes, *princesa* — concluiu ele, quebrando todo o clima. Então mostrou que as cervejas haviam chegado. — Vamos?

A herdeira pegou as latinhas sentindo-se zonza. Quando retornaram para a pista, ela não tinha mais tanta vontade de dançar, e passou o resto da noite desejando que um buraco fosse aberto na terra para que ela pudesse se esconder.

Somos de mundos diferentes, princesa.

Apenas um comentário, e todas as suas teorias haviam sido confirmadas.

Guilherme não queria nada com ela.

44

Renata pensou que ia chegar no quarto, vestir o pijama e cair na cama para colocar o sono em dia depois da adrenalina das últimas semanas. Ela ainda estava chateada com o comentário de Guilherme e por sentir todas as suas expectativas frustradas, então uma boa noite de sono era o que ela estava precisando.

Ela e Lívia voltaram juntas, tomando cuidado extra para não serem pegas, já que estavam bêbadas e sob um toque de recolher restrito que vinham desobedecendo desde o primeiro dia. Quando chegaram no quarto, porém, todos os planos de Renata para apagar foram por água a baixo. Sentada na cama de Lívia estava Clara, a sua ex-namorada.

— Hm... quarto errado? — perguntou Renata, olhando para uma Lívia paralisada na porta.

— Será que a gente pode conversar, Li? — perguntou Clara, ignorando Renata.

Quando a herdeira percebeu que a amiga não seria capaz de tomar nenhuma decisão, ela resolveu tomar as rédeas da situação.

— Como você entrou aqui?

— Não te interessa — retrucou Clara, revirando os olhos e voltando-se para Lívia. — Como você consegue viver com essa garota?

Renata sentiu o sangue esquentar, mas apenas sorriu. Se Clara queria brincar, elas iam brincar.

— O destino nos juntou.

Ela entrou no quarto abraçando Lívia.

— Será que você podia nos dar um pouco de privacidade? — resmungou Clara, olhando para Lívia. — Uma ajuda aqui, Li?

— Por que vocês querem privacidade? — rebateu Renata, também se virando para Lívia. — O que está acontecendo aqui, amor? Você não contou para ela?

— Amor? — sibilou a ex-namorada enquanto Lívia ficava ainda mais atônita. — Que história é essa de *amor*?

— O que você está...? — tentou dizer Lívia, tão chocada que as palavras voltaram-lhe à boca, mas Renata não podia deixar que ela estragasse a sua pequena cena de vingança.

Lívia havia passado dias muito ruins por causa daquela garota, noites em claro chorando e dias seguintes mentindo que estava bem.

Ela não podia deixar que Clara a ferrasse de novo.

Então, disposta a tudo para impedir isso, segurou a nuca de Lívia e a beijou. Foi um beijo bem real, com lábios, língua e saliva. Renata sorria e Lívia, sem entender nada, correspondia o beijo, envolvendo a cintura da amiga.

— *O que está acontecendo aqui?*

Elas só se separaram quando Clara gritou.

— Está acontecendo há um tempo já — respondeu Renata, dando um selinho em Lívia antes de se voltar para Clara. — Foi uma atração muito forte, nós nos conectamos no primeiro dia e aconteceu... Aliás, ela estava tentando terminar com você para que pudéssemos ficar juntas... A Lívia é uma pessoa muito íntegra, sabe, então que bom pra gente que você não soube respeitar um relacionamento monogâmico!

— Li, que porra é essa? Vocês estão brincando com a minha cara? — perguntou Clara, mas Lívia estava em choque demais para falar qualquer coisa.

Foi lindo realizar a impossível tarefa de deixar Lívia sem palavras.

— Sabe que eu nunca compactuei com isso? Queria que a Lívia te contasse a verdade — Renata negou com a cabeça, uma atuação convincente —, mas ela achou que pudesse te magoar muito e me pediu um tempo... Mas já faz meses que vocês terminaram, não é mesmo? Então será que *você* poderia nos dar um pouco de privacidade, Clara?

Clara abriu e fechou a boca diversas vezes, não conseguindo reproduzir nenhum som. Então, apenas saiu do quarto, batendo a porta com força.

Na mesma hora, Lívia pareceu sair do transe.

— Você é maluca!

— Mandei mal? — perguntou Renata.

— Não, mandou muito bem! Mas a escola inteira vai dizer que você é lésbica amanhã!

— Tudo bem, pelo menos estou pegando a mina mais legal do colégio.

Renata não imaginou que a amiga fosse ter a reação que teve, mas Lívia deu um abraço nela.

— Obrigada. Eu fiquei sem saber o que fazer... Sempre fico assim quando ela está por perto.

— Eu sei. Por isso fiz isso. E faria milhares de vezes por você, amiga — disse Renata, e foi tão forte que ela achou que fosse chorar.

Amiga. Ela encontrou uma amiga em Lívia. E Lívia encontrou uma amiga nela.

— Você merece alguém mil vezes melhor do que ela, alguém que te respeite e seja sua companheira, que valorize o relacionamento e não traia a sua confiança. Não deixe que a Clara entre na sua cabeça com pedidos de desculpas mequetrefes e promessas de mudança. O meu último relacionamento foi assim, e eu acabei me envolvendo em problemas maiores do que eu poderia lidar por causa dele.

Uma lágrima escorreu pela bochecha de Lívia, que balançou a cabeça, como se o gesto pudesse evitar as próximas.

— Eu nunca pensei que fosse dizer isso, Barbie — ela sorriu —, mas estou feliz por você ser a minha colega de quarto esse ano. — As duas se abraçaram mais uma vez, e Lívia sussurrou: — A sua língua estava com gosto de grama.

— Mal começamos essa relação e você já está reclamando do meu bafo, mulher? — retrucou Renata, e as duas riram.

— Quando os meus pais me matricularam no internato, acho que nunca imaginaram que eu beijaria mais mulheres aqui dentro do que lá fora — disse Lívia, enfim soltando Renata e já começando a se trocar para dormir.

Renata fez o mesmo, despindo-se lentamente pela bebedeira e pelo cansaço.

— Você nunca me contou — começou ela, como quem não quer nada, mas no fundo muito curiosa. — Por que os seus pais te colocaram aqui?

— Longa história... — Lívia balançou a mão.

— Qual é, me conta! — Renata jogou uma toalha na amiga, que desviou rapidamente.

— Você também nunca me contou por que está trancafiada aqui, Barbie, direitos iguais!

— Ah, eu me envolvi com um garoto do colégio, o Danilo. — Renata se sentou na cama, receosa de contar aquela história; ela não queria que Lívia deixasse de gostar dela, ou a julgasse pelo que havia feito, então decidiu contar uma versão bem resumida. — Ele era incrível! E também uma má influência. Nós nos apaixonamos, ou eu me apaixonei, uma coisa levou a outra, e quando eu percebi estava entalada até o pescoço nas merdas que ele fazia. Para resumir a história, fui expulsa, os meus pais tiveram que gastar um rim com advogados para livrar minha cara e decidiram que me trancar num internato católico seria o melhor a fazer.

— E você ainda tem um precipício por esse tal de Danilo, não é mesmo? — comentou Lívia, deixando o clima um pouco mais leve; ela tinha um caminhão de outras perguntas, principalmente sobre o tipo de "merda" em que Renata havia se metido por conta do cara, mas se a amiga ainda não queria se abrir, Lívia não forçaria a barra, afinal, tinha seus próprios assuntos particulares que não queria compartilhar.

— Ele foi o meu primeiro — disse Renata, um pouco envergonhada por demonstrar fragilidade. — Meu primeiro tudo. Primeiro namorado. Primeira vez. Primeiro término... Mas, no final, ele não poderia ter sido mais babaca. Me ignorou e inventou um monte de boatos para tirar o dele da reta e virar todos os meus amigos contra mim. Acredita nisso? Depois de tudo o que fiz por causa dele!

— Pensa assim, Barbie: se eles fossem mesmo seus amigos, não teriam acreditado em boatos e se voltado contra você. Teriam, no mínimo, perguntado o seu lado da história. Não acha?

— Acho. Hoje eu sei disso. O problema é que nunca tive amigos de verdade, sabe?

Lívia observou Renata, aquele rosto perfeito, cabelo impecável, e percebeu que mesmo com a sorte de ter nascido com todos os privilégios do mundo, Renata era uma adolescente quebrada, como quase todos os outros. Era uma garota triste, não havia recebido muito amor em casa, carregava fantasmas e tinha medo do futuro.

— Você tem agora — concluiu Lívia, sorrindo. — Sou sua amiga de verdade.

— Obrigada. — Renata parecia prestes a chorar, mas apenas emendou uma pergunta. Provavelmente para evitar fazer cena. — Mas e você? Tem uma história mais interessante?

— A minha história não envolve nada tão Romeu e Julieta assim, Barbie. — Lívia passou as mãos no colchão, como se para secar o suor; estava nervosa, desconfortável. — Eu me assumi lésbica no nono ano, os meus pais piraram e me colocaram aqui para ver se o padre conseguia fazer um exorcismo ou sei lá o quê. Acabou que não deu muito certo, como você pode ver.

— Essa é a longa história? — Renata franziu a testa.

— Eu cortei as partes dramáticas. — Lívia prendeu as trancinhas com um elástico.

— E o que aconteceu depois?

— Minha mãe acabou me aceitando como eu sou, eu gostei do internato e quis ficar. — Aquilo pareceu mentira, ou ao menos uma romantização, mas Renata não teve muita abertura para perguntar mais, uma vez que Lívia terminara de se trocar e já dizia: — Mas chega de drama! Vamos dormir.

— Sua ex entra aqui querendo conversar, eu sou obrigada a intervir porque você não consegue falar uma palavra e eu que estou de drama? — Renata riu, deitando-se na cama.

— Daqui a pouco a atual vem conversar, a gente dá uns beijos e piora toda a situação. Rebuceteio que chama, Barbie — disse Lívia, sonolenta. — Agora você tem uma amiga lésbica. Acostume-se.

Renata riu e, aos poucos, começou a cair no sono. Estava quase sonhando quando a voz de Lívia a interrompeu.

— Ei, Barbie.

— Sim...

— Você não é mais a mesma garota que eu conheci há alguns meses — disse Lívia, a voz arrastada. — E eu fico muito feliz por isso.

— Está ficando sentimental, Livs? — brincou Renata, sorrindo.

— Ah, vai se foder. Boa noite.

— Boa noite.

45

No dia seguinte, Renata e Lívia desceram para a sala comum do dormitório feminino, encontrando um grupinho de alunas do segundo ano cochichando. Quando as garotas perceberam a presença das duas, pararam de falar e soltaram risinhos nervosos.

— O que foi, meninas? Alguma coisa que vocês queiram nos dizer? — perguntou Lívia, sorrindo com confiança e um pouco de maldade.

— Não, nada — respondeu uma delas, uma garota comprida com longos fios dourados presos em um rabo de cavalo.

— Não se preocupem, lesbianismo não pega — continuou Lívia, passando por elas com Renata logo atrás. — Além do mais, vocês vão para o céu e nós vamos para o inferno. Não precisam se preocupar, só vamos conviver juntas nesse plano!

As duas saíram do prédio ouvindo os murmúrios que o pequeno monólogo de Lívia causou. Já do lado de fora, desembestaram a rir e só pararam no refeitório: a notícia havia corrido mais rápido do que Renata imaginava. Quando elas chegaram na área das piscinas, procurando o que fazer naquele primeiro sábado nublado de abril, encontraram Guilherme sentado à sombra de uma árvore, lendo *O guia do mochileiro das galáxias*.

— Parabéns para o novo casal! — exclamou ele ao avistá-las.

Todos ao redor olharam dele para as duas, e Renata revirou os olhos e resmungou, rindo:

— Muito obrigada por reforçar a mentira pro colégio todo, Gui.

— Tô nem aí, olha só que gata — disse Lívia.

Guilherme não concordou nem discordou, marcando a página e fechando o livro; aquela indiferença chegava a ser cruel, Renata achava.

— Eu tenho uma novidade — disse ele, e as duas já sabiam sobre o que era; qualquer "novidade" envolvendo os três era sobre o caso Trenetim. — Segunda? Meia-noite?

— No mesmo lugar? — perguntou Lívia.

— Isso — concordou ele.

— Vocês acham que a poeira já desceu o suficiente? — indagou Renata, tentando ser sensata, mesmo formigando de curiosidade; alguns dias haviam se passado, sim, mas não seria muito cedo?

Afinal, o toque de recolher continuava firme e forte.

— Acho que depois do que eu vou mostrar, a poeira vai tomar conta do colégio — respondeu Guilherme, misterioso.

— Gui! Vamos? — berrou um garoto atrás do grupo, e os três se viraram; era um amigo dele que também era bolsista e carregava uma bola de futebol embaixo do braço.

— Com licença, casal, mas o dever me aguarda. Lívia — ele fez uma mesura —, *princesa* — então outra.

Depois que o garoto se afastou, os cachos escuros para trás, o corpo alto e esguio, Renata ficou observando, e só parou quando Lívia a empurrou com os ombros.

— Partidão, hein? Se eu gostasse de homem, seria o meu *crush*.

— Ah, cala a boca. — Renata riu, mas a verdade era que ela concordava em gênero, número e grau com a amiga.

De repente, Amanda apareceu na frente das duas, parecendo um pouco transtornada.

— Gabriel está reunindo todo mundo na caverna — disse para Renata, ignorando a presença de Lívia.

— Pensei que a reunião estava marcada para hoje à noite.

— Ele mudou.

— Para quando?

— Para *agora* — esbravejou ela, saindo sem se despedir.

Renata e Lívia se olharam, surpresas.

— Aconteceu alguma coisa? — perguntou Lívia.

— Isso é o que eu vou descobrir.

A herdeira despediu-se da amiga e foi em direção à sede, tomando o dobro de cuidado na luz do dia. Quando enfim chegou à abertura da caverna, encontrou quase todos os membros presentes, menos Gabriel.

Os alunos conversavam sobre o que poderia estar errado. Alguns chutavam que a direção havia descoberto a festa da madrugada, outros diziam que, se tivesse sido isso, o Conselho estaria em risco de extinção.

Aproveitando o embalo de questionamentos, Renata perguntou:

— E sobre aquela segunda mensagem da Capitu? Alguém tem alguma teoria?

E mais teorias foram despejadas na roda: um caso entre a professora Trenetim e o diretor Gonçalves, corrupção dentro do colégio e até uma suposta relação entre o padre Josias e o Vaticano.

Mas nada que Renata pudesse utilizar.

A conversa esquentava e tomava forma quando Gabriel enfim apareceu desligando o celular.

— Tudo resolvido, pessoal! — exclamou, animado. — Eu estava com problemas para retirar a mesa de som da clareira, mas já acionei meus contatos. Foi mal assustá-los assim... podemos manter a reunião para hoje à noite? Estou meio enrolado agora...

Gabriel agia como se fosse um empresário famoso, ou um político muito ocupado. Como podia um garoto de 17 anos trancafiado em um internato católico estar "enrolado" em um fim de semana entediante em que os alunos caçavam o que fazer, cansados de estudar e pensar obsessivamente no vestibular?

Renata nunca saberia responder àquela pergunta.

— Estávamos discutindo a última mensagem da Capitu — comentou Amanda, a única corajosa o suficiente para falar aquilo. — Será que podemos tratar sobre isso na reunião?

— Podemos tentar, mas temos muita coisa para abordar hoje à noite!

Aquilo claramente significava um não, o que frustrou Renata imensamente.

O burburinho de alívio misturado com decepção de ficar fora de algo grandioso e interessante foi instantâneo. Aos poucos, o grupo começou a se dissipar, voltando para as suas atividades, mas Gabriel se aproximou de Renata e murmurou:

— Renata, a gente pode conversar?

A herdeira queria correr dali, revirar os olhos, negar e suspirar. Tudo ao mesmo tempo. Mas, imaginando que pudesse ser algo sobre o caso Trenetim, concordou.

Gabriel a conduziu para a entrada da caverna. Quando já estavam no vão das reuniões, ele se virou e entregou um pacote para ela sem dizer absolutamente nada.

Renata o abriu. E encontrou uma corrente dourada, com um pingente em forma de "C" cravado de pedrinhas brilhantes.

— Presente do Conselho para você.

Renata olhou para Gabriel, que a encarava, como um caçador observa sua presa.

— Mais meu do que do Conselho, mas eu queria que você soubesse que estamos todos muito felizes pela sua participação e...

— Não tinha problema com mesa de som nenhuma, não é mesmo? — soltou Renata, entendendo tudo e querendo gritar de raiva.

Gabriel primeiro ameaçou rir, mas quando percebeu que a herdeira não estava para brincadeiras, apenas deu de ombros.

— Eu queria ver você, e não sabia como...

Renata soltou o ar, indignada, e balançou a cabeça.

— Bastava ter me chamado!

— Você viria?

Touché.

— Acho que as pessoas têm o direito de negar ou aceitar encontros — rebateu ela, irritada. — Você sempre dá um jeito de me encurralar, de me colocar contra a parede, isso é um saco...

— Eu só queria te dar um presente porque estava me sentindo mal depois da nossa última conversa, só isso! Porra, Loira, por que está agindo como se eu fosse o Maníaco do Parque? Que exagero...

Renata respirou fundo. Talvez estivesse mesmo exagerando. E a corrente era de fato muito bonita. Mas algo na maneira como Gabriel sempre dava um jeito de virar o jogo, de transformar os outros em exagerados para ter razão e conseguir o que queria a irritava num nível que já não era mais saudável.

Gabriel parecia o pai de Renata. E talvez só aquilo já fosse demais para ela.

— Beleza, foi mal — disse, enfim, pegando a corrente entre os dedos. — É muito bonita. Obrigada.

— Bonita como você — respondeu ele, erguendo o queixo de Renata com os dedos e beijando-a sem pedir permissão.

Renata afastou-se assim que os lábios de Gabriel encontraram os seus. Se na primeira vez ela havia se deixado levar, não repetiria o erro.

— Gabriel, para com isso. Somos apenas amigos, nada além disso. Por que você está insistindo tanto?

— E por que não? — Ele sorriu, sem se deixar abalar.

— Porque eu não quero! — disse Renata com firmeza, entregando a caixinha de volta para o presidente do Conselho, que a pegou um pouco surpreso. — E se você dá presentes esperando algo em troca, também não vou aceitar.

Gabriel riu com certo escárnio, afastando-se e negando veemente com a cabeça, odiando ser contrariado daquela maneira.

— Depois de tudo o que eu fiz por você... — disse ele, parecendo transtornado.

— Mais uma vez, só porque você é legal comigo não quer dizer que eu preciso, necessariamente, ficar com você — disse Renata, de maneira quase didática, como se Gabriel tivesse dificuldade de entender aquilo.

De repente, ele parou onde estava e se virou para Renata.

— Você vai se arrepender disso, Loira. — Os seus olhos estavam um pouco vermelhos, como se ele estivesse sob a influência de alguma coisa, e Renata começou a ficar assustada.

— Mais uma ameaça, Gabriel?

— Não — Gabriel se aprumou, afastando-se de Renata e dirigindo-se para a saída da caverna. — Vai ser um arrependimento do seu coração.

Depois que ele saiu sem se despedir e a deixou sozinha, a herdeira percebeu que estava com as mãos fechadas e as unhas cravadas nas palmas, deixando pequenos buracos em meia-lua na pele.

Pelo menos ela sairia dali com um presente.

46

Na segunda-feira, Renata precisou colocar uma blusa de frio para sair do quarto de madrugada. Lívia ficou sacaneando a amiga, dizendo que ela não aguentava nem uma diferença de dois graus na temperatura e que era por isso que nunca sobreviveria a um apocalipse zumbi.

Claro que Renata havia contado sobre a história da reunião falsa e do "presente" de Gabriel e, depois disso, Lívia passou a detestar ainda mais o presidente do Conselho, sem qualquer dúvida de que ele era uma pessoa muito ruim.

Renata achava que não era para tanto: Gabriel não era ruim, era só... insistente. E, às vezes, inconveniente. E, quase sempre, mimado e egoísta. E também sem noção. E, claro, achava que as pessoas deviam algo a ele.

Todo mundo tinha defeitos, certo? Só que no caso dele eram muitos.

As duas se esquivaram das câmeras de vigilância e subiram juntas a escadaria que dava para o prédio administrativo, silenciosas e curiosas. Quando enfim alcançaram o cubículo conhecido como escritório do padre Josias, Guilherme já estava lá, sentado na cadeira e lendo jornal, compenetrado.

— Viemos fazer palavras cruzadas? — perguntou Lívia logo que fechou a porta. — Se sim, já digo que sou a melhor nisso.

— Sempre um privilégio encontrar você, Lívia — comentou Guilherme, dobrando cuidadosamente o jornal e olhando para as meninas. — Me dão permissão para explodir o cérebro de vocês? Naquela noite, ele estava de calça jeans surrada e camiseta preta. Renata nunca o tinha visto tão despojado... e bonito.

Ou talvez fossem os seus sentimentos, que cresciam descontroladamente a cada dia, como um filhote de cachorro.

Naquele transe mental de imaginar Guilherme tirando a roupa lentamente em uma praia paradisíaca, Renata nem percebeu o desenrolar da conversa entre ele e Lívia, e logo estava com o pedaço do jornal local na sua cara, com a manchete: "Presidente aprova reajuste de 23% no salário do judiciário."

— O nosso país é uma merda, o que tem? — perguntou ela, confusa.

— Ali embaixo, Barbie — sussurrou Lívia, sem tirar os olhos do final da página.

Renata olhou para onde Lívia havia apontado, encontrando um quadradinho com a nota "professora acusa direção de colégio de corrupção".

Sentindo que eles haviam acabado de encontrar uma mina de ouro, Renata aprumou-se para ler o resto.

Professora do Colégio Interno Nossa Senhora da Misericórdia, Christina Trenetim acusa de corrupção Carlos Gonçalves e o padre Josias Gomes de Andrade, integrantes da direção do instituto. De acordo com a docente, um esquema de desvio de dinheiro não especificado ocorre há anos no colégio. Quando procurados, o diretor Gonçalves e o padre Josias não quiseram comentar o caso, mas já existe um processo criminal correndo em segredo na Justiça. O Colégio Interno Nossa Senhora da Misericórdia é conhecido por abrigar os herdeiros mais ricos do Brasil.

— Como a gente não ficou sabendo disso?! — exclamou Renata, encontrando Guilherme e Lívia tão elétricos quanto ela.

— Alguém aqui lê a notinha de rodapé do Jornal Matinal da cidade? — questionou Guilherme. — Ou só o Twitter mesmo?

— Como você descobriu isso? — Lívia estava intrigada.

— Tenho as minhas fontes — respondeu ele, misterioso.

— Google? — indagou Lívia.

— Google — disse ele.

— Eu não acredito que estava diante dos nossos olhos esse tempo todo! — exclamou Renata, andando de um lado para outro. — O que faremos agora? Como podemos readmitir a professora? Será que devemos levar isso para a polícia? Para a justiça? Meus pais têm bons advogados, sei muito bem que...

— Ei, ei, ei, calma lá, Robin Hood. — Guilherme fez que não. — Se a própria professora já levou isso para a justiça, o que nós podemos fazer?

— Nós podemos divulgar isso aqui. — Lívia pegou a página de jornal e a chacoalhou na frente do rosto dos dois. — Fazer barulho. Deixar as pessoas curiosas, indignadas, sedentas por descobrir se as acusações são verdadeiras ou não.

— Mas nós não começamos tudo isso para incitar uma paralisação no colégio, ou sei lá, uma manifestação. Foi para tentar readmitir a professora! — Renata suspirou, derrotada por não ter ideia do que fazer naquela situação. — Era só isso que eu queria...

— E nós vamos pensar em alguma forma de fazer isso, mas primeiro — Guilherme apontou para a copiadora —, vamos deixar todos os alunos a par do que está acontecendo no colégio. O que vocês acham?

— Acho que você é um craniozinho muito inteligente, Guilherme. — Lívia sorriu, dando soquinhos de leve na cabeça do garoto.

Os dois olharam com expectativas para Renata, que acabou cedendo e dando de ombros.

— Se é o que podemos fazer agora, então vamos nessa.

Renata não se considerava uma revolucionária. Ela só queria de volta a única pessoa que havia acreditado nela. Mas se fosse necessário sair da zona de conforto para que isso acontecesse, ela o faria.

Renata, Guilherme e Lívia quebraram a cabeça por algumas horas para decidir o conteúdo da mensagem. No fim da noite, decidiram escanear a notícia do jornal e adicionar o seguinte:

Alunos e alunas do Colégio Interno Nossa Senhora da Misericórdia,

Como vocês podem ler nessa notícia, estamos mais perto do que nunca da verdade. O buraco é muito mais embaixo e o nepotismo parece brincadeira de criança perto da informação que descobrimos.

Existe algo de podre no nosso colégio impregnando as paredes, empesteando o ar, impedindo nossa evolução enquanto alunos e seres humanos. Cortaram do nosso quadro de funcionários professores que nos fazem pensar, que nos incentivam a debater, que querem um país melhor e lutam para que nós sejamos o futuro.

Isso é justo?

Quais foram as denúncias da professora Trenetim? Do que o diretor Gonçalves e o padre

Josias têm medo? O que eles estão escondendo de nós? E como poderemos trazer alguma justiça para toda essa história?

Não sabemos. O que sabemos é que temos entre nós quem não se importe com nada disso. Quem só quer se formar e seguir com a vida, ignorando as injustiças e desgraças que acontecem ao redor — e essas pessoas têm direito de permanecer assim. Mas também temos entre nós quem se solidarize, quem se importe, quem queira ver uma sociedade mais justa. E contamos com essas pessoas para que possamos decidir juntos o que fazer com essa notícia e como reparar o mal já cometido.

Enquanto isso, estejam avisados: sempre existem dois lados de uma mesma história.

Assinado: Capitu

Quando os três saíram do cubículo horas depois levando os blocos de papel para distribuir, o breu da noite não permitiu que eles vissem que um par de olhos os observava de longe, como um gatuno, esperando pacientemente a hora de atacar.

E quando o colégio acordou no dia seguinte, o escândalo foi tão grande que as aulas tiveram que ser suspensas e uma reunião extraordinária foi convocada para a capela naquela noite.

47

O clima na capela não era dos melhores. Todos os alunos uniformizados estavam sentados nas fileiras das cadeiras duras, cochichando sobre teorias e ideias do que estava por vir, tudo isso instigado pela nova mensagem da Capitu. A reunião extraordinária foi marcada para as oito da noite, mas já eram 20h15 e nada do diretor Gonçalves e do padre Josias. Apenas algumas freiras controlavam os alunos com a ajuda dos inspetores, que pareciam quase tão empolgados e apreensivos quanto os adolescentes.

Renata estava ao lado de Lívia, sentindo a presença de Guilherme algumas fileiras atrás, sentado com os amigos. Era estranho como eles haviam desenvolvido uma amizade com todas aquelas madrugadas que passaram juntos, mas, durante o dia, conviviam em mundos diferentes dentro do mesmo colégio. Guilherme andava com outros bolsistas, como se houvesse uma casta social, e Renata... Bom, Renata andava com Lívia. E, às vezes, almoçava com um ou outro membro do Conselho.

Mas, em comparação com o começo do ano, quando não tinha amigos e era incapaz de ser agradável com qualquer pessoa, ela poderia se considerar uma vencedora.

Enquanto ela viajava pensando na vida social do colégio, uma comoção tomou conta dos fundos da capela: eram o diretor Gonçalves e o padre Josias entrando. Nada felizes. De repente, Renata teve vontade de chorar pensando em tudo o que aconteceria se ela fosse descoberta.

A verdade era que eles estavam brincando com fogo. E provavelmente se queimariam.

— Boa noite, alunos — disse o diretor, ao subir no palco.

— E alunas — sussurrou Lívia ao lado de Renata.

— Vocês já devem saber por que estamos reunimos essa noite — continuou ele, estático ao lado do padre Josias, também extremamente desconfortável. — Parece que existe alguém aqui dentro disposto a destruir tudo o que construímos ao longo desses anos.

Renata teve vontade de negar, mas ficou quieta. Foi um esforço e tanto.

— Sabemos que sempre que uma parceria termina, as pessoas vão fuçar para encontrar motivos além dos que foram dados. É natural. É por isso que existem tantas revistas de fofoca. O problema é quando surgem mentiras — disse ele, rígido como se tivesse escrito e decorado aquele discurso em apenas algumas horas. — Nós, da direção do colégio, em conjunto com a professora Trenetim, sabíamos dessa nota do jornal local, mas optamos por ignorá-la, pois não tínhamos tempo para perder com mentiras e fofocas.

Mentirosos, meu Deus, como conseguem mentir dentro de uma capela?, Renata estava em fúria com o discurso do diretor.

— Talvez tenhamos errado em não ser transparentes quanto a isso desde o começo, e, por esse motivo, pedimos desculpas. Agora, o que realmente nos preocupa é o conteúdo dessas mensagens distribuídas no calar da madrugada e como elas estão afetando a comunidade harmoniosa que sempre fomos. — Ele estava de mãos cruzadas na frente do corpo, a careca mais lustrosa do que nunca, sem transparecer nenhuma sinceridade. — É em razão disso que manteremos o toque de recolher e, além disso, o wifi do campus foi cortado. A internet está limitada aos computadores e equipamentos administrativos do colégio, e sob vigia.

Os alunos, indignados por serem privados da única coisa que não os deixava surtar dentro de um internato católico, perderam a compostura e começaram a gritar todos ao mesmo tempo:

— Não tem computador para todo mundo!

— Não tem inspetor para vigiar a todos!

— O 4G não funciona aqui!

— Vocês vão nos isolar do mundo?

— Como vamos falar com os nossos pais?

— Temos que usar os computadores para fazer trabalhos!

— Daqui a pouco seremos vigiados dentro dos quartos!

— Só falta começarem a revistar as nossas coisas!

O diretor Gonçalves aguardou pacientemente até que a comoção morresse. Quando isso aconteceu, foi o padre Josias que assumiu a reunião.

— Até encontrarmos quem está fazendo isso, é assim que serão as coisas — ele fez que sim, como se para reafirmar a si mesmo que aquela era a decisão correta. — Enquanto isso, quem souber qualquer informação, por favor, entre em contato conosco. O colégio, acreditando que um cidadão não é construído apenas pelo seu conhecimento, mas também pela ética, pela moral e pelo desejo de justiça, acredita que essas qualidades também devem ser valorizadas e recompensadas. Por isso, quem colaborar com a direção receberá bonificação extra.

— Isso é extremamente antiético — sussurrou Lívia.

— E extremamente babaca — acrescentou Renata. — Os alunos vão se matar para descobrir o que está acontecendo se isso significar pontos a mais!

Alguns alunos ao redor concordavam com as duas, murmurando sobre como tudo aquilo havia passado dos limites. Porém, outros, pendurados em algumas matérias, viram a oportunidade de ouro para evitar a reprovação.

Estava instaurado o caos. Uns queriam justiça. Outros queriam a liberdade de volta e outros ainda os pontos extras.

No final das contas, o diretor e o padre eram mesmo muito inteligentes, jogando os alunos uns contra os outros e tirando o corpo fora, como Pôncio Pilatos.

Depois que os alunos foram liberados, Renata e Lívia decidiram jantar, já que, antes da reunião, estavam sem fome de tanta ansiedade. No meio do caminho, Guilherme as abordou.

— Olá, Guilherme. Está tendo um início de noite agradável? — questionou Lívia, forçando uma formalidade que foi engraçada, mas nada real.

— Ah, sim, ótima, Lívia. Obrigado por perguntar — rebateu Guilherme. — E você?

— Muito boa! Muito boa mesmo — respondeu ela, como se vivesse em outro século.

— Vocês são dois malucos — resmungou Renata. E então, antes de continuar, olhou para os dois lados para ter certeza de que não seriam ouvidos. — Que porra a gente vai fazer agora?

— Acho que já fizemos o suficiente. — Lívia deu de ombros.

— A Lívia está correta, princesa. Só nos resta esperar — acrescentou Guilherme.

— A professora Trenetim continua demitida e nós continuamos correndo risco de expulsão. Tudo isso foi completamente em vão! — disse Renata com a voz contida, já sentindo o cheiro de comida boa vindo do refeitório.

— Não foi completamente em vão. Pelo menos nos tornamos amigos! — exclamou Lívia.

— Ah, vai à merda, Lívia — respondeu Renata, sem paciência para as gracinhas da amiga e saindo na frente.

A verdade era que Renata estava com medo e frustrada, e aquela nunca havia sido uma boa combinação: como os amigos podiam estar tão calmos?

Assim que os três entraram no refeitório, foram recebidos por mais alunos do que imaginaram; aparentemente, não foram os únicos que não conseguiram comer antes da reunião. Surpresos e com fome, eles pegaram a comida e sentaram-se juntos, mastigando em silêncio, presos nos próprios pensamentos.

Eles já estavam na sobremesa quando os celulares vibraram. O celular caro de Renata, o celular quebrado de Lívia e o celular barato e ultrapassado de Guilherme, todos tocaram ao mesmo tempo, e eles se entreolharam. Depois, olharam em volta, querendo saber se mais alguém havia recebido algo, mas os alunos ali presentes continuaram a comer como se nada estivesse acontecendo.

Com o coração na boca, Renata abriu a mensagem de um número anônimo.

> Vocês foram pegos nas câmeras de segurança instaladas recentemente no escritório do padre Josias. Eles ainda não viram as imagens, mas eu correria para destruí-las. Obrigada por abrirem os olhos do colégio. E boa sorte.

Quando a herdeira ergueu o rosto, encontrou Guilherme pálido e Lívia com a boca entreaberta.

— Estamos ferrados — murmurou Renata, as mãos tremendo. — Ferrados, ferrados, ferra...

— Temos que destruir essas imagens — sibilou Lívia. — Essa noite.

— E como você sugere que façamos isso? — indagou Guilherme, ainda branco como papel.

Renata sabia que ele dependia daquela bolsa, e aquilo só tornava tudo muito pior.

— Não sei. Precisamos de mais gente! Precisamos desligar as câmeras, ou talvez a luz do colégio, e afastar o diretor e o padre do prédio principal... também precisamos descobrir como entrar no computador onde essas imagens estão armazenadas. E somos apenas três! Meu Deus, estamos ferrados! Ferrados, ferrados, ferrados...

Eles ficaram em silêncio, matutando sobre como fariam aquilo. Até que Renata teve uma iluminação divina e se debruçou sobre a mesa, sentindo o coração bater mais rápido do que jamais havia batido.

Eles tinham apenas uma chance.

— Eu tenho uma ideia!

48

Renata esperava por Lívia dentro do quarto quando ouviu batidas na porta. A princípio, pensou que a amiga havia perdido a chave, o que não era muito incomum — maio já se aproximava, e Renata não conseguia entender como Lívia ainda não havia aprendido a guardar o cartão no bolso da saia do uniforme. Quando abriu a porta, porém, foi Guilherme que encontrou parado do outro lado.

Se Renata pudesse ver sua própria expressão, teria rido muito.

— Ela já voltou? — disparou ele, nervoso.

— Saiu faz quinze minutos, Guilherme — respondeu Renata, como se fosse óbvio.

— Ah. Bom... Eu estou meio ansioso, né? — Ele riu. — Posso entrar e esperar aqui?

— Você é doido ou o quê? E se pegarem a gente aqui?

— Não vai acontecer nada além do que já acontecerá se descobrirem os nossos belos rostos naquelas imagens, não é mesmo? — argumentou, e foi bom o suficiente para que Renata o deixasse entrar.

— Como você chegou aqui?

— Pela porta dos fundos. Todo mundo faz isso. Você acha que ninguém transa nesse internato católico, princesa?

Depois que Renata compartilhou sua ideia, Lívia e Guilherme fizeram algumas edições, e logo eles tinham um plano. Era falho e um pouco inconsequente, mas o único que tinham, dado o pequeno problema de tempo hábil. Então os três colocaram a mão na massa; Renata havia pedido que Amanda convocasse uma reunião do Conselho para dali a uma hora, Guilherme juntou as informações necessárias com o colega de quarto, um gênio da computação, e por último Lívia entrou em campo tentando descobrir como desligar todas as luzes do colégio.

Ter Guilherme no quarto, para Renata, era mais difícil do que todas aquelas tarefas juntas.

O garoto andava em círculos, enquanto Renata fechava a porta e tentava se lembrar se havia deixado alguma calcinha à mostra. Ele se sentou na cama e olhou para ela.

— O seu lado do quarto parece um velório.

— Qualquer coisa perto da decoração da Lívia parece um velório. E eu... bom, não queria ficar aqui, acabei agindo como se fosse passageiro. E então quatro meses se passaram, eu entendi que estava aqui para ficar e acho que só desisti de arrumar minha parte por esse semestre.

Guilherme assentiu, olhando em volta com curiosidade. Enfim, seus olhos repousaram na pilha de livros da escrivaninha de Renata, com o exemplar de *Capitães da Areia* da professora Trenetim no topo, e sorriu.

Foi o sorriso mais lindo que Renata já viu.

— Quando eu te vi pela primeira vez, não imaginei que você fosse uma rata de biblioteca.

— Ninguém imagina. — Ela deu de ombros. — Quando você me viu pela primeira vez?

— No primeiro dia de aula. Eu estava jogando bola. Você chegou toda patricinha com os seus pais, fazendo o tour de boas-vindas e agindo como se odiasse o mundo e todos fedessem a mofo. — Guilherme riu.

Então ele também reparou em mim, foi tudo o que Renata conseguiu retirar daquele comentário.

— E o que você imaginou que eu pudesse ser, se não uma rata de biblioteca? — provocou a herdeira, sentando-se na cama de frente para ele.

Guilherme tirou os tênis e cruzou as pernas que nem índio, olhando para Renata como se ela fosse uma criatura fascinante.

— Não sei... rica?

— Há há há, engraçadinho. Bom, se quer mesmo saber, eu achei que você gostasse mais de jogar bola do que de estudar.

— E eu gosto. — Guilherme riu. — Mas não gosto de contar com a sorte. Se estudar, eu tenho melhores chances no futuro. Jogando bola... bom, tem milhares de garotos bons, e só meia dúzia que consegue alguma coisa.

— Muito otimista da sua parte. — Renata também cruzou as pernas.

Os dois se olharam por alguns segundos.

— É meio difícil ser otimista lá de onde eu venho. Já vi muita merda acontecer com os sonhadores.

— Que deprimente, Guilherme. — Renata riu, um pouco nervosa com o rumo daquela conversa.

— A vida é deprimente, princesa.

Mais alguns segundos de silêncio constrangedor, e ele resolveu quebrar o clima.

— Eu preciso disso, sabe? Da bolsa. Do colégio. De uma... *chance*. Preciso, de alguma maneira, devolver para a minha mãe tudo o que ela fez por mim, estudar, me formar, sair da realidade em que todo mundo espera que eu fique. Por isso eu estou tão... apreensivo. Estou com medo.

— Eu também estou. Mas por motivos completamente diferentes! Estou com medo do que pode me acontecer se eu desapontar os meus pais novamente.

— Uma rica rebelde, então?

— Nós somos doidos, sabe? Com tudo isso em risco, ainda decidimos seguir em frente com o caso da professora Trenetim, com a Capitu... parece que gostamos de nos sabotar.

— Ou não gostamos de injustiças. Eu, pelo menos, vejo assim.

— É uma boa maneira de ver as coisas.

— Eu nunca te agradeci, né? — disse ele. — Por ter embarcado nessa loucura comigo. Quando te convidei, depois de ter percebido sua proximidade com a Trenetim, achei que você ia me mandar para o inferno.

— Eu meio que fiz isso em um primeiro momento, né? — Ela riu.

— Ah, eu já esperava... precisamos mesmo pensar antes de tomar decisões drásticas, e eu sabia que você era uma garota sensata, apesar de meio brava. Desconfiaria se você embarcasse logo de cara. Eu precisava de alguém são para me ajudar.

Eles riram, e Renata abaixou o rosto, percebendo que Guilherme pensou e pensava nela mais do que ela imaginava. Só tinha uma coisa que ainda a incomodava muito... e depois de alguns instantes remoendo se deveria ou não perguntar aquilo, ela percebeu que aquele era um momento de honestidade. Que outra oportunidade como aquela teria?

— Por que você fica o tempo todo repetindo que eu sou rica?

Ela olhou para ele, que ficou um pouco surpreso pela pergunta.

— Ah, bom... não é verdade?

— É sério, Gui.

Ele suspirou, desarmando-se.

— É mais fácil me distanciar se eu lembrar que você tem uma realidade diferente — disse ele, enfim, dando de ombros.

— E por que você quer se distanciar de mim? — sussurrou Renata.

— Porque você é tão... — Guilherme sorriu. — *Tão* linda.

Foi como se o seu coração tivesse saltado pela boca, e como se Guilherme não quisesse que ele escapasse em um bote salva-vidas. Ele se inclinou para a frente, segurou o rosto dela e a beijou.

Foi o beijo mais doce que Renata recebeu em toda a sua vida. A firmeza das mãos do garoto era um contraste lindo com a delicadeza do beijo, bem diferente da agressividade típica de adolescentes afobados; Guilherme queria aproveitar cada centímetro da boca de Renata, que permitiu alegremente.

A herdeira não queria que aquele momento acabasse nunca, o silêncio do dormitório adormecido, as folhas balançando do lado de fora, o cheiro do perfume de Guilherme, o seu gosto de pasta de dente... Era demais para ela.

Demais e muito curto, já que foi interrompido por Lívia, que entrou com tudo no quarto e exclamou:

— Minha fanfic! Minha fanfic se tornou realidade!

49

— ... *resumindo,* eu preciso da ajuda de vocês. — Renata cruzou as pernas, roendo um pouco a unha do dedão antes de continuar. — Eu preciso me livrar dessas imagens. *Hoje.*

Os membros do Conselho, com as suas braçadeiras em "C" e os rostos iluminados pela luz de archotes, não olhavam para Renata, mas sim para o garoto ao seu lado, com certa curiosidade. Guilherme parecia bastante incomodado por estar ali, mais do que Renata pensou.

Ele estuda aqui há anos, mas esse ainda não é o mundo dele, pensou ela. *Para Guilherme, todos aqui não passam de riquinhos mimados que não têm metade da sua inteligência, mas que se darão bem na vida mesmo assim, talvez melhor do que ele. Por isso ele não aceitou entrar para o Conselho. Por isso ele não se enturmou. Para os alunos, por outro lado, Guilherme não passa de um bolsista, um "pobretão", ou pior, um "coitado" que faz parte de uma realidade tão distante que eles nunca vão se preocupar em tentar entender.*

Renata sabia disso porque até alguns meses atrás, era igualzinha. Mas depois de tudo o que aconteceu, depois de tudo o que leu e aprendeu, depois de conviver com pessoas tão diferentes dela, como Guilherme e Lívia, ela entendeu que a vida não se resumia a dinheiro, mansões, carros blindados e privilégios.

Existiam pessoas que só queriam uma oportunidade. Pessoas que, por não se encaixarem no padrão, começavam a vida em desvantagem.

Com o discurso de Renata, os garotos e garotas do seleto grupo chamado Conselho descobriam que Renata, Guilherme e Lívia estavam por trás de Capitu. Eles sabiam que Lívia adorava arrumar uma confusão, e diziam as más línguas que Renata tinha um passado sombrio. Mas por que Guilherme havia se metido com elas era uma incógnita. Ele era a celebridade do colégio, o prodígio que havia enchido as estantes do internato de troféus e medalhas nos últimos anos, tudo isso apenas com o seu cérebro: Olimpíadas de Matemática, Olimpíadas de Física, Olimpíadas de Robótica. Guilherme era bom em absolutamente tudo, e os riquinhos do colégio ficavam furiosos em saber que o bolsista tinha um futuro bem mais promissor que o deles mesmo sem um papai rico para bancar uma posição de prestígio. Por isso mesmo ninguém entendia por que ele estava colocando tudo a perder para ajudar uma professora.

Gabriel, encostado na parede úmida da caverna, braços cruzados e um pouco curvado para não encostar a cabeça no teto, não parecia nada feliz. Ainda mais depois de descobrir que Renata havia mentido para ele.

— E como você espera que a gente ajude? — perguntou Paula Kresler, a única garota que havia sido simpática com Renata na semana de recepção.

Atualmente, as duas apenas se cumprimentavam na sala de aula durante o dia, mas eram irmãs de Conselho durante as noites.

— Nós temos um plano — disse Lívia, confiante. — Não é lá essas coisas, mas foi a única ideia que tivemos em tão pouco tempo. Mas, para colocar em prática, precisamos de mais pessoas.

— Por que nos arriscaríamos à toa? — perguntou um garoto do primeiro ano, conhecido por ser um nojo de arrogante.

Lívia abriu a boca para dar um fora, mas Renata segurou sua mão e então olhou em volta, pensativa. O garoto tinha razão. Como poderiam convencê-los de que valeria a pena?

— Eu sei que é muita informação para absorver de uma vez e que meu pedido pode comprometer o futuro de todos nós aqui.

Mas quando o Gabriel me convenceu a entrar para o Conselho, ele me disse que, além de qualquer outra coisa, aqui eu encontraria amigos de verdade — Renata olhou para o presidente, que a observava com os olhos atentos —, e eu estou pedindo ajuda aos meus amigos agora. Aos meus irmãos. Como dissemos nas mensagens da Capitu, o que aconteceu com a professora Trenetim foi uma injustiça, e o que o diretor Gonçalves e o padre Josias estão escondendo diz respeito a nós, ao nosso colégio, ao nosso futuro. Não é por isso que essa entidade existe? Para mudarmos as coisas?

Os alunos ficaram em silêncio. Eram garotos e garotas de 15 a 17 anos, adolescentes de famílias ricas que tinham como maior preocupação na vida as notas e o vestibular. Todos se encontravam ali, sentados no chão úmido de uma caverna escondida, ponderando se arriscariam perder suas vagas em uma das melhores escolas do Brasil para ajudar uma herdeira problemática, um bolsista e uma maluca a se livrarem da expulsão.

Era uma decisão difícil... Renata sabia que adolescentes podiam ser bem egoístas: já tinha sofrido na pele as consequências disso, quando foi abandonada pelo ex-namorado e pelos amigos na hora em que mais precisou.

Ela não guardava rancor. Agora sabia que, até entrar no internato, só tinha amigos por interesse. Mas ela enfim havia encontrado amizades boas e verdadeiras: Lívia, Guilherme, os garotos e garotas do Conselho. E ela esperava, com todas as forças, que dessa vez não se decepcionasse.

— Eu sei que sou um intruso aqui. — Guilherme se pronunciou pela primeira vez desde que entrara na caverna, evitando a todo o custo cruzar olhares com Gabriel — E que não faço parte do Conselho. Mas também sei os riscos na minha vida pessoal e profissional se o padre Josias descobrir que estou envolvido nisso, e sei também que o que eles fizeram com a professora Trenetim não foi justo. Não estou pedindo para que vocês limpem a minha barra, estou pedindo para que vocês não deixem que o trabalho que tivemos tenha sido em vão.

— É, pelo amor de Deus! Tirem a cabeça do cu e façam alguma coisa útil para variar um pouco — acrescentou Lívia, dando seu toque especial ao pedido.

A caverna ficou em silêncio. E então, uma voz rompeu aquela barreira.

— Existem sempre dois lados de uma mesma história. — Uma das garotas do segundo ano citou a frase da Capitu com os olhos brilhando. — Nós temos que ajudar! Se não ajudarmos, quem somos? Apenas um grupo estudantil que planeja festas clandestinas? Isso tudo pode ser muito legal, mas não foi só para isso que eu passei por todas aquelas provas de confiança, e com certeza não era essa a ideia das pessoas que criaram o Conselho.

— Estou com você nessa, Fê — disse Paula, e Renata sentiu o peito inchar de apreciação pela colega.

Aos poucos, todos os membros do Conselho foram se mobilizando para demonstrarem apoio à causa de Renata, Lívia e Guilherme. No final, a vice-presidente Amanda também entrou no pacto, e todos os rostos se viraram para Gabriel; ele tinha o poder de fazer com que aquilo acontecesse, e de botar um ponto final naquela loucura.

O presidente do Conselho descruzou os braços e ajeitou a postura. Olhou primeiro para Guilherme e Lívia e, por último, para Renata.

— Não é segredo algum que eu não gosto nada do que está acontecendo aqui — disse ele, sério como Renata nunca tinha visto. — Além disso, a única coisa que eu pedi de Renata foi honestidade, coisa que, por duas vezes, ela me negou.

Renata lembrou-se do presente recusado, do beijo forçado, da discussão, da ameaça... Ela sabia que o garoto era impulsivo e esquentado, já havia traçado muito bem o seu perfil, mas esperava que ele fosse racional pelo menos uma vez na vida.

Ou será que o ego dele seria assim tão sensível?

Guilherme, ao lado de Renata, olhou para ela de canto de olho. Desde o começo, tinha rejeitado aquela ideia de pedir ajuda ao Conselho. Porém, depois de quebrarem a cabeça, chegaram ao consenso de que não havia escolha. Mesmo assim, Guilherme havia alertado Renata de que Gabriel nunca o ajudaria, nem em mil anos, e Lívia havia concordado com os seus argumentos.

A rivalidade entre os dois era intensa. Pelo menos por parte do presidente do Conselho.

— Mas a Loira está envolvida nisso tudo — continuou ele, e o coração de Renata quase explodiu. — Eu prometi ajudá-la com tudo e prometi que nós, do Conselho, seríamos sempre os seus irmãos. E não sou um homem de quebrar promessas.

Guilherme fez menção de soltar uma risada, mas Renata o chutou discretamente na canela.

— Por isso, digo que podemos embarcar nessa loucura — decretou ele, assentindo e inundando Renata de uma gratidão nunca antes sentida. — Mas estou fazendo isso única e exclusivamente pela Renata.

Gabriel e Guilherme se olharam por alguns instantes, os olhos faiscando. Porém, antes que alguma coisa terrível acontecesse entre os dois, Renata bateu palmas, agitando toda a caverna.

— Mãos à obra, então! Posso contar o plano?

50

Eles demoraram cerca de meia hora para entender o plano e dividir as tarefas. Apesar de alguns riscos e incertezas, acabaram a reunião confiantes, e assim que o primeiro grupo de meninas saiu, o coração dos presentes parecia bater no mesmo compasso.

O compasso do desespero.

Depois de cerca de quinze minutos, os quinze minutos mais aflitos da vida de todos aqueles jovens, nos quais eles ficaram no mais completo silêncio, Gabriel recebeu uma mensagem de Paula que dizia "o gavião pousou".

— As meninas conseguiram — anunciou Gabriel, e a segunda força-tarefa saiu da caverna, deixando apenas Renata, Gabriel, Lívia e Guilherme no vão iluminado pelos archotes.

O plano era mirabolante, mas tinha alguma lógica. Uma comoção seria iniciada dentro do dormitório feminino, onde uma das meninas do Conselho teria um "surto", pedindo pelo amor de Deus para se confessar com o padre Josias. Fatinha, que passara a ficar até mais tarde por imposição das novas regras, tentaria evitar aquele encontro a todo o custo, mas as outras garotas teriam que insistir, desesperadas, gritando que a atriz principal estava fora de controle, possuída por um espírito maligno.

Assim que o diretor e o padre chegassem ao dormitório das meninas, o grupo dos garotos entraria em ação: a função deles seria desligar as luzes do prédio administrativo. Lívia havia descoberto como fazer aquilo enquanto Renata e Guilherme trocavam o primeiro beijo no quarto delas.

E então estava nas mãos do quarteto maravilha, que invadiria a sala do diretor Gonçalves e roubaria o HD do computador onde as imagens estavam armazenadas. Pelo menos era isso que o amigo de Guilherme os instruíra a fazer se quisessem se ver livres das provas para sempre.

Passados mais quinze minutos, eles receberam uma segunda mensagem, dessa vez de um dos meninos. "E Deus disse: que se desligue a luz!"

Apressados, os quatro saíram correndo da caverna, com a lanterna dos celulares para os guiarem pelo mais completo breu. Ao longe, eles podiam ouvir a gritaria generalizada vinda dos dormitórios, e aquele som pareceu acalmá-los um pouco; enquanto houvesse confusão, haveria tempo.

Eles enfim chegaram ao prédio administrativo e perceberam que ele estava fortemente guardado por seguranças, todos tentando avisar pelos rádios sobre a falta de energia. Aquilo era novidade, desde quando o internato tinha seguranças?

Escondidos atrás de uma árvore de tronco grosso, a respiração dos quatro jovens estava comprometida pelo esforço físico e pela adrenalina.

— E agora? — Lívia ofegou.

— Vamos pelos fundos — sugeriu Guilherme.

— Não, vamos atrair eles para os fundos e entrar pela frente — retrucou Gabriel. — Se formos por trás, corremos o risco de encontrar com eles dentro do prédio.

— E como vamos atrair eles para os fundos? — perguntou Guilherme, um pouco contrariado.

— Deixa comigo, vocês entram — respondeu Gabriel. — Você consegue fazer isso sem estragar tudo, Guilherme?

— Vai se foder.

— Ei! — repreendeu Renata.

— Eu sou o presidente do Conselho e não vou correr o risco de ser expulso do colégio por sua causa. — Os olhos dele estavam escuros sob a luz da lua. — E também não confio o futuro da Renata nas suas mãos, seu favelado.

— Quanta preocupação verdadeira com a Renata, Gabriel! Essa é a mesma preocupação que você tem com a Mirella? — Guilherme deu uma risada debochada.

Renata e Lívia se viram imponentes quando Gabriel avançou sobre Guilherme e caiu por cima dele, desferindo socos em seu rosto. Em alguns segundos, porém, Guilherme conseguiu derrubar Gabriel e fez o mesmo.

— Puta que pariu! Parem com isso! — sussurrou Renata, enfiando-se no meio dos dois, tentando separá-los. — Vocês vão fazer com que nós quatro sejamos expulsos!

— Parem com essa idiotice! — ecoou Lívia.

— Repete o que você disse, seu filho da puta! — Gabriel tentava se desvencilhar, debatendo-se como uma tartaruga com o casco virado para baixo.

— O que foi, *presidente do Conselho*? Não aguenta ouvir a verdade?

Lívia e Renata finalmente conseguiram separar os dois depois de muito esforço. Gabriel sentou-se encostado no tronco da árvore enquanto Guilherme tentava se levantar. Os dois fizeram menção de voltar a se atacar, mas congelaram ao ouvir os seguranças.

— Tem alguém aí? — berrou algum deles, apontando a lanterna na direção da árvore.

— Vai logo! — Renata empurrou Gabriel, que, mesmo machucado, tropeçou até os fundos do prédio administrativo e começou a jogar pedras e quebrar as janelas.

Os seguranças correram para lá, e, puxando Guilherme pela camiseta, Renata e Lívia entraram pela porta da frente. Os três subiram correndo até o andar das salas dos professores, apenas a lanterna dos celulares guiando os seus passos. Quando chegaram ao fim do corredor, Renata se virou para Guilherme e o empurrou contra a parede.

— Você está louco ou o quê? Quase colocou tudo a perder por ego! Nós poderíamos ter sido expulsos se aqueles seguranças nos vissem ali!

— Foi mal, Renata, mas é que a falsa preocupação dele com você me tira do sério. Ele não gosta de você, nunca se preocupou com você, só quer tirar vantagem de todas as situações!

— Acho que quem deveria julgar isso sou eu, não você! Ao contrário do que você pensa, não sou uma princesa esperando resgate e você não é o meu guarda-costas!

— Será que o casal poderia deixar a DR para depois? — pediu Lívia, chamando a atenção deles para a janela mais próxima. — Parece que o Gabriel está ficando sem pedras.

Os três foram para a sala do diretor, Renata pisando firme e dando as costas para Guilherme. Lá dentro, começaram a abrir o computador com as ferramentas que conseguiram juntar. Muito antes do que eles estavam esperando, a luz do prédio voltou, e todos os alarmes começaram a apitar ao mesmo tempo, fazendo um barulho infernal.

— Puta merda! — berrou Renata, os olhos ardendo com a claridade.

— Vamos logo com isso! — respondeu Guilherme, começando a forçar as peças da CPU.

Os três cavaram a máquina o mais rápido que conseguiram, machucando as mãos, até encontrarem o que estavam procurando. Mas quando o bolsista guardou o HD no bolso, as vozes dos seguranças já estavam no corredor.

Sem pensar muito e querendo salvar seus amigos a todo custo, Renata disse:

— Quando eu falar "já", vocês saem correndo e não olham para trás, ok?

— Barbie, do que você está fal...

Mas Renata não esperou nem mais um segundo. Saindo da sala com os tênis chiando no piso, chamou a atenção dos seguranças, que correram atrás dela gritando para que parasse onde estava.

No meio do corredor, depois que eles já tinham passado a sala, Renata berrou o "já", mas não viu se os seus amigos tinham conseguido escapar, porque estava ocupada demais trancando-se em outra sala e tentando descobrir uma maneira de se livrar da merda em que havia se metido.

51

— *Sai* daí, garota, antes que eu derrube essa porta! — Se o segurança queria amedrontar Renata, estava conseguindo.

Apesar disso, ela continuava trancada na sala do professor de química e ainda conseguia ser racional. Sabia que eles não derrubariam a porta e causariam danos à propriedade do colégio numa situação daquelas, mas o diretor Gonçalves e o padre Josias já deviam estar chegando com chaves para abri-la.

Logo todos estariam ali para uma breve reunião.

A pauta: a expulsão de Renata.

Ou ela se jogava pela janela e morria ou aguardava seus pais comerem seu fígado mais tarde.

Por que tinha que ter dado uma de heroína?

Sem muitas perspectivas, Renata se sentou e esperou. Ela podia cair, mas cairia atirando. Ou pelo menos era assim que gostava de ver a situação.

Mas foi a voz de Fatinha que ela ouviu.

Ah, ótimo, agora serei obrigada a ver o sorriso de vitória no rosto dessa bruxa, Renata pensou, quase preferindo o diretor e o padre.

— O que vocês estão fazendo aqui? — questionou a inspetora, autoritária.

— Tem uma garota aqui dentro — respondeu um dos seguranças.

— Tem um garoto jogando pedras nas janelas lá embaixo e dois outros correndo pelo campus e vocês estão todos de guarda aqui por conta de uma garota? — indagou Fatinha, irritada.

— Ah... Bom, é... Nós...

— "Ah, bom, é, nós", o que vocês ainda estão fazendo aqui? Vão atrás deles! — exclamou a inspetora. — Eu cuido disso, tenho as chaves.

Merda, merda, merda.

Era o seu fim.

— Sim, senhora — respondeu outra voz masculina, e os seguranças obedeceram a inspetora como carneirinhos, saindo correndo dali.

Renata não podia julgar. Fatinha botava medo mesmo.

A chave na fechadura foi como uma facada no coração. Quando a inspetora enfim abriu a porta e encontrou Renata sentada na cadeira giratória do professor de química, as duas trocaram um demorado e intenso olhar.

— Srta. Vincenzo — disse a mulher por fim, como se já esperasse encontrá-la ali.

— Fatinha — respondeu Renata.

O que mais poderia dizer?

— Você não deveria estar dormindo?

— Você não deveria estar em casa?

Fatinha não respondeu. E então o inesperado aconteceu: ela sorriu.

— Sempre te achei engraçada, srta. Vincenzo. E o bom humor não te abandona nem nas horas mais sombrias — disse a inspetora, misteriosa. E então ficou ao lado da porta, acrescentando: — Eu não te vi aqui. E você não me viu também. Tenha uma ótima noite.

Atordoada, Renata se levantou correndo, sem esperar que a inspetora se recuperasse do provável AVC que estava sofrendo e mudasse de ideia. Passou como um raio por ela, mas antes de sumir de vez, disse:

— Obrigada, Fatinha.

A inspetora não respondeu nada, entrando na sala do professor de química e deixando Renata livre para fugir.

E era isso o que ela estava fazendo quando passou pela frente da sala do diretor Gonçalves e a encontrou vazia e toda zoneada pela operação. Mas algo chamou a sua atenção: havia um celular velho próximo a CPU aberta. Nenhum dos três tinha reparado naquilo antes.

Ele estava ali quando eles entraram para pegar o HD?

Renata sabia que não era o celular do diretor, já que ele tinha um iPhone de última geração, então aquilo ligou todos os alarmes da sua cabeça. Certificando-se de que Fatinha ainda estavam na sala do professor de química, ela entrou correndo, guardou o aparelho antigo no bolso e saiu, tudo em menos de dois minutos. Apreensiva, desceu as escadas e encontrou o breu da noite, bem menos escuro por conta das luzes reativadas.

A herdeira viu, ao longe, os cacos de vidro das janelas quebradas no chão. Sem perder tempo, saiu correndo pelo campus, pegando o caminho atrás do refeitório rumo a caverna do Conselho. Quando estava prestes a alcançá-la, trombou com alguém e caiu de bunda no chão.

— Puta que pariu! — Era a voz de Lívia, e Renata esqueceu um pouco a dor que sentia.

— Renata! Olha, Lívia, é a Renata! — A voz de Guilherme veio em seguida, empolgada e aliviada, anestesiando todos os sentidos de Renata.

— Barbie! — exclamou Lívia, levantando-se só para se jogar na herdeira, que continuava no chão. — Você está viva!

— Por que ela não estaria viva?

— Cala a boca, você não pode fazer comentários engraçados depois que quase colocou tudo a perder só para medir o tamanho do pau com o Gabriel — retrucou Lívia, irritada.

Guilherme não disse nada, sabendo que estava errado.

— Barbie, você é maluca! Não devia ter se arriscado daquela forma por nossa causa! A gente teria dado um jeito juntos! — continuou Lívia, abraçando a amiga como se ela tivesse acabado de escapar da morte.

— Ela tem razão, Renata, você não devia ter feito aquilo. Foi muito arriscado! — concordou Guilherme, angustiado. — Onde estava com a cabeça?

— Deu tudo certo, não deu? — retrucou ela, empolgada com a sorte do grupo. — O que aconteceu depois que eu saí da sala?

— Nós te obedecemos e saímos correndo, mas só porque queríamos que o seu sacrifício não fosse em vão. Escondemos o HD no quarto do Guilherme e, quando estávamos voltando para te resgatar, os seguranças saíram do prédio atrás do Gabriel. Então ele quebrou a última janela e nos convenceu a te esperar na caverna, mas não conseguimos esperar nem cinco minutos e estávamos indo te buscar!

— Como você conseguiu sair do prédio? — Guilherme estava aliviado, maravilhado e preocupado, tudo ao mesmo tempo.

— Vocês não vão acreditar se eu contar. — Renata foi se levantando com a ajuda de Guilherme.

— Depois do que aconteceu hoje, Barbie, a gente acredita em tudo. Vamos, estão te esperando na caverna, conta no caminho!

E Renata contou. Contou como se trancou dentro da sala do professor de química, como os seguranças a ameaçaram e como Fatinha apareceu para o resgate, agindo como qualquer pessoa, menos a Fatinha que ela conhecia. Quando eles chegaram à abertura da caverna, Renata mostrou o celular que recuperou da sala do diretor Gonçalves, e então Guilherme fez com que o grupo inteiro parasse.

— Não mostre esse celular para ninguém, Renata. Principalmente para o Gabriel. Tem alguma coisa estranha na maneira como ele está agindo. Toda essa bondade é muito estranha...

Ela até queria prestar mais atenção ao que Guilherme falava, mas era difícil quando ele segurava a sua mão com tanta firmeza. Ela escondeu o celular no bolso novamente, mostrando as mãos vazias.

— Eu não vou mostrar. Viu? Não tem nada comigo.

Eles entraram então na caverna e, no momento que os membros do Conselho os avistaram, todos começaram a bater palmas, gritar e comemorar. Quando Renata viu, estava rodeada por todos os alunos, que questionavam como ela havia conseguido se safar por um fio de uma expulsão. Ao seu lado, segurando a sua mão, Guilherme compartilhava os feitos da garota quase que como um namorado orgulhoso.

E, no canto da caverna, observando a tudo aquilo, Gabriel não parecia nada feliz.

52

Renata não se lembrava de ter acordado alguma vez na vida com um sorriso nos lábios, mas foi exatamente assim que despertou no dia seguinte. Tudo parecia mais bonito... até os cânticos religiosos que serviam de despertador e o ronco de Lívia.

— Bom dia! — disse ela, sentando-se e esticando os braços.

— Aff... — Lívia rosnou em resposta, cobrindo a cabeça com o travesseiro.

A herdeira riu e se levantou. Lembrava-se da comemoração dos membros do Conselho depois que voltaram vitoriosos para a caverna e das risadas ao ouvir Paula contando sobre sua falsa histeria na sala comum das meninas. O padre Josias ficou desesperado vendo a veterana se contorcer. Lembrou-se também da sensação de se despedir de um Gabriel contrariado e dos dedos de Guilherme em volta da sua cintura, escoltando-a com delicadeza para fora da caverna... E, claro, os beijos que eles trocaram no meio das árvores também estavam gravados na sua memória, entre risadas e suspiros.

Tudo estava bonito. Tudo estava bem. Nem ela nem Guilherme nem Lívia seriam expulsos, e o Conselho havia, finalmente, feito o que haviam prometido a ela no começo do ano: a diferença.

Enquanto Renata pegava as suas coisas de dentro do armário para tomar o banho dos vitoriosos, ouviu duas batidas à porta.

— Hoje é dia de inspeção? — resmungou Lívia.

— Não, hoje é quarta — respondeu a herdeira, intrigada. Caminhou até a porta e a abriu, encontrando Guilherme parado do outro lado. — Guilherme, seu louco!

Ela o puxou para dentro do quarto e foi recebida por um beijo na boca.

— Awn, eu serei obrigada a lidar com esse casal nojento de lindo agora? — perguntou Lívia, ainda deitada na cama. — Terei mais material para a minha fanfic!

Guilherme soltou Renata, rindo, e a herdeira questionou:

— O que você está fazendo aqui?

— Precisamos destruir o HD e descobrir o que tem dentro daquele celular. O quanto antes, melhor — respondeu ele, mostrando o objeto de metal entre as mão.

Renata pegou o celular no bolso e os dois se sentaram.

— E se tiver senha?

— Princesa, sei que você está acostumada à tecnologia de ponta, mas olha para esse celular. É um daqueles primeiros BlackBerrys de executivo, que andavam com eles pendurados na cintura! Senha no celular veio muito tempo depois disso.

— Ele tem razão, Barbie.

E tinha mesmo, porque em alguns minutos eles acessaram o celular e leram todas as mensagens e e-mails trocados pelo diretor, as duas únicas funções disponíveis no aparelho pré-histórico. Depois de algum tempo, Lívia se juntou a eles, e o trio, enfim, tinha uma resposta para todos aqueles meses de investigação.

E era uma resposta sinistra.

Aparentemente, o Colégio Interno Nossa Senhora da Misericórdia havia sido construído em um terreno contaminado pelo despejo de dejetos tóxicos. Na época, o governador de São Paulo achou mais fácil deixar que as indústrias jogassem lixo tóxico ali para se livrarem do problema sem muita dor de cabeça. Pobres empresas que ganhavam rios de dinheiro para poluir e matar tudo o que viam pela frente...

Acontece que o padre que construiu o internato não sabia disso, e teve aval do governador para que a construção começasse. Mas quando a escola ganhou fama de uma das melhores instituições de ensino do estado e passou a receber os alunos mais ricos de São Paulo e quiçá do país, boatos de terra contaminada começaram a surgir na mídia. Quando o padre enfim descobriu a verdade, em vez de fechar o colégio e tomar as medidas necessárias para que o terreno pudesse voltar a ser salubre para os alunos, funcionários e corpo docente, optou por chantagear o governador, que lhe ofereceu uma quantia mensal em dinheiro para que aquela notícia não "vazasse".

Ao longo dos anos, a "tradição" foi passada de diretor a diretor, padre a padre, e os boatos foram esquecidos, enquanto os bolsos dessas pessoas se enchiam de dinheiro. Até que a professora Trenetim descobriu a verdade e reacendeu a boataria depois de perceber que muitos de seus ex-alunos adoeciam. A professora ainda constatou a veracidade dos fatos trazendo dois técnicos para avaliarem o local, então passou a ameaçar o diretor Gonçalves e o padre Josias, pedindo apenas para que eles contassem a verdade aos pais, aos alunos e aos funcionários e tomassem medidas para evitar maiores problemas.

No fim das contas, ela foi demitida e toda a verdade foi abafada pelos mecanismos de defesa do governador e do padre Josias, uma combinação de poder político e religioso que uma só professora de português não era capaz de combater. A única jornalista que se arriscou a falar sobre o assunto foi demitida logo após sua pequena nota no jornal da cidade, e as tentativas da professora Trenetim de entrar na justiça contra o colégio estavam sendo todas desviadas por um judiciário tão sujo quanto o lixo tóxico despejado no terreno.

Renata, Guilherme e Lívia descobriram tudo aquilo em uma manhã, lendo as trocas de mensagens e e-mails no celular do diretor Gonçalves e, quando terminaram, já estavam atrasados para a aula.

— O que vamos fazer com tudo isso? — perguntou Lívia, atordoada.

— Eu não faço a menor ideia — respondeu Renata.

Ela já havia se envolvido em muitas enrascadas ao longo da vida, mas nada nunca havia envolvido escândalos de corrupção, política e igreja.

Era um pouco demais para o seu cérebro de 17 anos.

A vida seria daquele jeito dali para a frente? Um soco na cara para demonstrar todas as frustrações e maldades do mundo dos adultos?

Ela esperava que não.

— Uma última carta da Capitu? — sugeriu Guilherme.

— Eu não sei se isso seria prudente — respondeu Lívia, e era engraçado que ela fosse a voz da razão naquele quarto. — Não é mais uma brincadeira, gente. Envolve coisa séria. Coisa perigosa.

— Mas todo mundo precisa saber da verdade — insistiu ele. — Do que nos serviu tudo isso se não para fazermos alguma coisa?

— Guilherme, isso envolve muita gente poderosa — disse Lívia, apontando para o celular do diretor Gonçalves. — Pode nos arrumar muitos problemas. Problemas sérios. Você tem ideia do risco que vamos correr se enviarmos uma carta de Capitu com tudo isso que descobrimos?

— Vamos amarelar agora? — provocou ele.

— Eu prefiro ser uma covarde viva do que uma corajosa morta. — Lívia deu de ombros.

— Pelo amor de Deus, não fale uma coisa dessas — disse Renata, exasperada. — Ninguém vai morrer aqui! Só precisamos... pensar.

Eles ficaram em silêncio, cada um preso em seu próprio vórtex de pensamentos. Renata então ponderou sobre tudo o que havia acontecido até ali, todas as noites investigando o caso. Eles quase foram pegos, mas o destino lhes deu mais uma forcinha para que continuassem aquela empreitada.

Por quê? Por que o destino queria que eles continuassem?

Então despertaram com batidas à porta. Assustada, Renata apontou seu armário para que Guilherme entrasse e, tentando agir como se nada de anormal estivesse acontecendo, abriu a porta.

— Vincenzo, Morales, não vão para a aula hoje? — A inspetora Silva colocou sua cabeçona para dentro do quarto. — Vocês ainda estão de pijama?

— Cólicas — disse Renata. — Estamos com cólicas. O nosso ciclo sincronizou, sabe como é? Muito tempo convivendo juntas. Mas já tomamos remédio e começou a melhorar. Vamos tomar banho rapidinho e em cinco minutos estaremos na aula, Silva, prometo.

A inspetora ainda olhou desconfiada para dentro do quarto, mas depois apenas soltou um barulho estranho com a boca e saiu, não sem antes ameaçá-las com horas de serviço.

Depois que a porta foi fechada, Guilherme saiu exasperado do armário com uma calcinha rosa na cabeça e, apesar de toda a tensão do que estavam vivendo, os três riram até perder o fôlego.

53

A direção do colégio ficou em silêncio após o ocorrido. Sem reuniões extraordinárias, sem mensagens solenes, sem alto-falantes reunindo os alunos na capela. Guilherme, Renata e Lívia ficaram o dia inteiro esperando por uma represália, porém, às seis da noite, conforme retornavam para os dormitórios, perceberam que, se a direção tomasse alguma medida, não seria no dia após o roubo, o que era ao mesmo tempo aliviante e assustador.

Eram duas da manhã quando o celular de Renata tocou. Um pouco embriagada pelo sono, ela puxou o aparelho do criado-mudo e o desbloqueou, odiando quem quer que fosse.

Entretanto, quando o nome de Guilherme surgiu na tela, todo o seu ódio se transformou em euforia.

> Me encontra em meia hora no refeitório?

Claro. Se Guilherme pedisse ajuda para limpar os banheiros, ela colocaria suas luvas cor-de-rosa e ajudaria, porque qualquer oportunidade de passar algum tempo com ele valia a pena. Além disso, eles ainda não haviam conversado sobre os beijos da noite anterior, e o beijo daquela manhã, então aquele encontro poderia ser uma ótima oportunidade.

Por tudo aquilo, Renata se encontrou subindo os degraus que ligavam o vale dos dormitórios ao campão. Tinha acontecido um pequeno imprevisto ao quase trombar com uma das novas inspetoras contratadas para o regime de prisão semiaberta dos últimos dias; a herdeira teve que ser bastante astuta para esperá-la entrar na copa do dormitório antes de sair pelos fundos e sentir o vento gelado das noites do final de abril.

Ela sabia que estava atrasada porque demorou meia hora se arrumando no mais completo silêncio e escuro para não acordar Lívia, então tentava correr e suas pernas já estavam cansadas. Quando finalmente alcançou os fundos do refeitório, os seus pulmões pareciam balões de ar quente, prestes a explodir.

Guilherme já estava apoiado na parede da construção de tijolos e esboçou um sorriso ao ver que Renata havia, enfim, chegado.

— Olha só se não é a senhorita atrasada.

— Eu... quase... fui pega... — Ela recobrava a respiração aos poucos, com a plena noção de que o seu rosto deveria estar um pimentão.

— Você nunca seria pega — Guilherme balançou a cabeça, com uma expressão de descrença no rosto. — Por que acha que eu te escolhi para ser minha parceira no caso Trenetim?

— Porque você queria... ter encontros noturnos... comigo — retrucou Renata, ajeitando a postura.

— É, tem isso também. — Guilherme sorriu, e foi então que a herdeira percebeu que ele segurava uma rosa vermelha. — Isso aqui é para você.

Tentando reprimir um sorriso bobo, Renata se aproximou do garoto e pegou a rosa cuidadosamente.

— Onde você conseguiu uma rosa?

— Aparentemente, freiras gostam muito de flores. — Ele sorriu com a própria esperteza.

— É linda. Obrigada. — Renata cheirou a flor, fazendo Guilherme sorrir. — Por que estamos tendo esse encontro noturno?

Aconteceu alguma coisa? Você descobriu algo? Vamos elaborar mais uma mensagem de Capitu? Sem a Lívia?

— Você vai ver, *princesa*. Vamos entrar? Não podemos ficar aqui.

Na cozinha, iluminados apenas pelo luar, Renata voltou a falar.

— Você decidiu o que faremos com tudo o que descobrimos hoje? Eu acho que seria legal se...

Quando os dois entraram no salão, porém, Renata não conseguiu terminar a frase.

À primeira vista, era só o refeitório, talvez um pouco mais escuro, mas os olhos espertos de Renata logo perceberam a sutil mudança: a mesa central estava coberta por uma toalha branca, com dois pratos de porcelana também brancos, talheres de prata, duas taças de cristal e uma vela acesa em um pequeno castiçal de vidro. Foi então que ela sentiu cheiro de comida, e os seus olhos, involuntariamente, encheram-se de lágrimas.

— Me desculpe se frustrei os seus planos de espionagem por essa noite — murmurou Guilherme, parando atrás dela. — Eu queria fazer uma surpresa.

— Como você fez tudo isso sem ser pego?

Ninguém nunca havia sido tão legal com ela daquele jeito.

— Eu tenho os meus truques. Mas não se preocupe com isso... Como você é curiosa!

Transbordando ternura, Renata aproximou-se de Guilherme e o abraçou. Sorrindo, ela segurou seu rosto, olhou no fundo dos olhos dele por um instante e o beijou.

— Isso é um encontro?

— Isso é um encontro — disse ele, roçando o nariz no dela. — Queria te levar em algum lugar legal, mas como estamos presos aqui até julho, o refeitório vai ter que servir.

— Vai ter que servir? É perfeito.

Guilherme apontou para a cozinha, de onde vinha um cheiro delicioso.

— Você gosta de bolo de cenoura? É a única coisa que eu aprendi a cozinhar na vida. E também achei que um jantar às duas da manhã não cairia muito bem para os nossos estômagos.

— Quem em sã consciência não gosta de bolo de cenoura? — Renata sorriu, beijando o queixo dele.

— Que bom. — Ele beijou a ponta do nariz dela. — Não é nada comparável aos restaurantes que você frequenta, mas eu...

— Tenho certeza de que deve estar muito melhor que toda aquela gororoba.

Renata não queria que a diferença social fosse nunca uma questão entre eles.

Guilherme riu, levando-a até a mesa. Depois, foi até a cozinha e voltou equilibrando uma travessa em uma das mãos e uma garrafa de vinho na outra.

— Consegui o vinho com a Lívia. Aparentemente, ela é boa em guardar segredos. Achei que você já chegaria aqui sabendo de tudo.

— Vou ter uma conversinha com ela mais tarde — brincou Renata, observando Guilherme abrir a garrafa com um saca-rolhas e servir o vinho. — Melhor aluno do colégio, bom de bola, bonito e cozinheiro. Você tem algum defeito?

— Costumo fazer pré-julgamentos idiotas com garotas ricaças e espertinhas. Além disso, tenho um chulé terrível. Sério, é horrível!

— Que nojo, Guilherme! Que tipo de pessoa diz isso em um encontro romântico?

— Isso porque você não sentiu o cheiro. — Ele deu de ombros, acabando de servir a bebida. Depois, olhou para a travessa de bolo no meio da mesa e franziu a testa. — Tenho outro defeito. Não sei me servir nem servir os outros sem estragar completamente a comida, a mesa e, de quebra, a roupa dos convidados. Minha mãe bem que tentou, mas depois de algumas tentativas frustradas ela desistiu e me deixou encarregado de servir as bebidas, o que já finalizei com maestria.

— Para a sua sorte, eu fiz alguns anos de curso de etiqueta, porque era isso ou equitação, e eu sou absolutamente contra montar em qualquer animal, então até que me saio bem servindo comida. — Renata fez uma mesura, e foi a vez de Guilherme de rir.

Ela cortou o bolo com delicadeza, sob os olhos atentos do Guilherme, e serviu pedaços iguais aos dois, sem causar nenhum estrago além de farelos de chocolate espalhados na travessa. O cheiro era maravilhoso, e Guilherme mais ainda.

— Um brinde — disse ele, depois de alguns segundos de um silêncio reconfortante. Levantou a taça acima da vela acesa, e Renata fez o mesmo. — À Capitu!

— À Capitu! — repetiu ela, olhando nos olhos calmos e sensíveis de Guilherme e brindando.

Os dois sorriram, e o coração dela se encheu de algo que Renata nunca pensou que fosse sentir na vida.

Depois de comerem quase a travessa inteira, a princesa e o bolsista começaram um divertido jogo de perguntas e respostas.

— Hm... Vamos ver... Filme favorito? — disse Renata, logo depois de responder Oasis como banda favorita.

— Não sou um cara muito de filme, tenho que admitir. — Ele mordeu o lábio. — Mas gosto muito de *Cidade de Deus*. E você? Deixa eu adivinhar... *Meninas Malvadas*?

— Há há há, engraçadinho. Para a sua informação, o meu filme favorito é *O Poderoso Chefão*.

— Nunca vi.

— Você nunca viu *O Poderoso Chefão*? — Renata arregalou os olhos. — O que você fez com a sua vida, Guilherme?

— Eu *vivi*? — rebateu ele, recebendo um olhar irritado em resposta. — Brincadeira, princesa. Nós podemos ver juntos, o que você acha?

— É uma boa ideia! — Ela cedeu, imaginando-os deitados na imensa cama dela em São Paulo, embaixo das cobertas, abraçados e comendo brigadeiro. — Podemos fazer isso em São Paulo, já que aqui é quase impossível, principalmente agora com esse regime de prisão.

Guilherme sorriu, mas o sorriso dele foi um pouco forçado. Renata percebeu, e pensou que talvez tivesse passado um pouco dos limites: eles estavam tendo um romance estudantil em um internato. De onde ela tirou que ele fosse querer alguma coisa fora dali? Ele seria um CEO famoso de alguma empresa, ou um cientista premiado. Teria a mulher que quisesse a hora que quisesse... Por que perderia tempo com uma patricinha mimada?

— Bom, claro, como amigos, eu não quis... — Ela se atrapalhou, sentindo como se o bolo de cenoura fosse voltar pela garganta; odiava se sentir uma garotinha perdida perto dele.

— Acho que já passamos da fase de só amigos, não é mesmo?

— Então por que você ficou esquisito?

— Eu só não... Bom, posso conviver com gente rica aqui no colégio o tempo todo, mas quando volto para São Paulo nas férias sou só mais um garoto pobre da zona norte que mora em um barraco alugado e divide o único quarto com a mãe e o irmão. — Ele pigarreou, mostrando estar incomodado em abrir assim sua vida real. — Não sei como... me portar. Entre vocês. E seus pais vão perceber isso no meu jeito de falar, nas minhas roupas, na minha falta de cultura. Vão pensar que sou só um marginal tentando se aproveitar do dinheiro da filha deles, a filha rebelde que quer confrontá-los namorando um cara pobre da zona norte.

Renata estava de queixo caído. Ela queria dizer alguma coisa, qualquer coisa que tirasse aquela impressão dele, mas sabia que ele já devia ter vivido essa discriminação muitas vezes e nada do que falasse adiantaria.

— Você acha que é isso? Que eu quero ficar com você porque sou rebelde e quero irritar os meus pais? — questionou ela.

— Não estou falando que é o seu caso, mas nós já vimos isso acontecer muitas vezes, né? Charlie Brown já dizia, toda patricinha adora um vagabundo. — Guilherme riu, mas Renata permaneceu séria. — O quê?

— Você está se ouvindo?

— Claro que eu estou me ouvindo, *princesa*. — Guilherme perdeu a postura descontraída. — A pergunta mais plausível aqui é: você está nos vendo?

Renata estranhou aquele questionamento, franzindo o cenho.

— Do que você está falando?

— O que você acha que os outros vão dizer? A loirinha de olhos verdes, herdeira de um império, com o moreninho, herdeiro de porra nenhuma. Todo mundo já me chama de favelado, agora vão adicionar "oportunista" na lista. — Ele riu sem nenhum humor. — Por que acha que eu venho te evitando?

— Porque você tem medo do que os outros vão pensar — murmurou Renata, balançando lentamente a cabeça. — Eu pensei que você fosse diferente, Guilherme.

— É fácil para você dizer, né? De você só irão pensar "coitada, olha lá a garota rica que se apaixonou pelo interesseiro, a paixão deixou ela cega". — O garoto agora parecia triste, como se aquele relacionamento chegasse ao fim junto com as palavras que proferia.

Então, Renata se levantou, pegou a travessa suja de bolo e a levou até a cozinha, mas não sem antes adicionar:

— Você está errado e agindo como um idiota.

Guilherme foi atrás dela.

— Ah, é? E como eu poderia estar errado? — Ele queria confrontá-la, quase como se estivesse esperando por aquele momento há muito tempo.

— Não é você quem precisa ter receio, sou eu! — exclamou Renata, jogando a forma com raiva na pia e se virando para Guilherme. — Eu sou só a filha de um cara rico, sem nenhum talento ou diferencial. Você, por outro lado, vai ser gigante! E eu me apaixonei por você, Guilherme! Não importa o que os outros vão dizer, não importa quem vai ficar contra, não importa a sua condição financeira. E eu fico muito triste que você não possa dizer o mesmo...

Guilherme parou no batente da porta e eles se olharam por alguns instantes. Renata pensou que ele fosse começar a chorar, mas então, sem avisar ou pedir autorização, o garoto atravessou a cozinha em apenas alguns passos e envolveu a cintura de Renata com urgência.

— Espero que você saiba onde está se metendo — murmurou ele, beijando-a em seguida.

Perto das cinco da manhã, depois de uma sessão quente de beijos, Guilherme acabou lavando a louça, enquanto Renata se livrava de todo e qualquer vestígio de que um dia houve um jantar romântico naquele refeitório.

Os dois saíram de mãos dadas e caminharam lado a lado até os dormitórios, despedindo-se nos fundos do prédio dos meninos com um beijo embaixo do céu que já começava a clarear. Quando Renata entrou de mansinho no quarto, deitou-se na cama, sorrindo de maneira estúpida.

Ela conhecia os sintomas. Já havia passado por aquilo antes. O coração acelerado, os lábios incapazes de desmancharem o sorriso idiota, o pensamento obsessivo, o replay infinito de momentos estúpidos e bobos, a eterna sensação de felicidade.

Renata estava apaixonada.

E adormeceu com um sorriso nos lábios.

54

$Quando$ Renata entrou no refeitório no dia seguinte, sentiu cheiro de café, ovos e pão na chapa, mas sentiu também que alguma coisa estava errada.

Todos os olhares do salão se voltaram para ela, e quase todos os alunos seguravam seus celulares e cochichavam baixinho. Quando Renata avistou Lívia, que havia saído mais cedo do quarto para terminar um trabalho de biologia, a amiga parecia preocupada. Ela se levantou da mesa e foi ao seu encontro.

— Eu acho melhor você sair daqui, Barbie — disse Lívia, com o celular em mãos.

Renata olhou confusa para o aparelho da amiga e reparou em uma foto sua na tela estilhaçada. Sem pedir autorização, arrancou o celular das mãos de Lívia e começou a tremer.

Na foto, estava sentada em uma mureta do antigo colégio ao lado do ex-namorado Danilo, rindo e entregando um pacote para um garoto. Ela conhecia aquela foto, estava no processo e quase a incriminou, não fossem os excelentes advogados do pai. E a legenda era simples e arrasadora:

Procurando por algo que te mantenha acordado durante horas para estudar para a semana de provas? Ou quem sabe uma erva que te deixo tranquilo? Não importa qual for seu caso, Renata Vincenzo pode ajudar. Vendia drogas no antigo colégio e veio para cá expandir os negócios!

O segredo que Renata havia guardado a sete chaves desde que chegara ali estava em todos os celulares de todos os alunos do colégio.

Para Guilherme, para Lívia, para Gabriel, para Mirella, para os membros do Conselho, quem sabe até para os professores. Agora todos sabiam que Renata havia sido traficante de drogas — por um curto período de tempo e por influência de Danilo — e que os pais tiverem que mover mundos e fundos para que ela não fosse parar na Fundação CASA. Todos sabiam que ela havia alimentado um vício terrível de muitos e contribuído para um problema social que matava pobres fornecedores e privilegiava ricos distribuidores. Todos sabiam daquilo que Renata só queria esquecer.

O que ninguém sabia era o quanto ela se arrependia, o quanto tudo aquilo saiu do seu controle antes que ela percebesse. O que ninguém sabia era que Danilo conseguia ser muito persuasivo e agressivo, e que sabia como ninguém fazer jogos mentais e manipulação. Ele fez Renata acreditar que aquilo era apenas uma brincadeira de adolescente. Ninguém entendia o quanto ela sempre se sentiu sozinha e como aquilo, por algum tempo, fez com que ela tivesse a sensação de pertencimento, com que ela se sentisse amada e querida, fez com que ela se sentisse útil de alguma maneira. Ninguém sabia que, passados alguns meses, ela começaria a se sentir extremamente mal e a tentar sair, mas que Danilo ameaçaria terminar com ela e contar a verdade para todo mundo. E depois dessa ameaça, Renata acabou deixando alguns rastros de propósito, porque, inconscientemente, queria que alguém acabasse com aquilo por ela. Ninguém sabia que, depois que tudo terminou, todos os que se diziam seus amigos lhe deram as costas.

Ninguém sabia que o internato era a sua última chance e que ela, aos poucos, começava a entender o mal que havia causado *justamente* por ter passado aqueles meses ali e conhecido tantas pessoas e histórias diferentes.

Para eles, Renata Vincenzo era só mais uma garota rica, mimada e inconsequente que vendia drogas mas não pagaria por isso pela cor da sua pele e sua condição social. Qualquer um poderia acusá-la disso.

Os alunos não mais a olhavam como a garota nova, nem como a garota rebelde e solitária, e os membros do Conselho não mais a viam como a garota que havia feito história ao invadir o prédio administrativo. Eles a olhavam como uma criminosa que não devia estar ali.

E, no fundo, ela sentia que talvez não merecesse mesmo. Não depois de tudo o que havia causado.

— Renata, você está bem? — A voz de Lívia atravessou o seu muro de inanição, e Renata olhou para a amiga, quase chorando.

Ao perceber, Lívia a pegou pela mão e a arrastou porta afora. Mas antes de sair do refeitório e sentir o ar puro da manhã, deram de cara com Guilherme, que entrava segurando o celular e parecendo extremamente chateado.

— Gui — sibilou Renata, sentindo a garganta se fechar. — Gui, por favor, a gente pode convers...

— Eu honestamente acho que a gente não tem nada para conversar — Guilherme cruzou os braços, na defensiva. — Drogas, Renata? Sério mesmo? *Drogas?*

Agora todo mundo olhava para os três parados na porta do refeitório. Renata com lágrimas nos olhos, Lívia aflita e Guilherme com cara de quem ia explodir a qualquer momento.

— Eu era uma pessoa extremamente influenciável, Gui — disse ela, a voz embargada, o peito subindo e descendo; ela não se importava com as pessoas ali, importava-se apenas com Guilherme e a imagem errada que ele teria dela. — Eu não tinha amigos, tinha um bando de interesseiros que queria se aproveitar de mim. Eu não fui criada pelos meus pais, fui criada por babás, faxineiras, piscineiros, pedindo, *implorando* por um pouco de atenção. Eu nasci e cresci entre pessoas ricas que têm uma noção de certo e errado completamente distorcida. Eu honestamente fui levada a acreditar que não estava fazendo nada de mais, eu acreditava que não era nada de mais!

— Vem, vamos sair daqui — pediu Lívia, tentando evitar um show. Depois, se virou para os meninos e meninas no refeitório, irritada. — O que foi, hein? O que vocês estão olhando? Quem vê pensa que vocês criaram consciência social! A maconha de vocês está muito bem guardada na mala, né?

Alguns alunos chegaram a reclamar, e Guilherme fez menção de se afastar, mas Lívia o arrastou para fora também. Quando as portas se fecharam e ninguém mais ouvia, Renata segurou as mãos de Guilherme, e ele deixou.

— Eu cometi um erro horrível! Não estou tentando me eximir da culpa. Uma garota teve uma overdose logo depois que eu fui expulsa. Não fui eu que vendi para ela, eu nem a conhecia, mas sabia que tinha sido Danilo, e foi ali que eu percebi que aquilo não era brincadeira. Ainda fui arrogante o suficiente para continuar negando tudo o que havia acontecido, tentando diminuir a gravidade da situação, mas então me vi trancafiada aqui, e aconteceu tanta coisa, eu aprendi tanta coisa, mudei meu jeito de ver o mundo, entendi e admiti a merda que havia feito. Mas aí já era tarde demais...

Guilherme continuou calado, ouvindo, o que incentivou Renata a continuar, a abrir o coração: se o garoto queria a verdade, ele teria toda a verdade.

— Muito disso aconteceu graças a todas as pessoas que eu conheci aqui. Eu não conhecia pessoas como a Lívia, que sofrem todo tipo de preconceito e racismo, que têm medo de demonstrar afeto em público, que foram rejeitadas pelos pais. Eu não conhecia pessoas como você, extremamente talentosas e que sonham alto não por ego, mas porque querem e precisam dar uma condição melhor para a família. Eu não conhecia!

— Isso tudo é muito legal, Renata, e eu fico feliz que você esteja conseguindo sair da sua bolha — o garoto apertou as mãos da herdeira com carinho e depois as soltou, tentando ao mesmo tempo parecer distante e afetuoso —, mas não justifica o que você fez. E não estou com cabeça para conversar sobre isso agora...

Guilherme deu as costas para Renata.

— Gui, espera! Por favor, me perdoa!

Ele se virou, e os seus olhos estavam vermelhos: ele tentava não chorar. Renata não entendia como aquele erro do seu passado poderia deixar Guilherme assim tão abalado.

— Renata, você é uma garota incrível, mas não sei se consigo te perdoar por isso — murmurou ele, entrando no refeitório.

As lágrimas que ela tentava conter enfim caíram, e ela se virou para Lívia esperando palavras de conforto.

— Drogas, Barbie? — Mas pelo visto Lívia estava tão decepcionada quanto Guilherme. — Eu realmente esperava mais de você.

— Eu era uma idiota, Danilo me convenceu, eu...

— Você sabe quantos negros da periferia morreram para que você pudesse vender maconha para os seus amiguinhos playboys? — perguntou ela, as narinas infladas. — Sabe quantos negros são presos por andarem por aí com um baseado, enquanto loirinhas ricas como você vendem todo tipo de droga livremente e saem impunes porque têm papai e mamãe para pagar bons advogados?

— Eu não...

— Todo mundo merece uma segunda chance nessa vida, mas certas coisas são muito difíceis de perdoar, sabe?

— Eu era outra pessoa — murmurou Renata, chorando.

— Isso não apaga todo o mal que você fez.

Renata caiu no choro, enfiando a cabeça entre as mãos. E então, sem esperar por aquilo, sentiu o abraço da amiga.

— Eu odeio que você tenha feito isso, Barbie, e odeio mais ainda o quanto sei que o seu choro é verdadeiro, assim como o seu arrependimento — disse ela, puxando Renata para longe do refeitório. — Vamos, vamos sair daqui, ninguém precisa te ver chorando.

55

Renata não conseguiu dormir aquela noite. Depois de tudo o que tinha acontecido, ainda precisava lidar com as semanas intensas e intermináveis de provas, que começariam em breve e marcariam o início de maio e o fim do semestre se aproximando; ela não conseguia pensar nem por um segundo em matemática e física com tudo desmoronando daquele jeito.

Desesperada, magoada, triste e ansiosa, ela acabou desistindo de dormir e resolveu ir até o banheiro jogar uma água no rosto, porque tinha visto em filmes que as pessoas faziam aquilo quando estavam nervosas.

No banheiro, ficou parada em frente ao espelho, respirando fundo e observando a própria imagem; o cabelo, curto e liso quando havia chegado ao internato, agora já passava dos ombros e estava um pouco sem forma, uma vez que a vontade de alisá-lo parecia cada dia menor; às vezes, ela deixava ele secar naturalmente, o que devolvia sua textura, mas não os cachos, já que ele havia sido alisado por anos e anos. O seu rosto estava um pouco mais redondo também: ela podia jurar que havia engordado alguns quilos. Renata havia parado de perseguir aquela imagem de mulher sedutora e assumira seu visual de menina de 17 anos. Será que gostava da mudança ou se sentia vulnerável abrindo mão de todas as suas camadas de proteção?

Infelizmente, não teve muito tempo para pensar sobre isso, porque ouviu um barulho de descarga e, instantes depois, Mirella saiu de uma das cabines, genuinamente surpresa ao encontrar Renata. Aparentemente, o ponto de encontro delas era o banheiro feminino do primeiro andar.

— Renata — disse Mirella, mais para ter certeza de que não estava vendo uma assombração.

— Mirella — respondeu Renata, colocando o cabelo atrás da orelha, sem paciência para a garota naquele momento.

Mirella foi até a pia e Renata pensou que o embate não passaria daquilo, mas percebeu arranhões no pescoço da garota. O que estava acontecendo com Mirella?

— Você está bem? — perguntou, mesmo sabendo que ela entraria mais uma vez na defensiva.

— Toda vez que a gente se encontrar você vai me perguntar isso? — retrucou a garota, irritada. — Eu que devia te perguntar. Você está bem depois de tudo o que aconteceu?

— Não estou. Mas talvez eu fique.

Mirella assentiu, olhando-se novamente no espelho. Então, inesperadamente, os seus olhos se encheram de lágrimas e ela tocou os arranhões.

Renata não sabia o que fazer. Por alguns instantes, esqueceu-se dos próprios problemas.

— O que houve com você?

Mirella balançou a cabeça, sem conseguir falar.

— Quem fez isso em você, Mirella?

Mirella ficou em silêncio, olhando os arranhões no espelho pelo canto dos olhos. E então, lentamente, começou a despejar tudo:

— Era uma vez um garoto apaixonado. E também um garoto que nunca soube ouvir não. E era uma vez uma garota que parecia forte, mas tinha problemas de autoestima e questões não resolvidas dentro de casa, e que achava que precisava de alguém para resgatá-la. Salvá-la.

Renata ficou em silêncio.

— Isso não é um conto de fadas. O garoto é o Gabriel. A garota sou eu. E quanto mais o Gabriel me cortejava, mais eu me apaixonava pelas suas mentiras.

— Foi ele que fez isso em você? — sussurrou Renata, sabendo que tudo aquilo seria doloroso demais de ouvir.

— Eu achava tudo romântico! O ciúme bobo, as aparições de madrugada no meu quarto, a paixão ardente e também as brigas hollywoodianas. — Mirella riu entre lágrimas, passando as costas da mão com força no rosto, como se chorar fosse uma fraqueza imensa. — Concordei quando ele me pediu para usar menos maquiagem, porque ele me achava linda de rosto lavado! Concordei em dar a senha do meu celular para ele, afinal, eu não tinha nada para esconder, não é mesmo? Concordei também quando ele me proibiu de conversar com outros garotos, principalmente o Guilherme, e aceitei quando, em um acesso de raiva, ele rasgou todas as minhas saias. Concordei em apagar as minhas redes sociais e concordei com todos os empurrões, apertões e tapas. Porque ele *me amava*.

Mirella chorava muito, era como se enfim estivesse tirando esse peso das costas.

— Meu Deus, Mirella! — exclamou Renata, colocando a mão no ombro da garota, que a repeliu com raiva. — Por que você aguentou tudo isso?

— Porque eu pensei que ele fosse mudar! — gritou Mirella, não se importando se alguém fosse ouvir; era a primeira vez que ela falava sobre aquilo. — Quando estávamos sozinhos, era tudo incrível, ele era um príncipe! Perdi a minha virgindade com o Gabriel e confesso que transar com ele era sempre emocionante. Ele sabia fazer com que eu me sentisse especial, sabe? Mas era só passarmos algum tempo com outras pessoas que ele encontrava algo para implicar. Isso durou muito tempo, tempo demais... e então, em janeiro desse ano, dei um basta na situação. Fui firme, disse que queria terminar, e ele me implorou para continuar, disse que as coisas iam mudar. E, por algum tempo, mudaram. Ele assumiu as coisas comigo e nós tivemos um breve período de felicidade. Mas logo ele começou a ser agressivo de novo. Naquele dia que estávamos cortando legumes e o Guilherme começou a fazer todas aquelas perguntas, eu estava lá por ter sido pega fora da cama porque ele me trancou para fora do quarto.

— Eu não acredito nesse imbecil...

— A gente nunca acha que vai acontecer com a gente, né? — Mirella sorriu com muita tristeza. — Li a vida inteira sobre relacionamentos abusivos, mas acabei enfiada em um sem nem me dar conta...

— Eu sinto muito pelo o que aconteceu, eu... nós precisamos fazer alguma coisa! Ele precisa ser punido, expulso, eu não sei... Podemos denunciar esse tipo de coisa? — perguntou Renata, mais para si própria do que para Mirella.

— Não! *Nós* não precisamos fazer nada!

— Por que não? Olha tudo o que ele fez para você...

— Eu lido com isso há bastante tempo, não preciso da sua ajuda. — Mirella parecia novamente a garota arrogante e segura de si que Renata conhecia, mas nem aquela atitude a afastou. — Eu não sei por que te disse tudo isso, eu só posso estar louca mesmo...

Ela jogou o cabelo para trás, parecendo acordar de um transe.

— Mirella, por favor!

— Por favor o quê? Acha que eu não sei das investidas dele em você? Dos beijos, dos presentes? Eu sei de tudo, *Loira*.

— Eu nunca quis nada com o Gabriel — defendeu-se Renata. Só de falar o nome dele ela sentia vontade de gritar com alguém.

— Mentirosa — sibilou Mirella entredentes.

Mesmo em meio a tanta agressividade, Renata percebeu uma lágrima solitária escorrendo pela bochecha de Mirella e quis abraçá-la, dizer que também havia sofrido nas mãos de alguém que prometeu amá-la e foi traída na primeira oportunidade. Quis dizer que havia doído muito, mas que não havia nenhuma fraqueza em uma mulher que se reconstrói.

Mas ela não conseguiu dizer nada daquilo, estava impressionada demais.

— Sabe do que mais eu sei, Renata? — continuou Mirella, querendo se livrar de tudo o que estava intoxicando o seu sistema. — Que foi ele quem aconselhou o diretor a instalar novas câmeras de segurança. Foi ele quem pediu para religarem as luzes tão cedo no dia que vocês foram roubar o HD. Foi ele quem espalhou para todo mundo o seu segredinho. Ele está obcecado por você. Mas é a mim que ele ama. *A mim!* Ainda acha que dar uns beijos no meu namorado é uma boa ideia?

— Mirella — sussurrou Renata, extremamente impactada com aquelas revelações e ainda assim mais preocupada com o estado da garota. — Mirella, você precisa de ajuda. A gente precisa denunciar o Gabriel, você precisa de provas para que ele seja expulso. Você não está bem! Olha a lavagem cerebral que ele fez em você!

A morena riu com ironia e olhou-se no espelho.

— Realmente. Eu não estou bem — disse ela, virando-se para Renata. — Mas talvez eu fique.

56

Renata passou a noite inteira passando e repassando a conversa que tivera com Mirella, fermentando tudo o que ela havia dito, juntando, enfim, as peças daquele quebra-cabeças.

Gabriel. Aquele tempo todo foi o Gabriel. O garoto que Lívia odiava. O garoto sobre quem Guilherme a alertara. O garoto que a beijou a força, e que gostava de agarrá-la pelas costas e tirá-la da cama no meio da madrugada.

Estava tudo tão claro agora que era difícil entender como Renata se deixou enganar por tanto tempo! Quanto mais ela rejeitava o presidente do Conselho, mais o cerco se fechava ao redor dela e de seus amigos. E o golpe final foi a foto divulgada. Se não fosse para ficar com ele, Gabriel queria mais era ver Renata infeliz.

Fora de si, a herdeira levantou-se da cama ensandecida no dia seguinte. Nem tomou banho, nem esperou Lívia acordar, foi andando que nem um touro até o refeitório, querendo tirar as coisas a limpo.

Quando Renata enfim avistou Gabriel, ele tomava café tranquilamente com os amigos em uma mesa perto da janela, rindo e falando alto.

— Bom dia, Gabriel — disse ela, sentando-se sem ser convidada e afastando um dos garotos. — Podemos conversar? Temos muitos assuntos para resolver. Por onde você prefere começar? Pela sua dupla jornada trabalhando como informante do diretor Gonçalves? Pela traição a todos os seus amigos, inclusive o seu tão estimado Conselho? Ou pelas minhas fotos que você espalhou ontem? Ah, tem também a Mirella e todos os arranhões e hematomas que eu venho reparando nela...

— Você bateu a cabeça, Loira? — Gabriel riu, mas não conseguiu disfarçar o nervosismo em sua voz.

— Eu não, mas estou por um fio de bater a sua na mesa. Você é um lixo. Um lixo insignificante que não consegue conquistar nada sozinho e precisa apelar para joguinhos, dinheiro ou força física.

— Isso nos torna iguais, não é mesmo? — Gabriel perdeu completamente a pose de bom moço, aprumando-se na mesa. — No seu caso, você também pode apelar para as drogas, ou para o seu corpo, como a boa putinha que é.

— Ah, bem que você queria, não é mesmo, Gabriel? É uma pena que eu queira distância desse seu pinto. Não somos iguais. Nunca fomos iguais. E eu vou destruir você pelo que fez comigo e com a Mirella.

Inesperadamente, Gabriel caiu na risada, sendo acompanhado pelos amigos, mas estes riam de nervoso.

— Você, Loira? Quem vai acreditar em você, uma patricinha mimada e traficante? Você não tem credibilidade nenhuma aqui. Eu sou influente, meus pais são influentes. Eu que vou te destruir, nem que seja a última coisa que eu faça nesse colégio. — Ele continuava a rir, mas então ficou sério e se aproximou, para que apenas Renata pudesse ouvir o restante. — E a Mirella gosta de tudo o que acontece com ela. Ela gosta de apanhar, sempre gostou. Se não gostasse, já teria ido embora faz tempo.

— Seu escroto! — berrou ela, e todos os alunos do salão, tanto os que estavam sentados comendo quanto os que estavam na fila do buffet, olharam para ela; depois da manhã anterior, eles estavam animados para enfim presenciarem a explosão de Renata Vincenzo.

Gabriel ficou parado, sem reação: não esperava que Renata fosse responder daquele jeito, chamando a atenção da escola inteira. A herdeira aproveitou a deixa para pegar um garfo de cima da mesa e enfiar na coxa dele, que caiu no chão berrando de dor.

— Caralho, sua maluca! Você enfiou um garfo em mim!

— Eu queria enfiar um cabo de vassoura no seu cu, mas o garfo foi tudo o que eu encontrei! — berrou ela, e teria feito pior, não fosse Fatinha e os outros inspetores terem interferido e a arrancado dali.

O salão inteiro virou um caos. Gabriel uivando, os amigos dele xingando Renata, alguns alunos aplaudindo, outros cochichando, a maioria espalhando aos berros a informação para os que não conseguiram ver o show, os professores gritando para que todos se acalmassem, os inspetores correndo para levar Gabriel para a enfermaria e, no meio de toda a confusão, Renata havia recomeçado a chorar, uma cachoeira de lágrimas inundando o seu rosto, enquanto ela tentava se livrar das garras de Fatinha. Mas a mulher, mesmo com os seus 60 anos, era bem forte.

— Renata, se acalme, vamos sair daqui — sussurrou ela no ouvido da herdeira, escoltando-a para longe do refeitório.

Já do lado de fora, em vez de irem para a sala do diretor, a inspetora guiou a aluna até um banco bem afastado, já perto do prédio administrativo; a herdeira nem conseguia raciocinar direito, de tanto que chorava, e só conseguiu perceber onde estava quando sua bunda encontrou o concreto do banco.

— Renata — disse a inspetora, baixinho, retirando os braços da herdeira da frente do rosto. A menina estava com os olhos vermelhos e inchados. — Você precisa se acalmar. Já estávamos tomando medidas sobre aquela foto, você não precisava ter feito aquilo...

— Ele estragou tudo! Tudo! Eu só quero ir embora, sair daqui, eu...

— Você está pensando de cabeça quente — continuou Fatinha, secando o rosto da herdeira com um lenço; a cada rastro de lágrimas que ela secava, outros brotavam. Renata nunca havia chorado daquele jeito, com toda aquela dor e intensidade. — Você quer conversar?

Claro, vou contar os meus problemas pessoais e amorosos para a inspetora de 60 anos do colégio, pensou ela com ironia, balançando a cabeça.

— Não foi nada, é só que... — E, sem entender muito bem o poder que os olhos tranquilos e firmes de Fatinha tinham sobre ela, contou tudo.

Desde o começo. Contou que Danilo revendia drogas no colégio e convenceu Renata a ajudar, mas ela acabou sendo pega em um dos banheiros femininos, e ele conseguiu escapar. Renata passou por todo aquele inferno sozinha. Os pais discutiam dia e noite sobre como resolver aquilo, enquanto ela ficava trancada no quarto, ignorada por Danilo e todos os amigos. A gota d'água foi quando uma menina teve uma overdose e foi parar na UTI; depois disso, seus pais decidiram mandá-la para o internato. Contou também sobre o começo difícil no colégio — tomando cuidado para deixar de fora detalhes como Capitu e o Conselho —, todos os dias em que se sentiu sozinha, todo o tempo que passou desejando sair dali, a amizade inesperada com Lívia, as suspeitas de que Mirella não estava bem, apesar da garota parecer odiá-la, as investidas inconvenientes de Gabriel, a paixão que surgiu por Guilherme e tudo o que aconteceu até que eles, enfim, ficassem juntos. Então a foto dela que vazou, culminando naquela manhã em que um garfo havia sido enfiado na perna de Gabriel Matarazzo.

Quando acabou de falar, já não chorava mais, mas sentia a alma fragmentada e fraca, presa em um furacão de tristeza e amargura. A inspetora ouviu tudo em silêncio, apenas concordando e negando com a cabeça vez ou outra, mas sem interromper.

Só ela sabia o quanto estava precisando desabafar com alguém.

— Querida — Fatinha se curvou para a frente depois de minutos em silêncio, acariciando os ombros de Renata —, acho que uma garfada foi pouco.

Renata arregalou os olhos, surpresa, e riu. A risada contagiou Fatinha, e em pouco tempo as duas estavam gargalhando no meio do campão.

— Sabe, a gente precisa levar tombos e aprender com eles nessa vida — disse Fatinha, enquanto Renata voltava a chorar e abraçava a inspetora. — O que você fez no outro colégio foi muito errado, muito errado mesmo, e nós precisamos pagar pelos nossos erros. Mas se você se dispôs a mudar e tentar ser uma pessoa melhor, quem somos nós para te julgar?

— Acho que estou pagando agora. Todo mundo vai me odiar para sempre... Agora que fiz amigos de verdade pela primeira vez na vida...

— Talvez eles te odeiem agora, sim, principalmente aqueles que condenam com mais força o que você fez. — Renata pensou em Guilherme, e o seu coração diminuiu no peito. — Mas seus amigos de verdade vão perceber que você mudou e vão te perdoar.

— O Guilherme nunca vai me perdoar.

— Não temos como saber, você vai precisar dar tempo para que ele coloque a cabeça no lugar. Mas acho que você pode levar uma lição disso tudo, não é mesmo?

— Que lição?

— Que por mais divertido e rebelde que seja, precisamos pensar duas vezes antes de tomar alguma decisão, porque ela pode ter consequências severas no futuro.

— Eu sou muito idiota. Estúpida, estúpida, estúpida... Não faço nada certo!

— Como não? Não diga uma coisa dessas! — A inspetora puxou Renata pelos ombros e olhou bem fundo dos seus olhos. — Nunca mais diga uma coisa dessas, Renata. Você pode não perceber ainda porque é muito jovem, mas tem um potencial imenso e um dom incrível no seu coração.

— Qual dom? O de estragar tudo?

— O dom da influência! O dom de ser uma líder, de inspirar as pessoas ao seu redor, de ser a esperança que todos precisam para fazer mudanças. — Fatinha balançou a cabeça, tirando alguns fios grudados do rosto molhado da herdeira; era como se ela conhecesse Renata mais do que aparentava. — Você é especial, querida. E eu soube disso desde o começo... talvez por isso tenha pegado tanto no seu pé. Eu sentia que tinha o dever de te fazer abrir os olhos. Esse dom que você tem funciona tanto para o bem quanto para o mal, como você bem deve saber, mas basta escolher o caminho certo. Você errou e está pagando por esse erro, mas não podemos nos condenar eternamente. Quem mais precisa te perdoar é você mesma.

Olhando para Fatinha e ouvindo os conselhos que ela precisava desesperadamente ouvir, Renata se lembrou de todas as broncas, horas de serviço e caras feias que a inspetora havia feito para ela, assim como a vez em que a encobrira e ficara ao seu lado no dia da invasão do prédio administrativo. Sentindo o seu ânimo melhorar infimamente, ela deu um abraço bem apertado em Fatinha.

— Eu odiava você quando entrei aqui, e tinha certeza de que continuaria odiando cada vez mais. Eu não entendia por que todos pareciam te adorar, mas agora eu entendi. E, pela primeira vez na vida, fico muito feliz em estar errada.

As duas ainda ficaram um bom tempo abraçadas e só se separaram quando ouviram vozes distantes, perto do refeitório.

— Agora vamos para a aula, srta. Vincenzo. — Fatinha reassumiu a postura de inspetora chata, levantando-se e estendendo a mão para ajudar a aluna. — Vou dar um jeito na sua situação, mas nem se atreva a se meter em outra confusão! Pelo menos até amanhã...

As duas foram juntas até o prédio das salas de aula e, chegando na porta do terceiro ano, Fatinha deu o seu último conselho.

— Dê tempo ao tempo, querida. Você vai ver como as coisas vão melhorar.

— Obrigada por tudo, Fatinha — disse Renata, entrando na sala ainda vazia e encaminhando-se para a sua mesa de sempre.

Eu queria tanto que isso fosse verdade, foi o que ela pensou, sentando-se na carteira e encarando o completo nada a sua frente. *Mas acho que nós realmente chegamos ao fim.*

57

Algumas semanas depois da fatídica garfada, que ficou conhecida como "o dia em que o Gabriel chorou e chamou a mamãe", o fim de maio se aproximava e, com ele, o frio, o fim das semanas de provas e o dossiê do caso Trenetim, que Renata decidiu começar a fazer sem consultar Lívia ou Guilherme. Ela compilou obsessivamente as informações encontradas no celular antigo, como se aquilo pudesse consertar tudo o que tinha dado errado.

Por mais que as enfermeiras quisessem enxotá-lo depois de apenas algumas horas, Gabriel passou três dias na enfermaria por conta da garfada, e depois que saiu mancava de um lado a outro pelo campus, amparado por Mirella, cada vez mais triste, ansiosa e nervosa — e cada vez mais cheia de hematomas. Por mais indignada que ficasse com aquela situação, Renata não podia intervir se a própria Mirella estava em negação. Ela teria que dar outro jeito se quisesse ver Gabriel expulso.

Lívia perdoou Renata, mas não perdia a oportunidade de jogar na cara dela todos os seus privilégios. Renata entendia, e, em vez de entrar na defensiva como faria no passado, ouvia e pedia desculpas.

Guilherme, por outro lado, queria ver o diabo na cruz, mas não queria ver Renata. Ela tentou conversar de todas as maneiras, pessoalmente, por mensagem, por e-mail, durante as aulas, mas ele havia virado uma muralha intransponível e não demonstrava o menor interesse em se abrir.

Na última segunda-feira de maio, porém, os ventos começaram a mudar. Guilherme não a perdoou e as pessoas não esqueceram a foto, mas Renata recebeu uma mensagem de um número desconhecido com um vídeo que lhe embrulhou o estômago. Foi durante o almoço, e Renata sentia uma vontade desesperadora de chorar e gritar. Quase não conseguiu ver até o final.

Era uma briga entre Gabriel e Mirella. E a mensagem dizia: "Você tem razão. Eu preciso de ajuda."

Gabriel ofendia Mirella de coisas inimagináveis, que pareciam deslocadas na boca de um menino de 17 anos. Aparentemente, a briga havia começado porque Mirella tinha conversado com Guilherme na fila do buffet. Em pouco tempo ele estava puxando o cabelo dela, chacoalhando sua cabeça, enquanto ela suplicava que ele parasse. O vídeo acabava com ele jogando Mirella com força na cama e dizendo: "Você não vale um real, sua vagabunda."

Renata queria poder dar outra garfada em Gabriel, dessa vez na testa. Guardando o celular no bolso com muita calma, ela se levantou e foi ao prédio administrativo, esperançosa de que alguma justiça pudesse ser feita, tanto para Mirella quanto para ela.

A sala do diretor Gonçalves estava fechada e, sem conseguir esperar nem mais um segundo, Renata bateu. Alguns segundos se passaram até o homem enfim a atender, parecendo surpreso por um instante, mas depois sorrindo como se tivesse ganhado na loteria.

— Renata Vincenzo! A garota que eu queria ver! Entre, entre...

Renata estranhou aquela recepção, porém, com um objetivo bem traçado em mente, entrou na sala de maneira destemida. Assim que o diretor Gonçalves fechou a porta, a herdeira percebeu que o padre Josias também estava ali, e tudo começou a ficar mais estranho ainda.

— Olha só, nem precisou ser chamada, Josias — disse o diretor Gonçalves, sentando-se na cadeira de couro. — Pode se sentar, srta. Vincenzo.

Renata obedeceu, sem entender nada.

— Diretor Gonçalves, padre Josias, estou aqui porque tenho uma acusação muito séria para fazer — disse ela, pegando o celular e preparando o vídeo.

— Srta. Vincenzo, nós... — o diretor Gonçalves começou a dizer, mas o padre Josias colocou a mão em seu ombro.

— Não, Carlos, deixe que ela mostre primeiro.

Renata olhou de um para outro, confusa, mas mostrou o vídeo. Mais uma vez, foi obrigada a assistir àquela monstruosidade. O problema foi que a reação deles não foi a que ela esperava. Não teve repúdio, raiva, indignação, nem mesmo vergonha ou tristeza. Eles estavam impassíveis, como se pensando no que diriam em seguida.

— Srta. Vincenzo, eu gostaria de iniciar essa conversa parabenizando-a pessoalmente por ter nos enganado durante todo esse tempo — disse, enfim, o diretor, e Renata não entendia como aquelas palavras poderiam estar saindo da boca dele depois do que havia mostrado. — Não sabemos como você conseguiu, mas posso dizer que foi a rebeldia mais bem elaborada que esse colégio já viu.

— Do que você está falando? — a herdeira balançou o celular.

— Vocês viram o vídeo que eu acabei de mostrar? Vocês precisam expulsar o Gabriel, ele é um perig...

— Infelizmente, todo o seu esforço foi em vão — interrompeu o homem, com um suspiro. — Temos bons alunos nesse colégio, srta. Vincenzo. Alunos que se importam com o próprio futuro e com o futuro da nossa comunidade. Não demorou muito para que um desses alunos me desse as informações necessárias para relacionar o seu nome às mensagens anônimas intituladas "Capitu" e ao roubo dos meus bens pessoais semanas atrás.

O estômago de Renata afundou pela segunda vez naquela manhã, mas foi de medo. E, quando o padre Josias mostrou o celular velho que a herdeira havia roubado da sala do dirctor e que deverla estar guardado a sete chaves na sua mala, o medo se espalhou pelo o seu corpo inteiro.

— Confesso que estávamos tendo certa dificuldade de relacionar você a tudo o que aconteceu, mesmo depois da dica valiosa que recebemos, mas isso aqui nas suas coisas não me deixar negar — disse o diretor Gonçalves, mostrando o aparelho celular.

— Quem deu o direito de vocês mexerem nas minhas coisas? — sibilou Renata.

— O contrato que os seus pais assinaram no começo do ano. — O diretor Gonçalves sorriu.

— Nós já sabíamos que você seria um problema, srta. Vincenzo, só não tínhamos noção do tamanho do problema — acrescentou o padre Josias.

— Agora — o diretor colocou o celular na mesa —, o que faremos com você?

Quando Renata levantou a cabeça, pôde ver a vitória nos olhos tranquilos do diretor.

Eu perdi, ela pensou, sentindo todo o sangue se esvair do rosto. *Nós perdemos.*

— Nada, porque o meu pai é muito rico e influente e pode destruir vocês dois se quiser? Ou nada porque eu sei de tudo, das ameaças da professora Trenetim e do dinheiro que vocês recebem do governador?

O diretor riu, mas o padre permaneceu impassível.

— Você sabe de tudo isso, querida, mas não tem prova alguma. O celular voltou para o lugar de onde nunca deveria ter saído e você ficou sem nada — continuou o diretor, depois que a risada morreu. — O fato é que vamos te expulsar, srta. Vincenzo, mas também queremos punir os outros envolvidos.

— Não tem nenhum outro envolvido.

Guilherme e Lívia não poderiam ser punidos por causa da obsessão de Gabriel por ela, afinal de contas, se não fosse pelo presidente do Conselho, eles teriam se safado de tudo aquilo.

— Muito honroso da sua parte, srta. Vincenzo, mas nós sabemos que existem outros alunos envolvidos, como o sr. Rodriguez e a srta. Morales — disparou o padre Josias, deixando o coração da herdeira batendo desvairado. — O aluno que nos passou a informação sobre você também nos passou os outros nomes. Ele parecia bastante irritado com você e seus amigos... o que você fez para irritá-lo tanto assim?

Apenas o contrariei, Renata pensou a contragosto.

— Nós precisamos de algo que possa incriminá-los — explicou o diretor Gonçalves, como se eles estivessem fechando um negócio ali —, algo que nos garanta uma expulsão. Já temos o meu celular nas suas coisas, mas não encontramos nada nas coisas deles.

— Vocês não podem fazer isso.

— Não só podemos, como estamos fazendo — disse o diretor.

— Por que vocês querem nos expulsar? Só estávamos atrás da verdade, só isso.

— A verdade tem muitas faces, srta. Vincenzo, e não podemos correr o risco de nos prejudicar porque você e seus amigos acreditam que a verdade de vocês é melhor do que a nossa — respondeu o padre Josias, e aquilo foi a coisa mais surreal que Renata já viu sair da boca de um homem religioso.

— Nos traga algo que os incrimine, srta. Vincenzo, e nós permitiremos que você permaneça no colégio e não contaremos aos seus pais tudo o que você aprontou aqui dentro, porque, para nós, uma parceria com os Vincenzo é mais importante do que uma parceria com os Morales ou os Rodriguez — concluiu o diretor, pronunciando os sobrenomes de seus amigos com certo asco. — Veja isso como... uma parceria que pode lhe proporcionar muitos frutos no futuro.

— Sabemos que você é inteligente e que tem todas as características necessárias para ficar do lado correto dessa história toda. — O padre Josias sorriu pela primeira vez em toda aquela conversa.

O diretor Gonçalves então se levantou e foi até a porta, abrindo-a.

— Eu gostaria de poder chamar os seus pais para comunicar sobre a expulsão ainda hoje, mas tenho um congresso muito importante para ir em Araraquara e já estou atrasado. — Ele apontou com a cabeça para o lado de fora. — Aconselho que você pense com muito carinho na nossa proposta e me dê a resposta amanhã cedo, srta. Vincenzo, ou já pode começar a arrumar as malas.

— E o que eu mostrei? A agressão do Gabriel com a Mirella Saito?

— Se você fizer tudo direitinho, Renata, nós podemos pensar no seu caso — disse o padre Josias.

— Vocês vão deixar ele impune? — A herdeira quase gritou. — Depois de assistir a tudo isso?

— Garotos são assim, srta. Vincenzo. O sr. Matarazzo sempre foi um bom aluno, os pais dele sempre contribuíram para o colégio. Seria uma tristeza sem fim acabar com a vida e a reputação dele com base em apenas um errinho — respondeu o diretor Gonçalves.

— Vocês são pessoas horríveis! — Renata se ouviu dizendo, os olhos cheios de uma fúria que ela não sabia que existia; desde quando ela se importava tanto com alguma coisa? — Que tipo de cristãos vocês são? Mentindo, enganando e manipulando centenas de adolescentes? Deixando que a gente fique em um lugar prejudicial para a nossa saúde por conta de uma mesada? Demitindo uma professora incrível que só queria que vocês consertassem essa cagada? Passando a mão na cabeça de um agressor?

O diretor Gonçalves não respondeu, dando um sorriso vago. No mesmo instante, dois inspetores apareceram na sala e começaram a levar Renata para fora. E a última coisa que ela viu foi o administrador do internato sentar-se atrás de mesa e passar a mão na careca como se tivesse vencido.

Mais uma vez.

58

Apesar de todo o discurso moral que Renata havia despejado em cima do diretor Gonçalves e do padre Josias, seria mentira se dissesse que a proposta não havia mexido com ela. Claro, se ela havia mudado tanto quanto gostaria, a ideia seria absurda e nem passaria por sua mente. Mas dadas as devidas circunstâncias e as possíveis consequências, era difícil demais não analisar todos os possíveis movimentos daquele jogo.

Enquanto ela caminhava a esmo pelo campus, sentindo-se em um beco sem saída, lembrava-se da briga com Guilherme. Aquilo ainda estava em seu coração, envenenando suas atitudes. Ela estava com raiva do garoto, mas sempre soube que ele reagiria assim. Se ela própria estava decepcionada, por que ele não teria esse direito?

Mas era triste demais saber que, depois de tudo o que eles enfrentaram juntos, o garoto não queria nem ouvir a versão de Renata.

Era uma facada no coração.

Mas será que aquilo era o suficiente para que ela o traísse? Traísse a Lívia? A única garota que se interessou em ser sua amiga e que ficou do seu lado apesar de tudo?

Trairia também a Mirella, que havia confiado seu maior segredo a ela sem nem a conhecer direito? Deixaria que Gabriel ficasse livre e impune depois do que havia feito, depois de toda a desgraça que havia causado? Seria capaz de ignorar aquelas imagens? Seria capaz de dormir à noite sabendo que a garota estava nas mãos de um cara horroroso?

Por outro lado, tinha que pensar no próprio futuro pós-segunda expulsão. Colégio Militar? Exílio para a casa dos avós no meio do nada? Assassinato?

Seus pais seriam capazes de matá-la?

Pare de ser idiota, Renata. Claro que eles não fariam isso. Mas talvez algo pior. E com certeza ela estaria morta para eles, mesmo que vivinha da silva.

Os pais não iriam querer saber das suas boas motivações, nem do quanto ela havia mudado. Veriam apenas mais uma expulsão no seu currículo, e, novamente, fariam tudo, menos escutá-la.

Renata podia imaginar a expressão no rosto do pai. Decepção pura. E os olhos da mãe, cheios de lágrimas, tristeza sem fim.

O que ela faria?

Quando estava passando para o campão deserto, o celular vibrou no bolso. Era dona Ivone, sua babá.

Fazia mais de uma semana que elas não conversavam, e aquela ligação calhou de acontecer no meio da sua maior crise ali. Renata não saberia dizer se era bom ou ruim ouvir a voz daquela mulher que era quase uma mãe para ela, mas optou por atender mesmo assim.

— Oi, Vone! — exclamou a herdeira, animada, tentando não parecer o retrato da tristeza.

— Amorzinho! Que saudades! Está podendo falar? Eu devia ter perguntado antes de ligar, não é? Você pode estar no meio da aula. Ai, meu Deus, que mancada...

— Posso conversar, Vone, estou voltando para o meu quarto. — Renata riu, sentindo falta das trapalhadas da babá.

Dona Ivone havia criado Renata desde que ela era um bebezinho. Era a única com paciência o suficiente para pentear o seu cabelo, e a quem a herdeira recorria sempre que tinha um problema. Em determinada época, a mãe de Renata começou a sentir ciúme da relação das duas e proibiu gestos de carinho e afeto, mas aquilo só durou uma semana. Renata era apegada demais, e o ciúme da mãe passou rapidamente.

Quando Renata entrou na adolescência, os pais contrataram a dona Neide. Ela não era tão carinhosa quanto a dona Ivone justamente porque Giuseppe e Laura precisavam de alguém duro como pedra para colocar a garota na linha, mas as duas se entendiam perfeitamente dentro de suas limitações emocionais, e a mulher passou a ser a conselheira oficial de Renata.

Renata sabia de cor o aniversário delas, as histórias de vida, conhecia a família das duas, os sonhos e angústias. Se alguém perguntasse as mesmas coisas sobre os seus pais apontando uma arma para sua cabeça, ela provavelmente se daria mal.

— Que bom, amorzinho! E como estão as coisas? Eu e a Neide estamos morrendo de saudades. Como estão os amigos? E as paqueras?

Renata riu. Desde sempre, o objetivo de vida de dona Ivone era encontrar um "bom partido" para a herdeira. Dona Neide, por sua vez, só queria que Renata aprendesse a arrumar a cama.

Ao ouvir a palavra "paquera", Renata pensou em Guilherme e teve vontade de chorar.

Dona Ivone o adoraria.

Apesar de conversarem sempre, Renata não havia entrado em detalhes sobre a vida no internato, contou apenas sobre as aulas e detalhes superficiais. Só então lhe passou pela cabeça que as babás deviam estar morrendo de curiosidade.

Renata era a menininha das babás, afinal de contas.

— Os amigos vão bem — Renata assentiu, como se a babá pudesse vê-la. — A Lívia vai bem também. Lembra que comentei dela? Minha colega de quarto? Estou morrendo de vontade de apresentar vocês para ela. Ela é muito divertida! Me ajudou muito sempre que eu precisei. E também tem um paquera...

Dona Ivone riu do outro lado.

— Como ele é?

— Lindo! O nome dele é Guilherme. Ele é bolsista aqui, tem as melhores notas do colégio. Adora ler, que nem eu, e tem um coração imenso.

— O que mais, docinho? Me conta tudo!

— Entrei para um grupo bem legal, que organiza algumas festas — Renata pensou em adicionar "ilegais e no meio do mato", mas desistiu no meio do caminho, enfim chegando aos dormitórios e sentando-se na praça da fonte. — No começo do ano nós tínhamos uma professora incrível de literatura, mas ela foi mandada embora...

— Você me contou isso, docinho! Que pena, que pena... — Dona Ivone fungou do outro lado. Ela estava chorando? — Nós estamos com tantas saudades!

— Eu também estou, Vone — sussurrou Renata, querendo tanto o colo da babá naquele momento tão difícil. — Mas daqui a pouco estou de volta, julho está logo aí!

— E a religião, docinho? Algum avanço? — A voz da babá pareceu mais animada, o que deixou Renata feliz.

— Acho que você está pedindo demais de mim, Vone — respondeu a herdeira, fazendo a babá rir.

— Você parece feliz, amorzinho, e isso me deixa feliz demais! Eu disse que seria legal, não disse? E está sendo, não está?

Tirando o fato de que talvez eu seja expulsa de novo e a única possibilidade de me livrar disso seja dedurando os únicos amigos reais que fiz na vida... sim!

— Obrigada, Vone. E vocês, como estão? Você, a Neide, o pessoal da cozinha, da piscina...?

— Estamos todos bem, trabalhando bastante, graças a Deus. Hoje em dia ter trabalho é uma bênção, não temos do que reclamar. E os seus pais são pessoas boas, bons patrões, docinho. Você devia conversar com eles! Estão com muita saudade de você...

Deve ser por isso que não me ligaram uma só vez, Renata pensou. Mas, para não chatear a babá, respondeu:

— Sim, vou ligar para eles.

— Bom, amorzinho, vou lá. A Neide me pediu para te mandar um abraço e dizer que estamos muito animadas para a sua volta! Vamos fazer todas as suas comidas favoritas!

— Estrogonofe de carne? — O estômago de Renata roncou.

Ela não sabia que estava sentindo tanta falta assim da comida das babás até ouvir a promessa.

— E mousse de chocolate! Vá se divertir com os seus novos amigos agora, amorzinho! E fique com Deus! Nós estamos muito orgulhosas de você!

— Amém, Vone. Um beijo!

— Outro, amorzinho.

Depois que Renata desligou, ainda ficou sentada por algum tempo na praça da fonte, olhando para o nada e contemplando a vida. Depois, chegou à conclusão de que pegaria uma gripe se ficasse por muito mais tempo ali no frio e decidiu entrar.

Assim que entrou no quarto, olhou em volta, para o lado divertido e caótico de Lívia, e o seu próprio lado, simples e sem personalidade. Sentiu-se triste por nunca ter transformado o seu canto em um lar, e só então percebeu que, afinal, passara a considerar o internato seu lar.

Não queria perder tudo aquilo. Não queria entregar seus amigos, muito menos ser expulsa. Ela precisava encontrar um meio-termo, algo que a mantivesse no colégio e não ferisse seus amigos.

Então olhou para o computador jogado na cama e entendeu o que deveria fazer. Empolgada, sentou-se e abriu a tela, encontrando o arquivo em que vinha trabalhando desde que o celular do diretor Gonçalves veio parar em suas mãos.

Ela não seria suja como eles. Não seria desleal como Gabriel. Não seria inconsequente como a antiga Renata.

Dessa vez, ela faria a coisa certa.

59

Renata estava mais uma vez sentada na sala do diretor. Mas ao contrário do dia anterior, tinha, além de enormes olheiras, um brilho de satisfação nos olhos que o diretor e o padre não conseguiam perceber, bêbados de orgulho.

O sol do lado de fora já se erguia preguiçoso no céu, iluminando a sala pelas persianas, dando um toque de cor e luz naquele ambiente que havia se mostrado tão hostil. Fazia frio naquele final de maio, e Renata usava o blazer com o brasão do colégio por cima da camisa social pela primeira vez. Aquele dia seria sua salvação ou sua derrota.

— E então, srta. Vincenzo, para quem eu ligo primeiro? Para o seu pai ou para a sua mãe? — dizia o diretor, revirando papéis na mesa. — Ou você decidiu colaborar?

— O meu pai só atende o celular depois das oito. Antes, está em modo avião. Regras da sua psicóloga.

O diretor e o padre permaneceram em silêncio, esperando que Renata concluísse. Porém, quando perceberam que ela não diria mais nada, a vitória esvaiu-se de seus rostos.

O diretor Gonçalves olhou para o relógio da parede. Sete e cinquenta e cinco. Ele então suspirou fundo, quase esgotando o ar de seus pulmões. O padre Josias pigarreou, incomodado.

— Então seremos obrigados a prosseguir com o plano inicial de expulsá-la, srta. Vincenzo? — insistiu o diretor.

— Acho que sim... a não ser que vocês estejam abertos a negociar. — Renata então colocou na mesa o arquivo que havia imprimido e encadernado mais cedo. Na capa dizia "projeto de história", o único disfarce em que conseguiu pensar para enganar as freiras vistoriando as impressões. Mas logo arrancou a capa e revelou a primeira página, que trazia uma troca de mensagens entre o diretor e o governador do estado de São Paulo.

O diretor Gonçalves olhou embasbacado para a imagem enquanto o padre Josias fuzilava Renata com os olhos.

— Como você...? — O diretor subiu o rosto.

— Vocês realmente acharam que eu não ia fazer uma cópia de tudo isso no meu computador? — Renata riu. — Vocês, velhos... não entendem a facilidade do compartilhamento de dados hoje em dia. Bastou um clique e todo o conteúdo desse celular ultrapassado e *sem senha* estava comigo. Para sempre.

— Sua insolentezinha, eu... — O padre Josias saiu detrás da mesa, com a mão em riste, mas Renata permaneceu no mesmo lugar.

— Acho que seria melhor que o senhor fechasse as portas, padre Josias. Não queremos que essa conversa saia daqui.

— Desde quando você dá as ordens? — O diretor Gonçalves bufou, indignado.

— Bom, se quer que todo mundo saiba que vocês recebem dinheiro do estado para negligenciar a informação de que o colégio foi construído em terras contaminadas porque o governador não sabia o que fazer com elas, pode deixar as portas abertas, não faz muita diferença para mim. — Renata deu de ombros, apontando com a cabeça para o dossiê.

Ela parecia tranquila, mas, por dentro, desmanchava-se em uma pilha de ansiedade e medo.

Padre Josias bateu a porta, virando-se para a garota.

— Escuta aqui, sua fedelha... — Foi incrível como ele passou de senhor fofo e jovial a um completo psicopata em questão de segundos; os seus olhos estavam injetados e havia baba presa entre os seus dentes da frente enquanto falava. — Eu não vou deixar que você me ameace. Quem vai acreditar em uma criança brincando de detetive?

— Para começo de conversa, o meu pai vai. Conhece ele? Giuseppe Vincenzo, um dos empresários mais ricos e influentes do Brasil. — Renata olhava para as unhas, entediada. — E depois a mídia! A mídia adoraria ouvir o que eu tenho a dizer. O meu pai passou a vida inteira me escondendo deles, acho que seria bem divertido que a minha primeira aparição fosse para revelar os escândalos de corrupção de um dos colégios mais prestigiados do país, ainda mais envolvendo o governador de São Paulo, não é mesmo? Acho que seria incrível! Eu ficaria muito famosa!

O padre estava ao lado do diretor, ambos observando a herdeira. Um silêncio assustador entre eles e, por mais que Renata tentasse parecer desinteressada, estava com medo de que aquele tiro saísse pela culatra.

— Quem mais sabe dessa história? — perguntou o padre Josias por fim, ajeitando os óculos redondos no rosto.

— Acho que já concordamos que não vou passar essa informação. — Renata balançou a cabeça, como se decepcionada com a dificuldade dos dois em entender o que estava acontecendo. — Mas não se preocupem. Se vocês concordarem com os meus termos, eu não farei nada com essas informações.

Mais um silêncio tenso. E então o padre perguntou:

— O que você quer de nós? — Ele cruzou os braços.

— Josias! — exclamou o diretor.

— Se você quer ser preso, Carlos, fique à vontade.

— Quero permanecer no colégio. Também quero que a professora Trenetim seja readmitida no corpo docente. Quero que todo o dinheiro que vocês receberam nesses últimos anos seja utilizado na revitalização da terra e na contenção e eliminação dos resíduos tóxicos. Por último, quero que o aluno Gabriel Matarazzo seja expulso.

O diretor ameaçou abrir a boca, mas Renata foi mais rápida e completou:

— Ah, sim, e se algo acontecer comigo, como um desaparecimento estranho ou um sequestro seguido de morte, só gostaria de deixar bem claro que toda essa conversa foi registrada — ela tirou o celular de dentro do bolso e mostrou o tempo transcorrido desde que eles chegaram ali — e será enviada para um endereço seguro, para alguém que está autorizado a vazar tudo, essa conversa e o dossiê.

— Feito — disse o padre Josias.

— Nunca! — gritou o diretor.

— Eu dou a palavra final aqui, Carlos. Mas se nós fizermos isso e você vazar essa história, as coisas vão ficar muito feias para o seu lado, srta. Vincenzo. Você pode ser muito espertinha, mas somos mais. Estamos te dando esse voto de confiança porque não queremos ter de lidar com esse problema agora, mas não se atreva a pisar em nossos calos.

O padre queria parecer superior, como se aquilo tudo tivesse sido ideia dele, mas Renata sabia da verdade. Ele estava com medo. Com medo do que uma garota de 17 anos poderia fazer. Surpreso com a sua inteligência em conseguir reunir provas que outros adultos não conseguiram. Com raiva por ter afrouxado suas defesas, acreditando ser invencível.

Estava tudo ali, para quem quisesse ver. Na facilidade com a qual ele aceitou os termos. Com a recusa em ouvir o diretor Gonçalves. Com os olhos que demonstravam receio.

— Eu tenho certeza de que vocês são capazes de qualquer coisa. Um padre corrupto e um diretor imbecil. A maldade e a ganância transformam homens em animais, sempre foi assim e sempre será. Que exemplo de cristãos temos aqui!

— Apenas suma da nossa frente! — berrou o diretor, chegando a assustar Renata de tão fora de si que estava; antes que as coisas ficassem feias, ela agarrou o dossiê e saiu correndo, ouvindo-o berrar com o padre lá do corredor.

Quando chegou ao pátio, o sinal para a primeira aula do dia tocou, e ela mandou a gravação da conversa para o próprio e-mail. Depois, encaminhou esse e-mail com o dossiê anexado para a professora Trenetim, dizendo o seguinte:

Querida professora Trenetim,

Antes de ir embora, você me disse que eu nunca deveria obedecer e acreditar cegamente em adultos só pela diferença de idade. Disse que deveríamos admirar quem nos inspira admiração, respeitar quem nos respeita e acreditar em pessoas que se mostram confiáveis.

Nesses meses aqui sem você, acabei me engajando em uma atividade estúpida e perigosa, que você talvez não aprovasse muito, mas que me fez comprovar tudo o que você disse. Além disso, me fez ver que você é muito mais do que uma professora incrível, é também uma mulher maravilhosa e cheia de coragem, que não teve medo de buscar a verdade e enfrentar pessoas ruins, sendo injustamente punida por isso.

É por esse motivo que estou te enviando esse áudio e esse dossiê. Graças a você eu me sinto uma pessoa melhor. Você me disse que poderíamos tentar de novo se falhássemos em algo, e eu tentei e tentei e tentei até encontrar a verdade para você, mesmo depois de muitas falhas e percalços no caminho. Não existe demérito em tentar de novo.

Espero que isso te traga alguma justiça e que você faça bom proveito desse material. Obrigada por ter acreditado em mim — por conta disso, eu acreditei em você. Eu e muitos outros alunos que só queremos você de volta.

Com muito amor,

Renata Vincenzo

60

Renata não tinha cabeça para prestar atenção na encheção de linguiça que era aquela aula — depois das provas finais do semestre, quem já havia passado em tudo só estava ali para cumprir protocolo, e quem ainda enfrentaria as próximas semanas de recuperação deveria estar estudando, não ouvindo o professor de química contar piadas ruins.

Além disso, Guilherme estava na sala de aula e era terrível tentar se concentrar enquanto ele ignorava a existência de Renata.

Se ao menos ele soubesse o que ela tinha feito para poupá-lo de uma expulsão...

Com o desmanche do trio maravilha, Capitu também não existia mais. Lívia estava extremamente focada nas recuperações e Guilherme... Bom, ele nem sequer falava com Renata.

Quando o sinal finalmente tocou, a herdeira saiu da sala rumo a última reunião do Conselho daquele semestre. Ela não sabia se conseguiria passar mais do que cinco segundos olhando para Gabriel sem agredi-lo fisicamente, mas era uma reunião mandatória e ela descobriria se seria forte o suficiente na hora.

Foi a primeira a chegar na caverna, apoiando-se em um tronco úmido de braços cruzados e observando uma fileira de formigas passear pelos seus pés. A herdeira tentava afastar a tristeza, mas não conseguia. Apesar da vitória, o estrago tinha sido grande demais: Guilherme não a perdoava, Mirella carregaria aquela ferida pelo resto da vida, Lívia tinha se afastado e todos ali estavam correndo risco de vida, sendo expostos a substâncias tóxicas — e ninguém sabia disso.

Por que o mundo tinha que ser tão injusto?

Renata não saberia dizer quanto tempo ficou naquela posição, perdida em pensamentos, mas teve a sorte de que a primeira pessoa a chegar foi Amanda, e não Gabriel. As duas entraram juntas na caverna. Apesar de a vice-presidente ter sido educada, Renata sabia que a foto das drogas ainda estava bem fresca na memória de todos os alunos.

Atipicamente, todos chegaram antes do presidente, que se esgueirou pelo corredor já um pouco atrasado, ofegando e sorrindo. Renata sabia que por baixo da calça jeans havia um curativo na coxa direita, mas nem isso a animou. Ela estava mesmo no fundo do poço.

— Me desculpem a demora — disse ele, sentando-se no lugar de sempre, evitando cruzar olhares com Renata. — Como vocês já devem saber, fui covardemente atacado há alguns dias e não consigo caminhar muito rápido.

Renata fechou as duas mãos em punho e rangeu os dentes, mas ficou em silêncio.

— Bom, a reunião de hoje é mais um balanço do que aconteceu nesse primeiro semestre. — Ele apoiou o calcanhar da perna boa no joelho da perna machucada; quando o diretor Gonçalves e o padre Josias colocariam em prática o seu pedido? Renata não sabia se conseguiria passar mais um segundo olhando para a cara daquele garoto. — Uma conversa franca. Onde mandamos bem? Onde fracassamos?

Os membros do Conselho se entreolharam; ninguém queria ser o primeiro a falar, e a herdeira quase agradeceu em voz alta quando Amanda resolveu se manifestar — aquele silêncio estava ficando constrangedor.

— Acho que mandamos bem no plano para impedir que o diretor expulsasse o pessoal por trás da Capitu.

— É verdade! Eu fiquei feliz de sairmos um pouco da mesmice — disse um dos veteranos do Conselho, dando de ombros. — Para ser sincero, foi incrível fazer parte de alguma coisa maior do que a gente, alguma coisa boa... o circuito de festas já estava começando a ficar tedioso.

— Hum. Sim, foi algo atípico. E sobre os nossos erros? — perguntou Gabriel, e quando ninguém se manifestou ele mesmo respondeu: — Acho que erramos ao aceitar no Conselho algumas pessoas sem antes procurar saber mais sobre o passado delas. Agora nós temos um problema, não é mesmo? Uma ex-traficante de drogas entre nós. O que faremos com esse problema?

Todos ficaram apreensivos, em silêncio. Ninguém queria olhar para Renata, nem responder Gabriel. Aquela briga era entre os dois.

— Engraçado, Gabriel, porque quando você queria me comer, o meu passado não era muito importante, não é?

— Não mesmo, não dá para comer o seu passado — debochou ele.

— Gente, acho que não é o lugar... — interveio Amanda.

— Aproveitando que o Gabriel espalhou a foto e puxou esse assunto, eu gostaria de dizer que não sou mais aquela garota e que estou buscando, todos os dias, me distanciar cada vez mais dela — disse Renata, sem entender direito por quê. — Logo que entrei para o Conselho, confesso que fiquei decepcionada, esperando que isso aqui fosse muito além de organizar festas clandestinas. Achei que seria justamente a chance que eu estava buscando para me tornar uma pessoa melhor, ser diferente daquela Renata que vocês viram na foto... E eu sei que a maioria de vocês também esperava isso, mas tinha medo de discordar do Gabriel.

— Não queremos ouvir o que voc... — Gabriel tentou falar, mas recebeu um "slihh" dos membros.

— Eu vim parar nesse internato depois de uma avalanche de decisões terríveis que tomei na vida... Depois de confiar nas pessoas erradas e de acreditar ser invencível, então a decepção com o Conselho não foi nada para mim. — A herdeira sorriu, sentindo o

343

coração se encher de alguma coisa reconfortante. — Mas quanto mais eu convivia com todos vocês, mesmo que as pautas fossem só festas, mais eu percebia o potencial disso aqui. Precisamos concordar com aquele velho clichê: temos que ser a mudança que queremos ver no mundo. E, no fim das contas, tudo o que vocês fizeram por mim, que ajudou no caso da professora Trenetim por tabela, me mostrou exatamente isso! Nós somos uma espiral de energia positiva e eu agradeço por ter conhecido vocês, porque agora posso dizer, com toda a certeza, que sou uma pessoa melhor. Hoje, eu repudio a Renata que vocês viram naquela foto.

Renata só estava abrindo o coração, então se surpreendeu quando o Conselho aplaudiu seu discurso. Depois daquela demonstração de carinho inesperada, as lágrimas que se formaram nos seus olhos eram de alegria, um sopro de mudança nos momentos tristes dos últimos dias.

— Ok, tudo bem, ordem. — Gabriel assoviou por cima dos aplausos, que pararam aos poucos. — Pelo amor de Deus, não estamos em uma reunião dos alcoólicos anônimos, vamos tentar nos comportar.

— E você poderia tentar ser menos pau no cu, não acha? — resmungou Paula, balançando a cabeça.

Gabriel arregalou os olhos, mas não teve tempo de se recuperar; os golpes vieram todos de uma só vez.

— Você não é o nosso dono, Gabriel! Foi eleito presidente porque demonstrou proatividade desde o primeiro ano, mas isso não significa que pode tratar o Conselho como se fosse o seu clube particular — continuou Amanda. — Nós estamos conversando, como você mesmo propôs, então por que não pode nos respeitar também?

— Ele é incapaz de respeitar qualquer pessoa — acrescentou uma garota do primeiro ano.

— Nós somos amigos aqui, Gabriel, não subordinados! — Paula se empolgou.

— E acho que está na hora de dar voz a todos — disse outro. — Estávamos cansados de só organizar festas e tentamos falar sobre isso com você por muito tempo, mas você não quis ouvir. E ainda nos fez rir da única pessoa que tentou abrir os nossos olhos!

— Ah, por favor, vocês só estão encantados pela presença dela, todos ficam, eu também fiquei — Gabriel se virou para Renata, e ele tinha ira nos olhos. — Até conhecê-la de verdade e tomar uma garfada na coxa!

— Você mereceu aquela garfada, Gabriel Matarazzo — sibilou Renata entredentes, segurando-se para não voar no pescoço dele. — Você merecia muito mais por ter me manipulado, por ter manipulado a todos nós, e por ser a pior pessoa que eu já conheci em toda a minha vida. Você acabou com o meu relacionamento com o Guilherme e com o seu relacionamento com a Mirella. Se é que a gente pode chamar o que vocês tinham de relacionamento! Você abusou daquela menina de maneiras doentias, e sabe disso. Usou o que ela sentia por você, a tratou feito lixo, a agrediu tanto psicologica quanto fisicamente. Quer que eu mostre para todos aqui? Porque tenho vídeos do que você é capaz de fazer!

— Vai se foder, Renata. — Gabriel fez menção de se levantar, mas o machucado na coxa o impediu. — Você não sabe nada sobre o meu relacionamento.

— Mas nós sabemos — respondeu Amanda. — E tem algo muito errado acontecendo entre vocês dois.

— E também estamos de saco cheio de você achando que pode dar em cima de nós só porque tem algum poder aqui — adicionou uma garota do primeiro ano, timidamente.

— E o que vocês vão fazer, então? — Gabriel conseguiu se levantar, tentando intimidar os alunos ali presentes. — Hein?

— Nós vamos tirar você da presidência e escolher outra pessoa — afirmou Amanda, também se levantando. — Quem está a favor dessa decisão levanta a mão.

A caverna inteira levantou a mão, inclusive Renata.

— Ótimo! Perfeito! Escolham outra pessoa e afundem na sua insignificância! — exclamou ele, mancando em direção à porta da caverna antes que aquilo fedesse mais ainda para o lado dele; Gabriel sabia reconhecer a derrota, e sabia ainda mais reconhecer a hora de se retirar. — Essa merda vai afundar e eu vou dar muita risada ainda!

— Vamos ver se você estará aqui para isso — ameaçou Renata, pensando na sua demanda para o diretor Gonçalves e o padre Josias.

Gabriel saiu túnel afora, um covarde que não conseguia ouvir a verdade, xingando em voz alta. Quando a sua voz não podia mais ser ouvida, Amanda voltou-se para o grupo.

— Agora nós precisamos votar para escolher o novo presidente.

— Acho que não precisamos votar — Jéssica, uma garota do primeiro ano, olhava para Renata. — Temos uma presidenta nata entre nós.

Aos poucos, o grupo inteiro olhou para Renata Vincenzo, que estava paralisada no mesmo lugar, uma expressão de descrença no rosto.

— O quê? — Ela foi obrigada a perguntar, soltando uma risada de nervosismo. — *Eu?* Vocês estão loucos?

— Por que loucos? — Paula sorriu como se aquela ideia fizesse todo o sentido. — Não foi você quem teve a iniciativa de mudar as coisas por aqui quando todos nós estávamos alienados demais para pensar em mais do que estúpidas festas no meio do mato? São poucos os que têm esse tipo de coragem.

— E não foi você quem bolou o plano da professora Trenetim e nos deu a noite mais divertida do ano? — insistiu Amanda.

— E não foi você quem nos mostrou quem o Gabriel realmente era? — acrescentou Jéssica.

— Não, eu só convenci todos vocês a me ajudarem a não ser expulsa! Se pararmos para pensar, fui bastante egoísta até.

— Não, Vincenzo, você nos convenceu a ter humanidade, a ter empatia — afirmou Lucas, um garoto do primeiro ano. — Nós estávamos tão cegos que não pensamos, nem por um segundo, em tentar ajudar a professora Trenetim.

— Às vezes, bons líderes são aqueles que tomam as melhores decisões pelos outros — disse Eduardo, também sorrindo. — Mesmo aquelas decisões com as quais ninguém concorda.

— É você, Renata. — Paula concordou enfaticamente com a cabeça. — Nós estávamos precisando de alguém como você para mudar.

— Gente, eu não...

— Quem aqui quer Renata Vincenzo como nova presidenta do Conselho levanta a mão!

E, em questão de segundos, a caverna inteira estava com os braços para o alto.

Renata soltou todo o oxigênio de dentro dos pulmões, sem conseguir acreditar plenamente que tudo aquilo estava de fato acontecendo.

— Bom, se é para o bem de todos e felicidade geral da nação — ela mordeu o lábio, sentindo o rosto tenso com o sorriso mais verdadeiro que ela dava em vários dias —, digam ao povo que eu aceito!

61

As semanas de recuperação do começo de junho chegaram e acabaram, e Renata não teve tempo de se preocupar com mais nada além das notas, que haviam sido negligenciadas o semestre inteiro. Quatro recuperações depois, e ela estava apta a passar as férias de julho em casa, mas aquela informação, que deveria animá-la, só a deprimia. A verdade era que a garota não via mais a sua casa como um lar. Seu lugar agora era um internato.

Por mais incrível que pudesse parecer, principalmente depois do drama que ela havia feito ao chegar, não queria ir embora.

Ao longo do final de maio e do começo de junho, aconteceram algumas mudanças no Colégio Interno Nossa Senhora da Misericórdia. Primeiro, o diretor Gonçalves apareceu caminhando com dois homens engravatados pelo campus e, dias depois, algumas máquinas foram instaladas no solo. Em uma das missas de domingo, o padre Josias explicou que a terra estava com problemas "complicados demais para explicar", mas que eles já estavam corrigindo aquilo. No dia seguinte, vários caminhões apareceram e começaram a retirar parte da terra do internato. Para onde aquela terra iria e para quem o governador pagaria a nova mesada não era mais da conta de Renata.

Lívia questionava Renata o tempo todo sobre o que poderia ter acontecido, se ela havia feito alguma coisa, mas Renata negava todo e qualquer envolvimento naquela mudança. Em determinado momento, Lívia disse que Guilherme havia perguntado se Renata tinha algum dedo naquilo, e Renata respondeu apenas: "Se ele quiser saber a resposta, ele que venha perguntar pessoalmente."

Não era nem preciso dizer que aquilo nunca aconteceu.

Na mesma semana em que os caminhões chegaram, a professora Trenetim respondeu ao e-mail de Renata de uma maneira um pouco vaga, ao contrário do que a garota esperava: ela agradeceu pelo material, deu uma bronca na garota por ter se metido em assuntos tão sérios e, por fim, explicou que havia sido convidada para voltar a lecionar no colégio, mas que não voltaria por motivos "pessoais". Assim, sem explicações, deixando Renata no escuro mais uma vez.

Aquilo com certeza foi um golpe para Renata. Ela havia passado por tanta coisa procurando justiça, querendo que a professora voltasse. Por que ela não ia voltar?

Finalmente, a última mudança foi a expulsão de Gabriel Matarazzo no dia da festa junina do colégio. As barracas estavam sendo montadas quando a fofoca se espalhou pelo campus como fogo em gasolina, e chegou a Renata e Lívia enquanto elas conversavam preguiçosamente embaixo da sombra de uma árvore, esperando o horário para curtirem as barracas de comida e jogos.

— Ficaram sabendo? — Foi Amanda quem trouxe a novidade, aproximando-se por aquele único propósito. — O Gabriel foi expulso.

— Expulso? Por quê? — perguntou Lívia.

— Parece que um vídeo dele agredindo a Mirella foi parar na direção. Já foi tarde.

— Hoje é o dia mais feliz desse internato, meninas! — Lívia exclamou.

— Não vai fazer falta — concordou Renata.

— Pensei que você simpatizasse com ele — disse Lívia para Renata, estranhando.

— Simpatizava. No passado. Ele é um merda, deveria ter te ouvido desde o começo.

— Vamos assistir à humilhação dele? — sugeriu Amanda.

— Vamos! — exclamaram Lívia e Renata.

As três atravessaram o campão e foram até a entrada do internato. Para a surpresa delas, outros alunos já estavam ali, animados para assistirem à queda de Gabriel Matarazzo. Ele havia incomodado muito mais gente do que Renata imaginava.

Todos esperaram pacientemente, fofocando sobre o vídeo que incriminou o garoto, embora ninguém tivesse visto. Só Renata, e justamente por saber da gravidade preferiu não falar nada.

Primeiro, um carro importado apareceu cantando pneus no bolsão de terra, e dele saíram um homem corpulento e uma mulher pequena e assustada. Depois, Gabriel apareceu no pórtico de entrada com duas grandes malas de rodinha e o rosto pálido.

— Vocês vão se arrepender! — O sr. Matarazzo agarrou Gabriel pelo cangote, mas gritava para o diretor Gonçalves e o padre Josias. — Vocês não sabem com quem estão mexendo!

— Jair, por favor — pedia a mulher pequena e loira, puxando o marido pelo braço.

— Eu vou destruir vocês e esse colégio! Ninguém mexe comigo, vocês estão entendendo? Ninguém!

— Pai — sussurrou Gabriel, envergonhado.

— Pai é o cacete, Gabriel. — Jair agarrou Gabriel e o jogou em direção ao carro. — Se você soubesse se impor, nós não estaríamos nessa situação! Onde já se viu ser expulso por briguinha de namoro?

Ele puxou a mulher com a mesma força e a família entrou no carro, que desapareceu pelo bolsão instantes depois.

— Filho de peixe peixinho é — comentou Lívia.

— Vamos lá, crianças, não tem mais nada para ver aqui! — exclamou o diretor Gonçalves, batendo palmas. — O show acabou!

Então, ele olhou para Renata e assentiu discretamente, e ela respondeu com o mesmo gesto.

— O que foi isso, Barbie? — sussurrou Lívia, aproximando-se da amiga conforme o diretor desaparecia prédio adentro.

— Isso o quê? — Renata se fez de desentendida.

— Você não quer me contar nada? Depois de tudo o que aconteceu nessas semanas, você ainda nega qualquer envolvimento nessa história?

— Eu não tenho nada a ver com as decisões do diretor e do padre, Lívia! Já te falei, não vou falar de novo.

— Barbie, Barbie...

Quando elas desceram de novo as escadas, completamente satisfeitas com a cena que haviam presenciado, a festa junina já estava aberta, com cheiro de milho e quentão sem álcool no ar. Alguns professores caminhavam por ali, conversando, comendo e rindo, e os alunos estavam apinhados nas barracas de jogos, ganhando prêmios como ursinhos de pelúcia e brinquedos infantis demais para eles.

Aquilo quase deixou Renata feliz. Porém, algo a mais chamou a atenção da garota; afastada, perto do refeitório, Mirella estava segurando um copo de plástico na mão e observando o nada.

Ela não parecia nada bem.

— Pera aí, Lívia, eu já volto.

Quando chegou perto, percebeu que, além das olheiras, ela tinha um roxo em um dos pequenos olhos, encoberto por maquiagem. O seu coração diminuiu no peito.

— Oi — disse Renata.

— Oi — respondeu Mirella, perdida em pensamentos.

As duas ficaram em silêncio. E então, alguns instantes depois, Mirella sussurrou:

— Obrigada.

— Eu não fiz nada. Você que gravou o vídeo.

— Por abrir os meus olhos. Eu estava apaixonada. Não conseguia enxergar. Achava normal... achava tudo normal... o ciúme, a manipulação, as agressões...

Renata engoliu em seco.

— Mas cheguei no meu limite um dia antes do vídeo. Por algum motivo, Gabriel foi me encontrar transtornado e me bateu. — Ela apontou para o olho mais escuro. — Decidi que já era demais. Que eu não queria aquilo para a minha vida. Então eu fiz... o que deveria ser feito.

A herdeira assentiu. Deveria ter sido horrível gravar aquele vídeo, e mais horrível ainda enviar para alguém, abrir sua intimidade daquele jeito, deixar que outra pessoa visse as agressões sofridas, sentir-se humilhada e fraca.

No fim das contas, Mirella era uma garota incrivelmente forte.

— Eu finalmente percebi o que eu não entendia quando li *Capitães da Areia*. — Ela sorriu, um sorriso triste e bonito. — Eu criei empatia pelo vilão da história.

— Fico feliz que você finalmente tenha se livrado dele — disse Renata com toda a verdade do seu coração.

— Eu me livrei dele, mas não sei se algum dia vou me livrar do que ele fez comigo. Sei que não fomos exatamente amigas esse semestre, e que eu te dei um trabalho danado, mas queria que você soubesse que eu não estava sendo eu mesma. Eu estava... — os olhos de Mirella se encheram de lágrimas — fora de mim.

— Não precisa me pedir desculpas. Eu também não fui nenhuma santa quando cheguei. Além disso, não posso sequer imaginar o que você estava passando — Renata balançou a cabeça, estendendo a mão e enxugando o rosto de Mirella. — Não chora.

Mirella riu, afastando as lágrimas.

— Daqui a pouco vão pensar que você terminou com a Lívia para ficar comigo.

— Ah, chegou em você essa história? — Renata riu.

— As fofocas voam por aqui.

Ao longe, elas ouviram a voz de Guilherme, que estava puto após jogar a segunda bola bem longe da boca do palhaço.

Renata riu, sentindo vontade de chorar, e Mirella percebeu.

— Ele sempre gostou de você. Desde o primeiro dia. Sabia disso?

A herdeira se virou para Mirella, surpresa.

— Ele me disse. No jantar daquela noite, contou que tinha visto "a garota mais gata do mundo" no campão. — Mirella riu. — Acho que foi aí que o meu ciúme começou, sabe? Eu estava acostumada com o Gabriel dando em cima de todas as alunas novas, mas o Guilherme era meu amigo, e só meu.

— Eu estraguei tudo. — Renata suspirou, deixando os ombros caírem. — Eu sempre estrago tudo.

— Não sei o que aconteceu entre vocês dois, mas o Guilherme está um caco. Acho que você deveria conversar com ele.

— Eu já tentei. Ele não quer me ver nem pintada de ouro.

Mirella assentiu. Então sorriu, um sorriso genuíno que Renata gostou de observar desabrochar.

— Eu tenho uma ideia que pode ajudar vocês dois.

62

— *Gui!* Gui, Gui, Gui! — disse Mirella, indo ao encontro do amigo, que saía devastado depois de perder dez reais na barraca da boca do palhaço. — Tá rolando uma barraca do beijo clandestina!

— E por que você acha que essa informação vai me animar?

— Eu sei que não é a sua praia, mas eu queria ver como é e estou com vergonha de ir sozinha. — Ela fez um biquinho. — Vai comigo?

— Ah, Mi, eu...

— Por favor! Depois de tudo o que aconteceu, eu preciso de uma distração. — Ela apelou, e Guilherme acabou concordando.

Ele mais do que ninguém conhecia de perto o problema de Mirella e tentou por anos tirá-la daquela situação. Por isso Gabriel o odiava. Por isso Guilherme sentia que precisava proteger a amiga. Por isso, sempre que tinha a oportunidade, dizia a todos que o então ex-presidente do Conselho era louco. Porém, com a expulsão dele, o céu começava a se abrir para Mirella, e Guilherme não sabia colocar em palavras o quanto ficava feliz com aquilo.

Sempre gostou dela e queria vê-la feliz. Genuinamente feliz, ao lado de alguém que a valorizasse.

Então foi com a amiga até a tal da barraca do beijo, que ficava ao lado da pescaria, dentro de uma pequena tenda vermelha e azul, montada com uma placa que dizia "leitura da sorte, apenas hoje!"

— Como o padre Josias permitiu isso?

— Como eu disse, a barraca do beijo é clandestina.

— Não. Toda essa coisa de "leitura da sorte". A igreja católica não condena isso?

— A igreja católica condena tudo, a não ser que envolva dinheiro. — Ela apontou para o que estava escrito embaixo: dez reais por meia hora. — Vamos?

E então um galã do terceiro ano saiu de dentro da barraca com a boca toda vermelha, sorrindo bastante e dizendo:

— Vou tomar uma água, é a vez dos garotos.

— Vai você primeiro então, Gui!

— Não, Mi, eu...

— Ah, vai, para de ser chato, vai ser legal — Ela empurrou Guilherme para dentro.

Era pequena demais, então Guilherme teve que se sentar no chão, de frente para uma figura encapuzada, odiando cada segundo daquilo.

Quem poderia ser embaixo do capuz? Ele não era do tipo que saía beijando meninas por aí, mesmo porque havia prestado atenção às aulas de biologia e sabia a quantidade de germes que eram trocados em um simples beijo.

E se ele não gostasse da garota?

— Ah... bem... hm... oi? — gaguejou ele.

— Oi, Gui. — Renata tirou a capuz. — Será que a gente pode conversar agora?

Guilherme ficou embasbacado. E puto com Mirella.

— Eu não tenho nada para conversar, *princesa* — rebateu ele, já se levantando pronto para dar uma bronca em Mirella, mas Renata o segurou.

Sentir o toque dela foi o suficiente para que ele voltasse para o chão. Renata, por outro lado, queria se levantar e beijar a boca do garoto. Mas por motivos óbvios não fez isso.

— Gui, eu não sei mais o que te dizer além de sinto muito pelo o que a versão irresponsável e estúpida da Renata fez no passado. Eu queria poder apagar todo o mal que causei, voltar no tempo e aprender a dizer não, conseguir distinguir toda a falsidade por trás do meu relacionamento e das minhas amizades, mudar meus antigos valores, mas eu era outra pessoa, e não me orgulho nem um pouco. Você consegue entender isso?

— Eu consigo entender, Renata. Entendo bem como funciona o nosso país. Pessoas como você conseguem se safar de tudo, e pessoas como o meu pai...

Guilherme parou a frase no meio, percebendo que fora longe demais.

Entendendo que aquela verdade libertaria os dois, Renata apertou a mão ao redor o braço dele com carinho.

— O que aconteceu com o seu pai, Gui?

Ele balançou a cabeça e abaixou o rosto. Quando voltou a olhar para ela, estava quase caindo no choro.

— O meu pai era um cara incrível. Trabalhador, esforçado, cheio de planos e sonhos. Um pai maravilhoso e um marido excepcional. Mas o meu pai também tinha uma doença — murmurou Guilherme. — Uma doença incentivada por milhares de pessoas, uma doença lucrativa para milhares de pessoas.

— O seu pai era viciado? — perguntou Renata, finalmente entendendo a raiva de Guilherme, a mágoa, o rancor.

Além de representar tudo o que o garoto mais detestava em pessoas ricas, ela havia se tornado a personificação do que ferira o pai dele.

— Começou com a bebida. Depois heroína. Por fim, crack. — Guilherme abaixou o rosto de novo. — Ele morreu quando eu tinha 12 anos.

— Meu Deus...

— Eu amava o meu pai. Ele me ensinou tudo o que eu sei. Era um cara inteligente, amava física e matemática, e nós passávamos as tardes resolvendo equações. Ele sabia tocar violão e adorava fazer o único prato que havia aprendido na cozinha, viradinho de carne com tomate. Me mostrou todos os filmes de mistério que existem e, à noite, gostava de assistir ao Jornal Nacional e nos explicar o que estava acontecendo no mundo. Só que para cada dia bom que nós tínhamos, ele tinha uma semana inteira ruim. E sempre que ele chegava no fundo do poço, procurava ajuda, dizia que ia se tratar, que ia sair do vício. E então aparecia um de seus "amigos" traficantes e o ciclo começava de novo.

— Gui, eu não sa...

— Você não sabia porque ninguém sabe, porque eu tenho vergonha! — Guilherme chorava. — Eu tenho vergonha da história do meu pai! Vergonha de todos os dias horríveis em que tive que reanimá-lo, ou ligar para a ambulância, e algumas vezes até para a polícia, porque ele estava sendo agressivo comigo, com o meu irmão ou com a minha mãe.

Eles ficaram em silêncio, encarando-se. Renata soltou o braço de Guilherme e segurou sua mão, entrelaçando os dedos.

— Ninguém ajudou o meu pai. Nem o Estado, que trata droga como caso de polícia e não de saúde, nem os seus "amigos", que estavam sempre lá para vender, mas nunca para cuidar, nem a nossa família, que desistiu antes mesmo de ficar difícil. Do lado de cá é muito bonito, a gente conversa sobre legalização, sobre taxar as drogas, sobre tratar viciados como doentes, não como bandidos, mas do lado de lá, Renata, é tiro e morte. E é assim que todo mundo concorda que favelado tem que ser tratado.

— Eu não sei o que dizer... — sussurrou Renata.

— Quando vi aquela foto... Quando eu vi aquela foto, Renata, você deixou de ser a garota mais linda e inteligente do mundo, por quem eu estava perdidamente apaixonado. Você virou só mais um pedaço desse sistema imundo que destrói a vida das pessoas.

— Eu sinto muito. Eu sinto tanto...

— Eu também.

Depois de alguns instantes, Guilherme segurou a mão de Renata e olhou em seus olhos.

— De muitas maneiras, você mudou a minha perspectiva sobre o mundo e sobre os meus preconceitos. — Ele sorriu. — Eu sei que você não é mais aquela garota. Eu vi isso na sua dedicação em tentar trazer justiça para a professora Trenetim. Vi o arrependimento nos seus olhos. Vi como você é uma garota completamente diferente da Renata furiosa e assustada que chegou aqui. Mas eu... não consigo esquecer. É uma ferida pessoal demais para mim. O seu problema foi não ser amada em um ambiente de riqueza e privilégios. O meu problema foi perder quem eu mais amava porque nasci no lugar errado, com a condição financeira errada.

— Eu entendo, agora eu entendo. — Renata não havia percebido que chorava também. — E não posso te pedir nada além de desculpas. Mas vou entender se você não quiser me perdoar.

— Acho que um dia a gente vai conseguir lidar com tudo isso. — Ele secou as lágrimas, fungando também. — Mas agora ainda não.

— Obrigada por confiar em mim, por se abrir comigo.

— Obrigado por me ouvir.

Surpreendendo Renata, Guilherme curvou-se para a frente e a beijou. Foi um beijo rápido, com gosto de despedida, mas que despertou em Renata a vontade de não desistir.

Não enquanto ainda sentisse que eles poderiam ser algo muito especial.

— Com tudo o que está acontecendo no colégio, acho que a Capitu não foi em vão, não é mesmo? — comentou ele, sorrindo como se estivesse havia dias querendo dizer aquilo. — Parece que conseguimos fazer barulho o suficiente para mudarmos as coisas por aqui.

— Nunca teria sido em vão, Guilherme. — Renata sorriu também. — Foi a Capitu que nos uniu.

Os dois saíram juntos da barraca de leitura da sorte e encontraram uma fila imensa esperando e Mirella segurando o galã que tentava voltar.

— Espera mais um pouco, você não pode entrar ainda!

— Deixa o cara entrar, Mi — disse Guilherme, e Mirella pulou de susto.

— Já?

— Eu e você precisamos ter uma conversinha. — Guilherme olhou para Mirella, que olhou para Renata com uma careta.

— Piorei as coisas? — perguntou ela.

— Não — Renata olhou então para Guilherme e sorriu. — Vai dar tudo certo.

63

PESSOAL!

Como nova presidenta do Conselho, eu tomei uma medida drástica, porém fundamental: não vamos mais segregar os alunos. Quem quiser entrar para o Conselho não precisa mais ser convidado e pode se inscrever no começo de cada semestre. O processo de seleção ainda contará com provas eliminatórias, uma vez que as vagas são limitadas, mas todos os alunos estarão aptos a fazer parte e nos ajudar a construir um Conselho melhor.

Sem segregação e preconceito: todos são bem-vindos!

E se essa mensagem ou post chegar até a direção, eu juro por Deus que vou descobrir quem foi, e essa pessoa vai ser infeliz até o fim da vida.

Um beijão,
Presidenta do Conselho

A mensagem elaborada pela nova presidenta do Conselho rodou pelos grupos de WhatsApp e Facebook do Colégio Interno Nossa Senhora da Misericórdia, e Renata se tornou o ser humano mais amado do internato. Era o fim da divisão entre alunos "bons o suficiente" e "perdedores patéticos". Aos poucos, Renata conseguia limpar a reputação que Gabriel havia manchado e se tornava apenas a nova presidenta do Conselho, a única em todos aqueles anos corajosa o suficiente para abrir as portas dele para todos os alunos.

A medida não agradou a todos os membros do Conselho em um primeiro momento, mas eles resolveram dar um voto de confiança para a nova líder e descobriram que a popularidade do grupo cresceu em 200% depois do anúncio: eles haviam passado de "esnobes babacas" para um clube sério e almejado. Claro que muito do ódio inicial do restante dos alunos era apenas rancor por não terem sido convidados, mas os membros chegaram à conclusão de que era melhor ser acessível do que excludente.

E as medidas não pararam por aí. Renata exigiu que o grupo fosse formado de 50% homens e 50% mulheres, e que existisse um tempo de avaliação para os novos membros, que depois disso poderiam ser aprovados como integrantes fixos do Conselho ou recusados, caso não se encaixassem.

O toque final seria a elaboração das provas: o nível de dificuldade se manteria o mesmo, mas os novos desafios não tinham nada a ver com as pegadinhas por vezes humilhantes do antigo mandato, eles teriam um caráter construtivo e agregador para os envolvidos.

A cada medida tomada, a cada ideia colocada em prática, a cada elogio, Renata sentia-se mais empolgada com a ideia inicial de estudar algo que envolvesse política na faculdade. Ela havia pesquisado todos os cursos no Brasil, mas o que mais a interessava continuava sendo o curso da UnB, cuja proximidade com o centro do poder brasileiro era um atrativo e tanto.

Foi difícil lidar com tudo o que estava acontecendo pelo restante de junho. Por sorte, Renata tinha Lívia para ajudá-la e, inesperadamente, uma nova amiga que se juntou à dupla: Mirella.

A última segunda-feira de junho começou da mesma maneira que todos as outras, com apenas uma novidade para agitar os ânimos: os bons alunos estavam indo embora. Quem havia passado em tudo tinha o privilégio de aproveitar uma semana inteira a mais de férias, enquanto os alunos medianos e ruins deveriam esperar pelos resultados da recuperação.

Um pouco injusto, achava Renata, mas eram as regras.

Ela tomou café da manhã ao lado de Mirella e Lívia, que conversavam animadamente sobre os seus planos para as férias. Depois que terminaram, Mirella explicou que precisava arrumar as suas coisas, já que era uma das boas alunas, e Lívia disse que estava no fim das Crônicas de Gelo e Fogo e queria terminar antes do fim de semana, já que era uma das suas metas do semestre. Sozinha, então, Renata decidiu ir até a biblioteca pensar nas novas provas do Conselho para o próximo semestre, mas algo a parou no meio do caminho.

Não algo, mas alguém.

Guilherme estava sem o uniforme, caminhando em direção ao prédio administrativo com uma mala velha e rasgada de viagem e a mochila nas costas. Alguns outros alunos já faziam o mesmo trajeto, todos felizes por finalmente estarem indo embora, mas a herdeira só tinha olhos para Guilherme, suas roupas casuais e o seu caminhar despojado.

Ele não quis me dar tchau, ela pensou, desnorteada.

Renata ainda tentou manter a trajetória original para a biblioteca, mas a curiosidade falou mais alto, e logo ela se viu acompanhando o grupo de longe, só parando ao chegar ao pórtico de entrada do internato.

Ela perdeu Guilherme de vista por alguns instantes, mas logo o encontrou perto de uma Brasília antiga, guardando a bagagem no porta-malas. Ao lado dele, um pré-adolescente falava sem parar, fazendo-o rir de tempos em tempos, e uma mulher com cerca de 50 anos e rugas no rosto o ajudava com as coisas.

A família de Guilherme destoava de todo o resto, tanto no carro, quanto na maneira de se vestir e de gesticular, mas ele não pareceu, nem por um instante, envergonhado daquilo. Pelo contrário, a cada olhar atravessado e comentário maldoso que eles recebiam, o garoto dava um abraço no irmão e um beijo na mãe, calando a todos com carinho e respeito.

O peito de Renata se inflou de ternura. Ela queria poder conhecê-los, ajudá-los, fazer parte daquela família. De que adiantava ter tanto dinheiro se os seus pais nunca a haviam tratado com todo aquele amor?

De repente, um senhor mais velho de cabelos grisalhos saiu do lado do condutor, e Guilherme também o abraçou com carinho. O homem era muito parecido com todos ali, então Renata suspeitou de que fosse o avô dele. Os dois trocaram algumas palavras animadas, e logo todos entraram no carro.

Não, a herdeira pensou, colocando as suas mãos no coração. *Não, não, não, ele não pode ir embora. Eu preciso de mais tempo com ele!*

Mas os seus pensamentos desesperados foram todos em vão. Em questão de segundos, Guilherme sentou-se no banco de passageiros, o homem ligou o carro e a família partiu pela estrada de terra que ligava o internato à rodovia.

E foi assim, sem se despedir, que Guilherme foi embora.

De repente, Renata precisou se apoiar no pórtico, sentindo todo o peso do mundo nas suas costas.

Felizmente, Fatinha estava por perto.

— Está tudo bem, srta. Vincenzo?

— Acho que a minha pressão caiu.

— Venha, vamos nos sentar — disse Fatinha, levando Renata para dentro do prédio administrativo e a colocando em um dos bancos. — Você comeu hoje?

— Ele foi embora — respondeu Renata debilmente, mais para si mesma do que para a mulher.

— Quem foi embora?

— O Guilherme...

— Ah. É por isso que está se sentindo mal?

Renata fez que sim, sentindo que cairia no choro em breve.

363

— Vocês vão se ver em um mês.

— Ele não quer mais nada comigo. Eu sei disso.

— Eu sei que ele está chateado com você, srta. Vincenzo, mas tenho certeza de que o sr. Rodriguez é um garoto muito sensato e que vocês chegarão a um entendimento. Ele sempre foi um ótimo menino, com um ótimo coração, e não vai ser uma briga entre vocês dois que vai mudar isso.

— Ele me odeia. — Renata fungou.

Fatinha então pegou as mãos de Renata e virou de frente para a garota. Se Renata tivesse percebido antes o quanto aquela mulher era doce e sensível por baixo da fachada durona, seu ano teria sido muito diferente.

— Srta. Vincenzo, fui eu que avisei vocês de que o diretor Gonçalves e o padre Josias estavam em posse de imagens que os incriminariam — revelou a inspetora, como quem contava sobre o último episódio da novela.

— *Foi você?* — exclamou Renata, tão surpresa que esqueceu por um instante o coração partido.

Fatinha assentiu, e Renata ficou em silêncio, digerindo aquela informação.

— Por quê?

— Por dois motivos. Primeiro porque há muitos anos eu fui presidenta do Conselho e me comprometi a permanecer no colégio para manter a tradição viva — não era possível o queixo de Renata cair mais —, segundo porque eu vi em vocês três a determinação necessária para que justiça fosse feita nesse colégio. Eu sabia que algo não estava indo bem há algum tempo, mas não sabia o que era. Depois que a professora Trenetim foi demitida, fiz algumas investigações por conta própria. — Renata se lembrou do dia em que ficou presa na sala do diretor com Guilherme, quando viram Fatinha pegar algo em cima da mesa, e também do dia em que a mulher a deixou sair do prédio administrativo sem nenhuma punição. — Mas não encontrei nada. Quando percebi que vocês eram a Capitu e estavam chegando perto da verdade, precisei me certificar de que continuassem.

— Por que você está me contando tudo isso? — A cabeça de Renata estava zunindo.

— Porque foi a determinação de vocês que me cativou. — Fatinha sorriu, afagando as costas das mãos de Renata. — E se você utilizar essa mesma determinação com o Guilherme, não há nada que não possa conseguir.

64

— *Um mês* sem olhar para esse seu rostinho perfeito, Barbie.
— Lívia deu um tapinha amigável na bochecha de Renata, que fez uma careta.

— Eu dou graças a Deus — brincou a herdeira, empurrando a amiga pelos ombros.

As duas estavam paradas lado a lado na entrada do internato, segurando as malas e esperando pelos pais. O lugar estava uma zona de abraços, risadas e histórias por contar.

— Eu vou sentir a sua falta — disse Lívia, abraçando a amiga pela cintura e apoiando a cabeça no ombro ossudo dela. — Minha vida vai ser muito mais chata sem os seus dramas de garota rica.

— Vai se foder! — Renata riu, mas retribuiu o abraço. — Eu também vou sentir a sua falta, sua lunática.

— A minha mãe! — Lívia berrou de repente, soltando Renata e correndo até a senhora de meia-idade que estacionava o carro.

As duas se abraçaram com carinho, e a mãe dela sussurrou alguma coisa em seu ouvido que a fez rir. Depois guardou a mala de Lívia no porta-malas, enquanto Lívia voltava para pular em cima de Renata, que teve que soltar as malas caríssimas para se despedir da amiga.

— Até agosto, Barbie!

— Até agosto, Livs. Vou manter você e a Mirella atualizadas de tudo pelo WhatsApp.

— Não fique chateada se eu não te responder, Barbie, eu odeio o WhatsApp. — Lívia deu um pulinho de animação, já começando a se afastar. — E não se esqueça de avisar todos os seus amigos de São Paulo que você tem uma nova melhor amiga e que ela é a mina mais da hora do Brasil!

— Pode deixar! — berrou Renata, vendo sua nova melhor amiga entrar no carro e acrescentando para si mesma: — Se eu tivesse algum outro amigo...

Ela ainda ficou observando enquanto o automóvel partia, o coração diminuindo a cada metro que a sua melhor amiga se afastava. Era quase irônico saber que tudo havia começado seis meses antes ali naquela mesma entrada, e que ela havia odiado a garota das trancinhas coloridas com todas as suas forças.

A vida podia mesmo ter muitas reviravoltas.

Mas Renata não teve muito tempo para melancolia. Logo os seus pais estacionaram a BMW branca no meio-fio, e Laura Vincenzo saltou com um vestido perfeito e as unhas impecáveis.

— Filha! — exclamou de maneira espalhafatosa, e Renata agradeceu mentalmente por todos os seus amigos já terem ido embora. — Que saudades, meu amor!

— Oi, mãe.

A mulher esmagou a cabeça da filha contra os seus seios, abraçando-a com tanta força que a pressão da garota caiu e a sua visão escureceu. Quando tudo voltou a ficar nítido outra vez, o rosto do seu pai estava bem próximo, e ele sorria.

Qual havia sido a última vez que tinha visto o pai sorrindo para ela?

— Renata — disse ele com a voz mansa, afastando a mulher delicadamente e envolvendo a herdeira de uma maneira bastante carinhosa. — Eu senti muito a sua falta.

— Eu também senti, pai.

Os olhos dela marejaram e ela respirou fundo para sentir o perfume importado de Giuseppe Vincenzo. Ela poderia ter ficado ali por horas a fio, não fossem os carros começarem a buzinar atrás deles. O pai então pegou as duas malas da filha e as colocou no porta-malas, enquanto ela e Laura entravam na BMW. O couro gelado do banco do carro contra a sua pele era reconfortante, e o cheiro dos pais a transportou diretamente para casa.

Casa. Ela finalmente estava voltando para casa.

— Como foi o semestre, querida? — perguntou Laura, virando-se para a filha.

E então Renata se deu conta de que os pais não haviam ligado, nem mandado mensagem, muito menos se importado com o seu bem-estar durante seis longos meses. A herdeira poderia muito bem estar morta e eles só saberiam quando fossem buscá-la nas férias. Renata apostava que eles haviam tido o melhor semestre de suas vidas sem a filha adolescente problemática por perto para encher o saco.

— Você saberia se tivesse me ligado — pegou-se dizendo, sentindo toda a solidão e negligência de 17 anos tomando conta do seu corpo. — Vocês me jogaram aqui, passaram seis meses sem fazer contato e agora querem saber como foi o meu semestre?

— Cinco minutos juntos e já vamos começar a brigar? — questionou Giuseppe.

— É bem típico da Renata, não consegue deixar o ambiente em paz. — Laura se virou para a frente, irritada.

— Pensei que o internato tivesse dado um jeito em você, Renata.

— Não acredito que você vai voltar sendo a mesma mal-educada que nós deixamos aqui em janeiro. — A mãe balançou a cabeça. — Todo esse dinheiro...

— Eu não estou sendo mal-educada, estou querendo entender por que vocês NUNCA SE IMPORTARAM COMIGO!

O silêncio que se seguiu foi típico daquelas explosões. Renata respirava fundo, Giuseppe mantinha os olhos grudados na estrada e Laura observava a filha pelo retrovisor.

Por mais que fosse terrível admitir aquilo, foi também libertador. Os pais não a amavam, era isso que ela sentia.

— De onde você tirou isso, Renata? — perguntou Laura, depois do que pareceu uma eternidade.

— Eu passei seis meses trancada em um internato e vocês não pensaram que talvez eu quisesse conversar com os meus pais em algum momento? — retrucou Renata, se odiando por estar com a voz tão embargada. — Vocês têm *noção* do quanto eu me senti sozinha? Do quanto eu precisei de vocês?

— Você disse que nos odiava. Que nunca ia nos perdoar. Nós estávamos te dando tempo — respondeu Giuseppe.

— Seis meses? *Seis meses*, pai?

Giuseppe suspirou. E então, sem avisar, parou o carro no acostamento e se virou para trás, subindo os óculos escuros para olhar nos olhos da filha.

— Nós sentimos a sua falta todos os minutos de todas as horas do dia, durante todas essas semanas e meses. — Aquilo bastou para que as lágrimas começassem a escorrer pelo rosto de Renata como uma cachoeira. — Nós só não sabíamos o que fazer, Renata.

— Estávamos preocupados com você. Parecia que a gente estava fazendo algo errado. Achamos que nos afastar poderia melhorar o seu comportamento, ajudar nas suas decisões — acrescentou Laura, e ela também chorava. — Nós te amamos, sim, Renata! Mas parecia que estávamos te fazendo mal!

— Vocês me fizeram mal a vida inteira não estando presentes. Eu sempre senti falta dos meus pais!

— Nós estávamos trabalhando, querida. Para te dar tudo do bom e do melhor. A melhor educação, a melhor casa, a melhor comida, a melhor vida! — Giuseppe pigarreou, como se fosse começar a chorar também, o rosto assumindo uma expressão de dor profunda.

— Vocês só esqueceram de me dar amor. Eu preferia uma vida meia boca e meus pais comigo do que um império e um abismo entre nós!

— Você não sabe do que está falando, não sabe o que é passar necessidade, diz isso porque sempre teve tudo, e... — começou

Giuseppe, mas Laura olhou para ele de maneira intensa, como se estivesse cansada da falta de compreensão do marido e fosse assumir de vez as decisões em relação a criação da filha deles.

O sr. Vincenzo se calou. Laura segurou a mão de Renata.

— Nós te amamos, filha — sussurrou ela, as emoções tomando o melhor de si. — Nós sempre te amamos.

— Mas você esteve tão difícil nos últimos tempos... — Giuseppe também estendeu a mãos, cedendo. — Queríamos a nossa menininha de volta! A nossa garotinha que adorava ler gibi e montava peças de teatro nas férias! Para onde ela foi?

— Eu me sentia tão sozinha, vocês nunca estavam em casa, nunca me ouviam, nunca se importavam, só olhavam para mim quando eu fazia algo errado... — Renata abaixou a cabeça e a encostou nas mãos entrelaçadas, não aguentando o peso de tudo o que estava sentindo; parecia que a caixa de Pandora havia sido aberta e todo o seu coração estava naquelas palavras. — Eu me sentia tão sozinha...

— E nós nos sentíamos tão perdidos, Renata! — continuou Giuseppe. — Você nunca foi fácil, nunca nos deu abertura, nunca nos ajudou a entender tudo isso, essa solidão, essa tristeza...

— Eu estou tentando agora! Eu quero tentar! Eu preciso de vocês, da presença de vocês, de sentir que eu talvez seja mais importante que o trabalho...

— É claro que você é mais importante, Renata! Não diga uma coisa dessas! — Laura beijou a mão da menina. — Você é o nosso bem mais precioso!

— Nós seremos mais presentes. — Giuseppe fez que sim. — Seremos mais presentes, mais amorosos, seremos tudo aquilo que você quiser. Mas você precisa prometer que nos dará abertura para isso!

— E precisa nos prometer que não vai mais se meter em problemas! — Laura adicionou.

— Eu prometo.

— Então está combinado. — A sra. Vincenzo sorriu, secando as lágrimas. E então prosseguiu, mudando um pouco o clima de enterro: — Meu Deus, não passei meu rímel à prova d'água, meu rosto deve estar um desastre!

— Nem eu. — A herdeira imitou o gesto da mãe, rindo.

— Vocês duas estão lindas. O que acham de pararmos em algum lugar legal para almoçar? Para começarmos essa nova vida juntos?

— Acho uma ótima ideia. — Renata assentiu, sentindo que aquilo era o início de algo diferente.

Algo melhor.

E, conforme o carro avançava e eles enfim colocavam em dia tudo o que haviam perdido da vida uns dos outros naqueles seis meses, Renata se pegou pensando na professora Trenetim e em quanto ela ficaria feliz pela garota.

65

Renata estava em casa fazia uma semana quando a mãe entrou em seu quarto parecendo receosa.

Desde que eles decidiram se unir como família, as coisas haviam melhorado bastante, então a herdeira sabia que a expressão da mulher denunciava algo errado.

— Mãe? O que foi? — Renata colocou o livro que lia de lado.

— Hm... As suas amiguinhas do colégio antigo estão aí — disse ela, olhando por cima dos ombros. — Pedi que esperassem na piscina. Você quer que eu mande elas embora, ou...?

Renata suspirou. As amigas que não falavam com ela havia meses e que tinham ficado do lado do Danilo?

A resposta estava na ponta da língua. Mas era a oportunidade de ouro para um confronto final, para enterrar aquele fantasma, para Renata mostrar que havia se tornado uma pessoa melhor, e, quem sabe, sentir-se superior ao perceber quão vazias e tristes elas realmente eram.

Era uma motivação egoísta, mas havia um fundo de redenção.

— Não, tudo bem, eu vou dar um oi. — Renata sorriu, levantando-se da cama.

— Rê, você não... — começou Laura, receosa de que aquele encontro pudesse desfazer todo o bem dos últimos meses. Mas optou por confiar na filha. — Não se esqueça de pedir a elas que não comam perto da piscina, por favor.

Quando Renata apareceu na porta do quintal, Viviane foi a primeira a abraçar a herdeira e choramingar que havia sentido muito a sua falta. Aparentemente, havia se esquecido de todas as mensagens e ligações ignoradas.

— Ah, oi, Vivi — respondeu Renata, soltando a garota e observando o seu rosto cirurgicamente perfeito.

— Vem, senta aqui, você precisa nos contar como foi a sua experiência no inferno! — exclamou Viviane, e aquele comentário soou como um disco arranhado aos ouvidos de Renata.

— Aliás, o que aconteceu com o seu cabelo? Não podia usar chapinha lá?

A herdeira seguiu a "amiga", que parecia se sentir em casa. No quiosque submerso, o restante delas tomava drinks coloridos sem álcool preparados pelas babás.

— Rê! — berraram juntas, mas não se levantaram para cumprimentá-la.

Renata assentiu e se sentou em um dos bancos depois de tirar as botas. O que ela mais gostava em casa era poder se sentar naquele bar e mergulhar os pés na água.

— Estávamos morrendo de saudades! — exclamou Sharon.

— Conta tu-do! — disse Carol.

— O seu cabelo tá estranho — adicionou Carla.

— É, eu decidi que quero deixar ele voltar ao natural, com os cachos — Renata tentou sorrir, mas estava se sentindo esquisita; elas haviam esquecido como haviam tratado a herdeira depois que ela foi pega com as drogas? — E lá no internato até que foi legal. As pessoas de lá são bem legais.

As meninas ficaram mudas, observando Renata como se ela tivesse batido a cabeça.

— Legais? Como assim? E aquela esquisita com quem você dividiu quarto? Vi aquela foto de muito mau gosto que você postou no Insta e fui *stalkear*. Imagina só que horror, dividir quarto com uma neguinha sapatão!

Renata sentiu o peito explodir depois daquele comentário racista, homofóbico e nojento. Ela podia ser uma pessoa horrível antes do internato, mas nunca havia sido preconceituosa daquele jeito.

— Para começo de conversa, nós viramos muito amigas, Viviane, mais amigas do que eu e você jamais fomos, e acho que você saberia disso se tivesse respondido a alguma das minhas inúmeras mensagens ao longo do semestre, ou atendido a alguma das minhas ligações. — A herdeira nunca havia sentido tanto ódio em toda a sua vida; o seu peito explodia em chamas.

— Em segundo lugar, o nome dela é Lívia, e ela é negra e lésbica, sim, e eu não vejo por que ser irônica e babaca quanto a isso. Ela é uma das melhores pessoas que eu já conheci na vida, inteligente, sensível, engraçada e leal, e eu não posso dizer o mesmo de você. Do que adianta ter nascido em berço de ouro se você é uma puta de uma babaca?

— Credo, Renata, foi só uma brincadeira! — Viviane colocou a mão no peito, ofendida, enquanto as outras meninas observavam embasbacadas aquela cena. — O que aconteceu com o seu senso de humor?

— São brincadeiras como essa que matam milhares de pessoas. O seu ódio e a sua intolerância disfarçados de "piadinhas" são assassinos, e você é uma escrota que não merece mais nem cinco segundos do meu tempo. — A herdeira se levantou, pegando o drink rosa que a ex-amiga tomava e despejando-o inteiro em seus fios loiros e alisados. — Vê se vira gente.

Quando Renata começou a subir a rampa de volta para casa, encontrou Giuseppe e Laura Vincenzo parados na soleira da porta com expressões esquisitas no rosto.

— O quê? — Ela arfou, passando por eles. — Quero elas fora daqui. Podem dizer que eu sou uma babaca esnobe e que não quero ver a cara de ninguém. É isso o que todo mundo já acha, não é?

Todos olhavam apreensivos para a pequena cena que acontecia entre a casa e a área de lazer, mas Renata não se importava:

que fossem para o inferno! Sem rodeios, ela subiu as escadas de mármore e marchou pelo imenso corredor até se jogar na cama.

Mas nem teve muito tempo para pensar pois o seu pai entrou no quarto sem bater e fechou a porta.

— O que foi aquilo lá embaixo?

— Eu não estava com saco para elas...

— Não isso. A sua bronca em Viviane. — O homem se sentou na beirada da cama.

— Ah... ela é uma babaca. — A herdeira revirou os olhos. — Não sei como eu pude ser tão cega por tanto tempo... Como é que eu convivia com essas pessoas?

Giuseppe olhou para a filha, que parecia muito diferente. Um sorriso orgulhoso formou-se nos lábios do homem, que abraçou a sua única herdeira.

Renata foi pega de surpresa, mas logo apoiou a cabeça no ombro cheiroso do pai. Nem sabia qual havia sido a última vez que o abraçara sem nenhuma segunda intenção.

— Eu sabia que esse tempo no internato seria bom para você — disse ele, beijando o topo da cabeça da garota —, mas não que você finalmente se transformaria na Renata que nasceu para ser.

Os olhos da herdeira marejaram mais uma vez, mas ela não deixou as lágrimas caírem.

— Me desculpe por tudo, pai — pediu, sincera, envolvendo a cintura dele. — Eu estou realmente arrependida.

— Eu sei que está, meu amor — disse ele com a voz embargada. — E nós tentaríamos te fazer enxergar isso de qualquer forma. Nunca desistiríamos de você.

— Eu sei.

Depois que Giuseppe saiu do quarto, Renata deitou na cama e abriu o Instagram, fuçando suas próprias fotos. Acabou caindo "sem querer" no perfil de Guilherme, como fazia todos os dias. Ele tinha poucas fotos, a maioria no colégio, mas uma de sua família em uma pequena mesa de jantar, que ela já havia dissecado, pareceu diferente de todas as outras vezes em que ela a abriu.

O que Renata seria além de uma hipócrita se ela ralhasse com os outros pelos seus preconceitos e não encarasse os seus próprios de frente?

Na mesma hora, teve uma ideia.

Uma ideia em que apenas Lívia poderia ajudar.

Renata pegou o celular e, com as mãos trêmulas, ligou para a amiga.

— Meu Deus, não faz nem uma semana e você já está me ligando, Barbie? — exclamou Lívia, fazendo a herdeira rir.

— Foi mal, é que eu descobri que não consigo mais viver sem você!

— Bem que eu suspeitei. Eu causo esse efeito nas pessoas. E aí, como estão as coisas no castelo da princesa?

Renata sentiu uma pontada de dor ao ouvir a palavra "princesa".

— Ah, estão a mesma coisa de sempre. — Ela optou por omitir a briga que havia tido com Viviane; Lívia não precisava receber mais ódio desnecessário do que provavelmente já recebia. — Mas eu preciso da sua ajuda com uma coisinha...

— Quando é que você não precisa, Barbie?

66

Uma semana e um dia depois, no sábado, Renata acordou bem cedo. Tomou um banho longo e relaxante, vestiu as suas roupas mais básicas — tarefa quase impossível, já que a maioria das suas coisas era bem espalhafatosa e gritava "EI, OLHEM PARA MIM, EU SOU BEM RICA!" — e saiu do quarto.

Na cozinha, ela tomou café da manhã com os pais, como ficou combinado que fariam todos os dias, e eles conversaram bastante. As babás, felizes pela volta da garota e em perceber que ela havia mudado e, consequentemente, o relacionamento da família também, comeram com eles, rindo de todas as aventuras de Renata no internato — pelo menos as que Renata achou seguro contar.

Depois que o café da manhã acabou, a herdeira avisou aos pais que sairia para encontrar uma amiga do internato e passou quase meia hora tentando convencê-los de que não ia fazer nada de errado — ganhar novamente a confiança deles estava se mostrando uma tarefa lenta e tortuosa. Depois de muita conversa e argumentação, eles enfim deixaram — tinham que dar um voto de confiança. Quando eles foram ligar para o motorista, ela disse que iria de metrô, e lá se foram mais quarenta minutos de argumentação: ela garantiu que não seria sequestrada, estuprada ou assassinada no meio do caminho.

Laura deixou Renata na estação mais próxima, com mil recomendações, e a herdeira se despediu da mãe com um beijo na bochecha, acalmando a situação.

Renata nunca havia andado de transporte público, mas sabia que não podia ser um bicho de sete cabeças; além disso, havia passado a noite inteira memorizando o trajeto: deveria pegar o metrô, fazer a baldeação, pegar a CPTM e descer na estação que Lívia havia instruído. Porém, o que deveria ter demorado meia hora foi completado em mais de uma, porque Renata se perdeu, foi parar em outra linha de metrô, desceu na estação errada e se viu chorando para o segurança, que olhava para ela como se fosse completamente maluca.

Depois que ela enfim acertou o caminho, secando as lágrimas no trajeto e se sentindo extremamente idiota e infantil, conseguiu descer na estação correta, pegou um pedaço de papel no bolso com as instruções e foi até o ponto de ônibus, que demorou cerca de vinte minutos para passar — nos quais ela achou que a linha não passaria mais, que havia sido cancelada ou que ela estava no lugar errado. Quando a herdeira finalmente subiu, um pouco ofegante, as pessoas espalhadas pelos bancos olhavam para ela como se fosse a rainha da Inglaterra, e ela tratou de se esconder na última poltrona disponível. Sabia que seriam 12 paradas, então esperou, paciente, contando todas as vezes que o ônibus freava bruscamente nos pontos. Quanto mais ele se afastava da estação do trem, mais aquela realidade se distanciava da vida de princesa que a herdeira havia levado por longos 17 anos.

Só então entendeu o apelido.

Casas sem acabamento, com tijolos expostos e puxadinhos improvisados, grudadas umas às outras e muitas vezes em lugares de risco faziam parte da paisagem, assim como fiações expostas, gatos em postes de luz sobrecarregados, crianças descalças brincando na rua mal asfaltada, cachorros magricelos bebendo água de poças, velhos sem camisa em botecos e mulheres em grupos conversando, a maioria com bebês de colo.

Era como se Renata estivesse entrando em outra dimensão, uma realidade que ela não tinha a menor ideia de que existia.

Claro que a herdeira conhecia a pobreza, afinal, era constantemente mostrada na televisão, mas podia ser comparada a uma irritante mosca no vidro do quarto: incomodava, mas estava bem distante, presa do outro lado, impedida de entrar.

Quando o ônibus finalmente freou na décima segunda parada, Renata saltou e se viu no meio de uma rua movimentada. Sabia que tinha que andar um pouco até encontrar a casa que procurava, mas estava com medo de tirar o iPhone da mochila para abrir o Google Maps.

Meu Deus, que preconceito idiota, você precisa se livrar disso, Renata, ela pensou, caminhando destemidamente até uma senhora que estava parada na frente de um bar.

— Hm, com licença.

— Pois não, querida — respondeu a idosa, sorrindo.

— Você sabe me dizer onde fica a Rua da Luz?

— Aqui perto, só virar ali — ela apontou para uma viela — e depois pegar a primeira para esse lado.

— Ah, beleza. Muito obrigada!

A herdeira seguiu depressa as coordenadas, sentindo o coração gelar ao perceber que o número 14, a casa que procurava, estava ao lado de outra caindo aos pedaços, com vários garotos fumando e com cara de poucos amigos na porta.

Você consegue, ela pensava, passando por eles de cabeça baixa. *Você consegue.*

Então ali estava ela. Na casa de Guilherme.

Era uma das poucas casas pintadas na rua, uma construção simples porém bastante ajeitada. Era azul, e tinha roupas penduradas em um varal improvisado logo na entrada.

Renata respirou fundo. Com o coração muito acelerado, procurou por alguma campainha, mas depois se sentiu estúpida. Com as mãos trêmulas, bateu palmas diante do portão baixo.

Os garotos da casa ao lado, a maioria de bonés e óculos de sol, mesmo naquele dia feio e frio, riram de alguma coisa, e ela bateu mais palmas, ansiosa.

Quem saiu foi a mãe do garoto, secando as mãos em um avental encardido amarrado em volta da cintura.

— O quê? O que foi? — perguntou a mulher, franzindo a testa. — Jennifer? Já disse para a sua mãe que fico com a Judite hoje à noite, qual o...

— Não é a Jennifer — respondeu Renata, e a dona Rodriguez pareceu se dar conta de que não conhecia aquela garota. — Sou amiga do Guilherme. Do... da escola. Ele está em casa?

— Ah, me desculpa, menina! Estou sem óculos! *Guilherme!* — berrou ela, sem cerimônias, e Renata prendeu a respiração. Ela tinha que ser tão direta? — Tem uma moça bonita aqui querendo falar com você!

Moça bonita, Renata não conseguiu disfarçar o sorriso que tomou os seus lábios.

A resposta de Guilherme veio baixa de dentro da casa, e a herdeira tratou de ficar séria novamente.

— Ele já vem — traduziu a senhora Rodriguez, entrando sem se despedir.

Renata olhou para o lado, e os garotos parados na frente do casebre a olhavam como se ela fosse um pedaço de picanha bem suculento. Os pelos do seu braço se arrepiaram, e ela quis sair correndo dali o mais rápido possível.

— Renata? — Ela ouviu a voz doce de Guilherme, e logo o medo e a angústia deixaram o seu corpo, dando lugar a nostalgia e a ansiedade. Ela se virou para o garoto, que estava parado na porta de casa com olhos arregalados. — Que merda você está fazendo aqui?

— Eu... — Renata engoliu em seco. Por um instante, quase esqueceu. — Eu queria te ver.

— Você está louca? — Ele abriu o pequeno portão enferrujado e puxou a herdeira pelos degraus de entrada com certa raiva. Com a voz trêmula, sussurrou: — Perdeu a noção do perigo? Como chegou até aqui?

— Você me conhece, Gui — sussurrou ela, lançando um olhar destemido para os garotos mal-encarados. — Sabe muito bem que eu não desistiria de você fácil assim.

Guilherme fixou os seus olhos escuros aos claros da herdeira. Ele estava sério, mas havia amolecido um pouco, segurando o outro braço dela com certo carinho.

— Como você chegou até aqui?

— Metrô. E depois trem. E depois ônibus.

O garoto riu, balançando a cabeça.

— Você já tinha andando de metrô, trem e ônibus na vida?

— Não. — Ela foi sincera, abrindo bem os olhos e fazendo charme. — Nem é tão assustador assim, sabia? Eu só chorei uma vez.

Guilherme riu.

— Eu não acredito que você atravessou São Paulo para vir até aqui.

— Você foi embora sem se despedir, o que mais eu poderia fazer?

— Mandar um e-mail? — sugeriu ele, aproximando-se cada vez mais. — Facebook? WhatsApp?

— E que emoção teria isso?

O garoto mordeu o lábio e chegou o rosto bem perto do da herdeira. E então eles se beijaram, um beijo com gosto de saudades, e os garotos mal-encarados da casa ao lado começaram a berrar, animados.

Guilherme interrompeu o beijo e se virou para eles.

— Calem a boca — o bolsista os encarou, depois se voltou para Renata e a observou atentamente. — O que você fez no cabelo?

— Parei de alisar. Por quê? Tá feio? Tá meio sem forma ainda, mas os cachos vão voltar, e...

— Não! Não está feio! Está mais lindo do que nunca! — Ele sorriu. E então adicionou: — Você quer... não sei, quer entrar? Conhecer a minha família?

— Quero. Quero muito.

67

Na terceira semana de férias, Renata estava com os pais fingindo assistir à televisão enquanto lia um livro que Guilherme a havia emprestado quando um nome chamou a sua atenção no telejornal da tarde.

— "...Senhora da Misericórdia corre o risco de ser fechada. Um dos colégios mais prestigiados do país está envolvido em um escândalo de corrupção envolvendo o governador do estado de São Paulo, Leonardo Lacerda. Outros nomes envolvidos são os do atual diretor do colégio, Carlos Gonçalves, e do padre responsável, Josias Gomes de Andrade. A reportagem é de Mariana Salgueiro."

— Aumenta! — exclamou Renata, deixando o livro de lado, mas Giuseppe já havia aumentado o som por curiosidade e preocupação próprias.

— *O Colégio Interno Nossa Senhora da Misericórdia, construído na década de 1920, representa hoje um marco na história do estado de São Paulo, além de definir os níveis de uma educação de qualidade, estando na liderança dos rankings há muitos anos. O colégio, porém, também parece estar envolvido em um escândalo de corrupção que perdura há décadas e que pode estar adoecendo seus ex-alunos.*

"A professora de português e literatura, Christina Trenetim, lecionava no Colégio Interno Nossa Senhora da Misericórdia havia 18 anos, quando, no início desse ano, foi demitida. Desde

então, procura evidências daquilo que descobriu no final do ano passado e que foi o motivo da sua desavença com o diretor Carlos Gonçalves e com o padre Josias Gomes de Andrade: a terra contaminada onde o internato foi construído e como os gestores foram convencidos por dinheiro público a esconder esse fato dos alunos, pais, professores e funcionários."

— Meu Deus do céu! — exclamou Laura, colocando a mão na testa de Renata automaticamente. — Você está se sentindo bem, Renata?

— Estou me sentindo ótima. — A herdeira estava com os olhos grudados na tela, sentindo o celular vibrar sem parar no bolso da calça.

— A gerente de marketing Luciana Novaes, de 32 anos, finalizou os seus estudos no internato em 2009. Desde então, tem sido acometida por doenças de pele que a fazem perder cabelos e sobrancelha e que, segundo laudos médicos, estão diretamente relacionadas aos elementos contaminados encontrados no solo do campus do Colégio Interno Nossa Senhora da Misericórdia. Jonas Gurgel, pai de três crianças e diretor de finanças em uma das maiores multinacionais do país, teve que passar por um procedimento de micropigmentação nas sobrancelhas e toma cerca de três comprimidos por dia para o controle de suas alergias. Jonas se formou no colégio em 2002 e, após a sua saída, os problemas de pele começaram. Outro laudo médico relaciona esses problemas ao campus contaminado do colégio. Uma avaliação da CETESB comprovou que o solo do internato contém gás metano e, dentre as ações necessárias, estariam a instalação de um sistema de ventilação deste gás. Mas em todos esses anos esse sistema nunca foi instalado.

— Renata, vocês ficaram sabendo de alguma coisa? — perguntou Giuseppe, o coração na mão.

— Não, pai, não ficamos sabendo de nada. — Renata não queria mais mentir para os pais, mas aquela verdade ela não poderia deixar escapar.

— *Em uma investigação preliminar, foi constatado que o solo está contaminado há muito tempo, e que o diretor Gonçalves e o padre Josias sabiam da informação, que foi passada de gestão a gestão através dos anos. Fontes da Polícia Federal também confirmam que o terreno onde hoje funciona o Colégio Interno Nossa Senhora da Misericórdia servia de despejo para empresas da década de 1920, fruto de um arranjo feito pelo governador da época, Plínio Mendes. Atualmente, o governador Leonardo Lacerda, segundo fontes da polícia, paga uma "mesada" para que o diretor e o padre não informem os pais e alunos, uma vez que limpar o terreno envolveria muito dinheiro público, prejudicaria a sua reputação como gestor público e tiraria todo o prestígio do colégio, lar dos filhos e filhas dos homens e mulheres mais ricos do Brasil. Procurado pela emissora, o diretor Carlos Gonçalves diz tratar-se de um grande mal-entendido e que tudo se resolverá na justiça. O padre Josias Gomes de Andrade não quis comentar o caso. O governador Leonardo Lacerda marcou uma comitiva de impressa para sexta-feira, quando deve comentar o caso. De volta a você, Luiz Travolta.*

— Nós precisamos falar com a escola! — disse Laura, enquanto o âncora lamentava o acontecimento com um dramático "é uma barbaridade, um colégio que adoece suas crianças". — Precisamos matricular a Rê em outro colégio e marcar um clínico geral para um check-up completo!

— Eu não quero sair do colégio — resmungou Renata, mas Giuseppe já saía da sala digitando no celular. Revoltada, a herdeira voltou-se para a sua mãe. — Mãe! É sério! Eu não quero sair do internato!

— Vamos ver o que dirão ao seu pai, querida — disse Laura, já agendando o médico pelo celular.

Ansiosa demais para ficar parada, Renata abriu o celular e viu que o grupo do Conselho estava explodindo de mensagens sobre a matéria no jornal, todos marcando Renata e pedindo mais informações. Renata disse que não sabia de nada além do que já haviam conversado, omitindo todo o dossiê.

Depois, ela ligou para Lívia, que atendeu ao primeiro toque.

— Barbie! — exclamou, parecendo tão impactada quanto Renata. — Eles vão fechar o colégio!

— Não vão fechar o colégio, Lívia, é só uma fofoca — respondeu Renata, da boca para fora.

— Não, é sério, está todo mundo falando sobre isso. Minha mãe está tentando falar com o colégio, mas as linhas estão ocupadas.

— Por que fechariam o colégio? Não é só colocar aqueles troços de gás metano? — comentou Renata, o coração acelerado, as mãos suando.

— Você realmente acha que um bando de ricos vai confiar a saúde dos filhos a um aspirador de pó? — Lívia riu, mas havia nervosismo na risada. — Acorda, Barbie, como *seus* pais estão agindo? Porque os meus já estão marcando todos os especialistas que existem.

Renata olhou em volta. Sua mãe digitava furiosamente no celular e o pai gritava com alguém numa ligação.

Lívia tinha razão. Como sempre.

Desesperada, Renata abaixou o tom de voz e sussurrou:

— Lívia, a culpa é minha.

— Não fala besteira, Barbie, o que a gente sabia não saiu do nosso grupo! — Depois, passados alguns instantes de um silêncio cheio de significado, ela adicionou: — Não é mesmo?

— Não — murmurou Renata, engolindo em seco. — Eu omiti uma parte da história...

— Barbie! *O que você fez?*

— Seria melhor se a gente se encontrasse pessoalmente. Amanhã? Às 14h? Aqui em casa?

— Beleza! Mas é melhor você ter uma ótima explicação! — exclamou Lívia, desligando sem se despedir.

Assim que Renata tirou o celular da orelha, recebeu uma mensagem de Guilherme que dizia "me fala que você não está envolvida nisso, princesa", ao mesmo tempo em que Giuseppe Vincenzo retornava de outro cômodo e afirmava, com sua voz grave como um trovão:

— Vão fechar o colégio!

68

Lívia chegou às duas em ponto e tomou dois sustos assim que Renata abriu a porta: primeiro pelo tamanho da casa, segundo porque Mirella estava lá também.

— E aí, Barbie! — cumprimentou Lívia, entrando sem esperar autorização. — Mi, tudo bom?

As três haviam se tornado amigas, mas Lívia pensou que aquele encontro seria uma coisa mais íntima.

Quando já estava se acostumando com a ideia, a surpresa número três bateu à porta de Renata: Guilherme.

Ele parecia tudo, menos confortável. Entrou na casa pedindo um milhão de desculpas e se sentou na beirada do sofá, como se pudesse estragar os móveis só de tocar. Porém, o que mais chamou a atenção de Lívia e de Mirella foi o beijo na boca que a herdeira e o bolsista deram.

— A barraca do beijo deu certo? — perguntou Mirella.

— Que barraca do beijo? — indagou Lívia.

— Vamos conversar lá fora? — sugeriu Renata, querendo mu dar de assunto e afastar-se das babás.

Logo, os quatro seguiam juntos pelos imensos corredores de mármore. Eles já haviam estado em casas grandes e mansões, Mirella e Lívia moravam em mansões, inclusive, mas nada comparado à casa de Renata.

Casa. Será que aquele palácio poderia ser chamado por um nome tão comum?

Eles entraram na área de lazer, onde havia uma piscina olímpica, um bar submerso e luzes que trocavam de cor.

— Achei que seria melhor conversarmos aqui, na piscina coberta fica muito abafado. Além disso, os meus pais não estão em casa, mas as babás estão, e eu não quero ninguém bisbilhotando nossa conversa...

— É claro que você tem uma piscina coberta, Barbie. E *babás*. No plural.

— Gui, você está bem? — perguntou Mirella ao perceber que o garoto olhava em volta como se estivesse em outro planeta.

— Isso aqui é surreal.

— Ei, será que a gente pode esquecer a casa e focar no que temos para conversar?

— *Não!* — disseram os três em uníssono.

— Eu sabia que você era rica, Barbie, não que o seu pai era dono do Brasil.

— É realmente chocante que uma casa desse tamanho encontre espaço em São Paulo — concordou Mirella.

— Estou repensando todos os beijos que demos e me perguntando o quanto vou dever ao seu pai se ele decidir cobrar — murmurou Guilherme.

— Ah, pelo amor de Deus. — Renata revirou os olhos, acostumada com aquela reação. — Vocês querem um tour?

— *Sim!* — gritaram, mais uma vez em uníssono.

Então Renata os levou para conhecer todas as suas sete suítes, cozinha, sala de estar, sala de jantar, sala de TV, sala de cinema, sala de pintura, sala de jogos, sala de massagem, outra cozinha, estúdio, jardim, jardim de inverno, pomar, estufa, piscina descoberta, piscina coberta, quadra de futebol, quadra de tênis, academia e garagem para dez carros. Quando o tour acabou, eles estavam ofegantes na cozinha principal, dona Ivone já preparando suco de acerola, ciente de que todos os convidados se cansavam depois de andar a casa toda.

— Os seus pais fazem o que, Renata? — perguntou Mirella, porque não fazia sentido alguém ser tão rico.

— Pacto com o capeta — respondeu Lívia, ao mesmo tempo que Renata disse:

— O meu pai tem uma empresa de tecnologia e a minha mãe é promotora de justiça.

— Barbie, vamos ser amigas para sempre? Eu quero assistir à próxima temporada de Westworld naquele cinema!

— Será que a gente pode focar agora?

— Podemos — disse Mirella.

— Mas será que antes... — começou Lívia, e Guilherme interrompeu:

— Eu não trouxe bermuda para entrar na piscina!

Renata olhou de um para outro. Depois para a babá Ivone, que estava de costas, mas parecia rir. E então suspirou.

— Eu te empresto uma do meu pai, Gui.

— Isso! — comemoraram.

Os quatro se trocaram e foram para a piscina coberta, não sem antes ligar o aquecedor — era julho, afinal de contas. Assim que superaram a maior casa do Brasil dentro de uma piscina com a temperatura ajustada pelos deuses, Renata conseguiu abordar o assunto que deveria ser o foco principal daquele encontro.

— O colégio vai fechar — disse ela, encostada na borda ao lado de Guilherme e com as pernas entrelaçadas às dele.

— Nos chamou aqui para isso, Barbie? Essa notícia já está velha.

— Estou falando sério, Lívia. O que vamos fazer?

— Vamos? O que temos a ver com isso? — perguntou Mirella.

— Bom, éramos a Capitu, não éramos? — Guilherme foi obrigado a concordar com Renata. — Nós que cavamos tudo isso.

— Até onde eu sei, não foi através da gente que eles ficaram sabendo. Mas parece que Renata tem algo a dizer sobre isso...

— Bom... Eu chamei vocês aqui para contar que talvez eu tenha causado tudo isso.

Então ela contou tudo sobre as reuniões com o diretor Gonçalves e o padre Josias, sobre a denúncia usando o vídeo do Gabriel para pedir sua expulsão, sobre como eles viraram o jogo oferecendo que ela entregasse os amigos em troca de sair impune; contou que no mesmo dia teve um momento de epifania, terminou o dossiê do caso Trenetim e os chantageou com isso. E então que enviou tudo para a professora, inclusive o áudio da reunião, obtendo apenas uma resposta vaga. E enfim a história terminou no noticiário.

— Barbie, não sei se me sinto lisonjeada ou emputecida com o que você fez! Por que não nos procurou? A gente podia ter ajudado, e você não teria se enrolado nessa teia de aranha e fechado o colégio!

— Bom, porque o Guilherme não estava falando comigo e você parecia ocupada demais com as provas de recuperação, e eu não queria contar porque vocês me convenceriam do contrário e aquela era a única solução!

— Você poderia não ter enviado nada para a professora Trenetim — sugeriu Mirella.

— Ou poderia ter nos entregado. — Guilherme deu de ombros.

— Ou poderia ter sido expulsa — acrescentou Lívia. — Tudo isso teria sido melhor do que perdermos o colégio.

— Vocês estão se ouvindo? Nada disso teria resolvido o problema! Continuaríamos estudando em um colégio radioativo com administradores corruptos. Por mais que eles estivessem tomando algumas medidas para remediar o problema, será que isso seria o suficiente?

Os três ficaram em silêncio, envergonhados. Quando Renata tinha virado a mais sensata do grupo?

— Você fica uma gracinha quando está sendo justiceira. — Guilherme quebrou o silêncio, abraçando Renata, e logo todos estavam rindo.

Mas as risadas se transforaram em tristeza, e os quatro ficaram deprimidos na beira da piscina.

— Esse tempo no internato foi a melhor época da minha vida — murmurou Renata. — Nunca mais vou conseguir fazer novos amigos. Sei disso.

— E eu não vou conseguir outra bolsa no meio do ano. Muito menos vaga em um colégio público a essa altura do campeonato.

— Pelo menos você é um gênio que vai esperar o ano acabar e entrar em qualquer universidade que quiser — resmungou Lívia. — E o resto de nós? Que precisa decidir o que quer cursar e ainda se matar de estudar para, muito provavelmente, não conseguir passar?

— Pelo menos o Gabriel não está seguindo vocês pela cidade.

Mirella pareceu imediatamente arrependida de ter dito aquilo.

— Como assim te seguindo? — questionou Lívia, assustada com aquela revelação.

— Bom, ele pega o carro do pai dele e fica estacionado nos lugares onde eu estou. Também me manda uma tonelada de mensagens, dia e noite, sem parar. Algumas me implorando para voltar, outras bem agressivas...

— Você precisa fazer um B.O. contra ele! — Lívia quase gritou.

— Eu tentei, mas o delegado me incentivou a repensar. Disse que era "coisa da idade" e que logo ele desencanaria de mim — contou ela, parecendo não entender a gravidade da situação.

— Mi. Isso é sério. A gente precisa fazer alguma coisa! — disse Renata.

— Vamos começar trocando o número do seu celular — sugeriu Lívia.

— Depois voltamos nessa delegacia e vamos obrigar esse delegado fazer o B.O., nem que seja embaixo de porrada — acrescentou Guilherme.

— E aí a gente conversa com os seus pais e bolamos um plano para manter o Gabriel longe — concluiu Renata.

Repentinamente, um rio de lágrimas começou a cair dos olhos de Mirella. No início, acharam que era água da piscina, e só perceberam quando o rosto dela assumiu uma expressão de dor. Os três foram para cima da amiga, abraçando-a e deixando todo o resto para lá.

Então dona Ivone apareceu na porta da piscina e os viu todos abraçados. Sem saber se estava presenciando uma orgia adolescente ou um momento de amizade, pigarreou e anunciou:

— Renata, chegou mais uma visita para você!

69

Quando os quatro chegaram na sala de estar, vestidos e comportados, a única que não ficou espantada com a presença da professora Trenetim foi Renata, afinal, foi ela quem fez o convite.

A professora estava com seus famosos óculos vermelhos de gatinho e a expressão séria de sempre, mas foi impossível não sorrir quando os quatro saíram correndo e a abraçaram, inclusive Mirella, que não sabia se gostava da professora tanto assim, mas os seus novos amigos estavam tão empolgados que ela foi obrigada a dar o braço a torcer.

— Ei, ei, vamos lá, eu não estava morta, estava apenas em casa. Mas senti saudades de vocês.

— E nós de você! — exclamou Guilherme. — O que está fazendo aqui?

— A srta. Vincenzo me convidou.

— Eu queria devolver o seu *Capitães da Areia* — respondeu Renata, também sorrindo.

— O que está acontecendo aqui? — murmurou Lívia, sem entender nada.

— Vamos sentar?

E logo os cinco estavam sentados nos caros e confortáveis sofás da família Vincenzo, com uma travessa de bolo de chocolate e chá na mesa de centro.

Renata não sabia quem no Brasil tomava chá, mas também tinham uma lareira em um país tropical, então não fazia muito sentido questionar os gostos dos pais.

— Professora, como você tem passado? — perguntou Renata.

— Os últimos meses foram uma montanha-russa de emoções. No começo foi difícil lidar com toda essa injustiça sem poder contar aos alunos o que estava acontecendo. Eu tinha medo por vocês, pela saúde de vocês, mas minha advogada me orientou a não falar nada. Depois, veio outro baque: nenhum veículo queria revelar a história. Todos ficaram com muito medo, ainda mais com a demissão da repórter. — A professora Trenetim tomou um gole do seu chá. — Passei o restante do tempo tentando encontrar mais provas, mas só chegava a becos sem saída, até que recebi o seu e-mail. Você não devia ter se metido nesses assuntos, Renata...

— Na verdade, nós três nos metemos — Lívia apontou para ela e para Guilherme também, com certo orgulho.

— Então *vocês três* não deveriam ter se metido nesses assuntos! Onde estavam com a cabeça? Aqueles homens são perigosos!

— Queríamos ter você de volta, professora — murmurou Guilherme.

— Eu também queria voltar, mas foi muito arriscado, muito inconsequente... Quando a Renata me mandou aqueles arquivos, o áudio da conversa que teve com o diretor e o padre... meu coração encolheu dentro do peito.

— Mas ajudou, não ajudou? — comentou Renata, com medo de que a mulher estivesse brava.

— Ajudou! Muito! Mas mesmo assim... — Ela olhou para todos eles, um por um, e sorriu. — Vocês foram muito corajosos.

— Eu não fiz nada. — Mirella deu de ombros.

— Você estava lidando com os seus próprios problemas, Mirella — retrucou Lívia.

— E como foi que você explicou para a polícia todas as informações que tinha do diretor Gonçalves? Os e-mails trocados, as mensagens...? — perguntou Renata, no fundo com medo de que aquilo pudesse respingar nela.

— Ah, quebrei a cabeça por alguns dias para que ninguém ficasse sabendo do envolvimento de uma aluna nessa história toda. — A professora olhou de maneira rígida para Renata antes de continuar. — Por sorte, a Fatinha, que sempre esteve do meu lado, decidiu que se colocaria como minha informante durante todos esses meses.

— O quê? Por que? Ela é louca? — exclamou Renata.

— Loucas seríamos nós se deixássemos que o seu nome vazasse, uma adolescente que se meteu nisso tudo por nossa causa. Além disso, tira o diretor e o padre da sua cola.

— Eu disse a eles que *eu* não faria nada com o dossiê, mas nunca disse que outra pessoa não faria. — Renata deu de ombros. — Eles não podem reclamar.

— E nem vão. Quando me questionaram se você estava envolvida nisso, falei que não nos falávamos há meses e que tudo o que eu tinha era fruto de minha investigação com a Fatinha. Não vamos te enfiar em nenhum outro problema, Renata. Você já teve o suficiente.

Eles ficaram em silêncio por algum tempo, processando tudo o que a professora havia contado. E, então, Mirella se pronunciou, a pergunta que todos queriam fazer.

— Professora, o colégio vai fechar mesmo?

A professora Trenetim concordou lentamente com a cabeça, enquanto tomava outro gole do chá, criando sem querer um clima de suspense.

— Receio que sim, Mirella. Depois que a notícia se espalhou pela TV e pelos principais portais de notícia, os pais começaram a ligar para o colégio e cancelar a matrícula dos filhos. Sem um quórum mínimo, o colégio não consegue sobreviver, ainda mais com todos os gastos necessários para corrigir o solo. Provavelmente o colégio volta a funcionar dentro de um ou dois anos, depois que os responsáveis forem processados e punidos, a terra deixar de ser contaminada e o colégio for vendido para alguém que queira investir no negócio, mas, por enquanto, temo que vocês precisem procurar outra escola para finalizar o ano.

Os quatro ficaram em silêncio: a ficha finalmente caindo.

Nunca mais voltariam ao internato. Nunca mais.

— Eu não acredito nisso... — murmurou Guilherme.

— Eu estudo lá há tanto tempo, não sei se consigo me adaptar a outro lugar — resmungou Lívia.

— Todas as minhas memórias são de lá, boas e ruins. — Mirella parecia distante, olhando pela janela.

— Foi tudo minha culpa... — sussurrou Renata, sentindo como se os amigos fossem odiá-la para sempre.

— Eu sei que tudo isso parece demais para vocês, ainda mais nessa fase tão conturbada da vida, com o vestibular e pressão de todos os lados. Nunca foi a minha intenção fechar o colégio, eu só queria que ninguém mais ficasse doente. — A professora Trenetim sorriu, um sorriso que, inesperadamente, os acalmou. — Mas lembrem-se de que, muitas vezes, mudanças vêm para o bem. Vêm como um desafio para que vocês cresçam e se conheçam melhor.

Os quatro assentiram.

— Além disso, amizades não são baseadas em proximidade, muito menos em convivência diária. Minhas melhores amigas são do tempo do colégio, e se nos vemos uma vez por ano é muito. — A professora riu, abanando a mão. — Eu sei que vocês criaram um vínculo difícil de quebrar, posso ver em seus rostos e em como estão em sintonia. Não deixem que esse problema os afaste, ou acabe com essa amizade tão bonita.

— Mas o que vamos fazer agora? — sussurrou Mirella. — Eu finalmente estava me sentindo melhor, finalmente me livrei de quem me fazia mal, e agora tenho que recomeçar tudo de novo...

— Recomece sabendo que você é mais forte e que agora tem amigos para te dar apoio em qualquer problema que possa surgir pela frente. — A professora colocou a xícara vazia de chá na mesa.

— Nós estamos perdidos. — Guilherme admitiu o que os quatro estavam pensando.

— Não estão, não! Vocês só ainda não perceberam o potencial que têm em mãos. Você, Lívia, tem um faro ótimo para os negócios. Você entende o ser humano, compreende os seus desejos e as suas falhas e entende do que ele precisa. Todo mundo sabia dos seus esquemas dentro do internato, mas ninguém a impedia, porque você deixava os alunos mais felizes, e alunos felizes significavam professores felizes. Você pode não saber ainda, mas são poucos os que conseguem entender o ser humano.

Lívia sorriu, abaixando um pouco o rosto, tímida pela primeira vez na vida.

— Você, Mirella, exerce um tipo de fascínio natural nas pessoas, que pode lhe garantir um futuro brilhante com o que escolher como profissão. As pessoas querem estar perto de você, querem te entender, querem a sua validação. E, pelo que ouvi de outros professores, o seu forte é a ciência exata, o que eu diria que é um caminho muito rentável a se seguir no Brasil.

Mirella concordou, pensativa.

— Guilherme, o que eu posso te dizer? Você, além de ser o aluno mais dedicado do colégio, também tem um coração imenso. A Renata me disse que foi você que iniciou toda essa investigação, e eu consigo entender, porque você é uma pessoa boa, que não aceita injustiças. Você vai entrar na universidade que quiser e vai ser o melhor naquilo que se propor a fazer. O melhor e o mais justo. E vai deixar sua mãe mais orgulhosa ainda.

Guilherme sorriu, parecendo ao mesmo tempo lisonjeado e um pouco triste por aquele discurso que parecia uma despedida.

— E Renata? — A herdeira olhou para a professora, ansiosa pelo que ela tinha a dizer sobre ela. — Você tem o dom da influência.

— Já me disseram isso — murmurou ela, lembrando-se das palavras de Fatinha.

— E não tem ideia do que as pessoas fariam para ter esse talento. Pessoas boas e pessoas ruins. O problema é que, no começo, você usou esse talento para o mal. Mas agora... Agora, Renata, que você entendeu que a vida vai muito além das paredes do seu palácio, o céu é o limite! E eu prevejo coisas muito, *muito* grandiosas para você.

Renata se pegou limpando as lágrimas do rosto, assim como suas amigas, e até Guilherme deu uma fungada profunda.

— Isso não é uma despedida, garotos. — A professora Trenetim se levantou, agindo como fosse uma despedida, sim. — Isso é o começo de uma vida inteira que vocês têm pela frente. Pode parecer desesperador e intenso, e vocês podem se sentir como se nada nunca mais fosse voltar a fazer sentido agora que perderam o que foi a casa de vocês pela maior parte do ano, mas confiem em mim: é só o começo.

70

Ao fim daquela tarde intensa e emocionante, Renata e Guilherme se viram sozinhos no jardim de inverno, olhando o que deveriam ser estrelas, não fosse a poluição de São Paulo. Lívia, Mirella e a professora Trenetim já haviam ido embora, mas Renata pediu que ele ficasse.

Os dois estavam de mãos dadas e a herdeira lembrou-se da primeira vez em que conversaram, meses antes, no meio do mato, o garoto irritado, dando ordens para que Renata não tomasse banho, e ela se perguntando por que ele estava sendo tão ríspido.

Deus, como o mundo dava voltas...

— A sua casa é realmente coisa de outro mundo. Eu agora não sei nem o que falar... Como foi que deixei você entrar na minha?

— Não fala besteira, Gui. A sua casa é ótima e a sua família também!

Guilherme olhou em volta. Dali, eles podiam observar a piscina descoberta e a entrada da sala de cinema. Atrás, ele sabia que estava a segunda cozinha, a "cozinha da área de lazer", como Renata havia explicado.

Era surreal estar ali. Mais surreal ainda ter as pernas dela sobre as dele.

Renata havia escolhido Guilherme.

Por um breve instante, ele achou que seria demais para assimilar. Porém, Renata começou a tagarelar sobre como a professora

Trenetim parecia o Gandalf da vida deles, e o sentimento de inferioridade e ansiedade foram embora.

Eram nerds iguais, e aquilo bastava.

— Nós somos de mundos completamente diferentes, né? — murmurou ele, interrompendo Renata, que sugeria que a professora pintasse o cabelo de platinado.

— O que você quer dizer com isso?

— Quero dizer que talvez isso aqui — ele apontou para si e depois para ela — esteja fadado ao fracasso.

— Nossa, Gui. — Renata arfou, colocando a mão no peito. — Assim? Do nada?

— Não é do nada! O que acha que aconteceria se minha família viesse aqui? Ou pior, se a sua família fosse lá em casa? — Guilherme riu com aquela ideia. — Acha que os seus pais permitiriam isso?

— Guilherme, nós demos uns beijos, não estamos noivos — resmungou Renata. — Além disso, é claro que eles permitiriam. Os garotos ricos com quem me relacionei só me trouxeram problemas, dor de cabeça e tristeza. Eles permitiriam qualquer coisa que me deixasse feliz. E você me faz feliz!

Guilherme ficou em silêncio. E, então, quase como se não pudesse se conter, adicionou:

— Eu sei que disse aquele dia na "barraca do beijo" que havia me apaixonado por você, no passado. Mas ainda sou... apaixonado por você.

— E eu por você. — Renata sorriu, aproximando-se. — Eu ficaria com você de qualquer maneira, você sendo rico, pobre, magro, gordo, alto, baixo...

— E se eu fosse assim? — Guilherme fez uma careta horrorosa, inflando as narinas, virando os olhos para cima e deixando à mostra só a parte branca.

— Mesmo assim.

— E se eu fosse CEO de uma empresa que ninguém sabe o que faz e nunca trabalhasse, mas fosse bilionário e te perseguisse dia e noite, colocando regras de alimentação e vestimenta?

— Você está citando *Cinquenta tons de cinza*, Guilherme? Que sexy!

— Eu sei. Li em um artigo do Buzzfeed.

— Sabe o que é mais sexy do que isso? Um garoto inteligente, que gosta de ler, tem um futuro brilhante e me chama de princesa da maneira mais irônica e adorável do mundo.

Guilherme sorriu, beijando a ponta do nariz de Renata.

— Nós vamos tentar, então? Ficar juntos? — murmurou ele, puxando-a para mais perto.

— Eu quero. Você quer?

— Eu quero.

Os dois se beijaram por algum tempo, parando apenas quando as luzes do jardim foram acesas automaticamente ao anoitecer. Era lindo.

— E agora? — perguntou Renata, ajeitando a cabeça no ombro do garoto. — Quais são os seus planos?

— Vou tentar algumas bolsas parciais, mas, se não der certo, termino o ano no estado.

— E se formos para o mesmo colégio? Posso conversar com o meu pai, ele pode te arrumar uma bolsa. Depois, na universidade, você paga ele. Que tal?

— Acho que você está maluca. — Ele riu, beijando a sua boca de leve e continuando ainda com os lábios juntos aos dela. — Você não precisa se preocupar comigo. Vai dar tudo certo. São só seis meses.

— Mas fui eu quem tirou o seu colégio. — Renata fez uma careta. — Eu que estraguei tudo!

— Você não estragou nada, só fez a coisa certa. Eu não quero dever nada a ninguém, não se preocupe. Vou dar um jeito. Sempre dou um jeito.

— Mas seria legal se fôssemos para o mesmo colégio... poderíamos escapar o tempo todo para nos beijar no banheiro! Poderíamos ser o casal mais lindo do colégio. Poderíamos abrir uma franquia do Conselho! Poderíamos nos pegar na saída todos os dias!

— Seria incrível se isso acontecesse, mas eu preciso usar a cabeça de cima no colégio, não a de baixo.

— Por quê? A sua cabeça de cima já tem informação demais.

— Eu vou me formar, entrar em uma boa universidade e conseguir um bom emprego. — Guilherme parecia otimista, o que deixava Renata muito feliz. — Preciso disso para me tornar alguém incrível. Alguém extraordinário!

— Você já é uma pessoa extraordinária.

— Ainda não. Mais um dia serei. E só então vou ser um homem à sua altura.

Renata beijou o pescoço do garoto. Depois, subiu vagarosamente até encontrar o seu ouvido; Guilherme estava arrepiado, mas não fez menção de impedi-la.

— Você é tudo o que eu quero.

— E vou ser tudo o que você merece.

Eles se beijaram por bastante tempo, apaixonados. E, então, de repente, ouviram barulhos de batidas no vidro, e avistaram o sr. e a sra. Vincenzo parados do outro lado, ele carrancudo e ela sorrindo.

— Ah. Hm. Bem... quer conhecer os meus pais, Guilherme?

— Eu tenho opção, princesa? — retrucou ele, com um sorriso amarelo para os pais da garota.

— Acho que não.

— Então vamos lá. — Guilherme se levantou, parecendo confiante. — Vamos encarar as feras!

71

Renata, Guilherme, Lívia e Mirella terminaram o ensino médio em colégios diferentes.

Os pais de Lívia encontraram outro internato para ela porque gostaram do formato e porque eram, de fato, extremamente católicos. Os pais de Mirella a matricularam em um colégio construtivista em uma das cidades da grande São Paulo. Guilherme não conseguiu bolsa e terminou o ano em um colégio estadual perto de casa, e Renata foi matriculada em um colégio de elite na capital paulistana.

Renata e Guilherme continuaram a ficar e, no fim do ano, ele a pediu em namoro. Os pais de Renata receberam o garoto muito bem: ele conseguiu conquistar os sogros e provar que era uma influência maravilhosa para ela; finalmente alguém que ela merecia. Guilherme apresentou Renata formalmente como sua namorada à mãe e ao irmão, e a herdeira se viu passando muitos finais de semana na casa humilde na zona norte de São Paulo, rindo das aspirações do irmão menor do garoto às artes cênicas e provando das iguarias incríveis da sra. Rodriguez. Eles passavam a semana inteira separados, namorando pelo WhatsApp, e os finais de semana grudados, às vezes com Lívia e Mirella.

A cada dia que passava, a vontade de Renata de seguir a carreira pública crescia, e ela tinha noção de que teria que se esforçar muito se quisesse entrar em gestão de políticas públicas na UnB, principalmente porque era a primeira vez que levava os estudos a sério e tinha que correr se quisesse alcançar os outros alunos que estavam se preparando havia anos. Guilherme, por sua vez, mantinha-se focado na decisão de cursar engenharia elétrica na UNICAMP. Lívia enfim decidiu por administração com foco em empreendedorismo e Mirella inscreveu-se em enfermagem.

O último semestre deles foi um período maravilhoso, em que o amor da juventude era o que os nutria e os incentivava a continuar. Mesmo distantes, a amizade continuou firme e forte entre os quatro, como a professora Trenetim previu. Juntos, eles combateram as ameaças de Gabriel, e juntos encontraram uma nova namorada para Lívia. Juntos, Guilherme e Renata eram o casal mais adorável do mundo, e logo todos passaram a chamar a herdeira de "princesa" também.

A professora Trenetim logo começou a trabalhar em um prestigiado colégio particular de São Paulo, levando Fatinha junto. O diretor Gonçalves e o padre Josias foram condenados por corrupção e, por terem delatado o governador, tiveram suas sentenças reduzidas à prisão domiciliar. O governador continuou solto, utilizando-se do foro privilegiado. O Colégio Interno Nossa Senhora da Misericórdia foi comprado por alguém que pretendia manter o regime do colégio, mas sem viés religioso, e já havia começado as reformas para modernizá-lo e limpar o solo dos vestígios de metano. A finalização da obra tinha como prazo dois anos, e todos os professores e funcionários tinham carta branca para retornar aos seus postos se quisessem, afinal, eram eles que mantinham o nível de excelência do colégio tão alto.

Muito tempo depois, Renata Vincenzo teria em seu coração que aquela com certeza havia sido a melhor época da sua vida, um tempo em que as preocupações já existiam, mas não eram grandes o suficiente para atrapalhar a delícia que era viver.

No fim daquele ano, Guilherme e Mirella foram aprovados no vestibular, ele na UNICAMP e ela na Oswaldo Cruz, enquanto Renata e Lívia foram reprovadas por alguns pontos. Elas então se inscreveram juntas no melhor cursinho de São Paulo, Guilherme se mudou para Campinas e Mirella comprou um carro.

O namoro de Renata e Guilherme continuou, apesar da distância fazer com que tudo fosse mais estressante e cansativo. Com o conteúdo puxado de Guilherme na faculdade e aulas do cursinho dia e noite de Renata, os fins de semana já não eram mais tão prazerosos: ela sentia que estava ficando para trás se passasse um sábado sem abrir os cadernos, e a pressão para não perder mais um ano era grande. Guilherme, por sua vez, precisava se dedicar inclusive nos fins de semana se quisesse acompanhar o ritmo das aulas.

Eles ainda se amavam, era claro, mas aos poucos a rotina desgastava a relação. A infelicidade de Guilherme vinha à tona em doses homeopáticas, quase sempre camufladas por qualquer outro motivo que ele pudesse inventar na hora. Os convites para festas da faculdade chegavam aos baldes, e ele sempre dizia que preferia ficar com Renata, mas acabava ficando estressado e irritado. Renata, por sua vez, sentia suas vidas separadas por um abismo e que eles não tinham mais assunto em comum. Ela, uma vestibulanda, ele, um universitário.

Além disso, eles sabiam que quando ela passasse se mudaria para Brasília. A expectativa da separação tinha um peso grande nos desentendimentos.

A pressão se tornava cada dia mais excruciante.

Nos jantares na casa de Renata, quando os pais dela, de maneira quase ingênua, perguntavam sobre a faculdade e os planos para o futuro, Guilherme sempre dava um jeito de desconversar, e quando eles comentavam sobre a UnB, o clima pesava. Mas era a verdade, e a verdade estava sempre entre eles, dormindo ao lado, na mesa do café da manhã, vivendo com eles; por mais que o casal ainda tivesse vários meses pela frente, mais cedo ou mais tarde teriam que conversar sobre o futuro próximo em que Renata moraria em outro estado.

O distanciamento então foi quase natural. Ao mesmo tempo em que eles eram feitos um para o outro, uma sincronia invejável e um amor intenso, também era quase um alívio estarem separados, longe dos problemas que os rodeavam. Renata era imensamente feliz com o garoto, mas também reconhecia a capacidade de se sentir brutalmente feliz e realizada sem ele.

Lívia funcionava como conselheira pessoal de Renata e sempre incentivava que a garota seguisse o coração, sem deixar de ser racional; por mais que amasse o casal GuiRê, ela odiava ver os dois tão tristes. Mirella, por sua vez, pedia que Renata fizessem tudo com muita cautela, conhecendo a impulsividade da amiga.

No final do segundo ano juntos, Renata e Guilherme já eram pessoas completamente diferentes, que precisavam se esforçar muito para fazer funcionar. E foi em um sábado qualquer, em que os dois estavam descansando de suas vidas reais e aspirações profissionais e vivendo no faz de conta, que uma conversa deu o pontapé inicial do fim.

No quarto da herdeira, um filme qualquer na televisão era completamente ignorado pela sessão de amassos dos dois. No meio de uma manobra mais ousada, Renata gemeu e afastou a mão dele.

— Meus pais estão aqui — ronronou ela, mordendo de leve a orelha dele. — Temos que parar com isso.

— Sim, eu sei — respondeu ele, ofegando no ouvido dela. — Mas é tão difícil... Acho que temos que começar a pensar em alguma maneira de morarmos juntos...

— Só se a gente der um jeito de estar em dois lugares ao mesmo tempo, né? Como vamos morar juntos com você em Campinas e eu em Brasília?

E então a verdade os atingiu em cheio, no meio da cara, e tudo pareceu começar a desmoronar ao redor deles.

— Por que você não tenta entrar para a UNICAMP? — perguntou ele, um fantasma que o perseguia; por que Renata queria tanto ir para longe dele?

— Primeiro porque não fica em Campinas, mas sim em Limeira, então não mudaria nada. Segundo porque eu prefiro a UnB. O campo de trabalho lá é melhor para a área que eu quero, é o centro político do país!

— Por que você precisa disso? Seu pai arruma um trabalho para você aqui em São Paulo — retrucou Guilherme, e aquilo mexeu demais com o orgulho de Renata.

Então era aquilo que ele continuava achando dela? Que era uma princesa mimada que conseguia tudo o que queria através dos favores do papai?

— Como é? — questionou Renata, e Guilherme percebeu que havia falado merda.

O rosto dele ficou vermelho e ele contraiu os lábios; Renata se afastou.

— Nada, eu só... Sério, não é nada, vamos continuar assistindo ao...

— Não, agora eu quero saber, o que você quis dizer com isso? — insistiu ela, mais angustiada do que nervosa.

— Rê, eu não quero brigar. Temos pouco tempo juntos, não quero passar brigando...

— Só vamos brigar se você não for honesto comigo, Gui.

Guilherme suspirou. Ele estava visivelmente constrangido e arrependido de ter aberto a boca, mas, mesmo assim, acatou ao pedido da namorada.

— Eu queria que você ficasse aqui — explicou, estalando os dedos das mãos enquanto falava. — Não entendo por que você quer ir para tão longe de mim. E sei que o nosso relacionamento não vai durar se isso acontecer. Simplesmente... sei disso.

Renata ficou em silêncio. Ao mesmo tempo em que entendia, custava a aceitar que ele não tinha falado antes sobre aquilo. Ele tinha medo de ser honesto sobre os seus sentimentos e suas angústias porque temia a reação dela?

— Gui — começou Renata, pisando em ovos. — Eu não sei se já te falei isso, se não, vou falar agora: você não sabe como me deixa feliz vê-lo conquistar todos os seus sonhos, um por um.

— Mas...? — incentivou Guilherme, porque os dois sabiam que tinha um "mas".

— Mas eu também tenho os meus sonhos. As minhas aspirações. — Renata suspirou. — E sei que o começo da minha carreira está em Brasília. Eu só sei disso!

Guilherme balançou a cabeça várias vezes.

— Eu sei, amor, estou sendo egoísta. Foi só uma ideia, nada além disso. — Ele colocou um ponto final àquela conversa. — Eu entendo que você precise ir atrás dos seus sonhos, me desculpe se pareceu que não. Podemos continuar assistindo ao filme?

— Nós não vimos nem cinco minutos do filme.

— Eu sei — respondeu Guilherme, cheio de malícia, voltando a beijar o pescoço da namorada e a passear os dedos por suas coxas, arrancando gemidos contidos dela.

Renata se deixou levar, e resolveu abstrair tudo aquilo.

Mas a semente do mal já estava plantada.

72

Os últimos meses do ano foram uma confusão de decisões adiadas e influenciadas pelas emoções. Renata amava Guilherme. Mais do que isso: havia descoberto o amor com ele. E primeiros amores são tão intensos que, quando acabam, causam um estrago terrível.

Era disso que ela tinha medo.

O garoto percebeu a mudança drástica de Renata, e acabou ficando mais introspectivo do que já era. Os dois tinham momentos insuportáveis de silêncios cheios de significado, e tudo o que falavam um para o outro tinha a intenção de dizer outras coisas, que de outra forma eles não conseguiam expressar. Não que o casal estivesse brigando, porque Renata e Guilherme seguiam como sempre foram, com uma sintonia fora do normal, mas existia algo entre eles, invisível e presente, prestes a estourar.

Quando saíam com Lívia e Mirella, era quase possível cortar a tensão com uma faca, e até Mirella, que pedia cautela, passou a aconselhar Renata a tomar a decisão que a fizesse mais feliz.

Perto das festas de final de ano, três coisas importantes aconteceram: Lívia entrou na UNIFESP em administração de empresas, Renata conseguiu a tão sonhada vaga na UnB e Guilherme conseguiu um estágio importantíssimo e muito concorrido.

Chegara a hora inevitável.

Depois de terminar uma das inúmeras conversas por telefone com Guilherme, Renata ficou deitada, olhando para o teto do quarto e pensando no que faria com a sua vida. Quase como uma artimanha do destino, Laura Vincenzo entrou no quarto naquele exato momento, usando as suas roupas chiques de trabalho e o seu perfume característico.

— Filha, o seu pai me disse que o seu carro está com o farol queimado, e... Rê? Está tudo bem?

Renata levantou a cabeça e olhou para a mãe. Nada foi dito, mas Laura imediatamente soube que algo estava errado, por isso foi, batendo os saltos, sentar-se na beirada da cama — desde aquela conversa na saída do internato, dois anos antes, o relacionamento entre mãe e filha havia melhorado significativamente, e a mulher já tinha aquele tipo de liberdade com Renata.

— É a faculdade?

— É. É só que... fica *tão* longe.

— Longe de quem? De nós, do seu namorado ou do seu futuro?

Renata ficou quieta. A mãe tinha um ótimo argumento, o mais racional de todos, mas a herdeira estava com dificuldade de pensar daquela maneira.

— Eu não sei o que fazer. É sempre a mesma conversa: o Guilherme quer que eu fique, tente vestibular para a UNICAMP, ainda mais agora que conseguiu um estágio muito bom, mas eu digo que não vou abrir mão dos meus próprios sonhos, e aí a conversa acaba em briga.

— E no que você está pensando? — perguntou Laura, porque sabia que a cabeça de Renata deveria estar a mil quilômetros por hora.

— Estou pensando que em breve vamos ter que lidar com a distância. Não posso simplesmente jogar a minha carreira no lixo! Pela primeira vez na vida sei exatamente onde estou e aonde quero chegar, como posso largar tudo para ser apenas... a "namorada do Guilherme"?

— E eu nem espero que você se contente com isso. — Laura deu dois tapinhas no joelho dobrado de Renata. — Mas você tem certeza de que o relacionamento de vocês não aguenta a distância?

— Eu não sei.

— E você está se sentindo mal porque quer ficar aqui com ele, mas, ao mesmo tempo, quer seguir os seus próprios sonhos, não é mesmo? — Laura se aproximou da filha, abraçando suas pernas.

— Exatamente.

— Olha, meu amor, eu não posso tomar essa decisão por você, mas sou a sua mãe, sou mais velha e posso te dar alguns conselhos — disse, cautelosa, com medo de influenciar Renata de alguma maneira; aquela era uma decisão que só a filha poderia tomar. — Eu não sei se já te contei essa história alguma vez, mas quando o seu pai e eu começamos a namorar, estávamos os dois na faculdade, e ele recebeu uma proposta para trabalhar em uma empresa americana que estava chegando no Brasil, com sede em Natal. Ele me pediu para trancar a faculdade e ir com ele, mas eu tinha acabado de iniciar um estágio com um promotor de justiça muito bom e estava aprendendo tanto! Naquela época, Natal me parecia outro continente, e eu tinha os meus próprios sonhos. No final das contas, ele foi e nós dois terminamos. Dois anos depois o seu pai voltou, nós nos reencontramos e, bem, você já sabe o desfecho dessa história, não é mesmo?

Renata sorriu, entendendo bem o recado da sua mãe.

— O Guilherme é um bom menino, e eu e seu pai torcemos para que vocês dois fiquem juntos, mas nessa época da vida, quando somos jovens e cheios de energia, não podemos nos dar ao luxo de engavetar os nossos próprios sonhos em detrimento dos sonhos dos outros. Além disso, a felicidade não está no outro, está em nós, e você pode tanto ser infeliz ao lado dele, vivendo uma vida que não queria, como ser feliz longe dele, seguindo o seu coração. Você me entende?

— Entendo — disse Renata, sentando-se na cama. — Obrigada, mãe, eu vou pensar em tudo isso.

As duas se abraçaram. Renata sentiu que estava prestes a chorar, mas se segurou. Quando a mãe a soltou, Renata ainda fez uma última pergunta:

— Acha que tomou a decisão certa de não ter ido com ele?

— Eu acho que somos obrigados a tomar decisões difíceis ao longo da vida e que nunca podemos prever o que vai nos acontecer a partir dessas decisões. — Laura acariciou os dedos da filha. — Mas de uma coisa eu sei: o que é para ser, será.

Depois da franca conversa que teve com a mãe, Renata pensou muito, durante a semana inteira e, naquele fim de semana, aproveitando que os pais iriam viajar, chamou Guilherme para jantar.

Ele chegou às oito em ponto, na hora em que a garota retirava a travessa de bolo de cenoura do forno.

Ela o cumprimentou com um beijo na boca e um sorriso caloroso.

— Decidi que estava na hora de retribuir o jantar que você fez para mim no internato.

— Acho difícil aquilo ser considerado um "jantar" — brincou Guilherme, abraçando a namorada enquanto ela abria uma garrafa de vinho. — Estamos comemorando que você entrou na faculdade ou o meu estágio novo?

Ele beijou o pescoço dela, que se deixou levar.

— Estamos comemorando a nossa fome — respondeu a herdeira, fazendo-o rir.

Renata resolveu deixar o assunto desagradável para o final, e os dois tiveram um agradável jantar composto apenas pela sobremesa, ele contando sobre as novidades do novo estágio, ela explicando sobre todas as oportunidades que teria em Brasília. Tudo quase pareceu como era antes.

No final, Renata resolveu que era hora de abordar o assunto que pairava havia meses.

— Gui, acho que a gente precisa falar sobre o ano que vem.

— Ah, é? Por que você acha isso? — ele perguntou com ironia.

— Porque estou aprendendo que, na vida adulta, quando um problema surge, a gente precisa resolver. — Renata se curvou sobre a mesa, segurando a mão dele. — Sei que não temos nem 20 anos ainda, mas não podemos continuar jogando o nosso relacionamento para debaixo do tapete.

Ele também se curvou para a frente, puxou a mão de Renata e a beijou com carinho.

— Será que a gente não pode jogar mais um pouquinho para debaixo do tapete?

— Não, não podemos. — Renata sentia que ia começar a chorar a qualquer momento. — E você sabe disso.

— Eu sei.

— Eu amo você, Guilherme Rodriguez — murmurou ela, acariciando o rosto dele, sentindo a barba por fazer. — E justamente por te amar que estou te dizendo que nós precisamos decidir se ficaremos juntos ou separados ano que vem.

— Eu sei. E também sei qual seria a decisão mais racional. Mas não sei se consigo continuar sem você...

— Claro que consegue. Você está no estágio dos seus sonhos, conquistando tudo o que queria!

— Como você consegue ser tão racional? — perguntou ele, a voz um pouco entrecortada. — Só de imaginar a minha vida sem você, eu... Não faz sentido!

— Você lembra o que me disse no dia que conheceu os meus pais? — perguntou Renata, aguentando as lágrimas dentro do peito o máximo que conseguia. — Você me disse que, um dia, seria um homem à minha altura. A verdade é que sempre foi, mas tinha essa meta a atingir, esse lugar a que queria chegar, e está quase chegando! E agora sou eu que não me considero uma mulher à sua altura.

— Renata, isso é loucura, é claro que você...

— Os meus sonhos estão muito distantes ainda — continuou ela, nao permitindo que ele falasse nada. Guilherme precisava entender o que ela estava sentindo. — Eu estou entrando na faculdade. Quero me formar. Quero ter uma carreira. Quero fazer a diferença na vida das pessoas. Quero ser alguém respeitada no que eu faço, alguém que tinha um objetivo, foi lá e alcançou. Assim como você!

Guilherme ficou em silêncio, observando a namorada. Ao mesmo tempo em que ele compreendia tudo o que ela dizia e morria de orgulho, era difícil demais aceitar que ela queria terminar com ele e ir embora.

Era quase uma rejeição.

— Você quer terminar, é isso? — Ele entrou na defensiva, sem soltar a mão da namorada, que passeava gelada pelo seu rosto.

— Não, meu amor, eu quero que sejamos felizes! — sussurrou ela, aproximando-se mais ainda dele. — E a maior prova de amor que nós podemos dar um para o outro é permitir que isso aconteça.

Guilherme não respondeu, e o silêncio foi tudo o que eles precisavam para saber que aquele era um momento decisivo.

— E nós dois? — Guilherme finalmente fez a pergunta que valia um milhão. — O que vai ser de nós dois?

— Nós dois vamos dar um jeito. — Renata sorriu com tristeza. — Não é o que sempre fazemos?

EPÍLOGO

Oi, Rê. É o Gui. Guilherme Rodriguez. Lembra de mim? Hahaha. Sei que a gente não se fala há algum tempo, mas eu fiquei sabendo que você vai estar na premiação e queria saber se, sei lá, você gostaria de jantar comigo? Colocar o papo em dia, falar sobre a vida, comer um bolo de cenoura, não sei... hahaha. Bom, me avisa. Seria legal te rever. Beijos

Renata olhava para a mensagem de algumas semanas antes.

Ela se sentia encurralada, tentando fugir de todos aqueles sentimentos confusos dentro de si, mas sem obter muito sucesso. A jovem mulher bem-sucedida de 27 anos, no controle das suas emoções e da sua meteórica ascensão profissional, feliz e realizada, sentia-se novamente com 17 e um mundo de indecisões e inseguranças dentro de si — ela pensou que nunca mais fosse se sentir daquela maneira, mas era a vida dando uma reviravolta mais uma vez.

> Oi, Gui! Tudo bom? Lembro de você, sim. Como esquecer? Rs. Vou estar na premiação. Parabéns pela indicação, aliás! Você mereceu muito! E claro que podemos jantar... tenho muita coisa para contar da Lívia e da Mirella, não que você ainda não saiba, mas agora vai ser do meu ponto de vista, rs. Beijos!

Ela não sabia se deveria ter aceitado aquele convite tão inusitado, muito menos se conseguiria lidar com o que quer que fosse acontecer depois de todos aqueles anos... quando recebeu a mensagem, pensou que fosse algum tipo de brincadeira, um trote até, e mostrou para Lívia e Mirella em um dos raros encontros das três, uma vez que Renata nunca havia voltado de Brasília e as duas continuavam em São Paulo.

Em uma noite de bebedeira em que as amigas foram visitá-la na capital do país, Renata pegou o celular e mostrou a mensagem, emendando um *"vocês acreditam nesse tipo de trote?"* Mas Lívia respondeu *"Barbie, é o número dele mesmo"*, e Mirella adicionou *"bem que ele andava esquisito com todo esse papo de prêmio..."*

Depois de ler aquela mensagem novamente e imaginar que Guilherme poderia estar a poucos metros dela naquele gigantesco hotel, o estômago de Renata queimou e ela quis ir embora.

A história entre os dois havia sido... *complicada.*

Por conta da distância e dos rumos diferentes que estavam tomando na vida, eles decidiram, em comum acordo, terminar tudo. Era triste ter que admitir que um amor tão bonito havia chegado ao fim, mas era mais triste ainda insistir em algo que apenas os machucaria e entristeceria.

Eles até tentaram manter a amizade, mas, aos poucos, a comunicação não passava de conversa de elevador, e, eventualmente, eles pararam de trocar mensagens. Guilherme, Lívia e Mirella continuaram amigos, mas, em determinado momento, Renata pediu que elas não a atualizassem mais sobre o garoto, porque era doloroso demais.

Renata focou 100% na carreira depois daquilo. Formou-se com louvor na UnB e conseguiu um trabalho no Ministério da Ciência, Tecnologia, Inovações e Comunicações, depois de ter estagiado lá por cerca de um ano. Porém, mesmo depois de alguns anos do término, ainda sentia as cicatrizes, e era ainda mais difícil por ele ter se tornado cada vez mais conhecido no meio em que ela trabalhava, trazendo inovações para o Brasil que influenciavam nas políticas públicas do Ministério. Guilherme estava virando o Elon Musk brasileiro, e Renata ouvia o nome dele pelo menos uma vez por semana, escondendo de todos que o garoto prodígio tinha sido seu namorado na adolescência.

Mas como é de conhecimento de todos que já passaram pela terra dos corações partidos, aos poucos, dando tempo ao tempo, curtindo a vida e a carreira, Renata conseguiu superar Guilherme e simplesmente ser... *feliz*. Feliz como ela tinha certeza de que não teria sido em São Paulo, deixando a carreira em segundo plano.

No início, ela ainda se questionava bastante sobre a decisão, principalmente quando as coisas ficavam difíceis e ela desanimava com a carreira, mas a cada meta alcançada, a cada reconhecimento, o clichê universal de que é impossível ser feliz sozinho ia se desmanchando. Renata se sentia tão incrivelmente realizada e feliz que não via como encontrar o mesmo tipo de plenitude em outra pessoa.

Lívia ajudou muito no processo de superação de Renata, porque também passou por um término traumático de um longo namoro com uma garota que conheceu na faculdade, e Mirella tornou-se a terceira parte de um tripé, ela mesma tendo muito o que contribuir para um trio de mulheres que tinham resolvido suas carreiras, mas não a vida pessoal. As três se apoiaram e foram a melhor companhia umas das outras, mesmo a distância, como disse a professora Trenetim. Mas, muito além disso, elas também se permitiram curtir a vida e conhecer outras pessoas.

Depois de bastante tempo solteira, o primeiro namoro sério de Renata após Guilherme foi com um francês que estava no Brasil em missão diplomática, mas o relacionamento durou tanto quanto a sua estadia no país, de um ano. Depois, ela ficou cerca de três anos com um colega do Ministério, mas os dois terminaram quando chegaram à conclusão de que eram mais amigos do que namorados. Finalmente, ela teve um breve romance com um advogado bem mais velho, que acabou quando ela descobriu que ele era casado.

Logo, Renata estava solteira e feliz, mas o mesmo não poderia ser dito de Guilherme Rodriguez que, diziam os boatos, estava namorando uma lindíssima engenheira sul-africana.

Então por que ele me convidou para jantar?, o pensamento rodopiava pela cabeça de Renata sempre que ela parava para pensar na loucura que estava fazendo, mas os pensamentos ficaram mais fortes do que nunca quando ela se viu no hotel em que a premiação seria realizada no dia seguinte.

Renata não tinha mais 17 anos. Nem Guilherme. Eram duas pessoas completamente diferentes, com personalidades diferentes, carreiras a todo vapor e a única coisa que os ligava era um passado quando os dias eram fáceis e os sonhos gigantescos.

Então... o que ela estava fazendo ali?

Ela não sabia. Mas não tinha mais como voltar atrás, então, às oito em ponto estava parada no saguão do hotel, usando um macaquinho preto revelando os ombros e as pernas longas, com scarpins também pretos.

Onde ela estava com a cabeça?

Mas soube a resposta quando Guilherme saiu do elevador usando um terno Armani que o deixava ainda mais lindo do que o normal. Ele havia feito a barba, e os famosos cachos continuavam sendo a sua marca pessoal.

Ele sorriu assim que encontrou a herdeira parada ali.

— Rê! — exclamou ele, abraçando-a como velhos conhecidos; alguma parte adormecida do cérebro de Renata imaginou, por alguns instantes, que ele a chamaria de "princesa", e foi quase decepcionante quando aquilo não aconteceu. — Obrigado por ter vindo!

— Imagina! Eu já viria à premiação de qualquer jeito, reencontrar um velho amigo é sempre um prazer.

Reencontrar um velho amigo, por que ela havia dito aquilo? E então Guilherme estreitou os olhos.

— Eu costumava amar os seus cachos dourados, mas preciso dizer que você ficou ainda mais linda morena. Vamos?

Renata tocou no próprio cabelo, como se tivesse lembrado subitamente que havia deixado de ter cachinhos dourados, mesmo que a mudança tivesse ocorrido alguns anos antes.

— Vamos — respondeu ela, retomando o fôlego.

Guilherme a levou a um restaurante italiano bastante chique na Asa Norte, com inspirações contemporâneas e pessoas bem-vestidas. A hostess o chamou pelo nome e o garçom pediu para avisar ao homem que o chefe gostaria de cumprimentá-lo depois do jantar.

Ele era uma celebridade no meio acadêmico e profissional.

— Que lindo — Renata olhou em volta, realmente maravilhada. — Você já veio aqui antes?

— Vim uma vez há alguns anos, quando estive em um evento na cidade. Você precisa provar a lasanha deles!

As lasanhas não demoraram a chegar, e Renata pôde provar um pedaço do céu.

— Acho que nunca mais vou sentir prazer em comer outra coisa depois dessa lasanha.

Guilherme riu, e o coração de Renata encheu-se de ternura. Que saudades daquela risada!

— E como estão as coisas? Está ansioso?

— Otimista. — Ele tinha a mesma garra de antes; com aquela expressão no rosto, ele parecia muito com o garoto inteligente e obstinado que ela havia conhecido no internato, convidando-a para uma missão suicida de salvar a carreira de uma professora da qual eles gostavam muito. — Alguns outros ótimos engenheiros estão concorrendo, mas acho que esse ano eu levo!

— Fiquei feliz quando anunciaram o seu nome. Não acreditei quando você perdeu ano passado.

No ano anterior, Guilherme havia sido nomeado para o mesmo prêmio, mas Renata ainda não era chefe do gabinete, ainda não estava em um patamar para participar dos eventos do Ministério.

— Acho que foi melhor assim. Eu acredito que existem algumas coisas que não podemos controlar.

— Você tem razão. — Renata tentou segurar um sorriso, mas foi difícil. — A sua mãe deve estar muito orgulhosa.

Guilherme sorriu e assentiu, os olhos embargados por aquele comentário. Ambos sabiam a batalha que havia sido chegar até ali.

— E você? O que me conta de novo? — Ele tomou um gole de vinho. — Fiquei sabendo que agora é chefe de gabinete! Qual o próximo passo? Ministra?

— Sim, mas não significa que vai acontecer tão cedo. Estou terminando meu doutorado em gestão pública com ênfase em políticas públicas voltadas para a tecnologia.

— Caramba, que legal! Então você conseguiu, não é mesmo?

— Gosto de acreditar que estou no lugar certo da minha carreira — respondeu, sem querer parecer esnobe.

Mas, meu Deus!, estava bem onde queria, sim.

— Você já conheceu a presidenta?

— Jantei com ela semana passada. — A herdeira sorriu. — Parece que ela pode ser a mudança que todos nós estávamos esperando.

— *Jantei com ela semana passada*, mas é muito importante essa mulher! — exclamou ele, rindo. — Quem sabe a próxima não seja você? Conseguiu a presidência do Conselho, a presidência do Brasil não deve ser nada comparado a isso!

Os dois riram muito, uma nostalgia sem tamanho tomando conta de Renata; ela e os amigos do Conselho nunca perderam contato; pelo menos uma vez Gabriel, que estava preso por não pagar pensão, tinha sido sincero: ela havia mesmo ganhado amigos para a vida.

Quando a risada morreu, eles ficaram em silêncio, apenas se olhando.

— Eu senti a sua falta — admitiu Guilherme depois de algum tempo. — Pensei que nunca mais nos reencontraríamos.

— Eu também senti a sua falta. — Ela resolveu não mentir, não tinha por que fazer tipo para Guilherme. — Para ser bem sincera, acho que fomos racionais demais no nosso término. Deveríamos ter sido tão racionais assim aos 18 anos?

— Sinto o mesmo. Nós éramos tão crianças... será que teria sido diferente se você tivesse ficado em São Paulo?

Renata mordeu o lábio. Havia pensado muito naquela pergunta ao longo dos anos. Será que teria sido mais feliz se tivesse abdicado da carreira em prol do amor? Será que eles estariam juntos, felizes, realizados? Ou será que aquilo não passava de uma ilusão do eterno "e se?" que os rondava?

Ela não saberia dizer.

A única coisa em que acreditava piamente era que a felicidade não estava no outro. Mas era difícil não se pegar pensando em como seria a sua vida se outras decisões tivessem sido tomadas, principalmente nos momentos de dificuldade.

— Não acho que faria diferença — disse ela, finalmente, encostando-se na cadeira. — Nós teríamos ficado juntos, e aí? Eu ficaria infeliz, sem nenhum senso do que fazer da vida, sem nenhuma perspectiva. Acha mesmo que eu seria feliz sendo nada além da "mulher de um engenheiro famoso"? Nós começaríamos a brigar, o relacionamento começaria a acabar... exatamente como aconteceu.

— Você tem razão. Mas, mesmo assim, eu até hoje me pego pensando em como teria sido... Nós éramos tão felizes... Não que eu não seja feliz hoje, sou completamente realizado e tenho a vida que eu sempre quis, pude ajudar a minha família e realizar os meus sonhos. Mas eu gostaria de poder compartilhar a minha felicidade com alguém.

O garoto estendeu a mão, segurando a de Renata com carinho.

— Gui — murmurou Renata. — Por que você me convidou para jantar? E a sua namorada?

— Eu não tenho namorada — aquela resposta parecia honesta, e os dois se olharam com uma mistura de carinho e nostalgia. — E eu queria te ver. Não somos as mesmas pessoas, mas... achei que seria bom te ver antes do prêmio. Acho que devo muito do que aconteceu a você.

— Pois não deveria. — A herdeira sorriu. — O seu talento te traria até esse momento de qualquer forma.

— Mas aí eu não teria conhecido você.

Renata apertou as mãos de Guilherme e logo as soltou.

— Será que a gente poderia... — o rapaz começou a dizer, mas a herdeira logo o interrompeu.

— Pedir outra garrafa de vinho? Vamos!

Não era bem aquilo que Guilherme ia sugerir e Renata sabia muito bem, mas também sabia que, muito provavelmente, não estava pronta para ouvir o que ele tinha a dizer.

Logo, o melhor a se fazer era beber.

Os dois acabaram passando um pouco dos limites. Num momento, estavam trocando confidências e histórias do passado no restaurante, no outro, estavam voltando juntos para o hotel, com a desculpa de "conversarem mais".

— Peço desculpas pela bagunça. Tenho quase 30 anos, mas a desorganização permanece a mesma — falou Guilherme assim que eles entraram no quarto do engenheiro.

Renata olhou em volta, sorrindo. Camisas por todos os lados, diversos livros na escrivaninha e uma mala aberta no chão. Era realmente o mesmo Guilherme que ela havia conhecido na adolescência.

— Tá aí algo que eu teria mudado em você. A sua bagunça. — A mulher riu, bastante alta pelo vinho.

Guilherme riu junto, abrindo outra garrafa em cima da escrivaninha. Renata observou as suas costas, a força que ele fazia para tirar a rolha, o cabelo enrolado na nuca, e o seu corpo esquentou inteiro. Exatamente como na primeira vez em que o viu.

— E o que você não teria mudado? — ele quis saber, servindo duas taças e entregando uma para Renata.

Ela aceitou o vinho e mordeu o lábio inferior, pensativa.

— A sua bunda. Eu gostava muito da sua bunda.

Guilherme engasgou com o gole que tomava, tossindo em seguida.

— A minha *bunda*? — questionou ele, rindo. — Tanta coisa para falar, e você escolhe a minha bunda?

— É que se eu fosse ficar listando aqui tudo o que eu mais gostava em você, a gente teria que passar a noite inteira juntos — respondeu Renata, cheia de malícia.

Guilherme olhou para ela por alguns instantes. Depois, pegou a sua taça e a depositou em cima da escrivaninha, junto com a dele. E, em seguida, aproximou-se lentamente, envolvendo a mulher pela cintura e roçando os seus narizes.

— É tudo o que eu mais quero, *princesa* — sussurrou, antes de beijá-la.

Renata se perdeu no calor do momento, deixando-se levar pelo toque de Guilherme, pelo jeito tão conhecido com que ele retirava a sua roupa enquanto distribuía beijos por todo o seu corpo, como ele a deitava na cama delicadamente, o seu cheiro, os seus beijos, o seu gosto, o seu calor...

Eles transaram, e foi maravilhoso. Eles estavam um pouco embriagados, mas nada que não os permitisse pensar com clareza. Ao final, Renata deitou a cabeça no peito de Guilherme, exatamente como havia sido na primeira vez deles, e ela adormeceu enquanto ele fazia cafuné.

Quando a herdeira acordou, Guilherme ainda dormia.

Ela observou o contorno do seu maxilar, o seu nariz retinho, os lábios vermelhos e os cachos negros em cima dos olhos. Ele respirava, e o seu peito subia e descia, junto com o coração da herdeira.

E ali estava. Aquele momento.

Depois de vários anos, Guilherme e Renata se reencontraram, e ele a havia feito se sentir novamente como aquela adolescente de 17 anos.

E foi incrível!

Mas Renata Vincenzo não era mais uma adolescente, eles eram dois adultos completamente diferentes, como ficou bastante claro durante o jantar. Guilherme tinha a vida dele, e Renata, a dela, e, apesar de parecer o certo a se fazer após uma noite mágica, a opção de "tentar de novo" poderia envolver muitas frustrações e decepções. Depois de certa idade, "seguir o coração" não era mais uma opção tão unânime e válida como os romances gostavam de dizer, e as decisões precisavam ser norteadas por certa racionalidade. Eles haviam aprendido aquilo cedo demais, quando tiveram que abrir mão do relacionamento em prol de suas carreiras — por que desaprenderiam a valiosa lição àquela altura do campeonato?

Seria quase como regredir.

Guilherme havia sido o primeiro amor de Renata, e primeiros amores quase nunca duravam para sempre. Aos 17 anos, era impossível ser feliz sem a pessoa amada; aos 27, só era possível estar plenamente bem com alguém quando se era feliz sozinho. E a herdeira tinha 27 anos, era muito feliz, e não sentia a necessidade adolescente de implorar por amor.

Renata se levantou com cuidado, sem fazer barulho, e se vestiu. Quando terminou, buscou algum pedaço de papel, e achou um pequeno caderno. Com a caneta do hotel, escreveu um bilhete, o depositou no criado-mudo e deixou o quarto.

Enquanto ela atravessava o corredor, pegou-se pensando no amor que sentiu e que ainda sentia por Guilherme, e, ao mesmo tempo, na função do garoto em sua vida; havia sido intenso e, ao mesmo tempo, curto demais. O garoto a ajudou a ser uma pessoa melhor, e, em retribuição, ela o incentivou a se tornar quem ele estava destinado a ser. Renata havia se tornado uma mulher independente, realizada, ambiciosa e feliz, e o amor deles havia sido um amor puro, bonito, lindo e especial, que ela nunca esqueceria.

E, independentemente do que o futuro os reservava, para ela, aquilo bastava.

X X X

Guilherme acordou com uma ligeira dor de cabeça. Um pouco confuso com o que havia acontecido na noite anterior, lembrou-se aos poucos do jantar e do que aconteceu depois, e da sensação de ter, mais uma vez, Renata em seus braços.

Sentindo no peito uma mistura de excitação, medo e confusão, ele se virou, encontrando o outro lado da cama vazio.

Será que ela havia sentido o mesmo?

O garoto se sentou e se espreguiçou, avistando um pequeno bilhete em seu criado-mudo.

Gui,

A nossa noite foi maravilhosa, assim como o amor que sentimos aos 17 anos. Por mais que a ideia de seguirmos adiante de onde paramos seja tentadora, não sei se seria a melhor das opções.

Eu te amo, e, ainda que seja difícil admitir, nunca deixei de te amar. Mas nós nunca poderíamos voltar a ser o que um dia fomos, porque somos pessoas muito diferentes agora, e se no início de nossa vida adulta já parecia difícil, o que seria de nós em um momento em que nossas carreiras estão em ascensão em cantos diferentes do Brasil?

No momento, não sei no que pensar. Como naquela conversa que tivemos sobre futuro há alguns anos, meu coração diz uma coisa, meu cérebro diz outra completamente diferente. Não posso mentir, se eu tivesse descartado completamente a possibilidade de nós dois, não teria aceitado o seu convite, mas se eu já tivesse alguma certeza, ainda estaria nessa cama com você.

Não quero atrapalhar a sua premiação, então deixemos isso para depois. Vou estar na primeira fileira, torcendo por você, como sempre estive, durante todos esses anos. Não sei o que o futuro nos reserva, Gui, mas esse, definitivamente, não é o melhor momento para que decidamos isso.

Quando subir naquele palco amanhã para pegar o seu prêmio (porque eu sei que ele é seu),

por favor, dê um jeito de sinalizar que você me
perdoou por isso.

Com amor,
Sua princesa

X X X

— Na categoria Integração, com um projeto que envolve pesquisadores de cinco países da América do Sul, sendo eles Brasil, Co-
lômbia, Argentina, Chile e Uruguai, o vencedor é o engenheiro
elétrico e pesquisador pela UNICAMP, Guilherme Rodriguez.

Sob fortes palmas de todos os presentes, Guilherme subiu ao
palco junto de sua equipe para receber o prêmio. Visivelmente emocionado, ele agradeceu aos integrantes da equipe, ao laboratório e
a todos que permitiram e financiariam aquele projeto tão grandioso
para todos os países envolvidos. Renata, com lágrimas nos olhos,
ficou de pé com todos os outros para vê-lo receber o prêmio.

Ao final do seu discurso, ele adicionou:

— Queria também agradecer a minha mãe, que, apesar da nossa origem humilde, investiu tudo o que tinha e o que não tinha
na minha educação, e a minha professora de literatura do ensino médio, Christina Trenetim, que nos incentivou a sermos as
melhores versoes de nós mesmos. Por fim, gostaria de agradecer
a minha amiga querida, Renata Vincenzo, que sempre acreditou
em mim, apesar de todas as pedras no caminho. Foi com ela que
eu aprendi até onde devemos ir em busca da justiça e de uma sociedade melhor, e é por causa dela que eu continuo nessa busca
incansável. No fim do dia, estamos todos buscando nos encontrar,
e eu espero que esse prêmio inspire muitos jovens que possam

se sentir excluídos e marginalizados a nunca desistirem de seus sonhos. Muito obrigado!

Guilherme e Renata trocaram um longo olhar emocionado, repassando todos os momentos que os levaram até ali.

E, por fim, sorriram.

AGRADECIMENTOS

$\mathcal{Eu}$ tenho esse sonho megalomaníaco de ganhar um Oscar, né? E nesse sonho eu me impus uma regra: não vou subir no palco e ficar agradecendo mil pessoas num discurso morno que ninguém vai ouvir. Eu vou subir lá e botar pra foder, transformar os meus anos de textões motivacionais no Facebook em palavras que irão inspirar gerações e gerações que ainda estão por vir. E aí eu chego aqui nos agradecimentos e só consigo pensar EM TODAS AS PESSOAS QUE CONTRIBUÍRAM PARA QUE ESSE LIVRO EXISTISSE e em como eu seria uma ameba fedida sem elas. Então é isso, vou agradecer as pessoas e deixar o discurso motivacional para o Oscar (ou, mais provavelmente, para o Facebook).

Primeiro de tudo, gostaria de agradecer a todas as mulheres incríveis envolvidas no processo de parir este livro. Ana Lima, que comprou a ideia, mesmo quando eu tinha os meus receios. (E que continua comprando todas as minhas ideias mais malucas e incentivando os meus sonhos mais doidos como boa fada madrinha e libriana perfeita que é). Rafaella Machado, que acreditou e acredita em mim, me acolheu na família Record desde o dia um, sempre topa conversar sobre negócios tomando uns bons drinks, desenhou a ilustração linda da capa do livro e ainda me mandou mil áudios falando sobre como havia amado a história em um dia que eu estava super para baixo e me fez chorar dentro do carro (energia ariana e sagitariana juntas nunca decepciona). Agatha

Machado, a fada sensata que produziu este livro com um cuidado e um carinho tão grandes que eu nem sei se algum dia serei capaz de agradecer — obrigada por ter trabalhado até uma da manhã em uma sexta-feira e por ter me tranquilizado quanto aos meus medos, você é incrível — e me avisa se não chegar, rs? Também quero agradecer a todas as meninas da Record que, direta ou indiretamente, me ajudaram nesse processo todo: a Ana Rosa, a Maya, a Raquel, a Clara... vocês são divas literárias maravilhosas! Ah! Também gostaria de agradecer a todo mundo que deixou este livro lindão, revisores, diagramadores e designers.

Gostaria de agradecer aos meus pais por nunca desistirem de mim, mesmo quando eu passo a semana inteira de pijama falando sobre histórias de pessoas que não existem e pareço uma lunática prestes a entrar em crise. Quero agradecer também a toda minha família, que me incentivou e me ajudou muito, menos o Bruno, que fica falando que agora eu não tenho mais FGTS e VR e vou morrer de fome — você pode ter razão, mas perdeu o direito de ser agradecido nos meus livros.

Queria agradecer a todos os meus amigos, os de longa data e os mais recentes também, especialmente a Bia Crespo, que foi quem acreditou nesta ideia e fez com que os direitos do livro pudessem ser vendidos para a Paris Filmes — além de ter mudado a minha vida, ela também se tornou uma grande amiga e parça de roteiros, e sou muito grata a este livro por ter me apresentado você!

Quero agradecer IMENSAMENTE a todos os meus leitores e leitoras, que me acompanham e me incentivam, não me deixam desistir e fazem com que tudo isso valha a pena — tanto aqueles que chegaram hoje quanto aqueles que me acompanham desde *Gossip boys*, e todo mundo nesse meio termo: vocês são incríveis e fazem a minha vida ter propósito! Sei que *Bola na rede* foi uma história muito querida por todos vocês, e espero que este livro tenha feito jus às suas expectativas.

Sendo mais específica agora, gostaria de agradecer ao meu grupo de leitoras beta, "As 12 Betas da Ray", que me ajudaram DEMAIS na reescrita deste livro e que são aquelas que recebem em antemão todas as novidades e também precisam AGUENTAR os meus surtos de ansiedade e medo. Alê, Ali, Carol Caputo, Danda, Dayse, Dora, Gabriele, Gii Dória, Hells, Jana, Mari Biz e Thais, vocês são bem mais que leitoras beta, são minhas amigas e aquelas que me ajudam a não deixar a peteca cair.

Gostaria também de agradecer ao meu noivo, Renato. Ele apareceu quando eu estava bastante desacreditada do amor e não só mostrou que o destino tinha preparado o melhor cara do universo para mim, como ainda ajudou a colocar a minha vida nos trilhos — é por causa dele que hoje eu sou escritora *full time*, e vocês podem agradecer a ele por terem mais de uma história minha por ano. Rê, você acreditou em mim, no meu trabalho, nos meus objetivos e sonhos quando todo mundo me colocava inseguranças; fez com que eu arriscasse percorrer o caminho que eu sempre quis, mas nunca tive coragem. Por sua causa, hoje eu faço o que amo; com o seu incentivo, eu alcancei objetivos que nunca imaginei conseguir e, com o seu apoio, eu dedico 100% da minha energia a construir essa carreira que sempre desejei. Estamos juntos nessa vida, benzinho, e vamos trilhar juntos a jornada que está por vir, mesmo que às vezes seja difícil, mesmo que às vezes a gente queira desistir, porque eu sei que qualquer caminho é doce e feliz ao seu lado.

Finalmente, quero não agradecer, mas dedicar este livro a todos nós que, como a Renata, estamos nessa jornada de autodescobrimento e em busca de um propósito. Mudar é difícil, transformar-se é penoso, tomar decisões é desgastante, admitir nossos erros é custoso e evoluir é preciso, mas tudo isso faz parte da vida, essa vida que seria uma chatice sem seus altos e baixos, e eu espero que a história da Renata inspire vocês, nem que seja só um pouquinho, nem que seja só por alguns minutos.

Este livro foi composto nas tipologias Averia Serif, Big River Script,
Black Jack, Franklin Gothic Book, Freestyle Script, ITC Souvenir Std,
Trebuchet MS e Verdana, e impresso em papel offwhite
no Sistema Cameron da Divisão Gráfica da Distribuidora Record.